U0954316

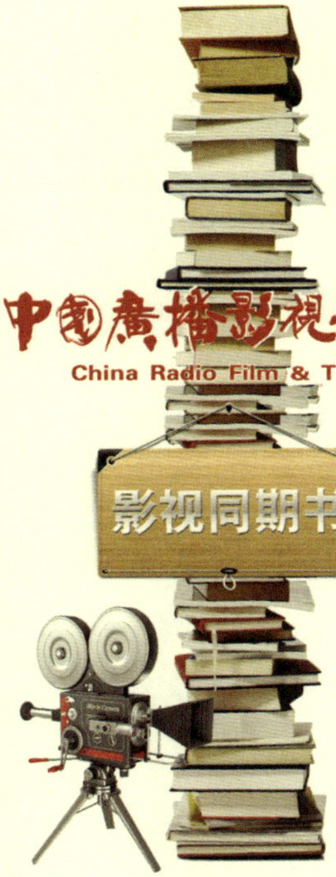

出版人　王卫平

无名者

THE ANONYMOUS

一个外科医生的革命之路

一段传奇版的『阴谋与爱情』

朱金晨 著

纪念反法西斯战争胜利70周年

同名电视剧震撼推出

中国广播影视出版社

无名者

无名者

无名者

无名者

无名者

无名者

军

无名者

无名者

无名者

目录 CONTENTS

楔子 国葬

钱之风极少参加葬礼，可是这个葬礼不同寻常。

凌晨，郊外起了大风，风吹得树枝哗啦哗啦地响，响声由远及近，变成呜呜咽咽的浪潮。子夜过后的苏州城已经没有一点亮光，大风像是从天上探下来的无数巨手，拨弄人间。没有关紧的门窗被风吹开，没有收起的物件被风搅乱，没有住处的人被风吞没了。

钱之风正在家中睡得恍恍惚惚，其间做了许多梦，每一个梦里都是生生死死的事情——战场上的生死如何密集沉重，寻常百姓人家的生死如何颤若游丝，突如其来的生死如何脆碾薄冰……钱之风生命中，那些认识或不认识的人的生死，都在这个夜里随着天地间的大风吹进钱之风的梦中。

作为一个医生，钱之风见了无数生死之事，却从未觉得有一丝一毫的习以为常。对于恍惚中的一切，一句自我安慰略得纾解；对于现实中的事情，无能为力之处，耿耿于怀。

天光一亮，钱之风就准备出发，早饭吃得简单，行李昨天就已经收拾好，这天晚上还有一个定好的手术，上海之行要速去速回。

钱之风提一个小包，进了书房，走到写字台前，拿了一支笔放进口袋里，抬眼看了看日历。

中华民国二十五年十月十九日，公元 1936 年 10 月 19 日，星期一。

钱之风把这一页日历翻过去，手指顿了一下，翻回了十九日；另一只手按着日历，慢慢把这一页撕了下来。

半面墙的书架，显眼的是几大本日文的外科解剖图册，医学书籍一排一排的，从地面的一层向上整齐地码在一起。在高度齐胸的这一层书架拿书是最顺手的，从这里再往上，书的种类就多了起来，线装本的《战国策》、杭帮菜的菜谱、商务印书馆的《一百二十回水浒》、《橘中秘棋谱》、英文的《草叶集》、德文的《资本论》、日文的《维克多·雨果作品集》……社会、科技、文艺杂书以及文玩混合在一起。

钱之风从书架上拿起薄薄的一本，这是民国二十五年一月文化生活出版社出版的《文学丛刊》中的一本《故事新编》。他翻开扉页，把手中的一页日历夹了进去。

火车站的人并不很多，钱之风买了一张三等座票，上了去往上海的火车。

钱之风坐在车厢里靠门的位置，叹了一口气："一百多公里的路……格外的长。"

车厢另一头，座位上坐着几个青年学生，其中一个情绪激昂，另一个胖一点的学生提醒着要压低声音。拿着行李的人们陆续上来，火车快要开动了。

此时一个衣着考究的中年人从钱之风身后的门口冲进来，转眼到了车厢另一头，拉住胖学生一同下车。

中年人嘴里骂着胖学生："不务正业，少和身边不安分的同学来往。"

胖学生没有反抗，哀怨地看着同伴，随着中年人下了车。

又过了一会儿，火车开动了，刚刚被拉下车的胖学生从另一个车厢跑了回来，看来是甩掉了那个家长，重新上了车，回到伙伴们身边，几个年轻人头凑在一起继续谈论着。钱之风远远看着这些年轻人，又看看窗外，觉得眼前敞亮了一些。

随着火车颠簸的节奏，窗外的视野渐渐开阔，钱之风想起了当年身边那些不安分的同学。比如赵元初，上次见到赵元初也是在上海，几个从日本回来的留学生再次聚在一起，吃了一顿家常饭，没有过多谈论家国民族，赵元初说的更多的是自己的家庭，说起自己的父母胞弟，说起自己的女儿，他希望新的生命能够生活在新的世界里。赵元初体格健硕，有着斧头一样强壮的身躯和镰刀般锋利的目光，谈到家人的时候，神态顿时祥和起来。彼时赵元初已是共产党地下工作的高级干部，钱之风则刚刚从上海红十字会调派到苏州广济医院，在座的另外几个人也都各自有着明面的或暗藏的身份与信仰，一顿饭吃得波澜暗涌，过多的话自是不便多说。

谭从武是经由赵元初介绍来找钱之风的，在紧急的时候找到钱之风，请他帮助采购几批军需药品，钱之风尽全力而为，不多问，危险自己担着。与苏州方面的共产党地下组织往来多了一些，就成了朋友，他们不把钱之风当作平常医生，说钱之风更像是一个心怀苍生的仗义豪侠。钱之风听了很激动，可转眼又悲从中来，豪侠出于乱世，他更愿意天下太平时安心做一个"救得眼前人"的医生。

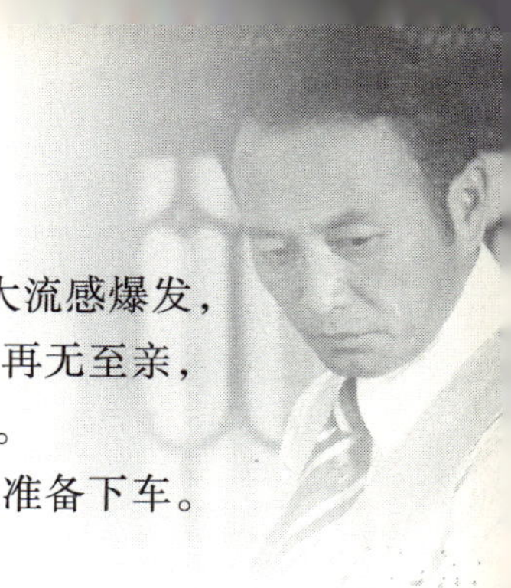

钱之风祖上是山东名医，到了民国，父亲死于战乱。1918年大流感爆发，钱之风的妹妹钱之华死在钱之风面前，不久母亲也去世，钱之风再无至亲，后经叔父资助，才到了日本学医。现在回想起来，一切恍如隔世。

火车进站，慢慢停了下来。青年学生们在车厢另一头，已经准备下车。隐约听见他们的谈话："……胶州路万国殡仪馆。"

钱之风望着这几个青年学生，站起身来。"……嗯，他们也是去参加鲁迅先生葬礼的吧？"

胶州路上，整条马路的交通已经停滞，法租界的巡捕在维持着秩序，前来吊唁与瞻仰先生遗容的各界人士络绎不绝。万国殡仪馆门前，鲁迅先生治丧委员会设立了签名簿，钱之风签上名字，在他的这一页前面已经有厚厚的一叠名单。众人排着队进入灵堂，钱之风前面的人是一位邮差，还背着送信的邮政包。

这位邮差和周围的人谈着："鲁迅先生应受国葬，而政府却并未回应此事……"

可这眼前的一切，这哀思，这气氛，又已然是国葬了。

灵堂在殡仪馆大厅，鲁迅先生的遗体在后面的小厅中，钱之风默默地随着众人走过去，眼前的鲁迅是清瘦面容，像塌陷在睡眠里，仅仅由颧骨支撑起皮肤。人群中有人落泪，有人叹息。来不及盘桓，后面的人已经上来了。钱之风出了殡仪馆，回身向着遗体的方向又鞠了一个躬。

出了正门刚要离开，不远处的人群之外，有人叫了一声："钱大哥！"

钱之风循声望去，叫他的是一个二十多岁的军官，钱之风面露惊喜，迎上前去。这位军官叫胡金龙，四年前，1932年第一次淞沪抗战时，钱之风到十九路军做战地医生，胡金龙左臂负伤，钱之风正在救治的时候，日军突袭而至，胡金龙在炮火中救下了钱之风，还帮他救护了多名伤员。淞沪抗战之后，胡金龙调到了淞沪警备司令部。

胡金龙正在这里等候他的姐姐胡美玉，一同进去吊唁，他邀请钱之风稍后去家里坐坐，正说着，胡美玉从那边过来了。钱之风挂念晚些时候的手术，与二人匆匆辞别了。

当晚的手术之后，钱之风没有回家，独自一人坐在办公室里，盯着挂在衣架上的一身医生服装出神。想起自己少年时的志愿，想起鲁迅先生也曾是立志行医，终又弃医从文——拯救一个人的性命，与改变一个人的生命，对于当事人来说，也许是前者更重要一些，但如果能为更多的人尽更大的力量，这个世界会不会因此而变得好一些呢？

这一天钱之风太疲惫了，不知不觉间，已经坐在那里睡着了。

作为医生的钱之风，已经将能做到的事情做得很好了，而三年之后，他将要经历的事情以及种种选择，也许那是这一夜在他心里确定的，也许从更远的时候就萌发了源头，也许是他本来就应该去做的。

故事从 1939 年开始……

1 重逢

钱之风从手术室出来的时候，已经过了晚饭时间，本来今天是钱之风的夜班，但被早早叫来，完成一场难度很高的心脏手术。手术过程不算顺利，但结果很好，用不了多久，病人就能康复了。钱之风把晚饭取来，一个铝制饭盒，外面包得严实。钱之风往办公室走着，想起完成的手术，心中有一点小小的成就感。

走廊的窗户正对着外面街道，街上两辆车疾驰过去，后面的那辆一个急刹车，又调头往回。调头的时候车灯的光射进办公室的走廊，照在钱之风身上。钱之风回头看了看，开门进了自己的办公室。在办公桌前坐下，鼻子凑近饭盒，用鼻子一闻，钱之风禁不住露出笑意。

打开饭盒，鸡蛋、苋菜、糖醋鱼码放在一起，如同钱之风在日本读书时候，同班的女生小林由美子给他带的便当。钱之风第一次听说"共产党"这个词，正是从由美子的哥哥小林雄司的谈话中。

"如果由美子不是日本人，我们会结婚吧。"钱之风不止一次这样想。

眼前的晚饭是胡美玉为他准备的，胡美玉来到他家已经有一段时间了。

民国二十六年，1937年八一三淞沪事变，日军大举进攻上海，时任中华民国红十字会副会长的杜月笙组织上海救护委员会，钱之风自是义不容辞，于战乱中回到上海，再次担任战地医生，钱之风医术高超，精力过人，在战地医院连轴转是出了名的，自然救人无数。

八一三淞沪事变比1932年战斗规模更大，胡金龙所在的部队被日军包围，突围出来的时候，胡金龙已经身负重伤，生命垂危，钱之风没想到，再次见到救命恩人胡金龙竟然是在这样的场面。胡金龙伤势太重，失血过多，钱之风用尽全力也没能挽救胡金龙。胡金龙临死前托付钱之风，代他照顾好姐姐胡美玉，钱之风含泪受托，眼见着胡金龙停止了呼吸。

战争中胡家已经被毁，战后钱之风便把胡美玉接到了苏州，住在自己家里，几年来始终待他如亲生妹妹一般，为了避嫌，钱之风让胡美玉住在楼上自己的房间，他则搬到楼下住。

钱之风拿出筷子擦干净了正要吃，门外传来护士小夏急匆匆招呼自己的声音："钱大夫，钱大夫，有个……有个重要病人，您快去一下！"

小夏推门进来，喘着粗气，钱之风看她是跑着来的，放下筷子就随她出去了。小夏稳了稳情绪，一边走一边叙述着情况，说现在医院门口都来了站岗的人。

二人来到准备室，只见一个清瘦的男人站在洗手台前面，正在擦手，看来是刚刚在这里洗了洗。门边上还站着一个略魁梧一些的人，应该是清瘦男人的手下。

清瘦男人瞥见钱之风进来，也不看，转身从衣兜里拿出烟来，捏出一根，在烟盒上弹着，轻描淡写地问道："你是大夫？"

钱之风一皱眉，没有回话，径直进了准备室，开始准备手术。

清瘦男人再次问了一句："你是大夫？"

这次的语调不再是轻描淡写的了，仿佛在用这仅四个字的问话把钱之风压在手中的烟盒上。

这时小夏也进了准备室，正有条不紊地指挥着众人做着术前的准备，紧张、快速但不忙乱。小夏听见清瘦男人的问话，见钱之风没有回话，小夏看看钱之风，接着对清瘦男人说："对，钱之风钱大夫，他是整个苏州最好的外科医生，是从日本留学回来的。"

清瘦男人听到这话，看了看钱之风，"哦？日本留学回来的，好。"

钱之风没有回头，依旧在紧张地准备着，同时声音不大地说了一句："请出去。"

清瘦男人提高了声调："我问你是大夫吗？是，你就说是！"

钱之风声音依旧不大，还是看都不看："我让你出去。"

一直站在门边上的魁梧男人往前走了两步，指着手术室："这个人，很重要，必须救活！知道吗！"

钱之风这次放大了声音："出去！"

清瘦男人冷笑一下："我如果不出去呢？"

钱之风转过身，盯着面前的清瘦男人，不卑不亢："你在这里，耽误我准备手术。如果人死了，我不负责。"

清瘦男人严肃地说道："人，必须救活！否则，你也别想活！"

钱之风看看那人手中没有点的烟："还有，医院里不能抽烟，这东西也

会要了你的命。”

清瘦男人咬了咬牙，拿着烟出去了。

钱之风准备完毕，好像刚刚的事情没有发生一样，走进了手术室。进了手术室，护士小夏已经帮着戴好手套口罩，他看了眼旁边的助手：“衣服。”助手解开男人的衣服。刚解一半，便愣住了。只见此人身上横七竖八的伤痕，小夏惊得捂住嘴。

忽然，男人发出微弱的声音：“之风，是你吗……”

钱之风大吃一惊，纵然微弱，他依旧能辨认出这个熟悉的嗓音。钱之风忙掰开氧气面罩，愣愣地瞪着此人。一股热血涌上钱之风头顶，钱之风没有说出话来，可是心里面还是咯噔一下：“赵元初！”钱之风随即深吸了一口气，手术开始了，他不能有丝毫分心。

幸好这个枪伤的手术难度不大，顺利完成了，助手和护士们做着收尾工作，钱之风摘了手套，看着赵元初，想知道赵元初到底身处怎样的事态之中，又没法问，以赵元初的身份，被苏州站的人捉到，就算九条命也活不下去。就在这时，手术室外面准备室的门被撞开，清瘦男人把烟头弹在身后，带着特务进来了。清瘦男人问道：“结束了？”

钱之风回过神来，见又是刚才那个特务，一股火冲上来：“出去！要我说多少遍！出去！”

“我就不出去了，你能把我怎么样？”清瘦男人手里还紧紧地攥着打火机，看来刚刚手术的时候还一直担心着手术结果。

清瘦男人身后的手下往手术台走去：“识相点，我们是特工总部苏州站的，这是我们情报科的许清林，许副科长！”

这位许科长走过来，看看赵元初的伤口，放了心：“嗯，手艺不错嘛。”随即从大衣口袋里掏出一沓钱，扔在地上。“赏你的！”

许清林示意，两个特务上前架起赵元初便要出去。

钱之风赶忙护在手术台前阻止：“不行！——别动他，他需要静养！”

话音刚落，钱之风感到后脑有一个冰冷的铁器贴了上来。是那个魁梧的特务拔枪指着他的头。小夏拼命拉着钱之风的衣角，想要解围，又无能为力，急得快要哭出来。钱之风缓缓退了半步，紧紧盯着赵元初被两个特务架了起来。

许清林此时说话轻松了许多，面露轻蔑地笑笑：“行了，如你所愿，我们出去了。”

钱之风跟着来到了医院外面，看到许清林已经上了自己的车，后面几个特务将昏迷中的赵元初抬上后面一辆厢式车，小夏举着点滴瓶子，也被推了上去。钱之风脑海里浮现起“诀别”二字，他殊知赵元初虽然被自己从枪伤里救了回来，但上了这辆车，就凶多吉少了。

在钱之风的办公桌前，饭盒里的饭菜还没动，他拿起筷子，又放下，将饭盒挪到旁边。玻璃板下面压着的一张照片露出来，那是钱之风与赵元初在日本的合影。

“我必须找机会救他！必须尽快！他被关进牢房里面也要救他……”钱之风自言自语着，把门反锁。他来回踱步思索着，抬眼面前已经是墙壁了，钱之风靠到了墙边，墙上挂着医学解剖图，图上用红笔画着血管的线条。

临近早晨，钱之风打了个盹，醒来时窗外天光放亮了，他站起来在屋里来回走着，想着心事。听到外面脚步声，忙开门。“小夏？”小夏充满怨气地说：“您说我倒霉不倒霉？大半夜的，让我一路从和平饭店走回来！匆匆忙忙地身上也没带钱，可他们连叫辆黄包车的钱都不给！下车时候病人恍恍惚惚地醒了，那姓许的派人搬了把椅子，让病人坐在上面，客客气气地把人抬上了楼。”

想了半夜的钱之风计算了每一种可能，凶险的程度逐级递增，可是没想到赵元初会被如此对待。兴许是小夏的描述有误差，不过既然知道了赵元初现在身在何处，钱之风第一件要做的事，就是出发去找谭从武。

苏州共产党地下工作的接头地点是“子午书店”，钱之风之前来过一次，他不是共产党的人，能被带到书店后屋，是一次紧急情况，一个共产党地下组织的干部，身中数枪，有一颗子弹离心脏只有几厘米，这样也被钱之风救了回来。

来到书店门口，却见店门紧闭，挂着“停业”的牌子。他犹豫了一下，到门前透过门缝向里看，不见里面有任何动静。一辆汽车经过，惊得钱之风慌忙转身离开。

联系不到共产党的地下组织，钱之风唯有按照自己的对策进行了。

钱之风回到家时，胡美玉正开着收音机，楼上传来收音机里的声音：“观汪逆兆铭及其党羽，悉为无耻罔义之言行；其所组织之机关，全为敌人扶植之傀儡。全体国民应洞察奸隐，一致斥伐，以昭大义！地无分南北，人无分老幼，凡我炎黄子孙，皆应奋我斗志，振我戈矛，扑杀叛逆，遏绝祸乱……”

胡美玉拍拍收音机，也许是接触原因，电台中变回了抒情小曲。她跟着哼唱，显得心情很好。听到外面动静，连忙跑下楼梯去开门，见钱之风行色匆匆，胡美玉上前要帮钱之风拿衣服。

胡美玉摆了个自认为最好看的角度：“你看我，跟平常有没有地方不一样？”

钱之风看了看她：“画了眼线？”

胡美玉兴奋地说：“对！好看吗？”

钱之风从胡美玉身边绕过去，往储物间走去：“我早跟你说过，涂眼线容易造成眼部细菌感染，得红眼病……”

胡美玉显得很失落，望着钱之风的背影：“我就问你好不好看？”

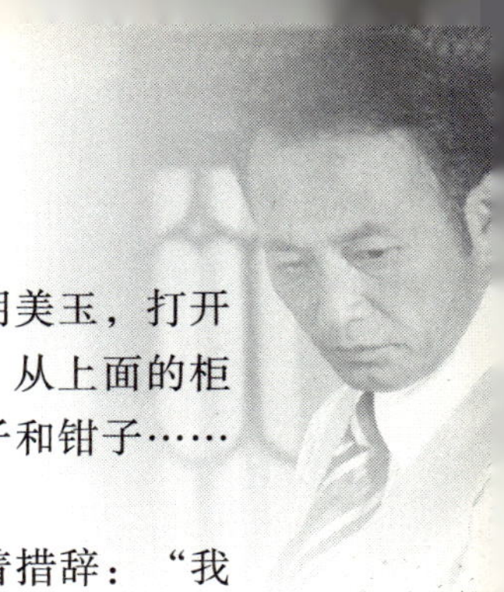

钱之风依旧心不在焉地敷衍。他一边说话，一边背身挡着胡美玉，打开上锁的抽屉，从药箱里面取出几瓶药，又把药箱放进抽屉锁上。从上面的柜子里拿出一个包，里面是他所用的手术器械，各种手术刀、夹子和钳子……钱之风回身拿出来，一一摆整齐，用布仔细擦了一下。

钱之风意识到胡美玉被冷落在了一旁，他把东西放下，想着措辞：“我要出一趟远门，大概有几天回不来……”

胡美玉问：“去哪儿？”

钱之风想了一下：“我的一个朋友，当年在日本的朋友，出了点状况，我不能不管……”

胡美玉直勾勾地盯着他，钱之风突然有点不自在。

钱之风接着说：“我不在的这几天，你自己当心。没事儿别出门，如果有人上门捣乱，别理就是了。”

胡美玉似乎根本没听，慢慢伸手摸手术刀。

钱之风抬头发现，连忙把手术刀拿开：“别动！——这刀很快的……这几天我不在，零钱在抽屉里，更多的钱在床底下，床头那边的腿边上，把靠墙角那边的地板掀起来，就找着了。柴米油盐你知道在哪儿……哦对了，收音机不要声音开那么大，万一串到重庆那边的广播被人听见不好。你出门也是，看见穿制服的，拿枪的，说东洋话的，尽量绕着走。街上有热闹，别看，如果有人找上门来，你就说什么都不知道……”

胡美玉听钱之风如此交代，不知发生了什么事情，也许是钱之风要弃自己而去，她满怀疑惑地问：“不知道？如果有人问我，认不认识一个叫钱之风的，怎么说？就说不认识？”

钱之风犹豫着：“对……”

胡美玉确定了心中的猜想：“钱之风！那你认识我吗？！”

钱之风长久地望着眼前这个女人，百感交集又无能为力：“对不起。”说罢，提着箱子，转身走了。

胡美玉望着他的背影，举起食指看。刚才的手术刀已划开了一道伤口，血溢出来，她放在嘴里吸吮着，苦涩的滋味。

其实对于胡美玉的心中所想，钱之风是知道的，但是钱之风的心中所想，胡美玉并不理解，无论怎样的乱世，每个人都有资格追寻自己的幸福，而钱之风早就清楚，他的幸福不可能是这个在他眼中如妹妹一般对待的人，在今天这样的紧急情况之下，也没法细细解释了。钱之风轻轻叹了口气，看了看楼上。

此时的钱之风并不会想到，他即将遇见一个会把他带入大风大浪的海洋里，影响他整个人生历程的女人。

2 初见

和平饭店门前来了一辆黄包车，一个年轻人从车上下来，提着箱子走进了大堂，他没有直接上楼，而是转了几个弯，来到了后厨旁边的物料库房，在走廊和库房大门的夹角停了下来，看看左右无人，脱掉外套，露出里面饭店服务生的衣服。他从箱子里拿出一个托盘，又拿出一个还冒着热气的蒸笼，放在托盘上。将外套卷了卷，塞在库房边上的大木箱子里。年轻人从原路走回去，上了楼。

年轻人走上四楼，楼梯口，两个特务在站岗。年轻人径直过去，一手背后，一手托着托盘。托盘上是冒着热气的蒸笼。到了近前，年轻人冲着两个特务点了点头。两个特务犹豫了一下，其中一个扶了扶挂在腰间的手枪，朝另一个使了个眼色；另一个特务上前来，正要打开蒸笼看看，热气从蒸笼边上铺散开来，香味随着蒸汽飘出来。

特务又上下搜了搜，没什么发现，放年轻人过去了。年轻人在一间客房门外站定，敲了敲门说道："先生，客房服务。"

门开了，开门的人是许清林。年轻人迈进了房间。靠窗位置坐着一个人，报纸举在眼前，从报纸的上端，看着走进来的年轻人，低下眼睛继续看着报纸。坐在这儿的正是赵元初。

许清林回头问了一句："赵先生，是您点的吗？"

赵元初漫不经心："没有啊。"

许清林立刻警惕起来，把手放在枪上。

年轻人很惊讶："不是……您？啊，这是四零七房间吧。"

赵元初哗啦一声把报纸翻了个面："这是四零六，四零七在对面。"

赵元初又低头看报。年轻人正要转身走开，忽然听到身后一个女人的声

音：“错了就错了，放这儿吧，我们要了。”

没等年轻人反应过来，女人就拿过了托盘。女人笑得妩媚，这个女人正是韩彩衣。

韩彩衣接着说：“我姐夫在南京呢，听说赵先生受伤了，特意让我先代表他来慰问一下……嗯，这和平饭店的烧卖有名的，赵先生，你要不要尝尝看？”

韩彩衣伸手要揭蒸笼的盖子。许清林看在眼中，已暗中把枪掏了出来。赵元初看看许清林，又看看年轻人，放下报纸。蒸笼打开，里面就是几个热气腾腾的烧卖。年轻人尴尬地笑着退出去了。

赵元初叹了口气：“许副科长，不用如此草木皆兵吧？”

许清林把枪收起来：“保证你赵先生的安全，可是我苏州站眼下的头等大事……”

许清林一边说着，一边看向韩彩衣，只见韩彩衣拿了一个烧卖，咬了一口，皱眉。

“味道有点不一样。这应该不是和平饭店做的……”

赵元初和许清林对视一眼，又问韩彩衣：“你确定？”

韩彩衣看看许清林，坚定地点点头，赵元初往前一探身，站起来：“快吐出来！”

许清林则立刻提枪冲出门外，左右看着，走廊里已空无一人。韩彩衣往楼下跑去，许清林跟在后面，让两个特务追查刚才的年轻人，又叫了一队人马，下了命令，从现在开始，没有他的准许，任何人不许进入赵元初方圆三尺之内。

许清林提出护送着韩彩衣到医院检查，以防那笼烧卖被下了毒。

这时赵元初在楼上打开了窗户，朝下面看，许清林见了，急忙示意赵元初把窗户关上，同时警觉地扫视四周。

韩彩衣转回身：“这个赵元初，真有那么重要？”

许清林说道：“在赵元初来苏州的头一天，军统的杀手就把他给埋伏了，一枪差点要了他的命，今儿这个说不准是共党派来的。他曾经是共党情报工作委员会的委员，能接触到不少机密，共党的、军统中统那边的、日本人的、上海滩各个堂口的，甚至咱们的一些机密。他的案子是丁默邨丁主任亲自办的，最后还是投诚了，他在上海，帮着那边打掉了一大批共党的地下组织。”

韩彩衣困惑地看看许清林：“那他跑这儿来干什么？”

许清林想了想：“上头派他来咱们这儿任职，也是避避风头。”

远处一辆车停在路边，许清林往车的方向看，车里好像有三个人坐着，许清林觉得有点不对劲，请韩彩衣先上楼去。他自己叫过来两个特务，往车的方向走去。

许清林并不知道，车里坐的是谁，他只是凭多年来做特务的敏锐直觉判断这辆车有问题，这次他猜对了。车里坐的是子午书店的掌柜谭从武，从上海来的地下组织干部齐峰，还有刚刚那个年轻人小常，三个人是准备找时机秘捕赵元初的，小常先化装成服务生打探，三个人正在观察动态，准备下一步的行动。

许清林等人刚走出几步，那辆车一下窜出去，许清林疾跑两步，一边往前追一边举枪瞄准，无奈车子越走越远，他追出了一段，放下枪，喘着气带人回去了。

另一面，赵元初在许清林去追汽车的时候，已经坐到了和平饭店一楼的餐厅里，餐厅被包下了，赵元初却偏偏选了一个靠窗户的座位。这时餐厅从外面走进来一个人，正是钱之风。原来钱之风一直在和平饭店外远远监视着，等许清林一离开，钱之风就进了和平饭店。赵元初往门那边瞟了一眼，没有做声，钱之风进了门，再往里面走，特务就过来关照了。

韩彩衣背对着门的方向，听见后面后动静，回头看时，见一男子走过来，相貌还算端正，眉宇间又一股凛然之气，韩彩衣开口：“这地方我们包了，请您换个地方吧。”

赵元初接过话头：“是那个给我做手术的医生吧？叫什么来着……”

钱之风还在往前走：“钱之风，我是广济医院的大夫。”

钱之风话音刚落，身后快步走进来一个人，是许清林。许清林冲着钱之风说：“你在这儿做什么？”

钱之风指指赵元初：“你也知道，我给那个人做的手术，他的伤口需要换药，否则极容易感染！”

许清林心里想着：这个医生虽然有点迂腐，可是医术还不错，正好赶上了，让他检查一下韩彩衣刚刚吃的东西有没有被投毒，把这话先说了，也算是我尽职尽责了。

韩彩衣接着问：“你特意找来的？”

钱之风举了举手里的出诊包：“正巧出诊，路过这儿，在窗口看到了。”

韩彩衣问：“你就装没看见不行吗？”

钱之风摇头：“当然不行！如果伤口感染，会有生命危险的。”

韩彩衣有点不屑：“你还挺负责任的？”

钱之风看着赵元初：“身为医生，就是要对病人负责！

韩彩衣点了点头。许清林见韩彩衣点了头，就跟钱之风说：“还有，你检查一下这位小姐有没有中毒。”

韩彩衣一听有点生气，对许清林说：“你这么查，没完没了，用不用把这桌上的菜也查一下？”

钱之风愣了一下，看看韩彩衣：“桌上的菜我可以等一会儿拿到医院去化验。”

韩彩衣被钱之风的话气乐了，钱之风放下医药箱。特务上前搜着身，钱之风抬起手来接着说：“这位小姐也是，必须跟我回医院。现在先把那位先生的药换了，再一样一样处理。”

钱之风打开医药箱，戴上手套，拿出新的绷带，不慌不忙地给赵元初换上。

钱之风瞥了韩彩衣和许清林一眼：“马上就好。伤口粘连了，需要剥离。”

钱之风打开医药箱，拿出手术刀。许清林盯着钱之风的一举一动。突然，他察觉到钱之风脸上闪出一丝冷笑。钱之风拿着手术刀的手，在赵元初的心脏部位轻轻划过。

许清林拔枪：“别动！”然而已经晚了，钱之风手中的手术刀已稳稳插入赵元初的左胸。

赵元初晃了两晃，瘫坐在椅子上。过了好几秒钟，其他特务才纷纷反应过来，掏枪对准钱之风。钱之风却似早有准备，不慌不忙地举手投降。

许清林的枪口对准钱之风的头，被惊得有些发抖：“你！”

钱之风不慌不忙，拉了把椅子，坐在赵元初对面。有特务上前搀扶赵元初，想要拔出手术刀。

钱之风止住他们：“别拔——拔出来你很可能会切断冠状动脉，造成大出血立即致死。或者划破心包，造成心包填塞，进而造成心搏骤停。如果不想他死的那么快，最好听话，离他远点。他会一个小时后死于血气胸，不过就没你的责任了……”

韩彩衣喊着：“还不快打电话去叫医生？刘二奎！”

在医院时那个魁梧的特务匆匆跑开。

许清林接着问：“你到底是什么人，想干什么？！”

钱之风淡然一笑：“这是我跟他的私人恩怨，跟你们没关系。赵元初，想不到你也有今天吧？”

赵元初忍着剧痛，瞪向他。时间一秒一秒地流逝，所有人一动不敢动。钱之风居然有闲情逸致，给自己倒了杯茶喝。

刘二奎匆匆跑回：“科长，我问了一圈，说咱们苏州能做心外科手术的，只有一个大夫……”

钱之风有点得意地说道：“没错，就是我。”

医院里，还是昨天的手术室，在准备室里，钱之风不慌不忙做术前准备。

许清林几乎是站在和昨天一样的位置：“赵元初如果死了，我把你大卸八块！”

钱之风笑笑：“我要想让他死，刚才刀尖偏一点，他就已经死了。”

许清林声音越来越大：“不许再给我耍心眼！”

钱之风突然提高了嗓门：“如果你不想让他死，就给我滚出去！”

许清林气得用枪指了指钱之风，退了两步，出了准备间。赵元初躺在手术床上。钱之风换好了手术服进来，瞥了眼刘二奎等特务：“都给我出去！不懂手术室的规矩吗？昨天也是你们！”小夏麻醉师和助手也出去了。钱之风关了门回来。准备好棉花纱布，他轻易地便把赵元初胸前的手术刀拔了出来。

钱之风将棉花交给赵元初：“自己按住！”

赵元初翻身坐起来：“钱之风！你知不知道自己在干什么？”

钱之风说：“当然知道，我在救你。等着。”

钱之风走向手术室后方的一道小门。打开门，后面一条幽暗的走廊。有另一台平车，上面白布盖着具尸体。钱之风将载有尸体的平车推进来：“这边出去，我送你到太平间。出了太平间你得自己走，第二个门左拐，就到了医院后门。”

赵元初问：“你知道我现在的身份吗？”

钱之风厉声说道：“我不管你什么身份，我只知道你赵元初是个好人，你是我朋友，是我兄弟！快！”

钱之风将赵元初按下，拿白布盖上脸。钱之风放轻了脚步，推着赵元初匆匆进了无人的走廊。前方一处拐弯，钱之风转过来，不得不停下脚步。只见对面，许清林带着特务，冷冷看着他。许清林走到跟前，掀开白布，看了一眼。

许清林看看钱之风：“钱大夫。上次我夸你好手艺，可是这次，你这个手术没做完啊！”

钱之风被押回了手术室，赵元初照旧被放到手术室当中，许清林、刘二奎等三四个特务都穿上了无菌手术服，站在旁边监督。小夏忐忑不安地看了看钱之风。

钱之风看看周围站的人，向站在一旁的助手伸出手来：“止血钳。”

3 囹圄

钱之风被押在汪伪苏州站的审讯室中，绑在行刑的椅子上，他现在不想睁开眼睛，既不是害怕，又不是听天由命，更不是在想对策，他只是有些疲惫，这疲惫让他不在乎现在身处何处，身陷何种境况了。事情变成现在这样，钱之风也曾有所预料，且看他们会用如何狠毒的手段吧。回过神来，抬眼看看，许清林在他面前踱步。短时间内，钱之风已经和许清林打了几次交道，钱之风知道许清林这个人不好对付，是个心狠手辣的特务。钱之风稳了稳心神，应对着许清林的问话。

许清林问："你的上级是谁？"

钱之风声音不大，却很认真："蒋中正。中华民国国民政府主席，蒋中正。"

许清林咬定了问道："我问你共产党里的上级！"

钱之风叹了一口气："我不是共产党。我是中华民国的国民，你要问我的上级，那就只有国家的领袖蒋中正了。"

许清林接着问："你不是共产党，为什么要救赵元初？"

钱之风缓缓说道："我说了，我不是要杀他，我是要报仇——你懂报仇吗？你不懂！报仇不是简单的一杀了之，是要让他害怕，让他恐惧，让他动也不能动……"

钱之风说话声音不大，却眼神阴冷，许清林不禁打了个寒战。许清林向旁边特务示意，旁边的特务举鞭抽抽钱之风，肉体的剧烈疼痛，让钱之风彻底晕过去了。与此同时，苏州站站长办公室里，站长郑伯鸿回来了。

郑伯鸿是个五十岁不到，有些文气的中年人。正在伏案写着文件，外面响起敲门声，是赵元初和韩彩衣。郑伯鸿把手中的文件合上："进。"

赵元初进来："站长，赵元初向您报到。"

郑伯鸿笑着站起来，两步上前，握住赵元初的手："元初啊，你来啦？哎呀，我还一直在担心，照顾不周，让你受苦啦！"

郑伯鸿看看赵元初身后的韩彩衣："彩衣啊，元初还没痊愈，你现在的任务，就是替我把人照顾好了！"

韩彩衣看看赵元初："赵先生，你还说运道不好？先挨一枪，后挨一刀，换别人早死了两回了，可你居然跟没事儿似的，这还叫运道不好？"

郑伯鸿说道："哈哈，也对，吉人自有天相，希望你在苏州能否极泰来，大展宏图！对了，刺你一刀的那个医生，到底和你什么仇？"

赵元初说道："他是我在日本留学时候的好朋友，我能去和他谈谈吗？"

赵元初来到审讯室，特务正在用水把钱之风激清醒，之后还要打，赵元初让特务们出去了，许清林则和郑伯鸿一起在监听室用耳机听着。钱之风看见进来的人是赵元初，惊愕地望着，两人四目相对，无数的内容在眼神中交流。

还是赵元初先开了口："之风啊，你肯定在奇怪，为什么我会坐在这里，对吗？"

钱之风迟疑片刻，点了点头。

赵元初接着说："想想真是令人感慨啊……十五年前在日本，差不多也是这么炎热的一天，我们在京都的一家小酒馆里喝酒。我喝多了，劝你加入共产党。还记得吗？你没答应，可我清楚记得你当时怎么回答的……"

钱之风不由得心头一热，可嘴上说："我不记得了……"

赵元初点点头："你说——主义都是杀人的，只有医生是救人的。"

钱之风一笑："是么？我当时太偏激了。"

赵元初盯着钱之风："不妨向你坦白吧，我已经脱离共产党了。"

钱之风一听这话，也算不上出乎意料，刚才被抓时候，也想到可能会有这种情况，但是这话从赵元初嘴里亲口说出来，钱之风还是瞪大了眼睛盯着他。

赵元初看着钱之风："就在一个月之前，我被捕了。面对敌人的酷刑，我一次次晕过去又醒来，也从没想过自己会成为叛徒。你了解我，我不怕死，我不贪财，我也不好女色，我对当官更没兴趣……对了，我身上的伤，你都看见了。"

钱之风盯着赵元初："那你为什么要叛变？"

赵元初指着墙上一扇小窗："看见那扇窗户了吗？我在上海被捕的牢房里，也有这么一扇窗子。那一天我受过刑，昏昏沉沉的，忽然听见外面有熟悉的声音。我使劲透过那扇窗户向外看，你猜我看到了谁？我女儿！他们没有为难我女儿，只是说爸爸在这里上班，请她来玩儿。我女儿不到十岁，正活泼可爱的时候……之风啊，你能体会我当时的心情么？我能听见她的笑声，

即便到现在，我耳边还经常回响她那时的笑声……”

说到这里，赵元初停了一会儿，之后走向钱之风，继续说道：“我女儿还小，她还不懂世间的险恶。别说让我想象给她上刑了，就是让她看见我当时的样子，我都会疯掉。没错，我是共产党员，可我也是个父亲！我做不到！这时候他们把脱党声明放在我面前，告诉我只要签个字，就可以出去跟女儿见面。我想都没想就签了。”

钱之风问“见到你女儿了？”

赵元初似乎有些迟疑，但还是点了点头：“我女儿现在很好。也许对你来说，赵元初成了叛徒，但对她，爸爸就是爸爸。”

钱之风问：“后悔叛变吗？”

赵元初想了想：“有时候后悔，但也没办法了。——其实跟你解释太多也没有意义，我只是想让你知道，只有活着，你才能做你自己想做的事，好事，坏事，高尚的事，卑鄙的事，就算你只想当一名普普通通的医生，治病救人，不也得让自己先活着吗？”

钱之风沉吟，仿佛在思忖着赵元初的话。赵元初从审讯室出来，和许清林根随郑伯鸿一同回到站长办公室，各自落座。

许清林一脸严肃：“老赵，那你说，这钱之风到底是不是共党？”

赵元初笑道：“他要是共党，早就一刀捅死我这个叛徒了。他啊，就是一个普普通通的医生，只不过有些迂腐，较真。他知道我原来是共产党，见我身上有伤，身边又有你们这么多特务，大概误会了……要不说他迂腐，这个人啊，脑子里没有一点党派之见，不，应该说，根本就没有政治概念。他救我并非因为我是共产党，而是以为你们要杀我呢。”

郑伯鸿问道：“你的意见呢？放了？”

赵元初看着郑伯鸿：“你们要愿意，当然可以杀了他。不过这么好的医生杀了，多少有点可惜。如有可能，最好能看在我的面上，留他一命。”

这汪伪苏州站，跟上海总部没法比。那边一个行动总队下面还有六个行动大队，还有情报科，保卫总队，兵强马壮。苏州这边，真正干活儿的也就情报科和行动队，百十来号人。其他的电务室、化验室、总务科、机要科就不用说了，还有不少老弱病残。

郑伯鸿喝了一口水：“实话说，我一开始是想安排你到行动队的。行动队现任队长叫杨人杰，眼下正在南京办案。他的能力肯定不如你，可他是南京陈先生的亲戚，我不好动啊。另外一个选择就是情报科，情报科以共党为主要工作对象，对你来说再合适不过。现在科长一职空缺，日常工作由副科长许清林负责。当然了，你当科长是一点问题没有的，不过清林这个人虽然能干，心胸却不够开阔，我的意见是……你先委屈一下，先在情报科挂一个副科长？和许清林平级。放心，科长的位子早晚是你的。”

赵元初笑笑：“哦，我没意见，谢谢站长栽培。”

此刻的钱之风，已经坐在牢里了，门外传来声音，负责看守工作的老常开门送进一个食盒：“吃饭了！”钱之风看着食盒，有些奇怪。

老常突然俯下身，指着馒头，朝着钱之风使了个眼色，并对钱之风说：“尤其馒头，要吃光了！”

说完老常锁门走了，钱之风疑惑地打开食盒盖子，菜不多，也还精致。他想了想，掰开馒头，里面一张字条——“坚持住，组织正设法营救你出去。谭从武。”

钱之风又看了一遍，将字条蘸着菜汤吃了。不一会儿，老常进来收食盒，见馒头还剩大半个，再次没好气地喊起来：“嘿！到了这儿，居然还敢挑三拣四？有你好看的！”

第二天，老常又带来消息，说是胡美玉也被抓了，钱之风脑袋“嗡”的一声，怕什么发生什么。就在这天下午，钱之风被带出牢房，头上套着黑布口袋，推上了车。汽车行驶了很久，来到郊外，钱之风被推下车，带进小树林。头套被摘下来的时候，钱之风看见几米之外有个犯人绑在树上，身上裹着粗麻布，头上也罩着头套。

许清林站在钱之风身边：“钱之风，你是个外科医生，我相信你救的人很多，但你杀过人吗？赵元初那次可不能算啊！”

钱之风瞪着他。许清林示意一个特务把那边树上绑着的犯人头套摘下：“这个人你认识吗？”是个陌生人，钱之风摇头。

许清林问：“你是共产党吗？”

钱之风摇头。许清林抬手一枪，将那人打死。钱之风一激灵。五花大绑，嘴被堵住的胡美玉被两个特务押上来。跪在离钱之风不远的地方，钱之风挣扎着，却被抓得紧紧的。

“那她你认识吗？”说着，许清林把自己的枪收起来，接过一把左轮手枪，熟练地往枪膛里装了一颗子弹。转动轮盘枪上膛。拿枪对着胡美玉的头：“钱之风，我知道你是共产党，说出你的上级。”

钱之风声嘶力竭地叫着：“我不是共产党！我不是共产党！”

许清林按动扳机，钱之风大叫，可是枪没有响，胡美玉吓得拼命挣扎。

许清林看看钱之风：“说吧，我再给你一次机会。你要是说得不好，可不一定有下次了。”

钱之风摇着头：“我说了，我不是！你放了她！”

许清林又开了一枪，枪仍然没有响。许清林看看枪：“啊，运气不错。咱们继续。你是共产党吗？”

钱之风的声音已经颤抖了：“我是共产党，你放了她，你杀了我吧！”

许清林脸上的笑容更加狰狞了：“上级是谁？”

钱之风小声答道：“没有上级……”

许清林又开了一枪，还没响。

钱之风叫道：“赵元初！我上级是赵元初！”

许清林轻声说：“不老实。”

再开一枪，枪响了，胡美玉腹部中弹，痛苦地惨叫着。

“啊，真可惜，没挺到最后。”说完许清林又回头看看钱之风：“说，共党的上级，联络点，都说了，我还可以放了你，你还可以救她。”

钱之风大叫着，想要冲上去咬许清林，却怎么也挣扎不开。

许清林冷笑几声，走到痛苦呻吟的胡美玉跟前，从旁边的特务手里拿过一条围巾：“这围巾是从你办公室拿来的，你这围巾上还有个镰刀斧头啊！还绣着日文。”

钱之风忙解释：“那是我在日本的时候朋友送的！那不是……”

突然，许清林用围巾勒住胡美玉，双手用力拉紧，围巾一点点缠紧，胡美玉眼珠翻白，喘不过气来。

钱之风已经崩溃了：“我的上级在……在上海，还有，名古屋……在……联络点……你放了她！我什么都说！你要听什么？”

许清林看着钱之风，钱之风已经语无伦次地大叫了，许清林冷冷笑着，松开手时，胡美玉已经成为一具尸体，倒在离钱之风不远的地方。

许清林说道：“行了，老钱，她是你害死的。”

钱之风浑身颤抖，被再次拉到了车上。汽车在路上颠簸，钱之风听见车外面渐渐下起了雨，雨越下越大，像是下到了钱之风的心里。

晚饭的时候，韩彩衣还是回了家，韩美珍指挥佣人梅姐里里外外张罗，桌上摆着菜肴，不多但精致。郑伯鸿许清林赵元初和韩彩衣众人围在桌前，韩美珍信教，郑伯鸿也跟着妻子信了教，韩彩衣从小由姐姐带大，上的是上海的一个教会学校——崇德女中。餐前祈祷完毕，众人边吃边谈。

韩彩衣觉得自己没什么胃口，就一直在聊天：“老赵，我以前没接触过共产党，总有个印象，你们一个个不食人间烟火似的，只知道默念什么主义，一点七情六欲都没有，到底是不是这么回事？”

赵元初正喝着酒：“你觉得我像那种人吗？”

韩彩衣笑笑：“这可说不好，对了，那个钱之风倒是挺像的。”

许清林连忙把肉一口咽了：“嗯？没什么，那个钱之风，倒是挺多情的。”

韩彩衣问：“是吗？哦，对了，我刚才知道的，你把人家老婆杀了！”

赵元初面露不快，看向郑伯鸿：“真的？”

郑伯鸿假意指责："哎呀，清林啊，你太莽撞。这事，你总要问一下元初的意见嘛。"

许清林把责任全都承担下来，这是他应该做的："老赵，对不起啊……不给钱之风点刺激，怎么知道他是不是装的。"

赵元初心里也明白这种分工，唯有接住郑伯鸿卖给他的这个台阶，当务之急是把钱之风从监牢里放出来："那倒是，现在查清楚了，是不是共党？"

许清林看看郑伯鸿，又看看赵元初："不是，不是共产党。"

郑伯鸿打圆场："好啦，就算他不是共党，敢在咱们眼皮底下捣鬼，胆子也不小，清林仔细核查也是应该的。元初啊，他毕竟捅了你一刀。清林，一会儿回去，就把人放了吧。来啊，都举杯！元初啊，欢迎你加入我们苏州站！"

饭后，郑伯鸿、许清林、赵元初、韩彩衣四人走出家门。赵元初和韩彩衣上车，车动，缓缓离开郑家。

郑伯鸿看着车走了，对身边的许清林说："明天一早放人吧。"

许清林看着郑伯鸿："您的意思是放长线钓大鱼？钱之风和赵元初关系不一般，顺便摸摸赵元初的底？"

郑伯鸿笑笑："知道你为什么到现在还是个副科长吗？"郑伯鸿转身进屋了，只留许清林一个人站在原地默默思索。

第二天一早，赵元初手中握着一份折得很整齐的文件，来到了钱之风所在的牢房。钱之风正蜷缩在墙角，他双眼直直地看着前方，一动不动。赵元初看见钱之风这副模样，心里难受。

赵元初问："我能为你做点什么？告诉我！"

钱之风看向赵元初："那个人！杀胡美玉的那个人叫什么！"

赵元初明白过来："许清林。苏州站情报科的副科长。"

钱之风瞪着眼睛："那你帮我杀了他！"

赵元初大声说："我杀了他，你能解恨吗？你要真的想报仇，就得亲自动手！"

说完，他把手里的那份文件交到了钱之风的手里。钱之风一愣，他下意识地打开那份文件。

赵元初递过来一支笔："这是一份声明，声明你从来没有，将来也不会跟共产党有任何瓜葛。签了，你就能出去了。我也签过，不过一张废纸而已。"

钱之风的双手剧烈地颤抖着，他的眼中涌出了泪水。

4 复仇

距离上次牢狱之灾已经有些日子，钱之风已经可以正常上班了。钱之风是医院的中流砥柱，刚一回来，就又回到了医生工作的一线。可是此时的钱之风周围多了两个人——两个特务被派来跟着他。就在上班时候，两名特务大模大样地从门外探进头来看着屋内，钱之风淡然地冲小夏一笑，示意她不要介意。小夏则故意冲着那两个特务提高嗓门："下一个！"

前一位病人出去，小常压低帽檐走了进来。

钱之风没抬头，写着病例："怎么？哪儿不舒服？"

小常没有坐下："胸闷。"

钱之风说着，一抬头："胸口疼……"看见来的人是小常，钱之风愣住了。又连忙对小夏说："小夏，你到外面看看，还有多少病人。做个登记，不着急的让他们明天再来。"

小夏答应着出去，钱之风关上门。

小常点头："今天晚上六点，你去天台路的山西面馆吃饭。那面馆是咱们的新联络点。"

钱之风一惊："老谭要见我？"

小常小声说着："本来是要见你一面的，但最近太忙，他没时间！你到那之后，我会安排你出城。"

钱之风惊讶地看着小常："出什么城？去哪儿啊？"

小常瞪起眼睛："去找新四军。为了你的安全，苏州城你不宜久留。"

钱之风想了想："你告诉老谭，我不走。"

小常有点着急："钱之风，你知道吗，就因为你的愚蠢，牵扯了我们多少精力？老谭为了你的事儿，几天没合眼！要不是我死活拦着，本来他今天要亲自到这来见你的，你知道这有多危险吗？你知道外面有多少双眼睛在盯着你？六点，面馆，这就是战争中的命令！你正处在一个看不见硝烟的战场！”

钱之风看了他一眼，诡异地笑了笑，冲着门外大声说：“小夏！”

小常气鼓鼓地走了。

午后，钱之风从广济医院出来，左拐右拐地走了好久，走进了一个邮局，在电话旁，又往四周看了看。特务们跟着他，他也在关注着特务。钱之风拿起电话：“喂，是我……对，安全，我出来了，你听我解释……好，和平饭店，不见不散。”

钱之风放下电话，余光瞥见跟踪的特务就在不远处，肯定听到了电话内容。不久之后，在和平饭店，钱之风坐在桌前，慢慢喝着咖啡，看向窗外，一辆车停在远处。两个客人进来了，聊着天，却不时看向钱之风的方向。钱之风明白，那是特务。钱之风拿出包里手术刀，轻轻放到台布下。钱之风望着，那个特务到了门外的车旁，和车里人说话。很快，许清林下车走来。许清林进来，看了看整个屋子，没什么异常。径直走向钱之风，钱之风拿着咖啡杯，送到嘴边，喝了一口。这时许清林已经走到近前，坐到钱之风对面，很和气地笑着。

钱之风放下杯子：“你跟踪我。”

许清林仰了仰头：“保护你。是保护。你老婆的死，我很抱歉。”

钱之风的手慢慢摸向台布下的手术刀，他脸上却不动声色，说道：“胡美玉不是我老婆。”

许清林：“那太好了。要不，我还真有点内疚。”

钱之风盯着许清林：“不用内疚。人死不能复生，你说是吧？”

“太对了！”看到钱之风冲自己笑，许清林伸出手，“那就，握手言和？”

钱之风点点头，正要伸手拿刀，忽然双肩被死死按住。身后站着一个高大的身影，挡着身后的太阳光，这人正是不知何时进来的赵元初。

赵元初原地不动：“清林，哪儿有那么便宜的事儿？你好歹得对人家说声对不起吧？”

许清林看看赵元初：“嗯，老赵你说得对。钱之风，我许清林对不起你，大人不计小人过，原谅我，可以吗？”

赵元初顺势坐在钱之风身边，用手按住台布下面的刀子。

钱之风盯了许清林片刻，起身而出。

许清林看看赵元初：“老赵，你捣什么乱啊？”

赵元初从桌布下拿出手术刀：“我救了你一命，你不知道吗？”

许清林喊道：“我知道他想杀我！就他那两下子，让他来啊！”

赵元初也提高了嗓门："许副科长，站长告诉我，咱们情报科的工作目标是共党。已经查清钱之风不是共党了，你还死活揪着不放，是不是有别的什么意思？"

许清林看着赵元初，笑了笑："您多虑了。"

钱之风有些魂不守舍地走回家门口，看到赵元初等在门外。钱之风冷冷看了一眼，就当没看见，从赵元初身边经过。

赵元初说道："我刚刚救了你的命，连句谢谢都没有吗？"

钱之风咬紧后槽牙："你救完了许清林，又来救我，真够忙的！谢谢你！"

赵元初苦笑："记住，真正的复仇是你能站在敌人的尸体前，而不是你跟他并排进坟墓！"

赵元初走了，钱之风呆呆望着他的背影。开门进了家，四周的陈设没什么变化，这一切当初几乎都是胡美玉打理的，钱之风正站在镜子前，抬头时，望见镜中的自己。他挥拳冲自己打去，镜子碎裂，满手是血。

一个多星期转眼过去，在苏州站的站长办公室里，杨人杰跑到郑伯鸿的办公室，像是有要紧的事。

郑伯鸿抬头看看进来的杨人杰。杨人杰凑过来汇报："那个孕妇带回来了，只是途中出了点差错，送去了医院。根本没把她怎么着，完全是她自己吓的，医院说是先兆流产，需要住院观察。"

郑伯鸿皱着眉："这个人有多重要不用我说，可千万不能有差池。"

这个孕妇是忠义救国军淞沪区的总指挥何健的姨太太，对于能否把他拉拢过来关系重大。

韩彩衣推门而入："哟，杨队长回来啦！也不说一声，我们好给你接风洗尘。"

杨人杰满面笑容："韩小姐，我杨人杰可没那么大的面子。"

韩彩衣看看郑伯鸿："你们有事？那你们先聊，我等一会儿再说。"

韩彩衣并不出去，坐在旁边沙发上修指甲。杨人杰看看她又看看郑伯鸿。

郑伯鸿接着说："有两点你要牢记。第一，好吃好喝招待着，绝对不能委屈了人家。虽然这位姨太太是偷跑出来的，虽然怀的是野种，我们也要装作不知道，所谓家丑不可外扬，我们给何健留着面子，他不会不明白。第二，人在哪家医院？"

杨人杰："广济医院，咱们苏州最好的医院。"

郑伯鸿："医院好，人也多。必须多加小心，二十四小时盯住，千万别让她跑了！"

杨人杰点头出去了，郑伯鸿看看韩彩衣。韩彩衣还在修指甲："我是来找姐夫你讨主意的。我姐又逼着我嫁人，说得我烦死了！"

伯鸿将桌上的文件理了理："你姐也是关心你。"

韩彩衣抬眼看了看："我倒是也想嫁人呢，可哪儿找合适的男人啊？"

郑伯鸿："你想找什么样的男人，我给你介绍。"

韩彩衣一笑："反正吧，我就觉得姐夫你这样的挺好。"

郑伯鸿停下说道："别瞎说！没大没小！"

在广济医院，钱之风正坐在办公室，心事重重地摆弄着手术刀，小夏匆忙推门进来："来了个女特务！看着好好的，她非说自己头疼。给她做了常规检查，什么事儿没有，可她非要住院不可！姓韩，叫什么韩彩衣。"

这时白院长急促地拿着化验单走进门来，对小夏说："让你找钱大夫这么半天，你先出去吧。"

钱之风从白院长手中接过各种检查的结果，不禁皱眉。

白院长看见钱之风推脱的样子："你说说，奇怪了……"

钱之风说道："我是外科的，你应该找内科看吧。"

白院长为难地说："老钱，我想来想去，这事儿非拜托你不成。咱们内科力量不行。韩彩衣，她什么人！真要出点岔子，咱们小小的医院怕担待不起。"白院长顺势拉着钱之风："走吧走吧，求你了。你好歹和韩小姐有一面之缘嘛。你被抓去的时候，她还跟着那位许科长来调过你的材料，我记得当时她还替你说了不少好话呢。"

钱之风依旧沉吟着，被老白拉着走。韩彩衣的病房就在眼前了，白院长敲了敲门，二人进来。

白院长介绍："这位是钱大夫。韩小姐应该认识吧。为了您的病情着想，决定安排钱之风大夫担任您的主治医生，不知可否？"

韩彩衣冷冷地说："谢谢您的好意，不过我住院，只是想找个安静的地方修养些日子。用不着大夫。我要休息了，你们出去吧。"

钱之风转身出了门。走廊里，钱之风在前面走，白院长后面追上来："老钱！老钱！"

钱之风不耐烦地说："人家说了，不用大夫。"

白院长的焦躁挂在脸上："可我心里怎么那么不踏实呢！"

钱之风观察着四周往办公室走："有什么不踏实的？她愿意住院就让她住，你收她住院费就是了。"

钱之风回到办公室，关上门，坐在办公桌前，想了想，再次拿起韩彩衣的化验单看，这张化验单确实有些蹊跷。

第二天，钱之风和小夏等几个医生护士拿着文件夹正在查房，从一病房出来，韩美珍就正好赶到了。

钱之风和韩美珍推门进来。韩彩衣惊讶地看着他俩："姐，你怎么来了？"

韩美珍到了近前，摸了摸韩彩衣的脑门：“你到底怎么了？”

韩彩衣往后一躲：“没怎么……就是有点头疼……”

钱之风站到门口：“韩小姐似乎是劳累过度引发的间歇性头疼。具体原因还在检查中。”

韩美珍坐下：“头疼啦？疼得好！叫你不肯听我的，每天晚上不安分，到处跳舞喝酒，跟男人勾三搭四！你说说，你每天晚上喝多少酒？跳舞跳到几点？说你多少回了，全当耳边风！现在好了，报应了！”

韩彩衣不高兴地说：“我哪儿有！”

韩美珍接着说：“你没有？那你怎么头疼了？我每天早起早睡，生活规律，我怎么不头疼？大夫，你说是不是？”

钱之风在旁边合上病例：“是啊，韩小姐，这位太太说的是，你的头疼症状恐怕与你生活作息不规律，晚上不能好好休息有关系，每天早睡早起，远离烟酒，你的头疼大概就缓解了。”

韩美珍回头看看钱之风：“对！你这个大夫不错，有水平！彩衣啊，你让他给你好好看！听见没有？”

韩彩衣看了姐姐一眼：“钱之风！你给我出去！”

钱之风礼貌地向韩美珍点点头，出去了。

韩美珍看着钱之风出去的背影问彩衣：“他就是钱之风，你们前几天说的那个疯子医生？放出来啦？看着挺正常的一人啊。”

韩美珍走后，韩彩衣正要出门，一开门，撞见护士小夏端着抽血的一套东西进来。

小夏问：“韩小姐，您要出去吗？稍等一下，钱大夫吩咐，先给您抽血。”

韩彩衣看都不看小夏：“我想出去走走。不是昨天抽过了吗？”

小夏说道：“这是今天的……”

韩彩衣推开小夏就要出去：“不抽了！”

小夏坚持着说：“不行的！韩小姐！钱大夫再三叮嘱过！很快，马上就好！”

韩彩衣犹豫了一下：“好吧，快点，别跟昨天弄那么疼！”

小夏给韩彩衣抽血，针扎的瞬间，韩彩衣一个激灵：“怎么扎的！还不如昨天！”

抽完了血，小夏出去了，韩彩衣按着针孔，又忍不住拿开，龇牙咧嘴。在屋里转了一圈，看看没事，又准备出去，正在这时，小夏又进来了：“韩小姐！”

韩彩衣没好气地说：“又怎么了？”

小夏小声说：“还要麻烦您，验尿。”

韩彩衣一皱眉："什么?！我不过是有点头疼，还需要验尿？你们医院，每个来看头疼的人都要验血验尿？"

小夏为难地说："钱大夫说，您是重要人物，必须要认真仔细对待。韩小姐，麻烦您配合一下。"

韩彩衣说："行了，东西放那儿，我回来再说。"

小夏接着说："可化验室专门为您等着呢。钱大夫说，上前就该让您来化验，说是有一次还怕您中毒了呢。"

韩彩衣大声说道："他才中毒了呢！我现在没尿！行吗？"

韩彩衣怒气冲冲地将小夏推开，走出病房。小夏忙跟在身后。

韩彩衣回身指着小夏说："别跟我提什么钱大夫！"说完，快步走了，小夏紧跟在后面，寸步不离："您的头疼是不定期发作的，所以必须身边有人，万一您头疼晕倒了，不至于发生意外……"

韩彩衣停下："钱大夫说，钱大夫说，钱之风他到底想干吗?！你把他给我叫来！"说罢韩彩衣转身回来病房。

小夏推门进到钱之风的办公室："这个韩彩衣我是管不了，什么都不配合，您安排我查便查尿都不去查，这都什么病人啊！"

钱之风抬头看看："人家不是一般的病人。"

小夏点点头："那咱们最近不一般的病人也太多了！比如23床那个女的，先兆流产，让登记姓名死活不登记，还有两个男的天天守在门口，说是她弟弟，看着像门神，谁过去都瞪一眼。"

钱之风来到韩彩衣的病房，韩彩衣气急败坏地看着他。

韩彩衣盯着钱之风："钱之风，你想干吗？我就是一点头疼，你至于又验血又验尿，还要验……那什么吗？我就不信所有的病人都跟我一样！你这是医院还是黑店？"

钱之风一脸严肃："谁让您身份特殊呢，我不认真对待不行啊！回头有个闪失，我没法跟院长交代。您既然来了就要把韩小姐您的头疼病治好！您要觉得刚才那些检查没必要，我可以给你解释。头疼看似简单，其实病因的可能性非常多，必须一一排除。怎么排除呢，就得靠各种检查化验。就拿验——那什么来说吧，人体内有一种寄生虫，有可能会顺着血液进入脑部，在脑子中存活生长，造成剧烈的头疼，严重时还会有生命危险。化验就是要在显微镜下看有没有这种寄生虫的虫卵……对照你的病症，不定期剧烈头疼，偶有恶心呕吐的症状，脑子里有虫这种可能性不能排除啊。"

韩彩衣大声说："钱之风，你脑子里才有虫！滚！"

钱之风转身出去，露出笑容。

5 黄雀

这天夜里，走廊上亮着昏暗的灯光，护士小夏趴在值班台上睡着了，她的身后是护士休息室。韩彩衣蹑足潜踪走来，往休息室里看了一眼，有刚刚洗好干净的护士服。韩彩衣慢慢走过去，把护士服摘了下来，一边穿在身上一边向走廊另一头的一间病房走去，那间病房门前坐着个苏州站的特务，已经睡着了。

韩彩衣轻轻把门打开，却还是发出了一点声音，韩彩衣看看门边椅子上还在睡着的特务，进了房间，又慢慢把门关上了。这间病房里只有一个孕妇。

听到开门声，孕妇紧张地坐起来，只见一个戴着口罩的护士进来。韩彩衣看见孕妇在看她，就站直了身体，做出护士的姿态。

韩彩衣轻声清了清嗓子："没睡？你叫什么来着？"

孕妇谨慎地回答："哦，张芸。有什么事吗？"

韩彩衣往前走，才想起床头有病历卡片，又凑过去看了看："例行查房。张小姐是吧。怀孕了？几个月？没有家属陪护吗？"

张芸说道："四个月，没有家属陪护。"

韩彩衣四下看看："我看白天有人一直守着你，不是你家属？"

张小姐上下打量韩彩衣："你不是护士……"

一柄闪着寒光的匕首已经横在张小姐的脖子上。

韩彩衣目光里透着杀气："别出声，我能让你死，也能救你出去，你选哪条路？"

张芸惊得不知如何是好，愣愣点了点头。韩彩衣在她耳边说了几句，之后出去了。

不一会儿，在护士站里，墙上的钟整点报时。护士小夏揉揉眼睛坐直了身子，拿出值班登记本准备查房。张小姐病房外的特务换了个姿势接着打瞌睡。小夏推开韩彩衣的病房。看见床上熟睡的韩彩衣，小夏关门又出去。韩彩衣缓慢睁开眼睛，掀开被子坐起来，露出没有来得及换下的白色护士服。第二天早上，护士站里有人发现自己的护士服不见了，问小夏看到没有。钱之风正好路过，让那个护士再去领一件，然后让小夏准备拿给韩彩衣的药。

小夏看了看药单："怎么还有中药啊？钱大夫您还会中医？"

钱之风又看看药单："良药苦口，中药都比较苦嘛，嗯，这个药比较重要。"

小夏摸不着头脑地去开药了。端了汤药到了韩彩衣的房间，韩彩衣怒气冲冲地叫："不吃！我说不吃就不吃！"

护士小夏端着碗："可是钱大夫特意嘱咐让您吃的。"

韩彩衣有点恼怒："从昨天到现在，我已经吃了七种药了！你们这里拿药当饭吃啊？"

小夏递上碗："这个药是安神的，舒缓神经，钱大夫说这个药很重要。"

刚说到这儿，钱之风推门而入："怎么回事？"

小夏回头看看钱之风："钱大夫，韩小姐不肯吃药。"

钱之风忽然发现病床床垫下面露出白色的一角，是护士服？钱之风不动声色地接着说道："韩小姐，怎么能不吃药呢？吃了药，才能好得快。如果您不配合，我只有向您姐姐报告了。"

韩彩衣瞪了钱之风一眼："少拿我姐姐压我！"

突然，走廊里传来一声撞开门的巨响，随之是护士的尖叫。钱之风和韩彩衣不约而同冲到外面，两个人来到张小姐住的病房。只见负责守在病房外的特务甲正在屋里，望着打开的窗户发呆。屋里不见人影，一条床单撕成的绳索垂下到外面地上。钱之风下意识回头，发现韩彩衣也盯着窗口，眼中露出特别的神情。

钱之风问："怎么回事?!"

一个护士答道："门从里面反锁上了，敲了半天也没人，然后，他们就把门撞开了。"

这时一个特务突然两步跃上窗台，从二楼跳了下去。钱之风趴在窗口向下看，那个特务正在四处搜查张小姐的踪迹，韩彩衣下到了楼下，混在看热闹的人群中。钱之风无意中拉了拉床单撕成的绳索，发现系得很松，转身扫视病房，注意到一角摆放着一个衣柜。他打开衣柜，张小姐就蜷缩在其中，惊恐地望着他。钱之风看看周围，没有别人，就小声对张小姐说："别出声，不会害你的。"接着又把门关上，独自来到韩彩衣的病房，韩彩衣偷的护士服还在床褥下，钱之风把衣服卷在一起，拿着回到了张小姐的房间。钱之风再次打开衣柜，将护士服交给张小姐："穿上。"张小姐看看钱之风，有点

犹豫不决。

钱之风把衣服塞给她："你很聪明，但不代表你这样就能出去！"

张小姐接过衣服："你是什么人？"

钱之风小声说："能帮你的人。跟着我，尽量自然一些。"

张小姐一边把护士的衣服套上，一边起身跟在钱之风身后。下了一半楼梯，发现一个特务正往上来，钱之风只好掉头，小声说："走另一边！"

另一边，杨人杰和手下也迎面而来。钱之风和张小姐被堵在了中间。眼看两边人都要来到走廊，钱之风一把将张小姐推进韩彩衣的病房，钱之风站在门内，侧耳听走廊上的动静。杨人杰等人的脚步声过去了，钱之风刚刚松一口气，韩彩衣突然推门而入。

韩彩衣盯着护士打扮的张小姐，笑了："钱大夫，这位护士看着面生啊。"

钱之风对张小姐说："行了，没你的事了，出去吧。"

韩彩衣看看钱之风："我说让你出去！"

说完走到张小姐面前，一把将口罩扯了下来："怎么？昨天晚上咱们才见过，现在就不认识了？"

与此同时，杨人杰正在张小姐的病房，端详窗户顺下来的床单布条，然后又仔细观察地面。

杨人杰说道："她如果是从这里跳下去的，怎么连个脚印都没有？嗯？"

那个看守张小姐的特务望着地面，张口结舌。地上只有他自己跳下来时留的脚印。

杨人杰喊："人还在楼里，挨个房间搜！"

特务们开始挨个病房搜查，杀气腾腾，闹得鸡飞狗跳。杨人杰走到韩彩衣的病房门口，正要推门，小夏拦住了众人："你们干什么，这是韩小姐的房间！"

杨人杰敲了敲门："韩小姐，能进来吗？"

听到杨人杰的声音，张小姐给韩彩衣跪下了。钱之风盯着韩彩衣的反应，韩彩衣看看张小姐，又看看钱之风，说了句："看把你们吓得。"

走到门前，把门开了一道缝，韩彩衣走到门外，睡眼惺忪的样子："杨队长？你觉得外面有人进来，我会不知道？还是你怀疑我故意窝藏？"

杨人杰："不敢不敢……"

"你害得我头疼又犯了……"韩彩衣一回身，钱之风从韩彩衣身后现出来。

韩彩衣接着说："钱大夫，还傻站着干吗？没你的事了。"

钱之风低着头走出了房间。杨人杰仍然不甘心，探头通过门缝向里面张望。

韩彩衣看杨人杰还要往里走，一步挡在门口：“杨队长，你要是信不过我，索性就进来搜搜看。”

杨人杰往后退了一步：“信，信！不打扰了。”

杨人杰带着特务走了，韩彩衣目送他们下了楼梯。抬头，发现钱之风还在望着自己。

韩彩衣回身进屋，张小姐在柜子那儿躲着，韩彩衣把口罩还给她：“戴上吧。”

再次走出房间的时候，韩彩衣身边多了个举着点滴盐水瓶子的护士。两人下了楼，钱之风在不远处看着，不知道韩彩衣此举是什么目的，正想要跟上去，护士小夏过来，递来韩彩衣的化验报告：“钱大夫，这是韩彩衣的化验报告，刚刚拿到的。”

小夏欲言又止，钱之风没有在意，直接将化验单接过塞进兜里：“我还有事，回头再说。你先回去。”说完钱之风也下了楼。

钱之风快走几步，韩彩衣和张小姐又在视野之内了，二人来到了医院的一个小空地，一辆车停在那儿。钱之风躲到灌木丛后面，觉得奇怪：“莫非是韩彩衣事先准备好了？”

韩彩衣看看四周无人，打开后备厢，张小姐爬进去，然后韩彩衣关了后备厢，上车要走。

钱之风看到这，不能再不行动了，他突然从灌木丛处钻出来，挡在车前：“对不起，您在住院，这期间要出去必须得到医生同意的。您头疼的病还没好，我担心您亲自开车会有危险。您姐姐要是问起来，我不好交代。”

韩彩衣叹了口气，从驾驶席下来，绕到另一侧，再上车，由钱之风驾车驶出，韩彩衣端坐在副驾驶。门口的特务看到是她，连忙放行。

钱之风指着前面说道：“前面就是松鹤楼了，松鹤楼的厨师手艺精到，我曾经还想偷师学两手，却怎么也做得不如人家。怎么样，就松鹤楼？”

韩彩衣面无表情，看都不看钱之风一眼。

过了片刻，钱之风又说：“要不去和平饭店？和平饭店的烧卖可是……”

韩彩衣说道：“回医院，我累了，想回去休息！”

这回轮到钱之风不知所措了。钱之风默默思索对策，又轮到韩彩衣得意了。

韩彩衣冷笑：“钱之风，你不敢了，还是你心里有鬼？”

钱之风想了片刻，突然下车打开后备厢，将瑟瑟发抖的张小姐搀扶出来，让她待在路边，然后独自回到驾驶席：“好，这就回去。”

韩彩衣毫无心理准备，一时不知所措。车子掉头驶回，距离被扔在路边的张小姐越来越远。钱之风偷眼看着一脸冰霜的韩彩衣。韩彩衣同样也偷偷

瞄着钱之风。两人沉默着，默默在心底较量着，等待对方开口。后视镜里，缓过神来的张小姐拔足狂奔，钻进了小树林。

韩彩衣咬牙：“你赢了。”

钱之风一脚将刹车踩住，韩彩衣跳下车向张小姐追去。张小姐还没跑远，韩彩衣就追了过来，张小姐见跑不过，到了树林，藏了起来。韩彩衣找不到人，焦急不安。

韩彩衣指挥着钱之风：“你从东边，我从西边！”

两个人慢慢从两边包抄，接近了张小姐藏身的地方。张小姐见状，起身急跑，却被裸露的树根绊倒，摔倒在地。这边正是钱之风包抄的方向，钱之风一下冲过来，抱住张小姐，却捂住她的嘴，躲在旁边的沟里。韩彩衣从不远处过去，没有发现他们。

钱之风低声问道：“你到底是什么人？他们为什么要抓你？”

张芸说道：“我是逃婚出来的……”

钱之风盯着张芸：“不对！你怀孕好几个月了！那些是汪伪的特务，他们为什么抓你？你不说实话，我就帮不了你！”

张芸战战兢兢地说：“我说……我姓张，原来是唱黄梅戏的，后来被卖给忠义救国军的淞沪区总指挥何健当姨太太。他对我不好，老打我，我就跟他的车夫好了。”

钱之风接着问：“那个韩彩衣为什么抓你？”

张小姐摇摇头：“不知道——我不认识她……”

就在树后，韩彩衣的声音传了过来：“藏得挺隐蔽啊，抱的还挺紧。钱之风，这么快就移情别恋了？”

韩彩衣冷笑着望着两人，手里拿着枪。三个人回到了车上，还是钱之风开车，韩彩衣和张小姐坐在后座，韩彩衣的枪指着钱之风：“开车！”

这时韩彩衣却说不出去哪儿来，见韩彩衣有些踌躇，钱之风接着说：“要是没地方去，可以去我那儿。”

到了钱之风家，韩彩衣就让钱之风找来一捆绳子，把张小姐绑了起来。钱之风一直说没这个必要，韩彩衣拿着枪威胁：“我说了算！”

钱之风只得蹲下将张小姐双手双脚绑住。绳子刚刚离手，韩彩衣便调转枪把从后面将他打倒在地。钱之风趴在地上一动不动，似乎晕了过去。韩彩衣试了试他的鼻息。

韩彩衣对着张小姐狠狠地说：“东西藏哪儿了？说出来就放了你。”

张芸：“我不知道，你要的什么东西……”

韩彩衣说道：“张小姐，你从何健那里把忠义救国军的作战计划偷出来，不就为了保命用吗？现在到了用的时候了。”

张芸低声说着："平江路，福兴旅店，我就在那里被抓的。东西就在，就在……床底下……"

张小姐连连点头。韩彩衣起身向外走。

张小姐叫住韩彩衣："你答应放了我的！"

韩彩衣置之不理，径直出去了。听到外面房门开合的动静以及远去的脚步声，钱之风睁开眼睛，翻身坐了起来。张小姐吓得捂住嘴。

钱之风示意小点声："嘘！她刚才问你什么作战计划？"

张芸说道："忠义救国军的作战计划，我跑出来的时候，从何健那里偷的……对了，你到底是不是共产党？我听医院的护士说。"

钱之风问道："你先告诉我，那份作战计划里都写了什么内容？"

张芸想了想："有打日本人的，也有打共产党的……何健总说，共产党怎么怎么坏，所以要抗日第二，给共产党找麻烦第一。"

钱之风皱眉："具体内容呢？还记得吗？"

张小姐摇头："我识字不多，看着吃力，就没仔细看。"

钱之风想了想，给张小姐松绑。张小姐不敢相信地望着钱之风。

钱之风说道："没明白？我说，你可以走了。出了门，最好往西边去，走小路。哦，这点钱拿着，买身旧衣服换上。你不走？那我先走了，你走的时候帮我把门带上。"

钱之风走到门口，张小姐在背后喊："大哥，我刚才骗她的！"

钱之风回头："啊？"

张芸看着钱之风："你跟她不一样，你是好人，我不想骗你。那份作战计划不在福兴旅店，我放在山塘街的同春戏院了。我被何健抓去之前，在那里唱黄梅戏。同春戏班里有个姐妹跟我最好，叫小桃红，东西就在她手里。刚才是假的，不过现在是真的！你是好人！"

钱之风不知说什么好，说了声："谢谢……"推开门，只见韩彩衣正倚着门框对他冷笑，几乎吓得魂飞魄散。

韩彩衣上下打量钱之风："好人？哼！钱之风，看不出你对付这样的女人还真有一套。"

钱之风惊得一退："你怎么没走啊……"

韩彩衣冷笑着："同春戏院，小桃红——三言两语就把话套出来了？看来我得向你学习。张小姐，你说是吧？"

钱之风看看韩彩衣："我们只是随便聊聊，她说她之前唱黄梅戏的……倒是你，韩小姐！为什么要暗算我？"

韩彩衣说道："暗算你？哼，也不知道谁在暗算谁！提醒你，下次再装晕，不要刻意屏住呼吸，晕过去的人也是会喘气的！你是医生，这都不知道？"

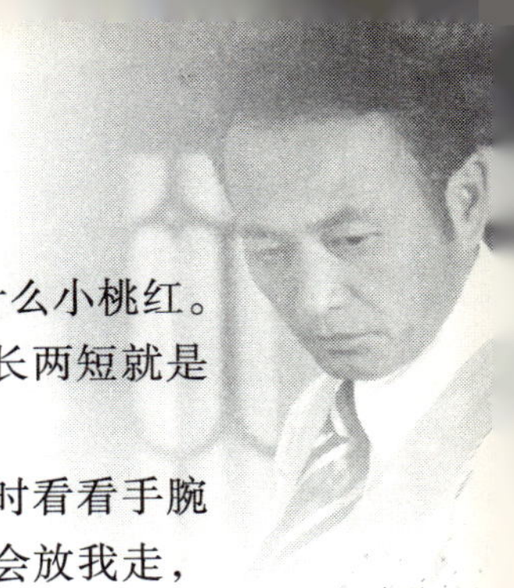

钱之风尴尬不已，韩彩衣露出胜利的笑容：“你去，找那个什么小桃红。别跟我耍心眼，一个小时不带着东西回来，这位张小姐有什么三长两短就是你害的！”

钱之风走后，张小姐一直蜷缩在墙角，韩彩衣靠墙站着，不时看看手腕上的表，再看着门外。张小姐问韩彩衣：“如果东西拿回来，你会放我走，是吧？”

韩彩衣扭过身看看张小姐：“只要你别再耍什么花样。”刚说完，韩彩衣的肚子忽然一阵翻江倒海，赶忙到门口对着外面呕吐。张小姐犹豫是否要上前帮忙，被韩彩衣抬枪制止：“别动！”

张芸小心地说：“我刚怀孕头两个月，也跟你似的。我看你干呕了好几次，是不是有了？”

韩彩衣说道：“胡说！我还没结婚呢！”

张芸一低头：“哦，对不起。”

韩彩衣想了想，起身走到张小姐身边，拿起绳子，又将张小姐绑住了，这次绑得结实，韩彩衣对张小姐说：“我出去一下，马上回来。你别捣乱，不会亏待你。”说完，韩彩衣出了门，走进了巷口的公用电话亭。

不久之后，钱之风来到了同春戏院，还没开戏呢，戏院门口冷冷清清，有一个拉黄包车的年轻人，帽子盖在脸上，从下檐看着钱之风走过去。钱之风看了看四周，进了大门，戏台上戏班子在排练，一个女旦看起来是主角，正在吊嗓，一听声音就是从小苦练出来的，唱词正唱到：“为救李郎离家园，谁料皇榜中状元。中状元着红袍，帽插宫花好啊好新鲜哪……”

钱之风看看伙计：“麻烦，我找小桃红。你跟她说，有一位姓张的小姐让我来找她。”

台上的女旦听见了，跳下来：“等等！翠玲让你来的？我是小桃红。”

钱之风愣了下：“啊，对。她让我来拿她放在你这里的东西。”

小桃红问：“她还好吗？”

钱之风说道：“她……说实话，不太好。”

小桃红转身拿着一个纸口袋回来，交给了钱之风：“帮我好好照顾我那姐姐。”

钱之风出来，招手叫黄包车，拉车的年轻人过来了。钱之风拿着纸口袋坐上去，钱之风家所在的永明巷里这里不算近，钱之风跟年轻人说：“快点走，我多给你些钱。”

年轻人答应了一句，一路小跑着。刚走出不远，年轻人突然脚下一软，摔倒在地。钱之风忙下车问：“怎么了？”

年轻人揉着脚：“地不平，崴脚了！”

钱之风到了近前，伸手检查："我是大夫，让我看看？"

年轻人止住他："疼，疼，骨头断了！"

钱之风："我看看的，别动——骨头应该没事……"

年轻人指指后面："谢谢先生。我那车后面箱子里有红花油，您能帮我拿一下吗？"

钱之风顺手将纸口袋放在地上，回到黄包车箱子里找。找来找去没有找到，口中小声说着："没有啊？"接着回头时，发现年轻人已经不见了，纸口袋也没了，钱之风呆若木鸡。

等钱之风缓过神来，觉得应该马上回去看看张小姐和韩彩衣是否安全。钱之风到了家，发现屋子里空荡荡的，韩彩衣和张小姐都不见了踪影。墙上钉着一张字条，上面两个娟秀的字"谢谢"。钱之风脱了外衣狠狠摔在地上，一张纸片从口袋里飘出来，落到一旁。钱之风颓然地坐下，随手捡起那张纸看了一眼，却愣住了。

那是韩彩衣的化验单，妊娠检查显示阳性。让韩彩衣去做各种检查，本来只是钱之风心血来潮的恶作剧，却没想到真有了重大发现。她知不知道自己怀孕？看样子似乎不知道。她还没有结婚，那么孩子是谁的？还有，她为什么要瞒过杨人杰将张小姐带走？她要忠义救国军的作战计划干什么？钱之风陷入谜团。

6 暗结

韩彩衣已经回到了汪伪苏州站的办公楼，此刻正在修指甲，田姐敲门进来。田姐四十岁上下的年纪，是总务科的骨干，嗓门特别大：“韩科长，广济医院打电话来了。是位姓夏的护士，说您还在住院呢，让您赶紧回去。您有一项检查的结果，似乎不太正常？”

韩彩衣继续修指甲：“哪一项？”

田姐答道：“没说。只说很重要，务必请您亲自到医院去面谈。”

田姐出门之后，韩彩衣继续修着指甲，修到一半，突然想起了什么，停了下来，皱着眉思索了好一会儿，起身去往广济医院。

在钱之风的办公室，钱之风正在低头写着材料，门开了，钱之风抬头，只见韩彩衣进来，杨柳春风一般：“钱大夫，你要是想我了就直接说，别扯那些乱七八糟的。”

钱之风不慌不忙拿出了那张化验单：“您不是脑子里有虫，你的虫在你肚子里。恭喜韩小姐，您有喜了。”

韩彩衣瞪着眼睛：“钱之风，你觉得我会相信这种小孩子的把戏吗？那未免也太小看我了！”

钱之风叹了口气：“您要是不相信我，可以到别的医院去复查。韩小姐，您好像还没结婚吧？你姐姐，大概会很为韩小姐你担心……”

韩彩衣瞪着钱之风：“你要挟我？”

钱之风摇摇头：“不敢。我只是想要回你派人偷走的我的东西，还有张小姐，她跟你一样也是孕妇。”

韩彩衣咬着牙：“你信不信我杀了你！”

钱之风盯着韩彩衣看，笑了，不慌不忙地说：“你可以杀了我。”说完钱之风站起来，走到门旁边：“这次你开车！”

韩彩衣不解：“干什么啊，这是？”

钱之风开门：“张小姐的事，你得先跟我解释一下吧。”

医院门外，杨人杰和许清林正坐在车里，观察着动静，自从张小姐在广济医院失踪的事发生以来，杨人杰就没睡过一个安稳觉，就在刚才，许清林向他提供了新的线索。当然，线索是指向他的老冤家钱之风的。正赶上听到了田姐大声喊话，招呼韩彩衣接广济医院电话，杨人杰和许清林就顺势来到广济医院外蹲守。

只见钱之风和韩彩衣一前一后走出来，似乎两人在赌气。很快钱之风和韩彩衣上了车，驾车驶出医院。杨人杰皱皱眉，驾车跟上。

汽车走得并不快，韩彩衣开着车，冷冷地问钱之风：“你是共产党？”

钱之风摇摇头：“我不是。”

韩彩衣追问：“都到这个时候了，还抵赖？”

钱之风看看韩彩衣：“那么你呢？你背后——重庆？军统？

韩彩衣笑个不停，似乎钱之风的话多么滑稽：“钱之风，你想象力太丰富了！我是军统？你是怎么想的出来的！”

钱之风盯着韩彩衣：“昨天，你为什么要把张小姐从医院里偷出来？还有，非要找她手里的那份什么作战计划？”

韩彩衣看看指甲：“忠义救国军春夏两季的作战计划，很多人都想要的。比如，那个把作战计划弄丢的家伙。如果让重庆知道那么重要的东西丢了，戴笠能要了他的命。他出价不菲。”

钱之风问道：“韩大小姐还会缺钱？”

韩彩衣笑了：“老赵没告诉你吗？我是个花钱如流水，不知道节俭的女人……”

韩彩衣与钱之风一前一后下车，向路边一条小路走去，进了家小旅店。许清林和杨人杰带着两个特务悄悄下车，远远跟在后面。

韩彩衣在楼梯口停了下来：“作战计划归我，人归你。不过人必须送出苏州，离得越远越好。落到杨人杰或者我姐夫手里，咱们俩都没好果子吃。”

钱之风说道：“作战计划你得给我看一眼。”

韩彩衣想了想，点点头。她走向走廊尽头的房间，有节奏地敲门。很快门开了一条缝，露出一个年轻人的脸，这个年轻人正是那天的黄包车车夫。

年轻人见了韩彩衣，高兴地说：“太好了，你可算来了！”

韩彩衣一闪身，钱之风跟在后面。年轻人立刻拔出枪来，韩彩衣按下：“没事。”

钱之风叫出声来：“啊！是你？”

年轻人冷笑：“见笑了。我叫小童，直接受韩彩衣小姐领导。”

此时韩彩衣望着屋里，愣住了：“这是怎么回事？”顺着韩彩衣的目光，钱之风看向屋内，只见张小姐脸色苍白蜷缩在墙角，神情痛苦不堪，地上一摊殷红的血迹。

小童回头看看，解释道：“她……她想跑，我踹了她一脚，没想到就……”

韩彩衣回身把门反锁，钱之风则上前检查张小姐的伤情，回头狠狠瞪了瞪小童。

小童还在狡辩：“谁让她想跑的！老老实实的话我哪能……”

张小姐说话已经很虚弱了：“肚子疼，冷，我冷……”

钱之风看着地面的血，咬着牙：“大出血！失血过多，必须马上输血！再不输血她会有生命危险！”

小童还在旁边不依不饶：“死了就死了！省得麻烦。”

钱之风又愤怒地瞪了小童一眼，韩彩衣看看小童，摇了摇头。

就在此时，传来了敲门声。三人都愣住了，钱之风韩彩衣对视一眼，钱之风忍不住出声问了一句：“谁？”

门外的人说道：“送开水的！”

钱之风还要开口，被韩彩衣眼疾手快地捂住嘴，韩彩衣轻声说：“听声音是许清林，看来你被监视了，自己不小心还把我也赔上！”

韩彩衣倒是很镇定，想了想，对小童说：“你，还有她，先躲到床下面去！”

小童点头，拖着张小姐慌忙钻到床下，敲门声越来越急。紧接着，传来了伙计哆哆嗦嗦拿出钥匙的声音。钱之风和韩彩衣望着门锁的锁芯慢慢转动，锁芯一下卡住了。钥匙看来错了，在门外，许清林重新挑了一把，旁边的杨人杰皱眉，显得忧虑重重。

钱之风愣在那说不出话来，不知所措。韩彩衣突然重重地在钱之风面颊亲了一口，留下鲜红的唇印，然后扒掉他的外衣，盖住地上的血迹。最后将他里面衬衣的上面扣子也扯开。钱之风还在发呆，韩彩衣迅速脱了身上的衣服上床，拉开被子钻进去。就在韩彩衣钻进被子的瞬间，门开了。许清林冷笑着着推门进来。

钱之风看起来仍然有些慌张，不过倒符合当下的气氛：“啊，许科长！”

许清林从兜里拿出烟来，正准备点上：“你怎么在这儿？”

杨人杰一脸严肃，回身要往外面走：“我是行动队长杨人杰，我们在查案子！”

就在这时，后面的床上，韩彩衣轻轻咳嗽了一声。许清林这才看到，后面的床上，韩彩衣香肩半露的样子，许清林手里的烟停在空中，呆住了。韩彩衣故意扭着身子，一脸不屑：“许科长，你的眼睛往哪儿看呢？”

许清林连忙移开目光："对不起韩小姐，我不是有意的……"

韩彩衣娇嗔地说道："你们可真讨厌，我请了钱大夫给我治疗头疼，刚治到一半就被你们打断了。有事吗？没事请出去！"

许清林还想说什么："韩小姐，我们怀疑……"

杨人杰狠狠拽了许清林一下，转身而出。许清林无奈，只好跟出去。随手关上门。几个人的脚步声渐渐退去，床下小童捂着张小姐的嘴，手里的枪已经上了膛。

门外传来众人下楼的声音，钱之风到窗口向下看："都走了。"钱之风说着转回身来，正在穿衣服的韩彩衣连忙抱住身子："谁让你转过来的？"

钱之风连忙转回去："对不起。"

韩彩衣盯着钱之风的背影，很快穿好了衣服。钱之风这才小心翼翼地转过身，只见韩彩衣脸上一片绯红："看我干吗？还不去把脸上口红擦了！"

钱之风回过神，想起张小姐的事，从床后面抱起张小姐，撞开门向外跑，小童追上，挡住去路。

钱之风瞪着小童："人命关天！"

小童目光冰冷："让人看见，我们就全完！"

钱之风急切地说："再不输血她就要死了！你们还有点人性没有！这叫见死不救!！有种你就开枪！"

韩彩衣走了过来："送到医院她也是死……你把她送到医院，就等于把她还给何健，她一样会没命，还会受折磨！——你理智点！

钱之风瞪着韩彩衣和小童："请你们理智点！她现在还是一个活人！一个活生生的中国同胞！她肚子里面还怀着孩子!!"

小童把枪口移向了张小姐。钱之风怒目而视，同时感觉到张小姐轻轻地拉自己衣袖。他低头看，张小姐微微摇头，嘴角挤出一丝感激的笑容。钱之风悲愤至极，却知道韩彩衣说的是实话。韩彩衣望着钱之风悲愤的神情，似有触动。

韩彩衣回身，拿了毛巾和一盆热水，小童将床单撕成布条做止血带。钱之风跪在张小姐身前忙碌，手上衣服上染满了血迹："坚持住，坚持住！你会没事的！"

张小姐眼神已经发散了，窗外暮色沉沉。小童不安地走来走去，韩彩衣坐地上，呆呆望着钱之风。钱之风将张小姐抱在怀中，紧紧握着她冰冷的手，一边低声哼唱着："为救李郎离家园，谁料皇榜中状元。后面，什么词儿来着……"

张小姐的嘴唇似乎动了动，气若游丝："中状元着红袍，帽插宫花好新鲜……"

钱之风学着唱："帽插宫花好新鲜哪……"

张小姐听着，有气无力地说道："唱错了……"

钱之风笑了笑。张小姐用尽最后力气褪下手腕上的一只银手镯，交给钱之风。她又说了什么，钱之风没有听清，连忙凑到耳边，这才听见："帮我给小桃红……可惜、可惜我的孩子还没出世……他还没看到这个世界……"

话在喉咙哽住，张小姐抽搐了两下，不动了。钱之风默默阖上她的双眼，韩彩衣站在一旁，以手掩面。客栈外，许清林在杨人杰走了之后，自己又绕了回来，一直等在外面，等得几乎失去了耐心，正要离开的时候，他看到目标终于出来。钱之风和小童合力抬着一个大樟木箱，走向巷口的车子。韩彩衣跟在后面。樟木箱塞进了后备箱，小童与韩彩衣说了两句话，向另一个方向走去，许清林没有车，于是决定跟踪小童。七拐八拐，许清林发现小童的踪迹不见了。正在疑惑，却在背后被一棍子打晕。小童从暗处出来，将许清林口袋里的东西洗劫一空，扬长而去。

在车上，钱之风和韩彩衣一句话也不说，气氛压抑异常。

韩彩衣咳嗽了一下："你是个好医生。我所见过最好的医生。"

钱之风摇了摇头，又等了一会儿，问道："杀一个人，是不是永远比救一个人容易？"

韩彩衣低着头："在这个年代，是的。"

来到了野外，两个人把箱子搬下车，找好了地方，钱之风奋力挖坑，韩彩衣在旁边看了会儿，也上前帮忙。稍后，在一座小小的坟头前，两人脱帽肃立。

韩彩衣问："她最后跟你说了什么？"

钱之风叹了口气："她说，遗憾自己的孩子没有出生，没能见到这个世界。"

韩彩衣苦笑："这个世界有什么好的，不见也罢。"

苍茫的夜色，笼罩了一切。

韩彩衣转身往车的方向走去："你要是不想再当医生了，可以来找我。"

7 替身

许清林在街头醒过来，四周静悄悄的，他又转了转，没发现任何线索，只好回到汪伪苏州站办公楼。

许清林捂着头在走廊里走过，意外发现赵元初办公室的灯还亮着，就走过去打个招呼。

赵元初出来："清林？怎么，挂彩了？"

许清林咬咬牙："妈的，被人暗算了，幸亏脑袋硬。"

赵元初找出纱布，简单地给许清林包扎。

许清林叹了口气："老赵啊，我这人直，先前有得罪的地方别往心里去。"

赵元初摇摇头："说哪里话。你能把先前这些共党资料给我，我已经感激不尽了。"

许清林问道："既然都看了，有什么发现没？"

赵元初想了想："我在共党那边的时候，身边有一个电报员叫舒鸿。我被 76 号抓了之后，这人就音信皆无。我出来后四处打探，有人说她到了苏南地区。"

许清林拿出烟来，递过一根给赵元初："女的？这人有什么重要吗？"

赵元初点点头，接过烟："重要倒也不太重要。可她跟了我许久，了解我的脾气习惯。我的名字估计在共党的锄奸名单上呢，不找到这个人，我不放心。"

许清林帮赵元初点着了烟："舒鸿？好，我帮你留意就是了。"

第二天早晨。韩彩衣下车走向楼门口，看到额头上绑着一条绷带的许清林和刘二奎站在一起抽烟。许清林看到她，招了招手。韩彩衣笑了笑，算是打过了招呼。

韩彩衣来到办公室，赵元初正默默地坐在沙发上，没有说话。韩彩衣在他面前放了一杯茶：“有很重要的事情吗？这么严肃。”

赵元初问道：“韩小姐，麻烦你先把门关上吧。”

韩彩衣好奇地看着赵元初，走过去把门关上：“现在可以说了？”

赵元初问：“你和钱之风怎么回事？”

韩彩衣一愣：“啊？什么？”

赵元初低声说：“别装傻了，站里上上下下都知道了！”

韩彩衣还是不明白：“知道什么？”

赵元初一皱眉：“你和钱之风——偷情！你们科那个姓田的，是出了名的‘大喇叭’。她都跟许清林打听了，之后就等于跟全站上下所有人说了……”

韩彩衣一笑：“赵先生，我和他的事儿，跟你有什么关系？”

赵元初严肃地说：“钱之风是我的朋友，我只希望你别害了他！”

韩彩衣盯着赵元初：“那好，我告诉你个秘密，他就是共党！”

赵元初一声冷笑：“真的？好啊，那你怎么不赶紧去向站长报告？告辞了！”

在郑伯鸿的办公室里，杨人杰正在向站长郑伯鸿请罪，郑伯鸿打了个电话：“主任……是……好的，等何健的人来了，我会当面向他解释清楚的！”郑伯鸿放下电话狠狠地瞪着杨人杰

张小姐的死似乎就这么被抹过了，她曾交代钱之风把镯子给小桃红，钱之风为此来到了戏院，小桃红在戏台上排练，看到走进的钱之风愣住：“你怎么又来了？”

钱之风从公文包里取出那个银镯，交给小桃红：“她让我把这个给你。”

小桃红愣住，眼眶红了：“她……”

钱之风低着头：“她死了。怨我，我本来可以把她救活的。”

小桃红摆摆手：“不用说了，稍等一下。”

小桃红跑去后台，很快回来，递给钱之风一个牛皮纸口袋：“她嘱咐我，什么时候见到这个镯子，才可以把这个拿出来。”小桃红忍不住啜泣起来，钱之风什么话也说不出，只有点点头，转身离开。

钱之风出了门，小心地看着左右，没什么异常，怀里揣着的正是导致张小姐殒命的东西，他决定把这个东西交给谭从武，可是又怕有人跟踪，绕了好久。他不知道，许清林已经将跟踪的特务调到了韩彩衣那儿，天色将晚，钱之风才来到新的接头地点山西面馆，装作进去吃面。钱之风跟着小常走进了后厨，谭从武拉过两张板凳，和钱之风在墙角坐了下来。

钱之风擦擦汗：“见你一面就这么难？”

谭从武叹了口气：“非常时期，得加倍小心。”

钱之风从怀里掏出那个小桃红给他的牛皮纸信封，递了过去。

谭从武看了看：“什么？”

钱之风说道：“你们需要的东西……那位张姨太临死前留下了一个手镯，让我当面去交给她的姐妹，没想到，反而拿到了……你看看是不是真的？”

谭从武打开信封看着：“是！太好了……之风，你可立了大功！”

钱之风起身：“那就好。没什么事我先走了。”

谭从武说道：“之风——你留在苏州太危险了，我们希望你尽快转移到根据地去，新四军需要你这样的好医生。胡美玉死了，我知道你放不下。但是我们必须向前看。”

钱之风点头：“我知道，你让我想想……”

谭从武盯着钱之风：“可以，但要尽快！敌人虽然把你放了，但并不代表你就安全了……别忘了还有赵元初！”

此时的韩彩衣心绪烦乱，她来到药铺门口，犹豫着看着药铺的牌子，下定决心走进了药铺。回到和平饭店来，手里多了一瓶酒，她精疲力竭地瘫在床上。半晌，勉强重新站起来，打开酒壶的盖子，小声说了句：“汉城，对不起……”

韩彩衣猛地喝了一大口，忍住片刻，终于“哇”的一声全吐了出来。就在这时，外面响起拍门声。韩彩衣擦擦嘴：“谁？”

门外是姐姐韩美珍：“我！你姐，开门！”

韩彩衣勉强起身开门。韩美珍气急败坏，不由分说给了韩彩衣一记耳光。韩彩衣被打傻了，韩美珍推开她走进凌乱的室内。嗅了嗅味道，发现了桌上的酒：“这是什么？”

韩彩衣过来：“为什么打我？”

韩美珍喊着：“为什么打你？你干的好事！——这是雄黄酒？你喝这个干什么！难道你已经……你和钱之风干的好事！彩衣啊彩衣，你让我说你什么好！”

韩彩衣问道：“我和钱之风？我们怎么了？”

韩美珍夺下了酒瓶：“还不承认吗？被人撞见了还不承认！上上下下已经传遍了，不出三天，全苏州有头有脸的人都会知道你韩彩衣是个放荡的女人！”

韩彩衣盯着姐姐：“谁告诉你的？杨人杰，还是许清林？还是谁？姐，你平常又不在站里，怎么会知道那么快？是不是我姐夫身边还有你的人呢？”

韩美珍不依不饶：“你少给我扯别的！我就问你，你和钱之风，到底是怎么回事？这个呢？这是雄黄酒？你喝这个干什么？”

韩彩衣哼了一下：“没喝过，尝尝！”

韩美珍大声说："雄黄有毒，那是打胎才用的！你是不是有了？"

韩彩衣扭头不看，韩美珍确信无疑："怪不得你突然头疼住院呢，还让姓钱的给你治，原来病根在这儿！对了，你还动不动就恶心，你那会儿就发现自己有了，是不是？"

韩彩衣笑笑："姐，你观察还挺仔细，应该来我们站里情报科上班。"

韩美珍瞪着韩彩衣："少跟我油嘴滑舌！韩彩衣啊，韩彩衣，你让我说你什么好！我就你这么一个妹妹，爹妈死的早，是我这个当姐姐的又当爹又当妈好不容易把你养大的，当年为了照顾你，我连孩子都没敢要，现在到了这岁数，连孩子都不能要了！我为了谁啊！还不都是为了你！可你怎么对我的？你说说你怎么对我的？你太让我失望了！"

韩彩衣转过身去："姐！你对我好我知道，可我的私生活跟你没关系吧？"

韩美珍坐下说道："我知道你恨我，恨我当初坚决不肯你跟那姓江的好，可你也不能像现在这样自暴自弃啊！瞧瞧你这屋里，比鸡窝还乱，哪儿有个大姑娘闺房的样子?！眼看就三十了，自己还不当回事呢，我给你介绍了多少个条件不错的，你总挑三拣四，没想到居然找了钱之风这么一个东西！"

韩彩衣面向窗户："是谁说的，这个钱之风看着老实厚道的。"

韩美珍抬起头望着韩彩衣："我说过吗？你，你是不是要成心气死我！"说到伤心处，韩美珍落泪。韩彩衣心软下来，搂住她的肩膀。

韩彩衣轻轻说道："你打我一巴掌，我不恨你，我也知道你为了我好。可你觉得好的男人，我不喜欢；有钱有势，像姐夫那样的，看上去是挺好，可你跟他有多少共同语言？你觉得他什么话都会跟你说吗？你跟他说的话，他会认真听，放在心里吗？不会。跟这种男人过日子，不跟守活寡一样？"

韩美珍语气也轻下来："嫁汉嫁汉，穿衣吃饭。什么共同语言，这都什么新名词……"

韩彩衣转过身来："有姐姐你在，我又不用担心穿衣吃饭。"

韩美珍问道："那我问你，你跟那个姓钱的有共同语言？我怎么记得他原来是共产党？"

韩彩衣说道："早就不是了。"

韩美珍大声说："他可是个二婚！"

韩彩衣又转过去："我又没说要嫁他。"

韩美珍急得跳起来："什么？你们都那样了，没打算结婚？"

韩彩衣回头看着姐姐："没有啊……"韩美珍两眼一翻，晕了过去。

不一会儿，在和平饭店的大堂，情报科两个特务正在看报纸，韩彩衣挽着泪眼婆娑的韩美珍，送她出来，姐妹俩说着悄悄话。两个特务对个眼色，只见韩美珍上了车，与妹妹依依不舍地招手告别。

第二天在会议室，各科室的负责人彼此交头接耳，不时窃笑。见郑伯鸿和杨人杰进来，众人立刻全部正襟危坐。郑伯鸿看了看："韩彩衣呢？怎么没来？"

郑伯鸿察觉到异样，扫视每个人的面孔："今天要讨论的事跟总务科关系最大，谁去叫她一下？"没有一个人动，也没有一个人出声。

郑伯鸿提高了声音："我说的话没听见吗？"

许清林按捺不住："韩小姐今天好像不舒服，没来。"

郑伯鸿扫视着众人："我进来之前，你们在聊什么，聊得兴高采烈，嗯？"

许清林看看左右："没，没什么。"

郑伯鸿看着许清林："你的声音最大，我好像还听见你说了韩科长的名字。许清林！"

许清林忙起身立正。

这时外面传来韩彩衣的声音："劳烦许副科长惦念，我好多了。"韩彩衣说着话从外面进来，坐到自己的位子上。

韩彩衣抬头看看郑伯鸿："没事。开会吧。"

郑伯鸿点点头："好，开门见山。接到日本宪兵司令部岛田中佐的通知，下周到访上海的天皇特使高月一郎先生将前往南京会见汪先生，讨论新政府成立的相关事情。途中会在苏州停留半日，要求我们做好接待和保卫工作。机会难得呀，虽然只有短短半天时间，但我们要利用这半天时间，给特使留下一个好印象；同时，因为特使的行程已经被公开，所以不用说，那些妖魔鬼怪也会不甘寂寞！"

会后，郑伯鸿回到办公室，韩彩衣跟进来。

郑伯鸿坐下："我看你刚才会上，好像有话要说。"

韩彩衣说道："我对你的分工有意见。"

郑伯鸿一愣："是吗？我的分工怎么了？日本宪兵司令部那边要咱们做的，就是配合招待以及安保。安保由行动队负责，招待的事，理所应当由你们总务科牵头。难道让杨人杰、许清林那些粗人去吗？"

韩彩衣答道："我们总务科就那么几个人，平时已经忙得四脚朝天了。再说，一个懂日语的都没有，跟日本人对接，怎么对接？"

郑伯鸿说道："日本人那边有翻译。"

韩彩衣摇摇头："姐夫，你怎么糊涂了，日本宪兵司令部那边的翻译是警察局冯局长的亲戚。冯局长本来就跟咱们不对付，万一中间使坏怎么办？替日本人办事咱们不能有任何差池啊……你要我接这个任务也行，但得给我总务科配个可靠、会日语的，不然我干不了。"

郑伯鸿两手一摊："一时半会儿，我上哪儿给你找这样的人去？"

韩彩衣一笑："其实我倒有个人选，就怕你不同意。钱之风！"

郑伯鸿腾地一下站起来："你说谁？"

韩彩衣没事人一样："钱之风啊。你忘了？那个医生，他当年留日的，日语说得好着呢。"

郑伯鸿说："荒唐！他干过什么你又不是不知道……"

韩彩衣说道："我知道。他为了救赵元初能两肋插刀，说明这人重情义。性子耿直没有那么多弯弯绕，用起来放心……对了，你们怀疑他是共党，许清林后来查出结果了吗？"

郑伯鸿沉吟片刻："你好端端的怎么就看上他了呢？"

韩彩衣笑笑："对了，我前两天住院，正好也是他给我看的病，认真负责，连我姐见了都夸他呢……你别瞧不起人家，咱们身边的这几块料，有哪个是一心一意替咱卖命的？这钱之风一根筋，看着是可笑，可你要是用好了，那就是最放心的！"

郑伯鸿认真地看着韩彩衣，没有说话。

韩彩衣见郑伯鸿皱眉盯着自己："盯着我干什么呀？我说的没道理吗？"

郑伯鸿顿了一下："那你让他下午来见我！"

韩彩衣愣了一下，接着高兴地说："哦，好！"

8 入站

第二天，钱之风来到汪伪苏州站办公楼。再次进入大门，钱之风的心中百感交集。没有过多的耽搁，钱之风直接来到了郑伯鸿的办公室。

办公室里，钱之风毕恭毕敬地站在郑伯鸿面前。郑伯鸿并没有太认真看他，还在写他的毛笔字："我们这儿缺会日语的。你日语怎么样？"

钱之风用日语介绍了一下自己。郑伯鸿没抬头，接着写字，嘴里问了一句："嗯？"

钱之风用中文："意思是，我在日本留学五年，毕业后又在日本行医多年，日语完全没有问题。"

郑伯鸿又写了一个字："那就好。接待天皇特使的事儿韩小姐跟你说了吧？你会日语，就由你负责和日本人那边衔接。他们那边负责的是岛田中佐，你直接听他吩咐就行。"

郑伯鸿问："听说韩彩衣这些天头疼住院，一直是你负责治疗？治得怎么样？头疼的原因查明了吗？"

钱之风笑道："哦，应该是工作压力太大，加之生活作息不规律导致的。只要注意休息，估计问题不大……"

郑伯鸿没等钱之风说完："那就欢迎你来我们这工作了。行了，你去让小田给你安排一下。"

钱之风出了门。郑伯鸿把字写完，手中拿着报纸走了出去。许清林在走廊里追上来："站长，您怎么把钱之风弄站里来了？"

郑伯鸿举起报纸，离得许清林很远："最下面一行字写的什么？"

许清林摇头："看不清楚。"

郑伯鸿将报纸凑近了。

许清林念："德国方面表示，愿与苏联保持友好……"

郑伯鸿收起报纸："什么地方看得最清楚？眼皮子底下。"

田姐为钱之风安排好了办公位置："你就坐这张桌子。咱们总务科人不多，加上你一共七个人。工作上有什么事情就找我，总务科的日常工作，都由我负责。韩科长的办公室在最里面，没什么特别重要的事，不要烦她……哦，也许你是例外。"

钱之风尴尬："不知道您怎么称呼？"

田姐说道："我姓田，你就叫我田姐好了。"

钱之风笑了笑："谢谢田姐，您资格老，以后还请您多照顾。"

有人敲门，只见赵元初站在门口，赵元初叫钱之风去自己的办公室。钱之风进来，赵元初立刻关上门："你怎么不跟我商量一下？你这是找死！"

赵元初叹了口气："你呀，糊涂透顶！这是什么地方？这是龙潭虎穴！别人宁肯绕着走，你倒好——你到底想干什么？"

钱之风盯着赵元初："我就是想做点更有意义的事。"

赵元初皱着眉："有意义？给韩彩衣当垫背的有意义？你要想杀许清林，有得是办法在外面做……"

钱之风："你觉得我在这儿待不下去？"

赵元初摇头说道："你肯定待不下去！你没情报工作经验，而且本来苏州站里面的关系就错综复杂。别以为有韩彩衣撑腰就高枕无忧！丑话说在前面，你要有个闪失，我可不管你！"

钱之风脖子一梗："我说了，不用你管。"

赵元初走到窗前："好，好，有骨气！那我问你，现在全站上下除了站长，都知道你和韩彩衣有一腿！这事儿瞒不住的，等郑伯鸿知道了，你怎么办？"

钱之风想了想："我……他总不至于为此杀了我吧？"

赵元初说道："哼，不至于？你觉得不至于？钱之风，这里是特务窝子，不是世外桃源，这里的每一个人，都是杀人不眨眼的！"

钱之风笑道："也包括你？"

赵元初狠狠地说："对！包括我！"

中午时分，人们三三两两走出，准备找地方吃饭。钱之风走出来，看到田姐和总务科的另外一个同事在门口站着有说有笑，似乎在等人。钱之风下意识地向他们走过去，看到他，田姐等人却故意不理，掉头便走。钱之风站在门口，怅然若失。这时却听见喇叭声，有人叫自己的名字。

钱之风闻声望去，韩美珍坐在车里，正望着自己。钱之风连忙上前："郑太太！"

韩美珍说道："上车。"

在众目睽睽之下，钱之风上了韩美珍的车。钱之风没有发现，就在不远处，刘二奎正盯着自己。

二人来到一个安静的日式餐厅，端茶送水的都是身着和服的女人。钱之风熟练地脱鞋进屋，端端正正踞坐下来。

韩美珍打量着钱之风：“瞧不出，还挺懂这儿的规矩。来过？”

钱之风说道：“曾经在日本生活过一段时间，不到十年吧。”

韩美珍压着怒火：“哼，你也是受过教育，有教养的人——怎么能干出那种事来？”

钱之风问道：“您说什么？”

韩美珍瞪着钱之风：“你还不承认？是男人，就磊落一点！别想只图快活，不负责任！”

钱之风小心翼翼地斟酌词句：“韩小姐，她还好吗？”

“不好！”韩美珍的大嗓门引得其他格子里的客人纷纷看过来，钱之风尴尬不已。女服务员过来，送上菜单。韩美珍随便点了几样。等服务员出去了，韩美珍才重新开口，声音干涩：“孩子是你的？”

钱之风张口结舌，不知怎样回答。

韩美珍说道：“这两天她没去上班。知道为什么吗？她自己买了雄黄酒，要打胎。她一个女人，眼看三十了，身边一个男人都没有，不清不白怀了孩子，只好偷偷打掉……她上辈子造了什么孽？姓钱的，你自己说，你对得起她吗？”

钱之风尴尬万分：“我……”

韩美珍有些激动地说：“恐怕，你连她有了你的孩子都不知道吧？你们这些男人！”

说罢，韩美珍泪流满面，钱之风只好递上手绢。韩美珍一把甩开：“钱之风，我告诉你，别想裤子一提就没事了，这件事，你不拿个说法出来，我跟你没完！”

钱之风坐在原地，久久没有说话。

在和平饭店，韩彩衣的房间，韩彩衣正发呆想心事。电话铃响了，韩彩衣愣了片刻才接起来。是郑伯鸿打来的：“怎么，又头疼吗？招待特使的工作是交代给你们总务科的，你不能弄来个钱之风，就全扔给他了。”

韩彩衣应付着答道：“我知道。”

郑伯鸿听了一下，接着说道：“对了，这两天你姐姐的情绪不太好，我问她也不说。你知道为什么吗？”

韩彩衣表情怅然：“不知道。也许到更年期了吧……”

楼下，和平饭店的大堂，一个英俊男人走来，脚步有力，目光机警而干

练。男人正要上楼，忽然发现大堂里有两名特务监视着进出的客人以及通向楼上的阶梯。他想了想，坐到角落里，拿起报纸，暗中观察。

过了一会儿，韩彩衣从楼梯上下来，男人慌忙用报纸挡住脸。

两个特务对个眼色，慢慢起身跟在韩彩衣身后。男人见状，又尾随在两个特务身后。

韩彩衣走到美馨旗袍店外，左右看看，并没有发现身后的特务，敲了敲门闪身进去了。两个特务商量了一下，一个留在门口，一个高个儿的转身离开。跟在最后的男人往前紧走几步，到了高个特务身后。

高个特务走着，听到身后一声唿哨。回头看去，一个花盆直接拍在面门上，又接连砸了几下，人不动了。男人迅速将他身上的枪和钱搜去。

另一个特务还在旗袍店附近等着，突然腰上被枪口顶住："别出声！"

韩彩衣身后尾随的特务就这么在不知不觉间被撂倒了。

过了一会儿，美馨旗袍店内，小童正在调试电台，忽然外面传来敲门声。韩彩衣大惊。小童并不慌张："暗号是对的！"

小童将电台藏起，拔枪小心翼翼开门，只见一个陌生人高举双手走进，陌生人正是门外那留守的特务，在他身后闪出一个英俊男人的身影，男人说道："关门！先把他押下去。"小童压着特务走开。

韩彩衣惊喜地叫了一声："汉城！"

说完扑向江汉城，两人紧紧拥抱在一起："你去哪儿了，那么多天？"

江汉城说道："怎么这么不注意，身后跟着特务都不知道！要不是我正好看见，你和小童都危险了！"

韩彩衣低下头："我……对不起……"

江汉城板着脸："听说有日本特使要来苏州？"

韩彩衣说道："对，我姐夫还让我们总务科负责接待呢……你为了这事回来的？"

江汉城敲了敲里屋的门，小童押着特务出来。江汉城指了指："认识吗？"

韩彩衣打量眼前的特务："他好像是情报科的。"

特务强硬地说："我不知道你们说什么，我就站那儿正好抽根烟。"

江汉城恶狠狠一脚将特务踹倒，拿枪指着特务："谁让你跟踪这位小姐的？"江汉城踩住特务的手脚上用力，特务吃痛不已："我，我们科长……许，许清林！许科长怀疑，韩小姐有问题，私通——私通共党……"

江汉城一愣："私通共党？"

韩彩衣连忙解释："汉城！别问了！我有件事儿想跟你说。"

江汉城抓住特务："等等，为什么许清林认为韩小姐私通共党？"

特务磕磕巴巴地说："许，许科长发现，韩小姐和钱之风，关系，关系不一般……”

江汉城惊愕地盯着韩彩衣。

韩彩衣不得不把事情的来龙去脉向江汉城解释了一番，听完这些，江汉城不说话，困兽一般来回走动。韩彩衣望着他，露出失望的神情。江汉城转头：“如果我让你去杀了钱之风，你会去吗？”

韩彩衣抬头看着江汉城：“他是好人。我跟他什么事情都没有，小童可以作证！——汉城你相信我！”

江汉城情绪激动地说：“好人？好人就不能杀了？你背的誓言中哪条说了，好人不能杀?！”

韩彩衣也急了：“汉城！这种话你也说得出来？”

江汉城稳住情绪：“听我说完！一个人是否好人，你说了不算。你只有一双眼睛，你能看到多少？世风日下、人心叵测，你又能猜透多少？大奸似忠，大佞似信，我们这个时代，这样的人又有多少？你敢说你真的了解钱之风吗？”

韩彩衣小声说：“我至少比你了解！”

江汉城不依不饶：“好，退一步说，就算他真是个好人，可他执迷不悟、自甘堕落，参加共产党为祸党国，难道就因为他是好人便可以听之任之吗？”

韩彩衣咬紧嘴唇说不出话，只是默默握住江汉城的手。

江汉城接着说：“我并不是真想让你去杀他，只想考验你一下，你让我失望了。”

韩彩衣低着头：“汉城，我越来越不懂你在想什么……”

江汉城握紧韩彩衣的手：“不要管我在想什么，你只要相信我，无条件地相信我！”

韩彩衣痴痴望着他，似乎之前他发的所有脾气都是情话。

下午，日本沪宁宪兵司令部门外，韩美珍的车停在了路障前面，钱之风从车上下来，对车里的韩美珍说：“谢谢您专程送我。”

韩美珍说道：“今天说的话，你自己可要想清楚。”

钱之风点点头：“是，我会好好考虑。”

韩美珍狠狠瞪了他一眼，让司机掉头开车。钱之风定了定神，走向宪兵司令部大门。

钱之风用日语和卫兵说着：“我和岛田中佐约好了，对，岛田中佐。”

日本兵将其引至会客室，岛田不一会儿就来了，岛田的中文算是标准的：“钱先生！”

钱之风说着日语：“尊敬的岛田中佐，钱之风向您报到。”

岛田也笑了起来：“你的日语相当标准。在哪里学的？”

钱之风接着说：“大正九年到十一年，曾经在名古屋医学院学习过。之后又在日本居住了几年。”

岛田追问道：“真的？名古屋？你的导师是哪位？”

钱之风答道：“佐久间教授。”

岛田哈哈大笑，打开酒柜拿出一瓶酒和两个高脚杯，倒上酒递给钱之风一杯。

岛田举起杯：“钱先生，干一杯！为了佐久间教授！真想不到啊，还能遇到同学！你是大正九年到十一年？那你算是我的前辈了。来中国前，正经做了八年的医生呢！我的导师，也是佐久间教授。”

钱之风连忙斟酒举杯：“太巧了！在名古屋求学的三年，是我至今最快乐的时光！”

岛田喝了一口酒：“很高兴认识你，钱之风，希望我们能成为要好的朋友！”

钱之风笑了笑：“一定会的！”

岛田微笑着伸出了手，钱之风看着岛田，缓缓地伸出了手。

从宪兵司令部出来后，钱之风去了谭从武所在的山西面馆，谭从武正要出门，见钱之风来了，又和他回了后厨。

谭从武边走边小声说：“我有事要去趟上海。这几天如果有急事，就在《益闻报》登广告。你姓钱，就是孔方兄，代号孔老板。我呢，就是武掌柜。见到你的广告，我们会想办法跟你联系。如果想通了去新四军，就跟老常联系。”

钱之风打断：“对了，下周会有一个日本天皇的特使路过苏州，去南京和汪精卫谈成立伪政府的事。先到上海，然后去南京与汪精卫见面，中间会在苏州停留大半天，应该是下周六。”

谭从武皱眉：“你怎么知道的？”

钱之风慢慢地说道：“老谭，我加入苏州站了。”

谭从武惊愕地站起来，围着钱之风绕了两圈。

钱之风站在原地：“我知道，应该事先告诉你一声——可我怕你们阻止。我想杀了许清林！许清林十恶不赦，杀了他也算为民除害！”

谭从武瞪大了眼睛：“嗯，为民除害……那杨人杰呢？郑伯鸿呢？还有警察局的冯友德……像许清林这样的人多着呢，你全杀了？”

钱之风回应道：“好，我就报私仇了，又怎么样？”

谭从武摇摇头：“之风啊，你好好想想，胡美玉的死，包括后来你说的那位张小姐的死，到底是什么造成的？你难道真的认为只怪她们运气不好，碰上了许清林、何健这样的败类？你很清楚为什么……”

钱之风咬着牙：“因为这个世界太黑暗，太不公平了。”

谭从武语重心长地说:“所以我们才要努力改变这个不公平的世界!——可应该怎么做呢?拿眼下的抗战斗争来说，我们要消灭的绝不是某一个人，我们要消灭的是日本军国主义!我们要争取的绝不是个人的快意恩仇，我们要争取的是中华民族的独立与尊严!”

钱之风叹口气:“唉，老谭，你说的太大了。我一个人，改变不了这个世界!”

谭从武说道:“一个人不行，一个党可以!之风，说实话我希望你能成为我们中的一员。你为我们做了很多事情，筹集医药，救治伤员，包括拿到忠义救国军的重要情报，加入我们共产党，你可以发挥更重要的作用!”

钱之风犹豫片刻:“我现在是苏州站的一员了，也可以?”

谭从武拉钱之风坐下:“来，你跟我好好说说，怎么加入苏州站的?除了报仇杀许清林之外，还有没有什么想法?”

钱之风进了后厨:“这个说来话长。”

9 去留

这两日汪伪苏州站里，表面的平静之下却隐藏着涌动的暗流，每个人心中都知道，这暗流的中心，是钱之风的到来。

钱之风回到苏州站办公大楼，已经到了下班时间，人们三三两两走出来。钱之风从外面进来，心事重重。赵元初迎面看见，使眼色让钱之风到一旁："去哪儿了？"

钱之风答道："哦，刚去了日本宪兵司令部。"

赵元初小声说："郑伯鸿已经知道了你和他小姨子的事，许清林绷不住说出去了！别傻站着！赶紧离开苏州，马上！别以为上次的事，许清林傻到连你想杀他都不知道！他正在郑伯鸿那儿敲边鼓，郑伯鸿点个头，你脑袋就搬家了！"

钱之风犹豫着："那韩彩衣……"

赵元初盯着钱之风："韩彩衣也保不住你！你现在马上离开苏州，开我的车走，出了城扔到西门外的小树林，我会去拿！"说着把钥匙递给钱之风。

钱之风认真地看着赵元初，又看看手中的钥匙。

钱之风开着车，路过自家的巷口，他犹豫了一下掉头开回来，停在路边，跳下车，左右看看，走到巷口的公用电话亭，钱之风拿起电话："是我，对！我决定跟你们回老家了。是的，今晚就可以走……"

钱之风回到家，屋里没有人，他长出一口气，将挂在墙上的那张与胡美玉合影照片取下，小心翼翼地塞进公文包里。就在此时，门"咣当"一声撞开了，钱之风吓得几乎魂飞魄散。抬头，却见韩彩衣倚着门，正直勾勾盯着自己："怎么，想溜之大吉了？要去哪儿？"

钱之风把公文包放在地上："我？不去哪儿啊……"

韩彩衣一笑："你想跑！不知道你一撒谎就会脸红吗？"

钱之风努力掩饰着："我没撒谎，我……我为什么要跑……"

韩彩衣悠闲地踱着步子："你害怕我姐夫知道了咱们的关系，会杀了你。"

钱之风又拿起公文包："这事你说了又不算。对不住，我得走了。"

韩彩衣问道："共产党命令你离开苏州？"

钱之风看看公文包里面："这跟你没关系吧？"

韩彩衣不紧不慢地说："当然有关系，你是我孩子的父亲。"

钱之风盯着韩彩衣："韩小姐，咱们不带这么开玩笑的！"

韩彩衣一下认真起来："我没开玩笑！"

钱之风无奈："好好，我明白，也许孩子的亲爹没有办法公开，你需要给孩子找一个名义上的父亲，但你为什么要找我？我是共党，又穷又老又不帅，你为什么找我？"

韩彩衣："因为你就是孩子的父亲。"

钱之风瞪大眼睛："胡扯！我跟你根本没关系！"

韩彩衣瞪着钱之风："你要我告诉他们，告诉我姐夫，那天他们看到的都是假的？"

钱之风恍然大悟似的："原来病根在这儿呢。韩小姐，何健到底付了你多少钱买回丢的那份文件？他根本没付你钱！你不是为他工作的。"

韩彩衣还在嘴硬："他付了，六根金条，就在我家里放着，你要去看吗？"

钱之风冷笑："六根金条？为了一份虚假的作战计划？那份文件是假的，何健看一眼就会知道。他会为一份假的作战计划付你钱？是他太傻了，还是你在撒谎？"

韩彩衣明白过来："混蛋！你给调包了？"

钱之风说道："承认了吧，你为重庆工作，对吗？"

韩彩衣盯着钱之风，一言不发。不一会儿，钱之风和韩彩衣从屋子里出来，上了车。韩彩衣望着窗，被钱之风看穿身份让她紧张万分。

钱之风看着韩彩衣："不如随我一起走！你的身份现在也不安全！"

韩彩衣一愣，心中想着不如先假意答应钱之风，再做打算。

二人上了车，韩彩衣说先去美馨旗袍店取行李。

来到了美馨旗袍店，车停在街对面，钱之风坐在车上，韩彩衣匆匆下车，走了进去，江汉城还在这里。见到了江汉城，韩彩衣好像松了一口气，散架一样的坐到了椅子上。

江汉城问："怎么样？"

韩彩衣苦笑："钱之风铁了心要跑，还想拉着我一起跑。我装出很害怕的样子，说他走了我没有办法跟所有人解释……"

江汉城躲在窗口看看外面："你怎么回来的？他好像还在外面等你。"

韩彩衣说道："我假装答应了，说回来拿行李。汉城，下一步怎么办？"

江汉城想了想："不能让他跑！他跑了，你有一百张嘴都说不清楚！"

韩彩衣也看着外面："可许清林十有八九已经盯上他了！"

江汉城踱步，思索着："你和钱之风的关系已经尽人皆知了。许清林一直怀疑你们，但并没有确凿的证据。可如果钱之风突然跑了或者死了，那他就有足够的理由说服郑伯鸿大张旗鼓地调查……下周鬼子特使就到了，在那之前，我们不能打草惊蛇。"

街对面，钱之风在车里等得不耐烦，不远处的小巷里，小童正坐在另一辆车里，观察着钱之风。韩彩衣终于从旗袍店后面出来，却并不上车。

韩彩衣说道："我改主意了。不跟你走了，你自己走吧。"

钱之风焦急地说："你留下来会有危险！"

韩彩衣再不多言，转身而去。钱之风想了想，下车追上去："是你上级的命令？"

韩彩衣笑了："你别真是爱上我了，舍不得我了吧？可惜，我看不上你。"

韩彩衣冷冷走了，钱之风目送韩彩衣离开，只得悻悻然回到车上，向城外驶去。另一辆车从小巷中拐出，停在江汉城面前，江汉城上车。尾随着钱之风的车一路而去。开车的是小童，江汉城坐在旁边，望着前面钱之风的车。行驶了一段距离，钱之风拐弯靠边停下。一个男人上了车，上车的是老常。江汉城和小童隐约可见老常给了钱之风一份证件，又说了些什么。这时，江汉城拉车门，准备下车。

江汉城看着窗外："我要把钱之风留下来。"

只见江汉城掏出枪来，藏在角落里。片刻后老常下车，钱之风驾车离开。车开出去没有多远，一声枪响，老常大腿中弹，倒在地上。钱之风在车里听见枪响，回头看到老常中弹倒下，立刻一脚刹车。看向四周，没有发现开枪的人。钱之风想了想跳下车，跑向老常。不远处，一队日本宪兵听见枪声向老常围了过来，老常见躲不了，便向日本宪兵开枪。

钱之风看向老常的方向无法靠近，老常看向钱之风的方向示意钱之风快跑，然后老常连开数枪，几个日本宪兵倒下。

老常拖着打伤的腿，往钱之风相反的方向跑，回手向日本宪兵开枪。这时，有另一队日本宪兵从其他的方向跑来。老常拿枪对着自己的太阳穴，扣动扳机枪没有响，枪中的子弹已经打光。日本宪兵发现老常没有子弹纷纷围了上去。一个少佐一脚踢开老常手中的枪，两个日本宪兵上来架起老常拖着他，老常回头看着钱之风的方向。

宪兵把老常拖走了。钱之风从藏身处出来，回到车上。他坐在车里望了望前方隐约可见的城门，又拿起刚才老常交给自己的证件看了看，一时犹豫不决。他知道老常是为了掩护自己才向日本人开枪，是为了拖住日本人想让自己安全地转移，可是打老常那一枪到底是谁开的呢？终于，钱之风下定了决心，猛打方向盘。

钱之风的车掉头，从街边茶铺里低头喝茶的江汉城身前经过。江汉城抬头，露出一丝笑容。

天已经黑了下来。

此时的郑伯鸿在家中吃完饭，他勉强拿起筷子，心不在焉吃了两口。

韩美珍看他如此："我真不明白你了，发那么大的脾气。彩衣跟男人交往又不是头一回，从来也没见你那么大的反应啊！"

郑伯鸿摇摇头："不一样！"

韩美珍说道："我看没什么不一样。许清林不都查清楚了吗？他之前也不是共党……"

郑伯鸿说道："我是生气杨人杰他们都知道了，可都瞒着我！"

韩美珍笑了笑："要我说不能怪人家杨队长。彩衣是我妹妹，你的小姨子。我要是杨队长，我也不敢乱说！有句话叫疏不间亲，你跟人家再怎么说是上下级关系，彩衣跟你，那是亲戚关系。远近亲疏差着呢，谁没事多那嘴啊？"

郑伯鸿想了想："远近亲疏——可你不觉得，你妹妹与钱之风之间，这差距也太大了吗？"

韩美珍叹了口气："唉，我也知道，这钱之风条件是差点。二婚，又没钱没势的，只是你们总务科的一个小职员，彩衣要跟了他，是委屈点，可……"

郑伯鸿打断了韩美珍的话："我是说，以你妹妹那个性，怎么可能找上他？况且这才多长时间？钱之风到底有什么好的，会不会其中有什么蹊跷？"

韩美珍接着说："蹊跷？能有什么蹊跷？自从当初被那个姓江的公子哥甩了，她性子大变，也不知谈了多少个男朋友。你别看她天天跟这个公子那个少爷打情骂俏的，背后可没少骂人家。也是，这些有钱人家的主儿，哪一个对彩衣是真心？你觉得钱之风不好，可前些天彩衣头疼住院，我看人家倒是万分体贴照顾。彩衣到底不是小姑娘了，终于也知道踏踏实实的男人才靠得住……"

郑伯鸿摇头："不，你妹妹喜欢上什么人我都信，就是钱之风——不可能！"

韩美珍问道："那你说的，杨队长人家亲眼看见的，还能是假的？"

郑伯鸿正要说话，电话响起来。郑伯鸿起身去接电话。

韩美珍问道："怎么了？"

郑伯鸿摇头："一个我站上的人，被日本宪兵抓了！"

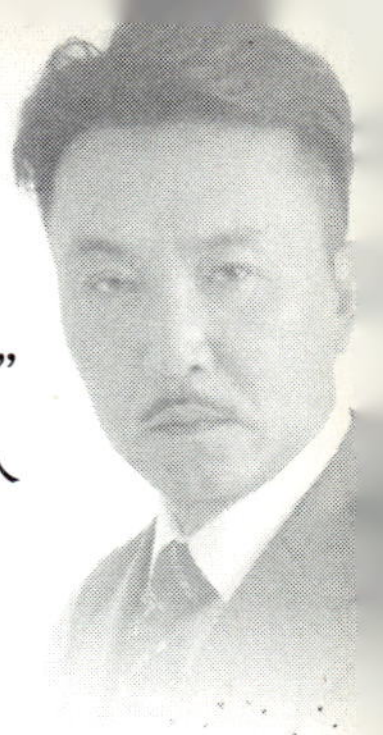

郑伯鸿驾车匆匆来到宪兵队，杨人杰迎上来。郑伯鸿下车："怎么样？"

杨人杰答道："身份查明了，是咱们看守所的常光春。"郑伯鸿和杨人杰说着走向大门内，士兵将二人引至岛田的办公室。

岛田正在办公室里写着文件，见郑伯鸿来了，岛田起身与郑伯鸿握手。

岛田笑着说："不好意思，那么晚打扰二位。"

郑伯鸿看看岛田："应该是我们不好意思，我们站里的人出了这种事。"

岛田说道："郑先生不必过于自责。"

郑伯鸿犹豫了一下："请问，是怎么发现他有问题的？又是怎么抓住的？"

岛田讲述当时的情形："大约下午六点多的时候，宪兵队在街上巡逻，听见枪声前去查看，看见一个男子大腿中枪，宪兵围上去的时候他向宪兵开枪。他子弹打光了，我们就把他抓到这了。"

郑伯鸿问道："向你们宪兵开枪？"

岛田一笑："是啊，我想，这肯定不是受了郑先生的指派吧？"

杨人杰在一旁大声说："怎么可能！"

郑伯鸿抬手制止杨人杰："他自己怎么说的？"

岛田看看二人："开始不肯说，只好用了点手段，才承认自己是共党。他自称是枪走火了。"

郑伯鸿沉吟片刻："既然是我站里的人，要是岛田君信任我，就交给我们吧。问出什么，立刻让杨队长通报你。"

岛田连连摇头："人不能给你。谁知道你那边是否还藏有他的同党！"

与此同时，钱之风坐着黄包车经过面馆门口，面馆的大门紧锁，店里一片漆黑。很快，钱之风改了主意："掉个头，去益闻报社。"

黄包车车夫调转车头，朝另一个方向跑去。钱之风的车跑出不久，另外一辆黄包车就跟了上去，车里坐着刘二奎。

在报社，编辑正要关灯锁门，钱之风推门进来。

编辑说道："下班了！"

钱之风神色焦急："明天的报纸，下印厂了吗？"

钱之风板起面孔，用日语说道："你必须今天给我登上，否则我请日本宪兵司令部岛田中佐跟你说话！"

编辑愣住："你……你说什么？"

钱之风用中文又说了一次："你今天必须给我登上，否则我请日本宪兵司令部岛田中佐跟你说话！"

第二天早晨，韩彩衣正常去上班了，来到郑伯鸿的办公室门外。韩彩衣敲门，规规矩矩站在门口。郑伯鸿看看她："哟，终于懂规矩了？"

韩彩衣慢慢说着："站长拿我当外人，我也不能没皮没脸。"

郑伯鸿一愣："我什么时候拿你当外人了？"

韩彩衣看着郑伯鸿："不单是当成了外人，简直当成了敌人！还派人跟踪我监视我！许清林的那两个手下不是你安排的？

郑伯鸿一凛："你还知道那两个人死了？"

韩彩衣反问："你是不是觉得那两个人是我杀的？那两个人是怎么死的？"

郑伯鸿想了想："一个是脑袋被花盆砸烂了，一个是被勒死的……"

韩彩衣说道："你认为我这么一个女人能徒手制服两个大男人？"

郑伯鸿点点头："许清林怀疑的是钱之风。"

韩彩衣接着说："请问，那两个人是什么时候死的？"

郑伯鸿答道："应该是前天中午十二点到下午三点之间。"

韩彩衣冷笑："前天下午，钱之风去了日本宪兵司令部和岛田开会一直到四点，这您难道不知道？至于中午，我姐姐没有跟你说吗？我姐请他吃饭来着，吃完了饭送他到的宪兵司令部门口。不信，你现在打电话问？"

郑伯鸿没有办法，说道："不用问了。那你觉得那两个人是怎么回事呢？"

韩彩衣头一转："哼，这还用猜？人是许清林的，事是他安排的，死人也是他拉回来的，这两个人在那儿干什么，别人都不知道，只有他知道……"

郑伯鸿明白了韩彩衣的意思，沉吟片刻："可他为什么要这么做？"

韩彩衣叹口气："我怎么知道！想栽赃我和钱之风，在你面前表功？甚至说不定，他才是延安那边的！"

郑伯鸿沉吟片刻："你和钱之风，到底怎么回事？你把他安排到你们总务科，不仅仅因为他会两句日语？"

韩彩衣说道："我在跟他谈恋爱。怕你生气，没敢告诉你。"

郑伯鸿不解得问："钱之风到底有什么好的？天底下男人多得是，你怎么找这么一个？"

韩彩衣抬起头嫣然一笑："我说是缘分，你信吗？"

郑伯鸿办公室外，许清林正等着。门开了，笑盈盈的韩彩衣走出来，瞥了许清林一眼。许清林望着她的背影，忐忑地敲了敲办公室的门，进到办公室里，看到郑伯鸿望着自己，脸色阴沉可怕。

许清林硬着头皮："站长，钱之风今天没来上班，好像也没有请假，我怀疑……"

郑伯鸿说道："看守所的常光春被日本宪兵抓了。那边怀疑他是共党，而且在咱们站里还有同党。"

"钱之风！"许清林脱口而出，"就是钱之风！打入咱们苏州站，想配合常光春行刺天皇特使！"

郑伯鸿站起来："走，咱们去看看杨队长有什么收获没有。"

杨人杰正在亲自带着两个特务，搜查老常的办公桌和柜子。从抽屉里翻出一摞证件，杨人杰看看旁边的狱卒。

狱卒说道："这是关押过的犯人的身份证件，一些死了的，证件就留了下来。"

杨人杰翻了翻，放到一边。他突然发现了纸篓里面烧掉一半的照片，捡起来看。

杨人杰问一旁的狱卒："这个人，能认出来是谁吗？"

狱卒仔细看："这个犯人已经死了，叫郭永寿……"

杨人杰接着问："他的证件呢？"

狱卒连忙拿过那摞证件翻找，不在其中。

郑伯鸿和许清林进来。杨人杰回身："站长！不出意外，常光春的同党，现在应该使用的是一本伪造的身份证件，使用的假名字叫做郭永寿！"

许清林看看照片："站长，恐怕钱之风已经潜逃了！"

郑伯鸿下达命令："人杰，通知下去，命令各个城门出入口，严查往来行人车辆，发现这个化名郭永寿的，立即逮捕！清林，你跟我再去一趟日本宪兵司令部！"

钱之风正在岛田的办公室，恭敬地对岛田鞠躬点头。

岛田则不见外："钱先生，不必客气，请坐。"

钱之风说道："上次回去之后，我想了一下。苏州以园林风光最为著名，所以是否可以安排特使先生到拙政园用餐，顺便也可以领略苏州园林的美景。苏州评弹也是有名的，一边品尝松鼠鳜鱼、碧螺虾仁等苏州名菜，一边听悠扬婉转的评弹唱曲，一边观山湖水景、春色无边，我想特使先生一定会留下深刻印象……哦，我大致拟了一个计划，请您过目。"

岛田拿过来看了看，放到一边："钱先生真是费心了。不过高月特使有言在先，此次之行他不是来游山玩水的，你这一套，恐怕用不上啊。"

钱之风想了想："那特使自己有什么想法吗？"

岛田想了想，起身："跟我来。"

岛田把钱之风带到了刑讯室，老常正被绑在行刑架上，岛田带着钱之风走到他面前。老常已经被打得面目全非。

岛田看看钱之风："这个人，认识吗？是你们苏州站的。"

钱之风走进老常："认识。他姓常，负责看守犯人的。"

老常和钱之风对视了一下，钱之风就看向门口了。老常看着钱之风，露出了一丝微笑。这时，郑伯鸿和许清林在竹下的带领下走进来。老常突然猛地一把钱之风抱在怀里，用铁链子拴住钱之风的脖子。许清林下意识拿出枪指着两人，老常慢慢地把自己的头暴露在岛田的射击位置。钱之风挣扎着说不出话。老常又一次勒紧了钱之风。

老常在钱之风耳边轻声说了一句：“保重。”

钱之风奄奄一息，就在这时岛田的枪声响起。

老常的手渐渐松开，钱之风靠在死去的老常怀里，慢慢地从老常的怀里滑下去，晕过去了。

岛田调转枪口对着许清林，刚才枪响的同时，许清林也掏出了枪，枪口下意识对着岛田。

郑伯鸿一把拿下许清林手里的枪，回手一嘴巴打许清林脸上：“你疯了。”

钱之风在岛田办公室的沙发上慢慢苏醒过来。他隐隐地看见岛田站在自己面前，后面是郑伯鸿和许清林。

岛田用日语说道：“钱先生，你醒了。刚才死了的那个人为什么叫你同志呢？”

钱之风摇摇头：“不知道……”接着摸摸脖子，喘着粗气：“难道共党都是这么招呼自己同志的吗？”

钱之风在许清林的搀扶下，随郑伯鸿走出了宪兵队。

郑伯鸿看了看：“清林，你坐钱之风的车回去。”

郑伯鸿自己开车走了，钱之风和许清林目送郑伯鸿离去之后，才上了钱之风的车，许清林故作轻松地拍拍钱之风的肩膀：“钱大夫，到目前为止，你运气不错。”

钱之风瞪着许清林：“你也是。”

许清林一歪头：“不过你的好运气总有一天要用完的。”

说完许清林下车。在不远处叫了一辆黄包车扬长而去。钱之风愤怒地看着许清林背影的方向。

郑伯鸿回到汪伪苏州站办公楼，匆匆到办公室门口，杨人杰从走廊追上来：“站长。常光春呢？日本人还是不给？”

郑伯鸿看看杨人杰：“死了。负隅顽抗，被岛田杀了。”说完进了办公室，杨人杰跟进去，郑伯鸿看了看走廊，左右无人，低声对杨人杰说：“最近留意一下许清林。”

杨人杰愣住了。

第二天，杨人杰单独找许清林谈话：“你怀疑钱之风是共党没什么，可怀疑韩小姐……”

许清林分析解释着：“还记得那天吗，咱们发现钱之风与韩小姐有关系，我后来又回去了一趟，结果你猜我看到了什么？从那小旅馆出来的不只他们俩，还有第三个人！钱之风与另一个人抬着箱子出来，韩彩衣跟在后面。”

杨人杰沉吟：“你是说……”

许清林坚定地说："他们俩故意表演男女苟且的样子，就为了把你我打发走！"

杨人杰咬了咬牙："你说看见第三个人，可是空口无凭啊……"

许清林说道："杨队长，韩小姐与钱之风的关系现在尽人皆知。我已经建议站长了，索性成全他们两个……"

杨人杰笑起来："你觉得他们俩不可能结婚？"

许清林瞪大了眼睛："打赌吗？"

谈话过后，杨人杰去向郑伯鸿报告。郑伯鸿听了杨人杰的叙述，站了起来。

杨人杰接着说："许清林讲，共党纪律严格，尤其对于做情报工作的人，结婚需要层层审批，就算两个都是他们内部的人。"

郑伯鸿说道："这不用他说我也知道。可退一步不说钱之风，韩彩衣怎么可能是共产党！"

杨人杰凑上前去："那依您之见？"

郑伯鸿盘算片刻，起身向外走，杨人杰忙跟在身后。二人往总务科办公室走去，走廊里遇见田姐，她正拿着一沓文件从外面进来，见了站长，大声地问了一声好。

在总务科的办公室里，韩彩衣听到外面的说话声，连忙抱住钱之风，将头埋在他的胸前。

钱之风没反应过来："干什么？"

韩彩衣按住钱之风："嘘！"

门开了，郑伯鸿和杨人杰进来。韩彩衣装作惊讶的样子，连忙松开钱之风，红着脸。

韩彩衣喘了一口气："进来怎么也不敲门！"

郑伯鸿打量钱之风和韩彩衣两人的神情："彩衣啊，今天晚上没事，带着他到你姐姐那里吃个便饭。人杰，你也去。"

杨人杰看看这场面："啊，好。"

韩彩衣不高兴了："带他去？合适吗？"

郑伯鸿和杨人杰走后，韩彩衣示意钱之风有事商量，二人开车到了一个公园。韩彩衣与钱之风先后下车，钱之风显得气急败坏："韩小姐！你到底考虑得怎么样了？"

韩彩衣若无其事地说："我考虑？就这样啊……"

钱之风呆呆地问："就这样？再往后戏怎么演啊？"

韩彩衣看看钱之风："你觉得我配不上你？"

钱之风摇头："不是配得上配不上的问题……"

韩彩衣一笑："那你就是觉得自己配不上我？这倒是真的。"

钱之风拉住韩彩衣："韩彩衣，我跟你说正经的呢！我们不能再保持这样的关系——不对，是假装保持这样的关系！”

韩彩衣接着往前走：“你怕了？”

钱之风愣了一下：“我——我当然不怕！我是替你考虑！你一个大姑娘……没听出你姐夫的意思吗？他准备让咱们结婚！”

韩彩衣在一棵树边上绕了一圈：“男大当婚女大当嫁，再说我有了你的孩子，难道不应该结婚吗？”

钱之风走过去伸手摸摸韩彩衣额头。

韩彩衣甩开钱之风：“别碰我！”

钱之风说道：“没烧糊涂吧？我这儿有阿司匹林你吃两片？——咱先不说孩子的事儿，你真愿意跟我结婚？你知道我是谁吗？你了解我有多少？你根本不了解我。”

韩彩衣站定了说道：“你是男的，四十一岁，祖籍山东。日本名古屋医学院毕业。你前妻叫胡美玉，你照顾她，是为了她的弟弟胡金龙……不好意思错了，你没娶她，只是照顾她，像个圣人一样，柳下惠坐怀不乱，对吧？为什么要照顾她呢？因为民国二十六年你当随军医生的时候，胡金龙重伤不治，你没能救得了他，十分自责，而且这位胡金龙以前还救过你一命，你答应替他照顾他唯一的亲人……还用我接着说吗？”

钱之风有点着急：“你……”

韩彩衣接着说：“你这个人，优点不多，缺点不少。夸你一句叫有理想有追求，说难听的就是盲目清高，思想幼稚。对了，你眼光虽然高，能力却不怎么样，说好听的叫眼高手低，说难听的，就是窝囊、废物、饭桶一个。你抱着治病救人的理想，可却屡屡碰壁。你愤世嫉俗，自己却不思改变。你喜欢跟自己较劲，喜欢折磨自己，有强迫症、有洁癖；你又喜欢唠叨，因为唠叨能显示出你的重要性，比如现在。我说得对吗？”

钱之风十分挫败：“好好，我唠叨，我强迫症，我窝囊，我废物一个！我走了，我不唠叨了，我真的走了，离开苏州，一去不回！真的，我真的走了啊？”

见韩彩衣毫无挽留的意思，钱之风只好悻悻然上车，驾车而去。在车上，钱之风从公文包里摸出假的身份证件，郭永寿的名字旁边，是自己的照片，他将证件放进贴身口袋，陷入剧烈的思想斗争中：“不能再犹豫了，自己对韩彩衣这家伙已经仁至义尽。这样的机会很可能不会再有。谭从武下了死命令，可我想杀了许清林替死去的人报仇，因此还造成老常的牺牲！”

车里，钱之风通过后视镜望着韩彩衣。只见她长久地抬头望着天边，弱不禁风的身影显得那么孤单。钱之风一脚刹车踩住。

钱之风下车，看向韩彩衣的方向，喊了一声：“韩彩衣，上车！”

10 夜宴

当天晚上，钱之风和韩彩衣还是赴了郑伯鸿的晚餐之邀，韩彩衣、钱之风坐在韩美珍郑伯鸿对面，杨人杰在韩美珍的下手。

韩美珍正在对钱之风说着：“……人杰知道，我这妹妹，可是任性惯了的，我管不了，她这姐夫，更管不了！眼看都三十了，大姑娘都成老姑娘了，还整天没个样子。”

杨人杰接过话头：“韩小姐负责总务科，还是非常辛苦的。”

韩美珍看看杨人杰：“辛苦？我跟伯鸿说了，干脆别让彩衣干了，可我说了没用啊！”

郑伯鸿说道：“总务科说起来一堆杂事，可实际是最要害的部门。站里有多少家底，都在总务科手里攥着，交给别人，我不放心啊。”

韩美珍埋怨着：“哼，你们都有自己的算盘，可谁都不替彩衣多考虑考虑！”

郑伯鸿看看韩美珍：“你总担心她嫁不出去，现在她自己选了人，你又唉声叹气！”

韩美珍又转向钱之风：“钱之风，你得表个态！”

钱之风看看众人，又面对韩彩衣：“我，我……”

韩美珍看钱之风说不出什么，便接着说：“说实话，你们俩的条件本来就悬殊，凑在一起，估计多半也是心血来潮。这里没有外人，你说句实话，真的愿意娶我妹妹？”

钱之风说道：“郑太太，这是我和韩小姐之间的事，我想我们会处理好。”

韩美珍认真地说：“少打官腔！这都什么时候了，你还想再拖上三五个月不成？你想让她挺着个大肚子嫁人啊？”

郑伯鸿转向钱之风："是吗？她有了？"

钱之风尴尬地看向韩美珍。

韩美珍一拍桌子："说就说了！有什么呀，都不是外人！彩衣是怀孕了，我也刚知道……"听了此言，韩彩衣气得扭身离席。钱之风也想起身，被郑伯鸿的目光按住："是你的？"

钱之风"哦"了一声。郑伯鸿手里捏着高脚酒杯，"砰"的一声，把杯子摔了。

韩美珍打着圆场："哎呀！既然都要结婚了，有了就有了吧，你发那么大火干什么！"这才发现郑伯鸿的手被碎玻璃扎伤，出了血。韩美珍慌慌张张，包扎不好，血越流越多。

钱之风上前："我来吧！"

钱之风拿过棉花纱布，熟练地止血包扎。他不敢抬头，可以感觉到郑伯鸿阴冷的目光，如芒在背。

杨人杰也试图打圆场："站长，我看，要不问问韩小姐的意思？"

郑伯鸿粗鲁地起身，推开钱之风，径直进了书房，狠狠撞上门。钱之风尴尬万分。韩美珍示意不用怕，让他们坐着别动，自己跟入书房。

杨人杰看看钱之风，苦笑："钱之风，能把站长气成这样的，你算头一个！"

钱之风摇头："杨队长，你饶了我吧。"

钱之风看向韩彩衣，没想到韩彩衣居然坐到了钢琴前面，弹了起来。悠扬的琴声，让四周显得宁静下来。

杨人杰望着远处："真好听，什么曲子这是？"

钱之风看着韩彩衣："是肖邦的《小夜曲》。"

韩彩衣一段终了，回头看过来。杨人杰连忙鼓掌。

杨人杰小声问钱之风："肖邦？中国人？"

韩美珍从书房出来："钱之风，你来一下。"钱之风忐忑不安地进了书房，见郑伯鸿背着手望着窗外。

郑伯鸿听见钱之风进来了，也不回头，对钱之风说："许清林总说不能小看了你，我还不信。看来，他还真说对了！"

钱之风不知怎么回答，支吾着："我……"

郑伯鸿接着说："你知不知道，我和我太太没有孩子，韩彩衣说来是她妹妹，可我们一直把她当作自己的孩子看待。你说说你打算怎么样？什么时候打算结婚？"

钱之风想了想："这个——不着急吧？"

郑伯鸿气得转过来大声说："混账！她怀着你的孩子，你居然说不着急？"

钱之风忙说："我还没和韩小姐商量过……"

郑伯鸿盯着钱之风："不用商量了！事已至此，必须越快越好。你还有

亲属吗？”

郑伯鸿看看杨人杰：“人杰啊，他们俩的事就定在下周，松鹤楼简单摆两桌酒，意思一下就完了。具体的你去安排。”

杨人杰一愣：“省府、市府、警察局、商会以及日本人那边，总要请一请吧。”

郑伯鸿摆手：“不请！”

晚饭之后，钱之风开车送韩彩衣回和平饭店，韩彩衣始终沉默着，过了许久，突然开口：“你真愿意娶我？还就是嘴上说说，心里不定多恨我呢。”

钱之风冷冷地说：“谈不上恨，只是不明白。明明不可能的事，为什么不拒绝。军统有纪律，我听说过。”

韩彩衣一笑：“那共产党就没纪律了？”

钱之风没好气地说：“实话告诉你，我不是共产党。”

车停靠在和平饭店外的路边，韩彩衣坐着不动。钱之风愣了片刻，下车给韩彩衣开车门。

韩彩衣坐在车里说：“谢谢，你应该吻我的手背，这是告别的礼仪。”

钱之风草草吻了一下。韩彩衣转身进饭店，钱之风却发现手里多了张字条。钱之风回到车上，展开字条看：“许清林的人在监视你。小心。”

钱之风连忙抬头，韩彩衣刚好进了饭店大门。他向周围看去，果然看到一辆车远远跟在后面。钱之风发动汽车，后面那辆车也跟着发动了。钱之风一路回到自家巷口，后面的车也一路跟来，停在不远处。钱之风装作若无其事的样子，下车向家走去，进屋关了门，迅速跑上楼梯，从二楼窗户看下去。一个人影匆匆从门口跑开，路灯照亮正是刘二奎。刘二奎回到车上，掏出小本子，往上面记录着什么。

刘二奎回到苏州站办公室，已经很晚了。本以为没人，被坐在暗处角落的赵元初吓了一跳。

赵元初关了门，坐到刘二奎的办公桌上，居高临下：“你最近很神秘啊。”

赵元初看看刘二奎的手：“手里拿的什么？”

刘二奎下意识将本子藏在身后。

赵元初厉声道：“拿出来！”

刘二奎只得拿出。赵元初翻了翻：“监视记录——这是监视谁的？许副科长的命令？”

刘二奎点点头：“是，许副科长让我监视钱之风。”

赵元初将本子放进自己上衣口袋。

刘二奎还想拿回来：“您……您能不能还给我……”

赵元初一副语重心长的样子：“刘二奎，你是情报科的人吧？你觉得自己长了几个脑袋？”

刘二奎一时语塞：“我……一个……”

赵元初接着说：“那么，你觉得在情报科是我大，还是许清林大？”

刘二奎点头：“您，您大？”

赵元初又叫住他：“如果许清林问你，怎么说？”

刘二奎顿了一下：“我就说……我要不，什么都不说？”

赵元初伸出一根手指：“记住了，脑袋只有一个。”

赵元初出去了，刘二奎胆战心惊地望着他的背影。

次日上午，在苏州站的会议室，召开了招待特使的筹备会，会议室墙上挂着苏州市地图，杨人杰指着地图讲解，岛田、郑伯鸿、许清林等人坐在下面。

杨人杰说着：“特使是周六上午乘火车到，那么从周五晚上起，火车站周围一律戒严，闲杂人等不得接近。同时各处城门，从周五起由警察局、保安团负责，人手加倍，严查证件，防止可疑人员进出。周六上午特使乘车从火车站到和平饭店这一路，全部戒严，沿街店铺关闭，有二楼三楼的，一律不得开窗。欢迎宴会的安全由岛田君的宪兵队和我们苏州站共同负责，饭店门口按照宾客名单放人入内，未在名单之内的，一律不得进入。”

郑伯鸿看了眼岛田，岛田似乎想着心事，并不十分满意。

郑伯鸿问：“岛田君，杨队长的安排您是不是有什么看法？”

岛田点了点头：“杨队长这么做，把气氛弄得太紧张了。本来特使此行就是要巡察各地民情，这样如临大敌、坚壁清野，恐怕不利于我苏州城日中亲善、军民共荣的和谐气氛啊。”

杨人杰有些不屑：“那您的意思？”

岛田看向郑伯鸿：“郑先生，钱之风大夫与韩彩衣科长是不是马上就要举行婚礼了？”

郑伯鸿点头：“是有此事。”

岛田笑道：“怎么也没通知一声？”

郑伯鸿尴尬地说：“哦，最近事务繁忙，就没打算大操大办——再说他们两个的意思，也不想惊动太多人。”

岛田摇摇头：“男婚女嫁是人生大事，怎么可以马虎？我倒有个建议，不如就将二位的婚礼安排在周六的和平饭店。高月特使行事低调，如果专门为他筹办一个欢迎宴会，他是不会答应的。可如果请他参加一对新人的婚礼，他一定欣然应允。郑站长，你看呢？”

郑伯鸿沉吟着，又看了看赵元初：“这个……”

许清林插话：“我认为这主意不错！到时候不但要请特使出席婚礼，还一定要让特使给两位当证婚人！回头说起来，是天皇陛下的特使给这两口子

证婚的，多大的荣耀！”

岛田笑着：“哈哈，许副科长说得对，这也是彰显日中亲善的大好机会！你们觉得呢？”

郑伯鸿有些迟疑，但岛田接着就把事情定了下来。

于是，隔天出版的报纸上，显著的版面刊登着“韩彩衣和钱之风成婚”的消息。一个男人走到报亭，拿起了一份报纸，立起的报纸后面是江汉城严肃的脸，他随手掏出了一块现大洋扔在报摊上，转身离开了，报贩子拿起这块现大洋，顿时傻了眼。

钱之风刚一进办公室，田姐嚷嚷着拿着一摞红包迎了上来：“老钱，快拿着，快拿着，这都是站里上下各位同志给你和韩科长的一点心意，你飞黄腾达了，可别忘了大家伙儿啊！”

钱之风只能接过：“是，是……”说罢有些狼狈地坐回座位，看到桌上居然还摆着一个红包，上面有许清林的名字。

韩彩衣则正在和平饭店，她自己的房间里，她的床中央整齐地放着一身崭新的大红的旗袍，江汉城站在床边，对韩彩衣说：“你穿上，肯定很好看。”

韩彩衣伤感地说：“可我不想，汉城……”

“再坚持坚持……”江汉城从身后紧紧地抱住了韩彩衣，韩彩衣也紧紧地抱住了他：“你有多久没有这样抱着我了？”

江汉城小声说：“我得走了……”

韩彩衣说着：“再陪我一会儿，一分钟！”

静默片刻，江汉城松开了韩彩衣，转身向外。

韩彩衣依依不舍：“汉城！这样的日子什么时候是个头？”

走到门口的江汉城迟疑了一下，没有回头：“应该快了。”

韩彩衣刚想说些什么，江汉城已经转身走出了房门，韩彩衣惆怅地站在了原地。

大堂里熙熙攘攘，热闹不凡，江汉城急着走下楼梯，几乎同时，钱之风也迈上了楼梯，一瞬间，擦肩而过的两个男人，四目相对，匆匆而过。两人没有停止的脚步，却将彼此都记住了，几乎又是同一瞬间，两个人都消失在了热闹的酒店大堂。

钱之风来找韩彩衣去松鹤楼，苏州站的同事在那里为他俩摆酒。

松鹤楼上，天字号雅间之中，满满的一桌菜，钱之风和韩彩衣坐在正中央，旁边是田姐等一桌忙着献殷勤的同事。钱之风一杯接一杯地喝着酒，全然不顾一旁的韩彩衣。

韩彩衣抢过他的酒杯：“没有量就少喝点！你都醉了！”

钱之风突然瞪着双眼看着她：“你管我！”

顿时，桌上所有人都愣住了。

钱之风醉眼惺忪："干吗？你们都愣着干吗？喝啊！你们都接着喝啊！"所有人都还不敢吱声，都看着韩彩衣。

韩彩衣淡然一笑："没事儿，大家接着喝！"

瞬间，桌上又热闹了起来。

酒后，韩彩衣搀扶着钱之风出来，同事们陪在左右。

一位同事说："老钱住哪儿啊？我有车，送你们回去！"

韩彩衣笑道："不用了，让他在外面吹吹风，醒醒酒。你们先走吧。"

钱之风也酒气熏天地说："不用！都走，都给我走！滚呐！"

田姐看看尴尬的众人："老钱，你真喝多了！"

钱之风索性一屁股坐在了地上："我没多，我清醒得很！滚呐！还有你，你也给我滚！"钱之风推开韩彩衣。

同事们尴尬万分："好，那我们先走了，老钱，韩科长，我们先走了。"

韩彩衣苦笑："走吧，这家伙，酒后无德，你们别往心里去。"

同事们纷纷点头告辞，剩下韩彩衣和钱之风两人。

钱之风指着韩彩衣："你呢，你怎么不滚？我让你滚！"

韩彩衣冷冷的："人都走了，别演戏了！"

钱之风抬起朦胧的双眼看了看，果然人都走了。他突然回过头，看着远处另一个方向路灯底下停着的一辆车。他抓起了手边的两个空酒瓶子，直直地朝那辆车走去。韩彩衣还没有反应过来，钱之风的一个酒瓶子已经砸上了那辆汽车。车里坐着的是许清林，许清林脸色难看，一动不动。

韩彩衣一把拉住钱之风："你疯了？"

钱之风怒吼："许清林，我一定亲手杀了你！"

韩彩衣下意识地一把捂住他的嘴，没想到钱之风"哇"的一声吐了。

韩彩衣将钱之风送到了家里，环顾四周，钱之风这住处已经家徒四壁，韩彩衣哭笑不得："你这屋里还真干净！"

钱之风："当然干净，我昨天刚打扫过。哦，我还买了桌子、椅子……"

韩彩衣搀扶不住，钱之风烂泥一样瘫在地上。

韩彩衣说道："有椅子还往地上坐，真是多余管你！"

钱之风似乎说了什么，韩彩衣忍着酒气蹲下细听。

钱之风声音非常小："水……"

韩彩衣四处看着："没有水——你家没有自来水吗？"

钱之风勉强抬手指了指外面。韩彩衣忍着气到外面，找到一个破旧的水池，上面有一个水龙头。打开龙头，幸好有水。韩彩衣跑回来接着找："杯子呢？碗？盛水的东西有没有？"

钱之风摇了摇头。韩彩衣无奈跑出去想办法，最后打开龙头，用手接了一小捧，小心翼翼回来。

钱之风看看韩彩衣："你有自己的心上人！"

韩彩衣没好气地说："赶紧喝，再不喝连这点水都没了！"

钱之风看着韩彩衣："你干吗要委屈自己？你干吗非要跟我结婚？干吗要拉着我在这么多人面前演戏？"

韩彩衣把手里的那捧水全部泼在了钱之风的脸上，钱之风没有躲闪，他看着韩彩衣，哈哈大笑起来。

韩彩衣一下火了："你别在这里装疯卖傻！钱之风，我告诉你，你想做什么我不会拦你，但你要是不守承诺，破坏了我们的约定，我绝饶不了你！"

钱之风看着她，缓缓地把自己蜷缩在墙脚："你走吧！我不是你的心上人，你不用对我这么好，也不用在我面前演戏，你放心，我说话算数。"

韩彩衣看了钱之风一眼，然后生气地转身离开。重重关上的房门，震落了墙上的日历牌。

趴在地上的钱之风看了一眼落在地上日历牌，他爬过去捡了起来，把它重新又挂在了墙上，墙上重新挂好的日历牌，钱之风撕掉了眼前的这一页。

11 黄酒

第二天一上班，郑伯鸿就派人把许清林叫到了办公室。

郑伯鸿眉头紧锁站在窗前，手里拿着烟，许清林站到了他身后。郑伯鸿抽了一口烟："你还是觉得他们不可能结婚？"

许清林低着头："如果他们两个都是共产党那边的，也许也说不定……"

郑伯鸿沉吟着："嗯？"

许清林接着说："为了过关，所以先假结婚骗过去."

郑伯鸿回身把烟掐了："胡扯！你开始怎么说的？说他们不可能结婚，现在又说可能了，那你说怎么才能确认他们到底是不是共党？"

许清林有些犹豫："除非……除非他们生出个孩子来。"

郑伯鸿怒气冲冲瞪着许清林："韩彩衣已经怀孕了！"

许清林目瞪口呆。

中午的时候，赵元初把钱之风单独叫出来，两个人来到松鹤楼吃饭，钱之风与赵元初相对而坐，赵元初举起酒杯："第一杯，算是恭贺老弟新婚大喜。"

钱之风哭笑不得，只好举杯，象征性喝了一口。

赵元初放下酒杯："韩彩衣不是好对付的，你能把她弄到手里，本事不小！"

钱之风苦笑着："你说反了！是我掉进她的手心。"

赵元初笑了笑，用筷子夹起一只醉虾："它现在喝醉了酒，正快活得很，看它，还挥着钳子，估计在说，谁惹我，我就弄死他！呵呵……之风啊，你说，我们比起它，又聪明多少呢？"

钱之风看着赵元初："我们没醉。"

赵元初一口吃下醉虾："没醉？你没醉？"

钱之风说道："没有。头疼，但是没醉。你醉了？"

赵元初抬头："许清林盯着你不放，不是因为跟你或者共产党有仇，而是想踩着咱们往上爬，他醉没醉？韩彩衣，看上去什么都不在乎，可其实呢，最在乎一个男人，当然，不是你。她醉没醉，你说？"

钱之风笑笑："我明白你的意思。许清林醉的，是权势欲望；韩彩衣醉的，是男女之情，不过也不能一概而论吧。"

赵元初接着说道："好啊，那就再说你钱之风。胡美玉死了，你在苏州也没什么可留恋的，为什么还迟迟不走呢？常光春因为你死的吧？"

钱之风："你女儿，在上海？"

赵元初岔开话题："之风，说你。为什么不走……"

钱之风坚持问赵元初："别打岔！我发现了，一说到你女儿你就打岔。你女儿是不是在上海？"

赵元初面露困窘："我登报脱党之后，七十六号就把我女儿给放了。但等我回到家，却已人去屋空。没人知道她去哪儿了。你有没有听谭从武或者齐峰说到过一个叫舒鸿的女人？"

钱之风摇头："怎么了？"

赵元初说道："舒鸿是我过去的电报员，和我女儿一起失踪的。有人说，在苏州附近见到过她们。"

钱之风盯着赵元初："所以你才特意来苏州站工作？"

赵元初点头："我不奢望她们现在就在苏州。但苏州是江苏省府所在，苏州站掌管整个苏南地区的情报系统，我想对于找我女儿，应该是最便利的。"

钱之风接着问："为什么不直接去问齐峰或者谭从武呢？舒鸿是共产党的话，他们应该知道？"

赵元初低头看看酒杯："你是假叛变，可我是真叛徒。"说完，赵元初举杯怅然地望向窗外。

婚礼举行的日子已经近在眼前，和平饭店的宴会厅里，经理陪着韩彩衣查看婚宴的场地，对着四面比划说明，韩彩衣仔细听着，钱之风站在窗口，望着外面。韩彩衣走来，挽住他的胳膊："你觉得怎么样？"

钱之风看着韩彩衣："你韩大小姐亲自抓的事情，那还能错得了？"

韩彩衣妩媚地说："现在知道了吧？娶了我你沾了多大的光？"

经理在一旁偷偷笑，不敢吱声。

钱之风看了一眼那个经理："其实我们都沾了日本特使的光……你手里拿的是什么？"

韩彩衣看看自己手里："哦，婚宴的酒水单子。"

钱之风拿过来看了看："女儿红？"

经理说："这是岛田先生特意叮嘱的。那位特使喜欢喝黄酒。"

钱之风想了想："我喝过你们这儿的，不行。阊门内有一家酒铺叫老绍兴，'女儿红'比你们这里的好百倍。哦，听说他们在地底下藏了两坛二十年的，从不肯卖，这回让他们拿出来。"

这时钱之风抬手向窗外打了个招呼，许清林正坐在外面的车里，看到钱之风对自己打招呼，他抬手示意回礼。

钱之风站在原地深吸了一口气，走了出去，许清林见钱之风出来了，也从车里出来，笑容僵硬地走过去："你别误会，我可真不是在盯你的梢，你新婚大喜，再加上特使要来，站长怕你们俩的安全有问题。"

钱之风指指车："那你也别怪我之前砸了你的车。"

许清林一笑："只要你高兴，今天你再把我这辆砸了也没关系！"

钱之风很友好地笑了笑点点头："能给根烟抽吗？"

许清林拿出烟盒，钱之风盯着烟盒，许清林拿了一支，递给钱之风，这是一根"千秋牌"的香烟，钱之风接了下来。许清林替钱之风点着了香烟："现在紧张怕什么？日后只要你把韩小姐给伺候好了，那该是别人见着你紧张了！"钱之风微笑地看着他，吐出了一口烟，点点头回身走了，许清林又往车的方向走去。钱之风在进饭店之前，把烟掐灭，回头看看，许清林正在开门上车，钱之风紧紧地捏着手中的烟头，眼神中露出一道寒光。

当天夜里，钱之风独自回到家中，打开窗户，把一个脸盆盛满水，拆开几盒婚礼用的喜烟，将烟丝剥出泡进水里，脸盆下面，架着火煮。等到里面的水要烧干了，钱之风用毛巾掩着口鼻，看了看，盆底下只剩黄色的油状物。

另一方面，江汉城也在按照自己的计划精心准备着，只见江汉城小心翼翼地打开一个长方形的盒子，里面是一把黑亮的德国造狙击步枪，端起步枪练习瞄准，嘴角露出一丝笑容。这时小童进来。

江汉城笑笑："这票干成，你就是整个苏州城最有钱的红帮师傅了。"

江汉城来到小童租下的房子，是三楼的僻静房间，推开窗户，隔着一条街就是和平饭店，他站在窗前望了会儿，只见行动队的特务们开始忙碌起来，盘查行人，设置路卡。江汉城拉上窗帘，从箱子里取出狙击步枪架好，枪口透过窗帘的缝隙，对准和平饭店的大门。

瞄准镜里，出现了钱之风与韩彩衣依偎的身影，江汉城将十字瞄准线对准了钱之风的脑袋。此时的江汉城眉头紧紧地拧着，口中轻轻模拟着枪声："砰！"

钱之风来到和平饭店后面的院子，几个饭店伙计正将两个小酒坛搬进后厨。

杨人杰也跟了过来："这里面，有没有可能下毒？"

钱之风拍拍坛子："这都是地底下埋了至少二十年的。要下毒，二十年前就得下了！"

经理笑道："杨队长，我告诉你，这可真是两坛好酒！要不是咱韩小姐和钱大夫面子大，那掌柜的说什么也不会给的！"

杨人杰起身："哦！没想到咱们苏州城里还有这么好的酒！"

钱之风冲经理一努嘴："来啊，打开一坛，让杨队长先尝尝！"

杨人杰看看钱之风："那不合适吧？"

钱之风说道："不要紧，明天用一坛就够了，再说早晚都是喝，先尝尝呗。"经理连忙上前拍开一坛酒的泥封，舀了一碗给杨人杰。杨人杰一饮而尽："好酒！不过就这么两坛子，明天不够分的呀？"

钱之风看向经理："本来也不是给所有人喝的，是吧？"

经理满脸笑容："是，老绍兴最好的就这两坛，专供特使和主宾。"

钱之风指指坛子："这一坛打开了，味道到明天会差一点，就给主宾吧，没开封的专门留给特使。"

钱之风望着伙计将两坛酒搬进后厨，看向餐厅里，许清林正坐在窗边喝茶，许清林向钱之风微笑示意。

楼上房间里，韩彩衣呕吐起来，韩美珍在旁照顾。韩美珍拍着韩彩衣："明天当着那么多人，可一定忍住！要不然让人看出来，闲话可就满天飞了！"

韩彩衣点头："我知道！"

韩美珍说道："彩衣啊，说实在的，我盼你出嫁，可盼了不是一年两年了。可是怎么到了眼跟前，心里却那么不踏实呢！总觉得哪儿不对，可又说不上。我就你这么一个妹妹……"

韩彩衣没有说话，转身默默地走到窗前。韩美珍在她身后看着她，脸上显得有些不安，但她也没说什么，转身走了出去，缓缓地关上了房门，这时电话铃声响起，韩彩衣拿起电话，电话里面传来江汉城的声音："喂，是我。"

韩彩衣看看门口，门关着，又看看窗外："汉城。你是就在我对面吗？我能看到你吗？"

江汉城答道："看不到。"

韩彩衣忍不住哭了起来。

江汉城说道："别怕，我们今日做出的牺牲，将来都会加倍得到回报。总有一天，世界将因为我们的努力而变得自由、美好而和平，相信我，我们能携手看到那一天的到来。想象一下，新的中国，民族自立，民权得彰，民生无忧，彩衣，那是我们的国家……"

韩彩衣贴在窗前，已泪流满面："我现在只想看到你！"

她向外望着，只是窗外夜色茫茫，什么也看不到，抽泣的声音通过电话传了过去，江汉城安慰着："好了，别哭了，彩衣，求求你，不要哭。"

韩彩衣止不住："明天，看到我嫁给别人，你会心疼吗？"

江汉城说着："那是假的，演戏……"

韩彩衣打断他的话："我就问你会不会心疼……"

江汉城没有犹豫："会，不多说了，你的电话线路不安全。挂了。"

韩彩衣拿着电话仍然没挂，电话那头传来，"嘟嘟嘟"的声音。韩彩衣仍然攥着话筒，努力地在对面的楼寻找着江汉城，两行热泪在眼角涌出，小声自言自语："汉城！汉城……你知道吗？你要当爸爸了！"

转眼就到了婚礼举行的日子。

街道两边组织了市民妇女和儿童挥舞汪伪政府和日本国旗，虽然还算热闹，但多少显得有气无力。一列黑色轿车组成的车队驶过街道，驶向和平饭店。

大堂里面，到处是忙碌准备的人员。日本宪兵往来穿梭，检查一切可疑的地方和人员。杨人杰带着手下的人配合着，仔细巡查。

韩彩衣正在化妆，穿着红色的旗袍，雍容华贵。韩美珍则带着女眷围在周围："唉，真是亏了，出了这屋就到那边，连一顶花轿都没坐上！"

韩彩衣看看姐姐："现在谁还坐轿子啊？"

韩美珍哼了一声："你说这钱之风哪来这么好的命啊！娶这么好的媳妇都不用他自己费一点劲！"

韩彩衣苦苦一笑："他命好不好我不管，反正我认了！"

韩美珍左右看看："哎？怎么没看见这好命的新郎倌呢？"

此刻，一身新西装的钱之风正往后厨走去，看旁边有挂着的工作服，随手拿了一件披上。两个特务迎面过来："老钱？"

钱之风停住："哦，辛苦了！没事，我只是随便看看。"

特务问道："你不去当新郎，跑到后面来干吗？"

钱之风尴尬地笑着："谁让我是总务科的呢，操心的命呗。"

特务套着近乎："今儿你可是主角！"

钱之风半真半假的板起脸："放屁！主角是天皇特使，我是给人家垫脚的，诶，这话可别说出去啊，尤其别让韩小姐听见！"

两个特务都笑了，钱之风摸出两包烟塞过去，接着往前走。转了几个弯，来到储藏室，钱之风悄悄溜进去，把门关上。墙角摆着那两坛酒，其中一坛封泥已被打开。

钱之风迅速从怀里取出一个铁盒，打开，里面是两个装着黄色油状物的针管，还有一个"千秋牌"香烟的烟蒂。钱之风将针头装在针管上，刺向还封着的那坛酒的封泥。没想到用力过猛，封泥裂了一道缝，下面的蒙皮也破开一道口子。

钱之风一下子慌了，不知如何是好，想尽办法试图恢复原样，可是都不行。他急得额头冒汗，盯着这两坛酒苦思冥想。

不多时，杨人杰带着特务到了储藏室门口，侧耳倾听，里面没有动静。

杨人杰回身问："在这里面？"

特务连连点头，杨人杰刚要轻轻推门，忽然听见里面钱之风的喊声："杨队长，是你吗？快进来！"杨人杰快步进来，发现钱之风正对着两个酒坛发呆。

杨人杰责怪道："老钱，你这新郎倌怎么乱跑。"

钱之风面色凝重，示意杨人杰看那两个酒坛。

杨人杰突然变了脸色，发现了那道破口，又回头盯着两个特务："你们偷喝了？"

特务退后几步，不停摇头。

钱之风指指开口："只破开这一点口子，肯定不是偷酒。在我之前，还有谁进来过？"

特务还在摇头："没，没有。"

钱之风追问："确定？昨天夜里呢？今天凌晨？"

特务想了想："应该没有。"

杨人杰发火了："什么叫应该没有？不是让你们俩昼夜守着吗？"

一个特务说："我中间上了趟厕所，他正好肚子饿，出去买吃的去了……不过没一会儿……"

杨人杰抬手便打，钱之风拦住，说道："现在不是教训他们的时候。特使一会儿就到，重新去买来不及了。现在的问题是，右边这坛子酒，能不能喝？"

杨人杰看看钱之风："当然不能喝，明摆着有人下毒！"

钱之风看看杨人杰的表情："倒也未必，也许是搬运时候不小心碰的，不放心的话，就剩你昨天喝的，左边这坛。"

杨人杰想了想，拿起旁边的一把盛酒木勺，从左边的酒坛里舀出两碗，回身递给身后的特务："你们俩，一人喝一碗。"

特务吓得直哆嗦，钱之风挡住了酒碗："算了，就算他们有过错，也不至于要他们的命。还是我来尝尝吧。"

杨人杰惊讶地问："你来？"

钱之风笑了笑："我老喝他们的酒，味道很熟悉。如果掺了别的东西，哪怕一点点，也能尝出来。"

杨人杰犹豫了一下："可是……"

钱之风说道："没关系，我只要抿一小口就好，就算有毒也毒不死。如果我没事，就先拿这一坛。"

不等杨人杰再说话，钱之风拿过木勺，舀了半勺喝下去。半晌，咂摸咂摸嘴，点了点头："没问题。如果真是有人下毒，估计也都下在那边了。杨队长，我建议马上派人把这边的酒拿去化验！"

钱之风和杨人杰往回走，杨人杰边走边说着："对了，你怎么就偏巧到后面来，还就发现了？"

钱之风解释道："马上就要娶韩小姐了，我紧张！"

杨人杰点点头："紧张？正常啊，结婚都会有点紧张吧？"

钱之风接着说："我紧张就心慌，心慌就想喝一口。正好想到你昨天开了一坛，就想喝一口壮壮胆……千万，千万别告诉韩小姐！"

杨人杰觉得好笑："好，答应你！我说，刚才喝那酒，你真没事？"

钱之风低头："没事，就是因为多打开了一天，口感稍稍差一点，不过不要紧吧？"

杨人杰点头："你觉得，真有人下毒？"

钱之风看看门外："倒也未必，也许是谁不小心碰了一下。我去上个厕所啊，紧张，尿频！"

杨人杰啼笑皆非："老钱，你也太没出息了吧？"

钱之风哼着小曲进了卫生间，一进到卫生间的隔断里面，立刻抠嗓子眼儿，拼命地要把胃里的东西吐出来，同时，一阵阵剧烈的腹痛袭来，他咬牙强忍着，从怀里掏出刚刚的铁盒，铁盒里面已经空了，毒药已经被钱之风下到了刚刚喝过的那坛酒里，而第一个喝这毒酒的人，就是钱之风自己。

另一边，江汉城的瞄准镜对着车队驶来的方向，鱼贯而来的轿车进入范围，可是看不清车中的人。江汉城深呼吸一下，枪口转向了和平饭店的门口，等待目标从车上下来。

不久之后，和平饭店的门开了，精神抖擞的钱之风出现在韩彩衣及众人的面前。

12 刺杀

车队在门口停下，高月特使下车，在众人簇拥下向饭店大门走去。瞄准镜的十字瞄准线试图找到高月的脑袋，但总是被身前身后的人所挡住。直到人们进了饭店大门，也没有寻得机会。

江汉城气得捶墙，调整一番，他将枪口转开，寻找透过窗户看到饭店里面的机会。

和平饭店宴会厅里，高朋满座，热闹非凡。杨人杰和手下特务们混迹在人群中，不时走动，盘查可疑人员。突然前面的人群一阵骚动，是高月特使在岛田和郑伯鸿的引领下走进来了，宾客们纷纷起立相迎。

钱之风与韩彩衣站在台边等待，高月特使在台上用日语讲话，岛田在旁翻译："……日本与中国，是一衣带水的友邻，也是大东亚共荣圈的核心。日中两国只有团结起来，才能抗衡欧美列强，在这残酷的世界赢得生存空间！今天，一位先生与一位小姐将结合为一个家庭，我希望，日中两国也能团结如一个大家庭……"

钱之风脸色有些苍白，似乎在发抖。幸好所有人的注意力都在高月特使和岛田的身上。

韩彩衣见钱之风不对劲，钱之风强忍着。一个摄影记者跑来，要给他们照相。韩彩衣忙挽住钱之风的胳膊，对镜头微笑。闪光灯闪过，记者道谢跑开，韩彩衣却没有松开："你在发抖。娶我，就那么不情愿？"

见钱之风没反应，韩彩衣悄悄攥住钱之风的手腕，试他的脉搏："为什么心跳那么快？"

钱之风尴尬地说："我……我紧张！"

钱之风强忍着向台下望去，只见服务生正在倒酒。人群中，许清林目不转睛望着台上。

江汉城终于透过一扇窗户，瞄到宴会厅中台上的一角。只见钱之风和韩彩衣在行对拜之礼。

服务生将盛满了“女儿红”的酒杯递给高月和岛田。钱之风与韩彩衣也各持一杯，在众人的起哄下，正要喝交杯酒。

钱之风看看酒杯：“先敬两位太君！”

高月摇头，对岛田说了两句日语。

岛田翻译道：“高月先生说今天是你们的好日子，他不能喧宾夺主！等你们喝了交杯酒他再喝。”

高月高举手臂，煽动宾客们起哄，制造气氛。眼看不喝不行了。钱之风与韩彩衣对视着，彼此表情复杂。

两人说着，手中已成了交杯之势，钱之风把酒杯举到嘴边。

钱之风嘴唇不动，小声又说了一句：“不要咽！”

钱之风一饮而尽。韩彩衣也喝在嘴里，望着他。钱之风掏手绢擦了擦嘴，点头说道：“谢谢高月特使为我们证婚！请！”

服务生又给钱之风满上，高月特使端起酒杯。台下郑伯鸿等人也举杯示意。杯中的酒各不相同，都是香槟或者白酒。

钱之风的哆嗦越来越明显，几乎就要倒下，个别人发现了觉得奇怪，但高月面向来宾，并没有注意。

韩美珍招手叫来服务生：“特使喝的什么？给我也来一杯尝尝。”

高月特使把酒杯高高举起：“干！”

钱之风拼命靠着最后的意志力在支撑。韩彩衣明白了什么，顺着钱之风的视线看向正举杯要喝的特使高月，又顺着高月的目光看向台下，发现姐姐韩美珍也举着杯子，杯中是红色的“女儿红”。

韩彩衣突然“哇”的一口吐了出来。高月一愣，将已到唇边的酒杯放下，转身回头问岛田。

几乎就在高月转身的同时，一声玻璃击碎的响声，一颗子弹呼啸着击中站在他身后的日本军官。

岛田大喊：“保护特使！”

守在四面的日本宪兵蜂拥而上，掩护高月下台。众人还没反应过来，只见钱之风身子歪了两歪，倒在地上。

杨人杰大步冲上前，掰开钱之风的嘴：“酒里有毒！”

岛田看了眼玻璃被击碎的窗户，拔枪向门外冲去。

江汉城还瞄着，可再也寻不到高月的踪影。只见下面街上，岛田已经带着若干日本宪兵向这边冲来。江汉城立刻枪口瞄向下面，连开数枪，击倒多人。

岛田冲过了开阔区。江汉城再想射击，已被火力压制住，见岛田指挥宪兵冲过了街道，江汉城扔下狙击步枪夺门而出。身穿风衣礼帽的江汉城一路狂奔着，前方出现了持枪的特务，后面也是追兵将至，他纵身上了房顶。枪声不断，子弹从他身边擦过，有看热闹的百姓倒霉，中枪成了替死鬼。江汉城跃入一个院子，这家的男主人一身破旧长衫，教书匠的模样，惊恐地望着他，江汉城不由分说，拿枪指着教书匠。院子外面，岛田已经赶到了，正看见院门一下打开，一个穿风衣戴礼帽的男人出来，拼命向前跑。刚跑到巷口，便被前面堵截的特务击中。很快，岛田追上来，查看死者的面容，是那个教书匠。

岛田鹰一般的目光扫视周围，看到远处围观的人群都是面朝这边，只有一人背身，似乎要离开。岛田拔枪向那人冲过去，一边大喊："站住！"

那人拔腿就跑，正是江汉城。

江汉城被一路追赶，到了一条宽阔的河边。他返身射击，没有子弹了。眼看追兵到了，江汉城纵身跃入河中，向对岸游去。岸上的宪兵和特务连开数枪，都没有打中。岛田抄起旁边一个宪兵的步枪，瞄向已顺着水流漂向下游的江汉城。漫长的几秒钟停顿后一声枪响，江汉城被打中了。岛田又是一枪，仍然命中。一个日本宪兵跑来，送上岛田的军帽。他看了眼，帽子上一个枪眼。他笑了笑戴上帽子，望着河中的江汉城停止挣扎，慢慢沉下去。

此时的宴会厅内，局面一片混乱，杨人杰拼命让手下特务们维持秩序："护送所有人从后门走！前面可能有埋伏！后门，后门！——你，把所有服务生都给我看住！还有厨子！一个也不许跑！"

许清林不动声色看着，目光始终盯着钱之风与韩彩衣，韩彩衣坐在地上抱着抽搐的钱之风，面色苍白，韩美珍扑上前："彩衣，彩衣……快来人呀！"

郑伯鸿指挥着："马上送他们俩去医院！多带两个人！"

许清林忙说："站长，我去吧。"

郑伯鸿看看许清林，眼神冰冷："不用了，你跟着我。"

赵元初开着车，韩彩衣在后座上，抱着抽搐不止的钱之风，望着窗外。外面到处是紧张巡查的特务和警察。前方道路被堵住，赵元初拼命按喇叭。

韩彩衣突然要开车门下车，被赵元初回身按住。韩彩衣不顾劝阻，冲下车。她找了个台阶登高远眺，除了警察特务日本宪兵及看热闹的百姓之外，什么也看不见。

当韩彩衣来到医院的时候，钱之风已经在昏迷中了。韩彩衣从病房出来，默默坐在走廊长椅上，韩美珍坐到韩彩衣身旁："唉，这事儿闹的！你说你想杀日本人也挑个日子啊，非等别人大喜的时候，成心捣乱啊。彩衣，你没事儿吧？"

韩彩衣无动于衷，仿佛没有听见。

韩美珍不依不饶："你倒是出个声啊！姐知道，摊上这事谁都受不了，也不知道这钱之风到底能不能醒过来？就算醒过来，也不知道会不会落下什么后遗症……彩衣？"

韩彩衣起身走开，她再也无法掩饰内心的不安。

又过了一阵，郑伯鸿来了，走进病房，钱之风已经经过急救，脱离了危险，郑伯鸿示意身后的杨人杰关上门，走过来问道："怎么样？"

韩彩衣望了病床上的钱之风一眼，什么也没说。

郑伯鸿也没接着说话，他认真地看了一眼钱之风，然后回头看了一眼杨人杰。

杨人杰会意地上前："我们说话，他能听见吗？"

钱之风四肢僵硬一动不动，只是微微睁开了眼睛，瞥向郑伯鸿。

杨人杰看看韩彩衣："韩小姐，站长亲自过来，就是想查清到底是谁下毒。饭店的服务生以及所有能接触到那两坛酒的客人都已经排查过了，现在站长和我都怀疑是内部人作案。"

杨人杰下意识地回头看了一眼郑伯鸿，郑伯鸿站在原地，脸上看不出任何表情。杨人杰走到病床前："老钱，我是杨人杰，你能听到吗？"

钱之风微微点点头。

杨人杰接着说："你有没有怀疑对象？或者在那天谁的举止你觉得最可疑？"

钱之风嘴唇动了动，似乎说了什么，杨人杰完全听不见。

杨人杰看向韩彩衣："他说什么？"

韩彩衣没办法，不情愿地凑到钱之风耳边仔细听，也听不见。

郑伯鸿指指钱之风："手！"

韩彩衣这才发现钱之风的手指在轻轻动。她把手伸过去。钱之风的手指轻轻在她的手心上划动，韩彩衣点头。

杨人杰问："写的什么？"

韩彩衣看看杨人杰和郑伯鸿："许，许多的许。"

郑伯鸿深深地叹了口气，转身出门了。

一个小时后，众人已经回到了苏州站的办公楼，许清林坐在桌前沉思着，郑伯鸿开门进来，许清林连忙起身立正。

郑伯鸿冷冷地看着他："跟我去一趟日本宪兵司令部！"

许清林一愣："是！"

许清林陪着郑伯鸿从楼里出来，与杨人杰迎面相遇。

杨人杰看看二人："站长，您这是要去哪儿？"

郑伯鸿说道："宪兵司令部！案子没进展，日本人不依不饶啊！"

杨人杰问："您什么时候回来？"

郑伯鸿说道："下午！有什么事给日本宪兵司令部打电话。"

杨人杰目送许清林陪郑伯鸿上车，之后对身旁的特务说道："行动！"

行动队的特务们来到许清林的办公室，撬开抽屉，四处搜查。文件，香烟、火柴、零钱等通通拿了出来。

会议室里，赵元初正在召集一次会议，只见赵元初插手而立，面色严峻。会议桌上摆着纸笔。赵元初说道："每个人，把 17 日晚到 18 日自己在和平饭店的所有行动都写下来，包括做了什么，说了什么，听了什么，甚至吃了什么喝了什么，任何事情，通通写下来！如有隐瞒或知情不报，严惩不贷！刘二奎，尤其是你！"

此时郑伯鸿正在和许清林坐在车上。郑伯鸿问许清林："钱之风中毒的病情，你去查过了吗？"

许清林点头："去过了，和检验室丁主任一起去的。"

郑伯鸿看看窗外："是不是觉得，有些遗憾？"

许清林一惊："站长！钱之风中毒我可是一点儿都不知道！"

郑伯鸿说道："那我问你，钱之风中毒是装的吗？"

许清林摇摇头："不是。"

郑伯鸿接着说："不是？那你说，这毒是谁下的？"

许清林停了一下："我……还没有思路。"

宪兵队的办公室里，岛田轻抚着桌上的那把狙击步枪："就是这把枪，毛瑟 98K 式狙击步枪，德国前几年研制的，性能出众。我们查过了，没有大批量流入中国的记录，只是在淞沪事变之前，当时的国民政府零星购买过一些，数量很少，没有配发部队。"

郑伯鸿看着枪："您怀疑是重庆那边在捣鬼？"

岛田看了他一眼，没有说话。

郑伯鸿瞥了眼许清林，许清林正对着狙击步枪出神。

回到苏州站办公楼，许清林意外发现自己的东西都被摊了出来，杨人杰坐在自己位子上。杨人杰从桌上拿起一盒许清林的"千秋牌"香烟："这烟少见啊……"

许清林笑笑："你尝尝呗。"

杨人杰笑着摆了摆手，立刻冲进多名行动队的特务，举枪对准许清林。许清林回头看看，明白了。

许清林大喊："我要见站长！"

"没问题，不过先过了我这关！走吧，审讯室。"杨人杰看看桌子："别把办公室弄脏了。"

到了审讯室里，许清林被绑在椅子上，杨人杰站在他面前：“为什么要下毒？”

许清林摇头：“我没有！”

杨人杰叹了口气：“这里的规矩你跟我一样清楚。你这么说，不是难为我吗？”

许清林大声说道：“放屁！下毒的不是我，你有什么证据？”

杨人杰盯着许清林：“在那坛差点要了钱之风命的毒酒里，发现了高含量的尼古丁……”

许清林往前探身：“尼什么？”

杨人杰解释道：“尼古丁，又叫烟碱，可以从香烟中提炼的一种可溶性剧毒物质。你说吧，你是怎么把烟碱弄进酒坛里的？”

许清林无奈地说：“我说了，不是我！要下毒，谁都有可能。”

杨人杰盯着他：“可只有你，抽的是‘千秋牌’香烟。这可不是在苏州能随便买到的牌子。”

许清林一愣：“这又能代表什么？我可以告诉你这烟我是从哪儿买的！”

杨人杰拿起一块玻璃板上贴着的纸屑，在许清林面前晃了晃：“这是在酒坛里发现的，香烟的卷烟纸。不同牌子的烟，卷烟纸各不相同，接下来的话不用我多说了吧？”

许清林脸上变色：“这是栽赃！”

杨人杰盯着许清林：“谁会栽赃你？”

许清林大喊：“钱之风！他是共产党！”

在一旁的监听室里，赵元初和郑伯鸿正在听着审讯。赵元初听到许清林说到栽赃，看了看身边的郑伯鸿：“为了栽赃，先毒死自己？这不合情理吧？”

郑伯鸿没有看他：“虽然不合情理，但这种事也不是没有过。”

许清林被抓的消息已经传出来了，广济医院的病房里，韩彩衣在钱之风背后垫上枕头，帮他坐起来一点。钱之风似乎恢复了一些，韩彩衣依旧表情阴冷，一脸不耐烦：“行了吗！”

钱之风虚弱地说：“谢谢，案子查得怎么样了？”

韩彩衣冷冷地看着他：“许清林被抓了。你要杀许清林，替你那个女人报仇，这我不管！你在酒里下毒，设计要杀日本特使，这么大的事你为什么不跟我说？”

钱之风一用力，身体动了一下：“你们那边不也下手了吗？我敢说开枪的就是你们的人，你不也没跟我说过吗？”

韩彩衣说道：“钱之风！开枪只是为了要日本特使一个人的命，可你下毒呢？！这会害死多少人？你想过没有？你要搭上你自己、我、我姐，还有

更多人的性命！你是不是疯了？”

钱之风看着她，但一句话也说不上来。

韩彩衣接着说：“你现在得到了什么你知道吗？除了栽赃给许清林之外，你什么事也没办成！日本特使依然趾高气扬地活着，而我们那边的人呢？连是死是活都不知道！而你呢？还在演戏！你要演给谁看呢？”

钱之风认真地看着韩彩衣：“对不起。”

韩彩衣不看他了：“你就应该被自己毒死！”

两人再也没有往下多说一句话，钱之风坐在病床上，静静地看着韩彩衣，韩彩衣起身出门走了。

过了一会儿，赵元初从外面匆匆进来：“日本人那边要提审许清林，结果让他在半路给跑了。行动队已经撒下网去找。你要小心，说不准他会来找你。”

钱之风瞪着眼睛：“找我？”

赵元初说道：“现在他是最大嫌疑人，而他说是被你陷害的。要想起死回生，必须扳倒你才行。”

韩彩衣此时已经回到和平饭店，推开自己房间的门，刚要回身关门，一只手枪顶在了韩彩衣的头上，是许清林。

许清林：“韩小姐，我一直没想明白，十八号那天，你那杯毒酒已经喝到嘴里了，怎么没咽，又吐了呢？你知道那酒里有毒？”

韩彩衣摇摇头：“不知道。”

许清林问：“那为什么……”

韩彩衣接着说：“我怀孕了，这是正常的反应。”

许清林一愣：“你真的怀孕了？”

韩彩衣说道：“我和钱之风的，都一个多月了。”

许清林往前一探身：“那就是钱之风下的毒！”

韩彩衣冷冷一笑：“你如果知道酒里有毒，还会喝吗？”

许清林咬咬牙：“钱之风他就是共产党！这些共产党，只知道什么信仰，不知道什么是生命，他们蝼蚁不如！”

韩彩衣瞪着许清林：“你才蝼蚁不如！”

许清林盯着韩彩衣：“韩小姐，你现在说话的样子活脱脱一个共产党！”

韩彩衣说道：“可惜我不是！你要还想我在站长跟前替你说句好话，那就赶紧放了我！”

许清林不依不饶地追问：“你不是共产党？那你是什么人？你要这么帮着钱之风？如果你帮的不是钱之风，那就一定是帮在窗外开枪的那个人！岛田那边认定开枪的那个人是重庆方面的！那韩小姐看来就是重庆方面的人了！”

韩彩衣转过身：“许科长，你的想象力够丰富的！”

许清林觉得找到了方向：“韩小姐，国共合作是应当应分的，这没什么可丢人的！你告诉我实话又怕什么呢？”

许清林又把韩彩衣拉起来，带到了卫生间。用枪指着韩彩衣，让她面朝下，双手双脚反绑被扔在浴缸里。浴缸的下水塞子被许清林塞住了，龙头里淌下涓细的水流，慢慢在她身下汇聚。

许清林走到卫生间门口：“韩小姐，如果钱之风和你是真夫妻，那他就一定会答应跟我合作，那我就一定有时间赶回来救你。如果不是的话，您就自求多福吧！”

许清林走了。韩彩衣拼命蠕动身体，但是手脚被绑，翻不过身来，更够不到龙头。

病房里，钱之风睡不着，打开台灯。听听外面没有动静，他翻身下床，在门把手上系了一根线，一头拴在自己手指上。走廊里空无一人，不一会儿，窗户慢慢开了，只见许清林悄悄摸上来。许清林来到了钱之风门口，他轻轻拉门把手，没有拉动。停了片刻再用力，门开了条缝，许清林溜进来，猛地掀开被子，发现没人。灯开了，只见钱之风坐在门后的轮椅上，枪口对着他。

许清林叹了口气：“既然不欢迎，那我走了！”

许清林说着走向门口，突然抬起一脚踹向轮椅，钱之风猝不及防摔出去，倒在地上，似乎是很虚弱的样子。

许清林不慌不忙捡起枪看了看：“赵元初的枪。”许清林坐到了轮椅上，手里玩着老赵的枪：“韩彩衣是重庆那边的，而你是共产党，你们两个究竟怎么凑到一起的？”

钱之风问道：“谁告诉你她是重庆的。”

许清林瞪着钱之风：“她自己承认了。暗杀特使，被岛田干掉的那家伙，就是她那边的人！”

钱之风惊讶地说：“你把她怎么样了？”

许清林看看表：“没怎么样……估计还能活二十分钟。女人爱干净，所以我把她放在浴缸里，放水让她洗个澡。”

钱之风怒火中烧：“许清林！你真是丧心病狂！”

许清林摇了摇手表：“现在能救她的就只有你，老老实实回答我的问题，也许我会考虑留她一命。”

钱之风：“对！酒里下毒的人是我！把香烟的烟丝弄出来，拿水煮干得到的尼古丁，用针头注射下毒的。”

许清林：“目的呢？”

钱之风：“这还用问，杀鬼子特使。”

许清林：“那个卷烟纸的纸屑又是怎么回事？”

钱之风：“那根香烟是那天我在门口问你要的！”

许清林：“原来你早算计好了，这些事，韩彩衣不知道。还真有意思。你们两边都各自计划好了，计划也都顺利实施了，可是互相干扰，最后全都失败。你自己中毒躺在这儿，那边干脆死了一个。哼，这就是国共合作的结果？”

钱之风：“你问的我都答了，你赶紧放人去！”

许清林：“还有一个问题，你愿不愿意当着我的面向站长坦白交代？”

钱之风：“愿意！赶紧救人！”

许清林摇头：“我要信你，除非我脑子烧糊涂了！”

许清林拿来钱之风的公文包，将里面东西全部倒出来，一一检查，很快发现了假名“郭永寿”，贴着钱之风照片的伪造证件。

许清林掂量着证件：“果然不出我所料，在你这儿。借我用用？”

钱之风喊道：“放了韩彩衣！”

许清林:“你们根本就不是夫妻,别在我面前装出这副一往情深的样子！”

钱之风：“她死了，对你没好处！”

许清林：“不，她是你杀的。只要这个小本本放在她房间的某个角落里……”

钱之风：“我现在这样子，能跑到她那里去吗？”

许清林：“这不会是个问题！你可以有同党嘛，比如赵元初……”

趁许清林转身，钱之风一跃而起，扑向许清林，拔出了他腰间的枪。许清林猝不及防，被钱之风压在身下，但他年轻力壮，很快又占据上风，两人枪口相向。

这时病房门开了，值夜班的护士小夏进来：“大半夜的干什么呢……”说着就看到许清林的枪口，大叫了一声。

钱之风借机从开着的病房门冲出去，许清林推开小夏，紧追不放。钱之风利用自己熟悉环境的优势，躲过了许清林的追赶，跑到了外面。和平饭店门前，钱之风直接冲了进去，许清林跟着跑来看见钱之风，抬手就是一枪，这时旁边执勤的警察连忙向这边跑过来，大声喊着，许清林回头，发觉不妙，躲了起来。韩彩衣的房间中，她正浸在满是水的浴缸里，一串串气泡从韩彩衣口鼻冒出来，眼见快不行了。幸好房门没锁，钱之风冲进去，将韩彩衣从浴缸里抱出来。

韩彩衣已经晕了过去。钱之风连忙单腿跪地，将韩彩衣面朝下放在自己膝盖上，按压背部。很快水从韩彩衣口鼻中流出。钱之风摸了摸韩彩衣的脉，再将她仰面放在地上，准备施行心肺复苏。面对湿漉漉形态毕现的胸部，他犹豫了一下，还是按了下去。一串痛苦的咳嗽，韩彩衣终于活了过来，愣愣望着眼前的钱之风，突然一把抱住。

钱之风安慰道："好了好了，没事了……"

韩彩衣搂着钱之风不肯放手："你怎么来了？你怎么这么快就来了？"

钱之风只是紧紧抱着韩彩衣，泪流满面，什么也不说。

外面响起敲门声。钱之风示意韩彩衣，韩彩衣擦干眼泪去应门，门外是一个警察和饭店的服务生："打扰了，请问有没有一个男人闯进来？"

韩彩衣不说话。

服务生为难地对警察说："这位是韩小姐，是……"

韩彩衣衣服湿湿的，曲线毕露。警察不禁一双色眼上下打量，韩彩衣有了出气的机会，狠狠一记耳光。韩彩衣打完，立刻把门撞上，警察气急败坏："他妈的……"

打了警察，韩彩衣低头看看自己的湿衣服，意识到自己的失态，抬头看看钱之风："转过去！"

钱之风连忙背过身去。

韩彩衣一惊："你根本没中毒？"

钱之风笑了笑："毒是中了，可是没那么严重，事先准备好了解药。"

韩彩衣说道："连我也要骗，是吗？"

钱之风低着头："对不起……"

韩彩衣认真地看了他一眼，转过身去，她的身子在不断地颤抖，钱之风找到一条毯子，但不知道该怎么递给韩彩衣："先披上，别感冒了。"

钱之风扭头不看，走到韩彩衣跟前给她披上毯子，韩彩衣百感交集："谢谢你救了我！"

钱之风说道："现在，我什么都跟你说了！如果你还能相信我，也为了之后我们不再犯这样的错误，你能告诉我你的真实身份吗？"

韩彩衣将毯子裹紧，犹豫片刻："你之前猜得没错，我替军统做事……"

13 针锋

一盏温暖的台灯下，钱之风和韩彩衣相谈。

韩彩衣正说着："我认识江汉城的时候，才十七岁。那时候我在上海的一所女中念书，他是政府强行安排下来的训导主任。开始我们都很讨厌他，因为他是'三民主义'的忠实信徒，经常动不动就一堆大道理。他有一本孙先生的《三民主义》演讲录，走到哪里带到哪里，而且几乎可以倒背如流。当时有同学笑他，说将来他娶太太，哪怕比天仙还漂亮，背不下《三民主义》内容的也绝对不要……她们说，我就跟着笑，然后夜里偷偷钻到被窝里去背书……我姐姐那时候已经与郑伯鸿结婚了，在青岛，要我毕业了就过去。因为他，我坚决不肯，他答应了娶我。可是到了我的毕业典礼，本来要他讲话的，他没出现……后来几年我一直在打听他的下落，民国二十三年，我一个人在南京找了份洋行秘书的工作，有一天陪老板参加宴会的时候突然看到了他，他——他一眼就认出了我。"

钱之风问："那时候他是什么身份？"

韩彩衣接着说："他在财政部，变得沉默寡言了很多，只是问我姐夫的情况。哦，我姐夫那时候是青年革命同志会的干事。后来不久，汉城告诉我他加入了复兴社。"

钱之风看着韩彩衣："你们后来就结婚了？"

韩彩衣点点头："结婚是民国二十五年。可因为他身份的原因，我们的关系不能让外人知道，包括我姐和姐夫。汉城教给我电报、密码那一套东西，同时让我监视我姐夫。后来淞沪事变爆发，我姐夫被李士群劝降，成了76号的元老之一，我就顺理成章继续在他身边。"

钱之风问道："军统命令你监视他？"

韩彩衣摇摇头："严格地说，我不算军统的人，我只是替他们办事，如果不是为了汉城，我才不想管呢。"

钱之风叹了口气："你说了这么多，应该算泄密了吧？"

韩彩衣一笑："泄密？我就是什么都不说，能让汉城回到我身边吗？其实，我告诉你这些，除了感谢你刚才救了我，也是想请你不要恨他。他参加过复兴社，杀过共产党，但他确实是个好人，一心为公！他希望民族复兴、国家强大，希望抵抗侵略，恢复河山。他说过，为了理想他可以去做一切事情，哪怕是死！"

韩彩衣难过地望着窗外，潸然泪下。钱之风站在她旁边，有些局促地抱住她的肩膀安慰。过了许久，韩彩衣稍稍平复了情绪，轻轻从钱之风怀中挣脱，有意转移话题，避免尴尬："如果许清林把你说的那个假证件拿给我姐夫怎么办？"

钱之风想想："郑伯鸿还会相信他？"

韩彩衣说道："不会全信，但也不会再相信你。"

钱之风点点头："我大致想好了对策，放心，不会牵连你。"

韩彩衣看着钱之风："今夜的事，就当什么也没发生，还有刚才跟你说的话……"

钱之风小心地问："江汉城不在了，你还要继续下去？"

韩彩衣说道："不！日本人不是没捞到尸体吗？他还活着！他会回来的，回来看我，还有我们的孩子……"

第二天，一个报童给杨人杰送了一个信封，说是有人给了他一块钱。那个人他不认识，不过形容相貌，就是许清林。

杨人杰打开信封，是那个上面有"郭永寿"名字、钱之风照片的假证件。杨人杰直接将证件交到了郑伯鸿手上。

郑伯鸿看来一眼证件，带着杨人杰来到了医院。进了病房，钱之风正坐在病床上。

郑伯鸿看看旁边的轮椅："可以下地了吗？"

钱之风说话还是很虚弱："可以，就是腿上还没什么力气。不过有个几天应该能恢复得差不多了。"

郑伯鸿问道："见到许清林了？"

钱之风点点头："是。昨天半夜突然闯进来，要杀我。我问他为什么，他说我是共党。"

郑伯鸿不解："他说你是共党？"

钱之风解释道："我理解的意思，是我死了，再说我是共党，我也辩驳不了。"

杨人杰将假证拿出来："这个是你的？"

钱之风看了一眼，做出惊慌的样子："不是，我从来没见过！"

郑伯鸿指指证件："从来没见过？这上面是你的照片。"

钱之风拿过细看："这照片，应该是后贴上去的？"

杨人杰在一旁说道："废话，你叫郭永寿吗？"

郑伯鸿止住杨人杰："许清林要杀你，为什么失手了？"

钱之风说道："当时正好护士查房，他见被发现，只好跑了。"

郑伯鸿问道："关于这份伪造的证件，你能给我一个合理的解释吗？"

钱之风想了想："不能。"

郑伯鸿和杨人杰来到院长办公室，把小夏叫来，小夏规规矩矩站着。郑伯鸿看了白院长一眼，白院长连连点头出去。

杨人杰问："昨天夜里，你查房，看见有人在钱之风的病房里？"

小夏声情并茂地说："是，那人可凶了，拿着枪。我吓呆了，一直大叫，他可能怕叫声引来更多人，掉头就跑！"

郑伯鸿在一旁问："往哪儿跑了？"

小夏想想："我当时吓傻了，没太注意……哦，好像是往二楼东面跑去的……"

二楼东面是档案室，郑伯鸿进来，看看地上，地上有一串鞋印，杨人杰从开着的窗户向外看："站长，外面的窗沿上有鞋印，看来是从这里跳窗跑的。"

郑伯鸿又看看地上："能确定是许清林的鞋印吗？"

杨人杰也凑近了："成年男人的皮鞋鞋印，不过要判定的话，找到鞋才行。"

郑伯鸿留意地上的鞋印，发现在一个档案柜前停留了片刻。他打开柜子问道："这是什么？"

白院长一直站在门外："哦，这里存放的是我院所有职工的档案……"

郑伯鸿找到钱之风的一页，杨人杰也过来看："这上面的照片呢？"

白院长凑过来："对啊？照片呢？"

郑伯鸿沉吟："他怎么会知道这里有照片？"又回身问白院长，"许清林对你们医院很熟悉吗？"

白院长答道："很熟悉倒也说不上，不过当初钱之风被你们抓过一回嘛，那位许先生来查过钱之风的材料。"

郑伯鸿背着手走了，杨人杰跟在身后。郑伯鸿突然停下脚步："抓起来。"

杨人杰也停住："许清林吗？正在搜捕。"

郑伯鸿咬咬牙："钱之风。"

郑伯鸿和杨人杰上车。身后两个特务押着轮椅上的钱之风出来，不少医生护士围观。

回到了苏州站，钱之风被押进了审讯室。郑伯鸿说道："你和许清林，其中一定有一个人在撒谎。你觉得我应该相信谁？"

钱之风态度诚恳："站长，如果我是共党，我怎么还能和韩小姐结婚？难道韩小姐也是共党？韩小姐是共党，她是您的亲戚，又在您身边工作过那么多年，难道您一点都没有察觉？或者说，您也是共党？如果您承认是共党，那我也承认好了。"

郑伯鸿望着钱之风，思忖着："韩彩衣肚子里的孩子，真是你的？"

一个特务进来："站长，有您的电话。"特务凑到郑伯鸿耳边："许清林。"

郑伯鸿回到办公室，接起电话，等着许清林开口。

许清林一边打电话，一边警惕地观察四周。他躲在一个老朋友乔三的烟馆里，在许清林决定主动去找郑伯鸿前，乔三曾阻止他，许清林则撂下了一句："富贵险中求。"

许清林在电话里说道："站长，我实在迫不得已，请您原谅。"

郑伯鸿声音和善："废话不用说了。你的小礼物我收到了，还真是出乎意料。我知道你担心什么。你放心，我向你保证，不论将来查到谁的头上，我都一视同仁！"

许清林惊喜地说："真的？"

郑伯鸿说道："这是掉脑袋的事情，我能胡说？如果信不过我，你现在就可以打电话到上海找丁主任。就这样吧，你好好考虑！"

许清林回到了苏州站，在院子中间一动不动，郑伯鸿在杨人杰的陪伴下快步向他走来。

许清林低着头："戴罪之身，请站长发落。"

郑伯鸿笑道："说哪里话！我委屈了你，还要向你致歉呢。"

几个人来到郑伯鸿的办公室，门关上了。不一会儿，赵元初敲门进来，见到许清林愣了一下，上下打量许清林。

郑伯鸿开口向赵元初："清林回来了，钱之风的案子就交给你们情报科。你们两个一起审。"

许清林和赵元初走出，杨人杰望着他们两个的背影："站长，您让许清林去审钱之风？难道许清林不更可疑吗？"

郑伯鸿稳坐钓鱼台："哼，进了那间屋子，谁坐谁站，只是形式问题。"

审讯室里，赵元初主审，许清林和钱之风针锋相对，旁边的监听室里面，几个要害部门的负责人也都在，韩彩衣面色沉重地靠在门边。

许清林说道："钱之风，我不跟你绕弯子了，有几个问题请你如实的回答我！"

钱之风还是虚弱的样子："你随便问。"

许清林拿出那个假证件："这个东西你能解释一下吗？"

钱之风："对不起，我没见过这个东西。之前站长已经问过我了，我也如实地告诉了他，我无法解释！"

许清林："你不能解释，那我是不是能理解为你已经默认了这个证件是你的呢？"

钱之风："许科长，你不是说你有几个问题要问我吗？你一口气说完吧，我会如实地告诉你答案的！"

许清林冷冷一笑："钱之风，跟和平饭店经理要求，去阊门外老绍兴买那两坛子'女儿红'的是不是你？酒坛子搬来，让杨队长打开喝一口的，是不是你？那天早上，发现酒里有毒，贼喊捉贼叫来杨队长的，是不是你？"

钱之风点头："是我，可那不是什么贼喊捉贼。"

许清林往前探了探身："钱之风，怎么刚好知道特使喜欢喝什么酒？你怎么刚好知道老绍兴有两坛陈封二十年的？你怎么刚好能发现酒里有毒？只有一个答案，一切都是你背后安排的！"

钱之风："也可能是你！"

许清林："为了以防万一，行动队杨队长的人特意守着放酒的地方，实际能接触到酒坛的，只有你！"

钱之风反问："那酒坛里发现了你抽的牌子的香烟纸，怎么回事？"

许清林："你还好意思说？那天在和平饭店，你特意跑出来找我要烟抽，怎么不记得了？"

钱之风沉默不语。

许清林乘胜追击："我还记得你说你紧张……是啊，紧张，还真是个好借口！你借口紧张，要了我的烟，故意扔在酒坛里故意栽赃我，还是借口紧张，结婚当天早上跑到厨去下毒，你确实很紧张，只不过你紧张的不是跟韩小姐结婚，而是暗杀特使！"

钱之风："我为什么要暗杀特使？"

许清林一拍桌子："因为你是共产党！常光春是你的同伙，在日本宪兵司令部，常光春装模作样地勒你脖子，可这假证，就是他帮你做的！铁证如山，钱之风，难道你还有个孪生兄弟，叫郭永寿，跟你长得一模一样？"

钱之风笑了笑："许科长，你的问题看来都问完了？"

许清林："你现在可以回答我的问题了吗？"

钱之风看看桌上："你的问题你自己不是已经都替我回答了吗？多么清晰、缜密的推断啊？"

许清林："这么说你都承认了？"

钱之风又笑了笑没有急着说话。

许清林看钱之风不回答："你笑什么？我告诉你，这没有用，铁证面前你怎么笑都没有用！赶紧承认你犯下的所有错，说不定站长念你点好留你个全尸！"

钱之风："许清林，你说完了，能不能也让我说两句？"

许清林："行啊，你说，我看你还有什么可说的？"

钱之风："首先接待特使的任务，站长是交给我们总务科的，对吧？"

许清林："是又怎样？"

钱之风："为了做好接待准备，我提前了解特使的喜好，有什么错吗？特使喜欢喝'女儿红'，是宪兵司令部岛田中佐告诉我的，难道岛田中佐也是我暗杀特使的同伙？"

许清林打断钱之风："你利用了这一点！"

钱之风接着说："我倒是有点奇怪，我让和平饭店的经理提前准备老绍兴这事，你怎么知道的？当时在场的只有我和杨队长、韩彩衣，还有酒店经理和几个伙计……我不记得告诉过你啊？"

许清林语塞："我……我是偶然看到了！"

钱之风："偶然？恐怕不是偶然吧！许清林，从始至终，你就一直想利用我和韩小姐结婚的机会，暗杀特使！你说我跟你借烟抽？我这人从不抽烟的，所有人都知道！那天在和平饭店外面，我是找过你，只是让你别老纠缠我和韩小姐！酒坛放在什么地方，杨队长怎么派人看守，你又怎么会那么清楚？站长的分工，负责安全保卫的是杨队长的行动队，可你为什么总是出现在和平饭店？我跟经理商量给特使准备什么酒的时候你就在。酒拿回来，往和平饭店里面送的时候你还在……许科长，你能不能告诉我，出事前一晚，你在什么地方？"

杨人杰听着，回头看看郑伯鸿。郑伯鸿仍旧面无表情，但眉头却紧锁着。

许清林被问住了："我……我当然在睡觉！"

钱之风："在什么地方睡觉？谁能证明？你答不上来，因为你就藏在和平饭店的某个地方，伺机下毒！"

许清林恼羞成怒："你胡说八道，没有任何证据！"

钱之风："香烟纸就是证据！我没有栽赃你，为了栽赃你，我毒死我自己？我如果真想下毒，那天早上我既然已经下毒成功了，为什么还吃饱了撑的叫来杨队长，告诉他有人下毒？我他妈是傻子吗？自己举报自己？"

赵元初忍不住笑。

许清林又转到了证件的事："你……你那这张有你照片的假证怎么解释？"

钱之风说："请问，这份假证，你从哪里来的？"

许清林："昨天夜里，我去医院找你的时候，我当着你面翻出来的，你还想狡辩吗？"

钱之风："你找我来干什么的，你是为了杀我灭口！我死了，你就可以把下毒的罪名安到我头上，幸亏老天有眼，让你功亏一篑！对了，你说这个证，老赵你仔细看，这上面我的照片，明显是贴上去的！我非常清楚地记得，这样的照片只在我进医院之前，为了留档拍过这么一次！许科长，我只是奇怪，这照片怎么到了你的手里呢？"

赵元初在一旁扇风："对了，清林啊，之前你怀疑钱之风是共党的时候，到没到过医院调他的资料看过？"

许清林狠狠瞪了赵元初一眼。

钱之风恍然大悟的样子："哦，原来如此。你调查过我，当然也知道我的档案放在什么地方……老赵，你能不能让人去查查看，我在医院的档案上面，照片还在不在？"

赵元初看着证件："杨队长他们好像查了……"

钱之风咬着牙："许清林！你还有什么可说的？你处心积虑栽赃我是共党，我看根本你才是共党！那天在宪兵司令部，常光春勒住我脖子，你马上掏枪出来，你当时就想趁乱杀我灭口了，是不是？"

许清林哆嗦着，看向赵元初："医院他的档案上，照片还在不在？"

赵元初出去了，许清林盯着钱之风："钱之风，你厉害啊……"

钱之风露出笑容："许清林，只能说你选错了栽赃的对象！我如果真是共党，怎么可能与韩小姐成亲？难道韩小姐也是共党？韩小姐是共党，那咱们站长呢？只能说，你从一开始就错了！"

许清林愣了片刻，长叹一声。

赵元初进到监听室，看看郑伯鸿："站长，我觉得——"话音未落，耳机中一声枪响！

郑伯鸿、杨人杰和韩彩衣都怔住了。韩彩衣第一个冲进了审讯室，杨人杰也冲了出去，韩彩衣和杨人杰愣住了，站在门口，郑伯鸿最后一个进来，脸上也不再保持一贯的冷酷。

许清林背对着所有人。郑伯鸿刚想叫，许清林却突然倒在了地上，胸口中枪。

钱之风喘着粗气："他狗急跳墙，要杀我……"同时，钱之风挣扎着起身，连忙把枪扔在地上。

韩彩衣扑向钱之风："之风！"钱之风叫了一声，众人才发现他的胳膊受伤了。郑伯鸿走到许清林身前，看到的是他死不瞑目的样子。

杨人杰拿起枪来看看："是许清林的枪……他真是疯了！"

郑伯鸿回到办公室，靠在椅子上，紧闭着双眼，面色凝重。杨人杰将一份鞋印的拓片小心翼翼地放在了郑伯鸿的面前，钟伯鸿缓缓地睁开双眼，拿起那张拓片看着，脸上没有表情。

杨人杰偷眼看着他：“医院档案室的鞋印……应该可以排除钱之风的可能了。一般人穿大两号的鞋，倒是没什么问题，但如果小两号的话，脚都塞不进去。”

郑伯鸿把手里的拓片扔回在了桌上，他站起身，走到窗前，望着窗外，杨人杰安静地在一旁站着，一声不吭。

过了好一会儿，郑伯鸿扔下冷冷的一句话：“明天上午安排一个会，全体参加。”

会议上，杨人杰宣布着案情结论：“经查，上月十八日下毒谋刺日方天皇特使的正是许清林，他利用常抽的‘千秋牌’香烟提炼剧毒化学成分，在韩小姐的婚宴前寻机投放入酒坛中。此外，他还利用伪造证件，栽赃陷害说钱之风是常光春的同党。但是有充分的证据证明，其实，常光春真正的同党就是他！站长设下引蛇出洞之计，已将他绳之以法。”

郑伯鸿起身，在会议室里走动，所有人的目光都在他身上，郑伯鸿走到了许清林的空位子前停下：“春秋时期鲁国出过一个名人，此人非常能干。可是他本已身居高位，却还不满足，为了一己私欲，罗织罪名，残害忠良，甚至以下犯上，两度弑君。这个人，你们都知道，《左传》上有两句话，就是说他的——‘庆父不死，鲁难未已！’庆父，这种唯恐天下不乱的人，任何时代都会有，也会出在任何组织当中，咱们苏州站也不例外！”

在座的几个人听了此话，都沉默的各自想着心事。

14 新宅

郑伯鸿驾车停在一栋西式小洋楼的院子里，韩彩衣搀扶着还需拐杖的钱之风下车，一个四十岁上下的女佣陈妈出来迎接。

韩美珍随后下了车，对韩彩衣说："这儿就是给你们的惊喜。"

一楼是宽大的客厅兼餐厅，楼梯上去是卧室和书房。餐桌上已经摆好了丰盛的菜肴以及四个人的位子。

韩美珍带着两人，边走边说："……这房子，原来是个洋人的。伯鸿，哪国人来着？英国的？反正是开洋行的。后来打仗，人家想得开，舍财不舍命，跑回老家去，这房子就留了下来。好多人想要，幸亏你们姐夫手快，看看，洋鬼子的这大床，就是软。不过估计你们睡不惯，赶明儿叫陈妈找人换了。你们新结婚的，也得睡新床……走，咱们边吃边说。这房子，是我和伯鸿送给你们的结婚礼物，你们两口子结婚了，不能连个住的地方都没有啊。如果还看得上眼，这两天就可以搬过来了。"

韩美珍身后，钱之风和韩彩衣对视一眼。四人入席，陈妈在一旁伺候，郑伯鸿亲自倒酒："之风啊，酒还能喝吧？我还有点担心，你别留下心理阴影了。"

钱之风有点不好意思："不会，没有……"

郑伯鸿举杯："好，今天呢，算是彩衣和之风你们两口子结婚之后，咱们一家人第一次坐下来好好吃顿饭。说实话，我心中有愧啊，你们的婚礼被搅了，之风还被人下了毒，虽说大难不死必有后福，可总归怪我保护不力，照顾不周。这第一杯酒，算是给你们两口子赔个不是吧！"

郑伯鸿一饮而尽，钱之风连忙陪着喝了："站长您千万别这么说，您能不计较彩衣一时冲动违反纪律，我们已经非常感激了。"

韩彩衣举杯："谢谢姐夫。"

郑伯鸿看看韩美珍："你应该谢谢你姐姐，要不是她，我怎么说也要关你几天禁闭！"

韩美珍笑道："好啦，过去的不高兴的事就不提了。你们两口子既然已经结婚了，而且彩衣还有了喜，那就踏踏实实地过日子。之风啊，彩衣从小是我惯大的，任性、脾气倔，你岁数比她大，要多包容忍让；彩衣，你也要收敛收敛，瞧得出之风是个好脾气的人，那你也不能总欺负人家。男人是要面子的，出门在外，你面子要给足人家……"

韩彩衣对钱之风说："我不给你面子了吗？"

韩美珍看看郑伯鸿："哎，你也安排一下，钱之风在你们站里怎么也得有个位子，至少不能比彩衣还低吧？"

郑伯鸿想了想，问钱之风："你自己有什么想法？"

钱之风说道："原来不是说站里要设个医务室？"

郑伯鸿摆摆手："医务室太小，暂时也没必要。除此之外呢？"

钱之风说："其他的还没考虑过……"

郑伯鸿放下酒杯："那就考虑考虑。"

吃过了饭，郑伯鸿和韩美珍上车，钱之风和韩彩衣送到门口。韩美珍上车，与郑伯鸿一起离开。钱之风望着他们远去，有些心神不宁。

新家里，悠扬的钢琴声传来，韩彩衣弹着刚琴，钱之风若有所思地看着，老谭现在还没有跟他联系，是去是留，还是继续跟这个女人生活在一个屋檐下，钱之风陷入思索中。这时，陈妈小声地在钱之风耳边说："太太先生，晚上想吃点什么？"

钢琴声停止，韩彩衣回身说："今天东西还没搬过来，所以不在这边住。等过两天搬过来了你再费心。"

钱之风随即起身离开。陈妈看着远去的钱之风："太太，你看家里缺什么我去买。"

韩彩衣掏出钱来递给陈妈："这是这个月的菜钱，以后你看着买就是了，不够跟我说，再给你。"

陈妈说道："够了够了，就是不知道先生太太的口味，饭菜不好准备……"

韩彩衣嘱咐陈妈："不用多，两三个清淡小菜，等我们到七点半，如果还没回来，你就自己先吃，剩下的倒掉。明白吗？"

陈妈点头："明白了，那我先去买东西了。"

韩彩衣看着陈妈走出去，又回头看着钱之风离开的方向。

第二天，钱之风象征性地拄着拐杖四处闲逛，进了书房。一面墙都是高耸的书架，里面摆满了成套的外文典籍，他随手拿了一本翻看，韩彩衣走进来：

“你睡觉有没有声音？”

钱之风抬头：“声音？”

韩彩衣：“磨牙、放屁、打呼噜！”

钱之风底气不足：“不打……应该不打……”

韩彩衣把一张纸交给钱之风看。

钱之风问：“这是什么？”

韩彩衣瞪眼：“约法三章。”

钱之风接过来念：“第一，分床而睡，不经允许，晚九点至早八点不许进卧室；第二，不得偷窥偷看，未经许可不得触碰身体……你把我当什么人了！”

韩彩衣：“接着念！”

钱之风接着念道：“第三，不得带陌生人回家，从外面拿回来的东西，必须经过检查……谁检查谁呀？”

韩彩衣说道：“当然是我检查你。”

钱之风喊道：“凭什么？”

韩彩衣：“就凭你得听我的！”

钱之风笑道：“我拿一根牙签回来你也要查？”

韩彩衣：“对！尤其是你衣服的口袋和公文包我必须每天检查。我没跟你开玩笑！钱之风你听好了，现在我们同在一个屋檐下，你如果出了事，也会牵连到我。”

钱之风一笑：“那你出了事，是不是也会牵连到我啊？你的包，我是不是也得每天检查？”

韩彩衣说道：“不行！因为从今往后，我是你的上级！”

钱之风瞪眼：“你是我上级？凭什么？你当咱们俩‘过家家’呢？”

“你必须服从！”韩彩衣盯着愤怒的钱之风。

此时，在一个公园里，赵元初和一个青年人并排坐在长椅上，那个年轻人留着一撮古怪的小胡子，赵元初正在和他交易情报。

赵元初说着：“……这个价格比之前高出太多了，我无法接受！”

小胡子态度坚定：“您要的人难找，只能是这个价！不给钱的买卖我们从来不做，不该说的话我们也从来不会乱说，这就是我们的规矩！您既然想让我替您办事儿，就得懂这规矩！”

赵元初说道：“既然你这么说了，回去告诉你们老大，我可以按你们的规矩办，但是，你得让我知道我凭什么相信你？”

小胡子说道：“赵先生，有些事用不着劳烦更多人，就像有些话不能让更多的人听到一样，您如果这么不相信我，那就算了！您回您的苏州站继续当您的大官，那我就回去随便找个小酒馆，找上几个随便人，吐吐苦水，说说你赵先生是怎么欺负我的！”

赵元初从怀里掏出一根金条放在长椅上。

小胡子把金条揣在了兜里：“十天以后，我来拿剩下的另一半！”小胡子吹着口哨缓缓离开，长椅上就剩下赵元初一个人。赵元初看着小胡子远去的背影，心中有了一个计划。

回到办公室，赵元初打开抽屉，取出那本监视钱之风的记录本，翻开看了片刻，拿起电话：“二奎，你来一下。”很快刘二奎进来，毕恭毕敬。

赵元初指指放在桌上的监视记录本：“把这个拿回去。”

刘二奎拿起本子：“您的意思是？”

赵元初冷冷盯着他：“继续吧。”

几辆车停在钱之风新家门口，刘二奎等情报科特务进进出出帮着韩彩衣搬家。

刘二奎把一个小桌子搬进来：“韩小姐，这个放哪里？”

赵元初对刘二奎说道：“你刚才喊谁呢？”

刘二奎摸不着头脑：“我？我喊韩小姐……”

赵元初接着说：“记住了，以后在站里，叫韩科长。到了人家家里，要喊钱太太。韩小姐出阁了，升任钱太太了。这点规矩都不懂？还是你眼里根本没有老钱啊？”

刘二奎看看钱之风：“不敢不敢，我错了！老钱，对不起……”

赵元初示意可以走了，刘二奎连忙逃开。赵元初看着钱之风：“马善被人骑，人善被人欺。别以为你娶了韩彩衣就万事大吉，我这是帮你立威呢！”

韩彩衣起身去楼上，赵元初望着她的背影：“之风，看出点什么没有？一个苏州城里数一数二的大小姐，居然下嫁给你，这事儿还不危险？”

钱之风：“你说的话我不明白。”

赵元初看看钱之风：“之风啊，你当只有许清林长着眼睛呢？你们俩本身就那么大的差距，又闪电怀孕，可别说是因为爱情。”

钱之风摇头：“不信算了。”

片刻韩彩衣回来，两人不约而同对她笑：“你们俩背着我，肯定没说我什么好话。”

赵元初笑道：“我跟他说，韩小姐可不是好惹的，小心自己的小命。”

当天夜里，麻烦的事来了，当着陈妈的面，钱之风和韩彩衣进了卧室。一进屋，钱之风就像木头一样站着，有些手足无措。韩彩衣从门缝里望着下面陈妈的举动，见陈妈关灯回了自己房间，这才掩上门。

钱之风说道：“咱们是不是得商量一下睡觉的问题？”

韩彩衣打开衣柜，取出褥子和枕头扔在地上："有什么好商量的。"

钱之风小心翼翼地铺平了褥子，躺下来试试。

韩彩衣说道："晚九点到早八点未经我同意不许进卧室。"

钱之风问道："那你让我睡哪儿啊？"

韩彩衣："书房。把门都锁上。"

钱之风洗过澡换了衣服，来到书房，在地上铺好了被褥，躺下来。很快，疲惫一天的钱之风睡着了，渐渐发出鼾声，钱之风的鼾声越来越响，在客厅里回荡。

韩彩衣睁着眼躺在床上，终于忍无可忍，翻身下床。韩彩衣推门来到书房，一杯水泼在钱之风脸上。

钱之风惊醒："啊？怎么了？出什么事儿了？"

韩彩衣低声说："拿着东西，跟我回屋！"

钱之风说道："我要真打呼噜，不吵你睡觉吗？"

韩彩衣瞪着钱之风："那么大动静，陈妈是聋子也能听出来你在书房睡这呢！"

韩彩衣和钱之风蹑手蹑脚从书房回了卧室，韩彩衣小心翼翼关了门："如果明天陈妈问，就说你跟我吵架了，气得到书房自己睡。我心软，求了你回来。"

钱之风皱着眉："用泼一脸水的方法求的？"

韩彩衣瞪了一眼钱之风："少废话！"

钱之风在地上铺了被褥，躺下："要不，明天我去给你买一副耳塞？"

韩彩衣说道："我看倒需要买个眼罩。"

钱之风问："干什么？"

韩彩衣瞥了一眼钱之风："省得你偷看我！"

第二天上午，郑伯鸿正在办公室写毛笔字。外面有人敲门，进来的是钱之风，郑伯鸿看他一眼："上次跟你说的事，考虑得怎么样了？这样吧，现在给你两个选择：一个还留在总务科，彩衣回头身子不便了，就由你顶她的副科长；一个，去情报科接许清林的位子，也是副科长。要我说，还是情报科更好些。总务科虽然重要，但很难出成绩，要想继续向上走，情报科立功的机会更多。哦，我提了赵元初做科长，你跟他是老交情，配合起来也没问题。"

郑伯鸿电话通知赵元初，让他安排一下，钱之风没有推辞："谢谢站长！"

赵元初正在办公室等着钱之风："之风啊，我早就想把你调到情报科了，没想到站长把你安排过来了，算你运气好。"

钱之风问道："情报科是专门对付共产党的？"

赵元初留意钱之风的目光："对。这是七十六号的惯例，有个好听的说法叫以夷制夷，让共产党的叛徒或者过去跟共党有关系的人来对付共产党。"

钱之风说道："我跟共产党又没关系……"

赵元初一笑："瞒得过别人，你可瞒不过我。好啦，过去的事不说，总之情报科不是总务科，不能混日子。站长刚刚下了命令，要咱们以许清林为突破口，迅速有力地解决苏州的共党地下组织，有什么想法吗？"

钱之风摇头。

赵元初诡异的一笑："就这两天吧，你跟我好好学着点。"

钱之风看着赵元初，若有所思，低头间，忽然看见赵元初桌子上放着一份《益闻报》，钱之风心头暗自一颤，又转念想，不会这么巧，他怎么可能知道自己和谭从武的这个联络方式。

这天下午，刘二奎来到钱之风的新办公室。说赵元初发现了共产党的联络点，让他们马上过去。

钱之风和二奎赶到一个小院，赵元初从屋里出来："进去看看吧。"钱之风和刘二奎进入院子，只见一具死尸倒在屋里，死的人正是前几天和赵元初交易情报的小胡子，死者手里还拿着几张纸。钱之风蹲下拿起来看，是共产党的宣传品，钱之风抬头望了望四周，不禁疑惑。

回到站里，站长召开了一次会议，钱之风，韩彩衣，杨人杰，郑伯鸿看上去都情绪不错。

赵元初站起来："我们利用掌握的益闻报共党的联络方式，锁定了一名潜伏共党，并顺藤摸瓜发现了一处共党联络点。虽然暂时没有抓到更多的共党，但掌握了不少共党的内部材料，我和之风正在进行分析，看能不能有进一步发现……"

韩彩衣看向钱之风，只见钱之风瞪着赵元初默不作声。

回到家，钱之风在一盏台灯下，背对门，韩彩衣轻轻地推开门，蹑手蹑脚地走到钱之风背后。钱之风猛地回身拿枪指着韩彩衣，就在这一刻两人都吓呆了。

韩彩衣惊讶地问："钱之风！你拿枪指着我干什么？枪不是摆设，它是用来杀人的。钱之风你想杀谁呀？"

钱之风说道："我没想杀谁，我想学着开枪。"

韩彩衣把枪夺过来："你不是已经开过枪了吗？在站里，许清林审你的时候？"

钱之风盯着韩彩衣："我是自卫。许清林突然开枪打我。"

韩彩衣问道："那你现在这是，准备自卫？"

钱之风把枪拿回来："不知道，我总觉得现在不同以往了。"

等韩彩衣睡下之后，钱之风打电话给赵元初："喂，老赵啊，是我……对，关于前天破获的共党联络点，有些事情我想不通，想问问你……能不能

找个没人的地方？……就在站里说？……好，明天。”

放下电话，钱之风拿出擦得锃亮的枪，看了看。

第二天，钱之风来到情报科办公室，环顾四周，刘二奎迎上来：“钱副科长，赵科长出去了，他让我把这个给您，说是前两天缴获的共党资料，让您务必仔细看。”

钱之风诧异地接过文件夹，打开来看。只见里面只有一张烧剩残角的纸片。上面隐约可辨认四个字“清林同志。”

钱之风皱眉：“什么意思？”

刘二奎凑上来：“赵科长说，这是在破获的共党联络点发现的，应该是许清林就是共党的铁证！”

钱之风笑了，刘二奎莫名其妙。许清林当然不是共产党的同志，这纸片在所谓的共党联络点被发现只能说明一点，赵元初演了一出瞒天过海的好戏。可他为什么要用这种含蓄的办法告诉自己实情呢？怕自己继续追问下去？还是想以此拉拢自己？这似乎并不是一个容易回答的问题。

15 地图

三个月后的一天，钱之风和韩彩衣站在楼门外，迎接前来拜访的客人，钱之风显得有些木讷，反倒韩彩衣对来客都十分熟悉，谈笑风生。

韩彩衣把钱之风拉到众人面前："冯局长，介绍一下，这是我先生，钱之风。之风，这是警察局的冯局长。"

钱之风应付着："冯局长，幸会，感谢大驾光临。"

冯局长打量钱之风："钱先生好福气呀，娶了那么一位好太太。"

韩彩衣把人请进屋："冯局长里面请，我姐夫正等您呢……侯老板，你也来了？难得啊！"

侯老板从后面走过来，侯铭德是苏州商会的副会长，别看外表大大咧咧，其实心狠手辣。苏州大半的烟馆、妓院都被他控制，他舅舅正是新任的军政部代理部长。

侯铭德走到近前："不欢迎吗？这是……"

韩彩衣介绍着："这是钱之风，我先生。"

侯老板哈哈大笑，捶了钱之风一拳："老兄，你手段可以啊，我追了韩小姐三年，连小手都没拉上一下，你居然能娶回家了！有什么独家秘籍？"

钱之风点点头："瞎猫撞上死耗子。"

侯老板对韩彩衣说："听见没，你先生骂你是死耗子！"

韩彩衣瞪钱之风一眼："你才死耗子呢！"

屋子里，郑伯鸿看到冯局长向自己走来，连忙端起酒杯迎接："冯局长！"韩美珍会意走开，郑伯鸿和冯局长坐下。

郑伯鸿把酒杯放在一旁："上海那边，日本人跟公共租界的巡捕房打起来了。"

冯局长看看郑伯鸿："啊，听说为了一个犹太佬？"

郑伯鸿低声说："关于这个犹太佬，你听说多少？"

冯局长说道："只知道是个科学家，研究的叫什么原子？搞不懂，是像皮球那样的东西吗？圆的？"

郑伯鸿严肃地说："这家伙混在犹太难民里坐轮船到了上海，日本人接了德国的照会，要求务必找到此人。"

郑伯鸿拿出一张德文苏州地图，地图已经很破了，递给冯局长看："在上海犹太难民区，找到了这家伙的下落，不过晚了一步，人家已经开溜了，只发现这个。"

钱之风在不远处装作拿酒，听着他们的对话，不久前，钱之风见到谭从武，谭从武也提到这个犹太人的事，说是非常重要。

家门外，刘二奎站在门口向外张望，神情不安。钱之风走出来，给他一杯酒："赵科长还没到吗？"

远处传来引擎声，一辆车驶近。三个人目瞪口呆，只见车上四五个弹孔，赵元初从车上下来，咧着嘴："妈的，遭人暗算！"

钱之风忙上前问："伤着没有？"

赵元初拍拍衣服："胳膊腿儿还都在，不好意思，让你失望了。"

钱之风尴尬地向刘二奎笑笑："总跟我开玩笑，好像我盼着他死了我好当科长似的。"

赵元初咬咬牙："可惜呀，没逮住那家伙……"

杨人杰忙转身跑进屋里，准备向郑伯鸿报告。赵元初止住了他："杨队长，别声张！"杨人杰点点头表示明白，赵元初将车钥匙扔给刘二奎："把车开回站里，给我数数，几个枪眼，看看车里能不能找到弹头。"

刘二奎接了钥匙忙不迭上车开走，赵元初和钱之风向屋里走。

赵元初小声对钱之风说："之风啊，你也小心点，要有心理准备。下一个挨枪子的，说不定就是你。"

当晚，送走宾客之后，钱之风把赵元初的事告诉了韩彩衣："赵元初今天在来的路上遭了埋伏，有人在路上刺杀他！他不想声张，不过郑伯鸿和杨人杰现在都知道了。"

韩彩衣见钱之风一脸愁容："这事儿跟你有什么关系？需要你这么苦着脸？"

钱之风看了韩彩衣一眼，又无奈地笑了笑，坐到椅子上去。

韩彩衣指指钱之风："哈！我知道了。赵元初是共党的叛徒，来杀他的显然是共党的锄奸队！你也是共党叛徒，所以害怕了。"

钱之风"噌"地站了起来："我不是叛徒！"

韩彩衣不屑地说：“哼！这话你也就敢在这个屋子里冲着我说！还瞪我？有种你再大点声音，让陈妈听见？”

钱之风咬牙切齿，摔门出去了。

第二天上午，郑伯鸿等人在院子里检查者赵元初的车，郑伯鸿背着手围着车看，赵元初和钱之风在旁边。

郑伯鸿摸了摸抢眼：“元初啊，你可真够运气的！这么多枪，居然一枪没打中。”

赵元初苦笑：“可不是，我都有点不好意思了。”

郑伯鸿回头：“当时什么情况？”

赵元初说道：“老招数，前面堵路，突然从侧面冲出来。子弹全部打完，然后掉头就跑。我倒车出来追，可惜没追到。看到的就一个，似乎岁数不大，具体相貌没看清。”

郑伯鸿想了想：“你肯定是共产党干的？”

赵元初拿出烟来抽着：“十有八九。您知道用来堵路的是什么东西吗？”

郑伯鸿问道：“什么？”

赵元初说道：“棺材！一口货真价实的红漆棺材！”

郑伯鸿盯着满是枪眼的车说道：“既然出了这么大的事，你就先安心把这事处理好，犹太人的事你找人跟杨人杰交接一下吧。”

回到办公室，敞开的棺材摆在屋子里，赵元初走到棺材边看着。

钱之风进来：“老赵。你还真喜欢上这棺材了？分析出谁干的吗？”

赵元初说道：“想杀我的，除了共产党应该就没别人了……”

钱之风摇摇头：“可听说共产党不搞暗杀？”

赵元初笑道：“难道是我以前欠下的风流债？”

钱之风接着说：“对了，刚才站长说，犹太人的事儿转交给行动队了，你回头把卷宗给杨人杰送去。”

赵元初皱眉：“我早就跟你说了，但凡有可能露脸的事，最后总会落到行动队的。”

说着，赵元初忽然爬到了棺材里，躺下。钱之风和旁边的刘二奎等人都惊呆了。

赵元初在棺材里说：“盖子盖上，快点！”

钱之风和刘二奎无奈，只得将盖子盖上。听到里面敲击声，连忙再搬开。

赵元初笑嘻嘻爬出来：“有点意思……这盖子上涂了荧光粉，打开在亮处完全看不出来，只有躺进去才能看见。你们谁试试？”

众人面面相觑，没人敢试。钱之风贴近用身子挡住光线，才在棺材盖的内侧隐约看到有一个泛亮的“乌”字。

钱之风问："什么人？"

赵元初叹口气："一个老冤家。"

钱之风拿着资料卷宗到了会议室，里面的桌上铺着那张有德文的苏州地图，杨人杰、金成山还有手下行动队的特务正在开会。

钱之风说道："杨队长，站长说将犹太人的案子从情报科转交给行动队，这是相关材料。"

杨人杰埋怨："站长也是，一刻都不让我们休息……对了老钱，你有文化，帮我们看看，这哪国的'蝌蚪'？"

钱之风看了看："是德文。这地图哪来的？"

杨人杰拿着地图："站长刚从日本人那儿拿来的。说是那个犹太人家里发现的……成山，先看看，标了德国字的地方都是哪些？这些地方，一定是他感兴趣，很可能会出没的。"

金成山在地图上做标记："咱们苏州城又不像上海，老外不多，找一个大鼻子应该不难吧。"

杨人杰问："叫什么名字来着？又忘了……"

金成山念得结结巴巴地说："约瑟夫·科恩伯格……"

钱之风看了一眼桌上的地图："没什么事，我先走了。"

夜里，钱之风和韩彩衣进了卧室，韩彩衣躺到床上，钱之风躺在地上，两人都睁眼望着天花板。

韩彩衣说道："今天我姐姐来电话了，问咱们俩怎么回事。"

钱之风还在看着天花板："陈妈说的？"

韩彩衣："还能是谁说的。结了婚就吵，你让别人怎么说我？在我姐眼里，你虽然窝囊，却是个好脾气的，所以咱们吵架肯定错在我。"

钱之风笑笑："这回倒真冤枉你了。"

韩彩衣翻了个身："都怪你！害得我挨了她半天骂。我姐还说，小夫妻吵架不要紧，床头吵架床尾和，让我今晚一定要留在你卧室睡。"

钱之风说道："她要不说呢？"

韩彩衣没好气地说："你爱睡哪儿睡哪儿，上陈妈屋里睡我也不管！"

钱之风没回话。

韩彩衣突然翻身，盯着床下的钱之风："跟你说个正事？我姐夫是不是交给你们情报科一个找人的差事？找一个犹太人？"

钱之风点头："哦。开始是给了我们，不过又转给行动队了。怎么了？"

韩彩衣说道："你帮我留心，如果有线索，马上告诉我。"

钱之风问："你那边也在找这个人？"

韩彩衣接着说："德国在欧洲排犹，据说有不少欧洲的犹太科学家逃亡美国，似乎在说服美国总统罗斯福研究什么原子弹，这个犹太人，也是那帮犹太科学家中很重要的一个。”

钱之风一愣：“美国人在找他？”

韩彩衣说道：“美国虽然还没参战，但照着日本这样得意忘形，早晚要跟美国正面开战。哦，日本接了德国人的照会，也在找这个犹太人。”

钱之风想了想：“听上去很重要嘛。你……信得过我？”

韩彩衣严肃地说：“这可是反法西斯的事，不是国民党和共产党的事！”

钱之风望着韩彩衣，笑着坐起来：“走，去书房。”

钱之风和韩彩衣进了书房，打开台灯，轻轻反锁上门。钱之风拿出一张苏州地图铺在桌上：“现在唯一说得上线索的，就是一张苏州地图，在那个犹太人曾经住过的地方发现的。上面标有德文，我只看了一眼，不一定准确。”

钱之风拿起笔，在地图上照样写出来。

韩彩衣大惊：“你还会德文？”

钱之风看着韩彩衣：“上世纪末本世纪初，世界上现代医学最发达的地方是德国。所以我在日本学医的时候，看过不少德文的参考文献。厉害吧？”

韩彩衣看着地图：“书呆子！你写反了！”

钱之风看了看：“没写反，原样就是如此。”

韩彩衣不解地问：“就是这样的？”

钱之风说道：“杨人杰他们根本没有注意到这一点，不过我觉得这是很重要。这个叫约瑟夫的德国犹太人，在上海肯定不是独自一人。有人帮他，要么是个懂中文的德国人，要么是个能跟他进行基本沟通的中国人。我估计是后者，而且这个人应该熟悉苏州。”

韩彩衣：“何以见得？他不认识中国字，拿一本德汉双语字典就能解决。”

钱之风解释道：“如果是拿字典自己查的，字就不应该是反的。能查字典，就至少知道中国字的正反。所以一定是这样的情况，来，站过来。”

钱之风将韩彩衣拉到镜子一边，自己站到另一边：“只能是咱们现在这样子，你一边指着地图说，我一边记下来，只有这种情况，两种文字的方向才会反的。”

韩彩衣点头：“嗯，听上去有点道理。不过，这又怎么样？反正这上面标记的地方肯定是他感兴趣的，派人去蹲守，等着他自投罗网就行了？”

钱之风说道：“你跟杨人杰开始想的一样。不过仔细看，上面标的都是什么地方？”

韩彩衣仔细看：“日本宪兵司令部？警察局？居然还有咱们苏州站?!怎么回事？”

钱之风指着地图：“标出来的这些，不是他要去的地方，而是人家告诉

他，危险的，要尽量躲着走的地方！”

韩彩衣忍不住笑了出来：“钱之风？你还真有聪明的时候。”

苏州站近几日的工作重心整个转移到找约瑟夫的事情上来，杨人杰来到郑伯鸿的办公室：“这几天我的人天天在外面跑，一个个腿都跑细了也没发现。”

郑伯鸿抬头看看杨人杰：“你不是说很简单吗？”

杨人杰说道：“站长，发现了一张苏州地图，也不一定他就真的来苏州了呀？人家说不定还在上海藏着呢。”

郑伯鸿从抽屉里拿出一块怀表扔给杨人杰。杨人杰打开怀表，盖子上嵌着一个年轻犹太女子的相片，似乎是怀表主人的妻子。侧面刻着两个德文字母，似乎是主人的名字缩写。

杨人杰端详着怀表：“哪里发现的？

郑伯鸿：“一家当铺，警察局那边查到的。咱们的优势是情报和行动，他们人多，累人的活儿就让他们去做。”

杨人杰问道：“您不怕他们抢功？”

郑伯鸿大声说：“他敢！”

从郑伯鸿的办公室出来，杨人杰直奔当铺。来到当铺，当铺伙计战战兢兢。杨人杰和颜悦色：“别害怕，有什么说什么。”

当铺伙计点了点头：“是，这东西确实是我们收的，看着东西不错，给了五十块。”

杨人杰：“还记得什么人当的么？大鼻子洋人？”

伙计：“不是，记得是个小孩，脏兮兮的……嗯，小男孩，十一二岁吧。”

杨人杰：“知道名字吗？什么地方能找到他？”

伙计：“不知道，以前偶尔来过一两次，都不是什么值钱的东西……先生，那块表能不能还给我？要不我不好跟掌柜的交代……”

杨人杰鄙夷地说：“还想拿回去？这是贼赃！不让你们关张就算便宜你们！”

说完把怀表揣回兜里，走出了当铺。

16 灵药

赵元初寻着棺材上的线索，独自一人走进了一家棺材铺，铺子里，七八个伙计在一个老头的指挥下把打好的两副棺材码好在指定的角落。

赵元初高声喊道："掌柜的！"

所有伙计都停了下来，看着赵元初，老头也慢慢转过了身子。

赵元初说道："三天前，有人给我送来了一副棺材，但是没有留下姓名，我想问问掌柜的你认识那个人吗？"

棺材铺老板冷冷地一笑："先生贵姓？"

赵元初大声说："免贵姓赵，赵元初。"

老板说道："赵先生，送您的棺材还合身吗？"

赵元初猛地伸出手，扯掉了棺材铺老板的假发，旁边的伙计们立刻全都拿出枪来。

赵元初镇定地说："乌老大，你这新发型，也太难看了吧？"

乌老大笑道："赵元初，看来什么都瞒不过你啊？"说着示意伙计们退下。

赵元初打量四周："送我口棺材，就为了引我来？你也太下本钱了。"

乌老大盯着赵元初："帮我找个人！"

赵元初："什么人？"

乌老大："一个犹太人！"

赵元初说道："我要是不答应呢？"

乌老大朝身后的两副新棺材努了努嘴："我再送你一口新棺材！"

赵元初自嘲地笑了笑，看着乌老大："乌老大，做生意要凭自愿，可不能强买强卖啊。"

乌老大盯着赵元初："那你说个价吧。"

不一会儿，赵元初从棺材铺出来了。径直回了办公室，把钱之风叫出来吃顿午饭，将事情跟他说了。

赵元初把牙签一扔："我车上那些弹孔你看见了。他送我的那口棺材你也看见了。"

钱之风说道："为什么告诉我？希望我帮你？"

赵元初看看钱之风："之风，没人跟钱过不去……"

钱之风有些恼怒："情报卖给他，他会卖给谁？日本人？"

赵元初哈哈大笑："你啊，又迂腐了！假设，咱们俩齐心合力，比所有人早一步知道了犹太人的下落，那就意味着我们都有权利支配这份情报。我把情报卖个好价钱。而你呢？也可以把情报交给你想交给的人！有个词叫'时间差'，懂了？"

赵元初伸出手来，钱之风迟疑片刻，犹豫地与他握手："好，成交！"

赵元初满上一杯酒："我会告诉郑伯鸿，为了躲开共产党锄奸行动，我给了你一份闲差去上海……"

钱之风拎着包回来，韩彩衣正在客厅沙发上打电话："真的，我改邪归正了……那可不？人家现在是贤妻良母，才不愿意跟你们这些没思想、没追求的家伙虚度生命呢……什么时候？明天晚上啊？三缺一？我看你是一缺三……不说了，我先生回来了……好。"

钱之风问："谁啊？听你这声音鸡皮疙瘩都起来了。"

韩彩衣说道："说了你也不认识。"

陈妈忙圆场："先生，吃饭了没有？正好跟太太一起吃饭吧？"

钱之风坐在餐桌前，见陈妈出去了，对韩彩衣说："跟你说一声，我明天出差。"

韩彩衣起身走去，拿起电话："我问问我姐夫，给你的什么任务。"

钱之风无奈地把她拉回来："我想去趟犹太人难民区，到那个犹太人住过的地方看看。"

话说到这儿，韩彩衣自然是要跟着钱之风一起去上海了。

第二天，钱之风和韩彩衣在上海下了火车，径直去往上海犹太人难民区。

难民区的入口处是一片石库门房屋，不时有高鼻深目的犹太人进出，气氛却有些诡异。钱之风走着，打量两边。一个犹太大婶盯着他们，挡住去路，说了两句德语。

钱之风用蹩脚的德语回话："你们好，我找个人。"

犹太大婶立刻警惕起来，甩出一大段德语，钱之风完全没听懂。韩彩衣看看钱之风，钱之风想说什么，却瞠口结舌。

韩彩衣拉了拉钱之风："你不是会德语吗？"

钱之风面露窘色：“我只会看不会说！”

很快，几个犹太青壮年男子将两人围住。钱之风急中生智，掏出本子写了几个德国字给对方看，没想到却被警惕起来的犹太人当作敌人一般推出去。

韩彩衣问：“你刚才写的什么？”

钱之风说：“我告诉他们，我在找科恩伯格。”

韩彩衣责怪道：“你这白痴！他们怎么知道咱们是好人坏人？”

钱之风无辜地说：“我看着很像坏人吗？”

韩彩衣撇着嘴：“反正不像好人！”

钱之风和韩彩衣漫无目的地走着，商量对策，忽然不远处一阵喧哗，只见一位抱着孩子的犹太母亲被粗暴地从一间药店里推出来。那犹太母亲悲切恸哭，旁边围观的人却离得远远的。钱之风分开众人到犹太母亲跟前，轻声用德语询问。母亲说了一串希伯来文，钱之风完全听不懂。但看到她怀中的孩子病了，立刻就地检查。

犹太母亲看他的动作，明白了他的好意，拼命恳求。

钱之风对韩彩衣说:“这孩子得了疟疾！你拿点钱，到药店里买点奎宁！”

韩彩衣点头，跑进药店：“奎宁有吗？”

伙计看看左右，凑近了：“小姐，我劝你少管闲事。你要自己用，卖你就卖你了。可要给那帮鬼佬，小心日本人知道。”

韩彩衣掏出枪拍在桌上。伙计看了眼，不由吐了吐舌头，拿出一盒：“小店就这点了，多一盒都没有。”

韩彩衣提枪拿着药出门跑回，将奎宁交给钱之风。有好心人端来碗水，钱之风帮小女孩服药。钱之风将药瓶交给母亲，连说带比画告诉她用药方式。

犹太母亲感激万分，摘下身上唯一值钱的金戒指，钱之风婉拒，韩彩衣在旁边不禁莞尔。

吃饭的时候，韩彩衣看着窗外出神。

钱之风问：“看什么呢？”

韩彩衣指指对面：“那条街，看到了吗？顺着那条街走半个小时，就是崇德女中。我曾经上学的地方。”

钱之风补了一句：“认识江汉城的地方？”

韩彩衣点点头。

钱之风指了指不远处的旅店：“先在那家旅店安顿下来吧。”

韩彩衣指着旅店旁边：“你看看旁边！住哪儿不好，非住日本人隔壁？”旅店的隔壁，是一间日本居酒屋，日本和歌声飘荡在四周。

两个人除了饭店，另找了一家旅馆，伙计问：“先生太太，一间房吗？”

钱之风小声说：“或者……要两间房……”韩彩衣瞪了他一眼。进了房

间，韩彩衣疲惫地脱了高跟鞋，坐在沙发上。

钱之风站在窗口向外看："怀孕了就不该穿高跟鞋。"

韩彩衣想了想："我在上海巡捕房那边有熟人，明天去打听打听，看看他们那边有没有线索。"

钱之风说道："你能打听到消息？我明天再去碰碰运气。"

韩彩衣拍拍床："我睡床，你睡地上！"灯灭了，钱之风和韩彩衣躺下，却都睁着眼，各有心事。

早上，韩彩衣醒来，发现钱之风不在，桌上一张字条："我去买早点。"

钱之风去了一个街边的公园，小常正在那里接应。小常向钱之风介绍着情况："东南角有一块地方，靠近他们的犹太教堂，被他们整个围起来了，只要是黄皮肤的都不让进。"

钱之风想了想："怪不得……"

小常问道："怪不得什么？"

钱之风说道："没什么。齐峰同志从苏州回来了吗？"

小常点头："老齐让我告诉你，需要什么就说。上海这边全力配合你。"

钱之风："好。万一有事临时找你们怎么办？"

小常指指长凳："就在这条长凳子底下塞上纸条，我们会有人来取。"

钱之风提着一纸口袋包子回旅馆，发现屋里没人，卫生间里有水声，桌上的纸条翻到了背面，娟秀字迹写着："骗人！"钱之风看后一笑。

韩彩衣从卫生间出来，钱之风将包子递给她。

韩彩衣拿过装包子的纸袋："早点？还是午饭？"

钱之风看看表："都可以。吃完咱们再回犹太人那边看看。"

不一会儿，二人再次回到犹太难民区。难民区的外面有几个中国人聚在一起。

钱之风和韩彩衣匆匆从黄包车上下来，只见两个收尸体的苦力正要把犹太小女孩装入麻袋。

钱之风上前阻止："等等！"

钱之风打开麻袋把小女孩抱出来，试鼻息脉搏："还活着！"

收尸人叹口气："这个孩子的母亲到药店想去偷药，被药店掌柜告发了，巡捕房的人把她母亲带走了。这个小女孩已经活不长了，你是救不了她的。"

钱之风回身看看韩彩衣："彩衣你先去巡捕房打听一下消息，我先把孩子送回犹太人区在想办法救她。"说完跑着孩子往犹太人区跑去，韩彩衣看着钱之风的背影。

钱之风正往里面走，两个犹太青年拦住钱之风，钱之风示意自己怀里的孩子。其中一个青年转身找来一个提着医药箱的犹太医生。

犹太医生见了小女孩，用中文说道："是玛缇娜！她妈妈呢？"

钱之风见到一个说中文的犹太人，很高兴："太好了，你说会中文？"

犹太医生点头："她妈妈在哪里？"

玛缇娜说的："她妈妈因为偷药，被巡捕房抓走了！"

犹太医生痛苦地摇了摇头。

钱之风接着说："我不明白，我昨天刚刚给她买了药，足够她吃两个礼拜的，药呢？"

犹太医生看看旁边两个青年，然后对钱之风说："感谢你的好意，请离开这里。"

钱之风说道："你是医生，你知道孩子病得多重！"

犹太医生示意，两个青年上前强制钱之风离开。钱之风佯装离开，突然冲进旁边一条窄道。往难民区深处跑去。后面有犹太人叫喊追赶。跑来跑去，钱之风在犹太教堂前的空地上站住，只见犹太教堂的空地上一侧是十多口薄棺材，另一边是许多染病等死的犹太人。

这时那两个犹太青年冲了过来，两三下就制服了钱之风，掏出匕首横在他脖子上。犹太医生过来，冲钱之风大喊大叫："愚蠢的中国人！你会被自己的好奇心害死！"

钱之风大喊："我也是医生！"然后用德语大喊："我，医生！"

那名犹太医生与一名犹太老者激烈争论着，钱之风被押在一旁。犹太人之间的争论结束了。医生走向钱之风，遗憾地摇了摇头。老者也嚷嚷了两句，愤怒地指向大门。

钱之风近乎哀求："我可以留下来帮助你们……"

犹太医生说道："不用了，谢谢。我父亲说，我们自己的问题自己解决。"

钱之风接着说："我们在找约瑟夫·科恩伯格，我们不是日本人……"

犹太医生又摇了摇头："对不起。我们没见过他，更不知道他在哪里。"犹太医生送钱之风出来，握手道别。旁边青年抱着小女孩。

钱之风问："她叫玛缇娜？"

犹太医生点头："可怜的孩子，她在波兰的集中营里失去了父亲和两个哥哥，好不容易跟母亲逃出来，又要死在这异国他乡……不知我们犹太人，什么时候才能有自己的家园。"

钱之风握手离开，走了两步忍不住又回去，在犹太医生耳边低语两句。犹太医生显得惊喜又疑惑："真的吗？真的可以？"钱之风点头，目光坚定。

旅馆内，钱之风望着窗外出神："我们必须想办法帮他弄到足够多的药，有了奎宁，救了他们的同胞，他才会告诉我。"

韩彩衣想了想："他不是骗你吧？除了他，没别人知道？"

钱之风说道："他父亲是犹太难民委员会的主席，知道一些内部的秘密消息。他是从他父亲那里知道的。"

韩彩衣冷笑："你身为医生的责任感和同情心又在蠢蠢欲动，你觉得没有办法放下那些受苦受难的人，你又想当救世主了。"

钱之风回身："瞎说什么你！"

韩彩衣上前两步，盯着钱之风的眼睛："我瞎说？好，那你告诉我，怎样弄到足够多的奎宁？"

钱之风说道："总会有办法的……黑市？"

韩彩衣解释道："一看你就不了解行情。日本人占领上海后，黑市上的药品价格立刻翻了好几个跟头，就凭咱们这点本钱，黑市上买就不用想了。租界里英国人的医院正向巡捕房抗议呢，他们刚刚从印度运来一船医药补给，结果刚上码头就被抢了——你没看今天的报纸吗？"说着，韩彩衣拿出一份报纸扔给他。

钱之风快速浏览着："谁抢的？"

韩彩衣说道："不知道。今天我见他们督察的时候，他们正为此事焦头烂额呢。有人指认是青帮张啸林的手下，不过十有八九，背后捣鬼的是日本人。"

钱之风想了想："能不能再问问清楚？"

韩彩衣起身："我现在就打电话。不过就算问清楚了又能怎样？你敢惹张啸林？"

钱之风眉头解开，小声自语着："咱们不敢，可日本人敢……"

身后韩彩衣拨通电话："喂？达令啊，是我，对，我又想你了……"

晚些时候，只见钱之风从旅馆里出来，来到之前路过的日本居酒屋，那里到处是烂醉的日本男人，纵情享乐。其中有一个军人打扮的，摇摇晃晃起身，放下钱，哼着日本军歌向外走。有人刚要搀扶，他把旁人推开。

日本军官醉醺醺地走向路边自己的车，抬头忽然发现车旁倚着一个正伤心垂泪的女人。日本军官走近了："哎，小姐，不要哭……"

女人一抬头，正是韩彩衣："哦，对不起！太君！"

日本军官上了车，韩彩衣突然似鼓足勇气似的，拉住车门："太君，您能帮帮我吗？我实在是活不了了……"

军官说道："怎么？"

韩彩衣哭着说："我男人打我，他天天打我，我活不下去了！太君，您能帮帮我吗？"

日本军官来了兴致："你想让我怎么帮你？"

韩彩衣凑近了："您帮我教训他一顿！让他知道，我有太君您这样的朋友，他就再也不敢动我了！……太君，您要肯帮我，您就是我的救命恩人，您要什么我都给您……”

日本军官咧嘴笑起来：“什么都肯吗？好好，愿为小姐效劳！”

两个人来到旅馆，韩彩衣指了指房间的门：“他就在里面。”日本军官推门而入。瞪着眼前的钱之风：“就是你？——打女人不好，尤其是这么漂亮的女人……”话音未落，身后韩彩衣拿着一个花盆重重地砸在日本军官脑袋上，军官没有马上倒下，大叫了一声，回过头，这时钱之风又拿起一个椅子，朝着后脑勺狠狠来了一下，日本军官“咚”的一声倒了。

韩彩衣和钱之风对视：“我说用枪嘛！你还不敢！”

不一会儿，穿着日本军装的钱之风带着韩彩衣出现在街道上，看看左右无人注意，上了那军官的车。钱之风驾车，和韩彩衣一起开至野外，韩彩衣指着路，车子来到一处栅栏前，两个帮派分子上前截住：“什么人？”

韩彩衣摇下车窗：“睁开你狗眼看看！”

钱之风用日语说：“怎么回事？”

另一个守卫把伙伴拉到一旁：“日本人！放行吧。”

两人耳语着：“日本人来干什么？”“谁知道，咱们少管闲事吧。”

钱之风开车继续向前，往前开没多远，来到一处院落。钱之风问：“就是这儿？”

韩彩衣点头：“青帮里面有巡捕房安插的人。可就算知道了，张啸林有日本人罩着，巡捕房也没办法。”

钱之风点点头，整整衣装，开门下车，韩彩衣跟在身后。对面有看门的出来。

钱之风用日语大喊：“日本宪兵司令部岛田少佐在此，派你们负责的出来见我！”

很快几个青帮分子出来，有的手拿武器。其中一个老成些，应是管事的，管事的说道：“请问您是？”

韩彩衣大声说：“这位是日本沪宁宪兵司令部从苏州派来的岛田少佐，我是他的翻译。”

钱之风用日文厉色断喝：“为何不放下武器？”

韩彩衣说道：“岛田少佐问你们为什么还要拿着武器？他很不高兴！”

管事示意众人收起刀枪：“不知岛田少佐深夜来此，有何贵干？”

钱之风说一段日语，韩彩衣翻译：“岛田少佐说，我司令部驻镇江所辖之一部分将士，感染了疟疾。那边医药不够，因此司令部命我们来取药。”

管事看看身边的人：“对不起太君，您搞错了吧？我们这儿没有什么药……”

钱之风大声地骂了一句，说着就要抽枪，韩彩衣拦住：“太君息怒！”

韩彩衣凑到钱之风耳边嘀咕两句，钱之风忍气拿出一个信封，让韩彩衣交给管事的。韩彩衣拿着信封走过去：“这是皇军沪宁宪兵司令部开的公函，你若不信，现在就可以给我们影佐将军打电话询问！”

管事接过看了一眼，满篇日文不像假的：“请问太君，需要什么药？要多少？”

钱之风用日文：“奎宁！三箱。”

韩彩衣翻译：“奎宁，越多越好。”

钱之风瞪了韩彩衣一眼，韩彩衣装作没看见。

管事的点头哈腰：“好，我这就让人去给您搬，您稍等！”车辆大灯照耀下，青帮伙计把一箱箱药搬上车。钱之风紧张地踱步，偷偷看了看表。管事的一边透过窗户望着外面，一边在打电话：“……说是沪宁宪兵司令部派来的，自称岛田少佐，要奎宁……一个人，还有一个女的，说是翻译……对对，穿军装，说日语……好，我等您的消息！”

车装满了，韩彩衣点头：“很好，太君，这些够了吧？”

钱之风装模作样点点头，钱之风和韩彩衣上车，却打不着火。两人立刻紧张起来。

房间里面，电话铃响起，管事的立刻接起：“喂？……沪宁司令部里是有一位岛田少佐？……哦，好的，那就放心了……有公函可看不懂……等等，你刚才说什么？——那位少佐会说中国话？”

管事的扔下电话冲出屋子，一边大喊：“拦住他！”

四面八方的青帮打手围上来，就在紧急时刻，钱之风终于发动了车子，向外冲去。眼看要撞到人，下意识减速。韩彩衣抬脚踩在油门上，一边喊：“撞不死的！！！”

车子冲出了包围，青帮们立刻也上了车追赶。几辆车前后追逐，眼看就要追上，此时韩彩衣看到前方桥头处有持枪的人影：“怎么还有人？”

奇怪的是，前方的人将他们的车让了过去，却对后面的车辆开火。前来帮忙的正是小常等人，钱之风把自己的计划通知了小常，小常连夜调集人马，等候在路口要道。钱之风将车停进树丛里，拉韩彩衣下车，青帮们被打跑了，小常等人跑了过来。

钱之风长出了一口气：“我还以为你们不来了呢！”

小常笑道：“我们靠得太近，你的戏不就‘穿帮’了吗？”

韩彩衣警惕地看看小常及身后的人：“你们是什么人？”

小常打量一下韩彩衣：“你就是韩彩衣？久闻大名！”

韩彩衣冷笑：“共产党？”

小常笑着看看钱之风："老钱，要是没其他事，我们先撤了。"小常带着人离开。钱之风回到车上，韩彩衣紧逼着不放："钱之风！到底怎么回事？你给我解释清楚了！"

钱之风摇头："解释什么？不挺清楚的吗？"

韩彩衣说道："我说你刚才鬼鬼祟祟出去干吗去了，原来跟共产党接头去了？"

钱之风盯着前方："要是没小常他们帮忙，咱们根本跑不出来！"

钱之风驾车往回开，韩彩衣阴沉着脸："你找你们共产党帮忙我不管，可那个犹太人是我的，你别想抢！"

车直接开到了上海犹太人难民区，犹太医生带着众人跑到外面，只见路边整整齐齐码放了十多箱药。他打开一箱，里面正是奎宁。"奇迹！奇迹！"众人将医生紧紧围住，他的父亲与赵之风紧紧拥抱。

犹太医生用希伯来语说着："父亲，同胞们，这不是奇迹，这是伟大的中国人民对我们的帮助！"

欢呼与掌声并非钱之风所看重的。但韩彩衣说得对，他享受当救世主的感觉；没有任何快感，能与拯救一个人的性命相提并论，与疾病抗争、与命运抗争、与上天抗争，这是至高无上的神才能有的感觉。在成功的那一刻，你就是神明造物，与此同时，钱之风明白了为什么那么多人喜欢杀戮。在夺去别人性命的那一刻，他们一样是神。而毁灭相比创造总是容易得多。生与死，善与恶，成为神的快感，其区别仅在一念。

似乎一夜之间，人们便恢复了活力。大人的脸上重现了笑容，孩子们在嬉戏打闹。钱之风问了好多人，他们只知道某天早上起来，约瑟夫就不见了。跟他一起消失的，就是他随身携带的一副象棋。此时玛缇娜和另一个孩子欢笑着追逐跑过街道，到了钱之风跟前。她停下来抬头打量："我好像见过你！"

韩彩衣走过来对玛缇娜说："你中文说得真好！"

玛缇娜回道："小毛教的！他教我说中文，我教他德语！他德语说的比我的中文说得好。"

钱之风和韩彩衣对视一眼："小毛在吗？能带我见见他吗？"

玛缇娜想了想："他回家了，他的家不在这里……"

钱之风急着问道："在哪里？"

玛缇娜答道："一个叫苏州的地方——你们知道吗？"

韩彩衣眼睛闪光："我们知道。"

玛缇娜问："离这里远吗？我想去找他玩儿……"说着掏出一枚国际象棋棋子："哦，这枚棋子他忘了带走，我想还给他！"

钱之风看看棋子："他会下棋？你教他的？"

玛缇娜拿着棋子：“约瑟夫叔叔教他，约瑟夫叔叔下棋特别好！”

韩彩衣忙问：“你的约瑟夫叔叔在吗？”

玛缇娜说道：“好多人都在找他，可他害怕，说那些人是坏人，后来他就走了。”

钱之风追问：“去哪里了？”

玛缇娜俏皮地眨眨眼睛：“不告诉你，想知道的话，就去找小毛！”这时听到远处传来喊声，叫着玛缇娜。玛缇娜回头看看：“我该去吃饭了，再见！”

玛缇娜蹦蹦跳跳回去了，钱之风突然向玛缇娜喊了句德语，玛缇娜回了一句。

韩彩衣看看钱之风：“你问她什么？”

钱之风说道：“我问，有没有什么办法找到小毛……”

韩彩衣看着钱之风：“她说什么？”

钱之风看着远去的玛缇娜：“她说她也不知道。”

而实际上，钱之风问的是“小毛靠什么生活”，玛缇娜回答“卖报纸”。

17 报童

在火车站，钱之风提着小箱子，韩彩衣挽着他的胳膊走出大厅。刘二奎连忙上前，殷勤问好并接过箱子："老钱，韩科长！"

钱之风有些惊讶："二奎？你怎么来了？"

刘二奎答道："赵科长让我来接你们。"

钱之风询问站里寻找那个犹太人的事有没有进展，刘二奎摇头，只是最近行动队那边神神秘秘的。坐着刘二奎的车回到家门口，刘二奎殷勤地将箱子拎下来。

韩彩衣走到门边，发现大门锁着，叫也没有人应，韩彩衣取出钥匙开门，发现门从里面反锁了，她不禁皱眉。

刘二奎问："怎么了？"

韩彩衣应付道："哦，没事，拿错钥匙了。陈妈！陈妈！"

门里突然一阵慌乱声音，陈妈跑来："来了！来了！"门打开，只见陈妈神色有些慌张："哦，刚才睡着了……对不起啊太太！"

刘二奎放下箱子："好，韩科长，钱科长好好休息，有什么需要随时找我！"

韩彩衣进门环顾四周，倒也没什么变化。看看陈妈，笑容却有些假。韩彩衣进卧室，关上门，立刻打开衣柜抽屉检查文件，没发现异样。再进书房检查，她发现书柜中的书似乎被动过。

一阵风吹过，窗帘飘出窗外，窗户开着，韩彩衣走到窗前向外看去，低声自语："有人进来过。"

钱之风却不信韩彩衣的判断，吃饭时直接问了陈妈："楼上书房，你去没去过？前天下雨了，可我回来的时候，书房的窗户还开着。下雨了你连窗户都不关？"

陈妈一愣："啊？"

钱之风看看陈妈："不应该啊，你平常挺仔细的呀。"

陈妈说道："哦，关了关了，今天早上太太回来之前，窗户刚打开的！"

韩彩衣盯着陈妈："你不是说楼上书房，你没去过吗？"

陈妈说道："我……就是开个窗户……"

钱之风将陈妈的反常看在眼里。他故意咳嗽一声，沉下脸来："陈妈，说实话，这些日子我和太太对你很满意，我们对你也算以诚相待。可是，这并不代表我们是傻子，家里发生了什么事都看不出来。你应该知道，我和太太的工作性质。别人没办法的事，我们有的是办法。"

韩彩衣接过话："之风，你别吓唬陈妈。当然了，如果陈妈你想到我们工作的地方去参观，随时都可以带你去的。"

钱之风点头："嗯，我一会儿就给刘组长打电话。"

钱之风和韩彩衣一唱一和，陈妈"扑通"一声跪下了："先生，太太！我说，我都说！"

三个人来到书房，陈妈指着桌子："来的那个人的枪就放在桌上，然后打开抽屉一通乱翻。我问他找什么，他也不说。抽屉翻了一遍，又去翻书柜，翻得乱七八糟，这时候听见外面太太回来，他就打开窗户跳出去跑了！"

陈妈面色不安，钱之风和韩彩衣对视一眼："为什么不第一时间告诉我们？"

陈妈支支吾吾地说："我……我怕您说我，我不该放他进屋的……我也想说的，可话到嘴边……"

钱之风问道："那么说，他跳窗跑了之后，你赶紧把书柜和抽屉收拾了，才跑出来给太太开的门？这人长什么样？一点都没看见吗？"

陈妈："看不清楚……他戴着帽子，我也不敢仔细看……"

韩彩衣站起来打断："陈妈，这件事到此为止，跟谁都不要说！"

陈妈忙点头："不说不说！我肯定不会说的！"陈妈仓皇出去。

韩彩衣关了门，两眼放光。钱之风摇头："我还没问完呢？"

韩彩衣有些兴奋："我说过，汉城没死，他回来找我了！你不相信？"

钱之风想了想，起身拉着韩彩衣走出来，到了家外面的路上："刘二奎开车送咱们回来，是从这边走的，对吧？从火车站回来，肯定是这个方向。"

韩彩衣看看路："对啊？"

钱之风扫视四周："你现在回忆，从车回来到陈妈出来；开门，你看到什么异常了吗？"

韩彩衣回想了一下，摇头。

钱之风指指自家小楼的窗户："看，那就是咱们书房的窗户。有人跳窗逃跑，你居然没看见？也许你大意了，但刘二奎是资深特务，眼观六路耳听八方的人，他也看漏了？现在天黑了，可我们回来的时候是白天。一个大活人在眼前五米从上面跳下来我们都看不到？除非说我们俩眼睛都瞎的！”

韩彩衣失落地说：“不是汉城？”

钱之风说道：“嗯，陈妈在撒谎！”

钱之风又想起了赵元初的那句话，“天下最难的是信任，最容易的是怀疑”。他突然很怀念过去做医生的自己，相对难测的人心，病魔实在简单得多。谁能想到，看上去最朴实的陈妈，背后也藏着不可告人的秘密，那其他人呢？赵元初、郑伯鸿、杨人杰——还有韩彩衣……哦，当然了，也包括自己。

第二天，钱之风独自来到报馆门口，很多报童聚集在报馆门口，领取今天要卖的报纸。

钱之风拿着一个棋子，问领报的报童：“你认识这个吗？”

一群报童围上纷纷摇头：“不认识。”

钱之风抬头看向后面，有个十来岁的报童，看见钱之风连忙跑开，钱之风马上追上去，跟着小孩追了几条街，小男孩不见了。

那个男孩在小巷中绕来绕去，回头不见钱之风跟来，放心了。他来到大街上，大声叫卖：“看报看报！德国势如破竹逼近巴黎，法国防部宣布巴黎不设防……”

钱之风突然出现在街上，递过来钱：“来份报纸。”

“谢谢老板！”说着男孩接过钱，却愣住了。只见钱里卷着一枚国际象棋棋子。

钱之风说道：“玛缇娜托我还给你。”

小男孩正是小毛，小毛惊喜地说：“你认识玛缇娜？”

钱之风笑道：“我是个医生，也算是玛缇娜的朋友。”

小毛不解地问：“你特意来找我的？”

钱之风盯着小毛：“我找约瑟夫·科恩伯格。”

小毛有些慌：“我不认识什么约瑟夫，也听不懂你说什么。”小毛说着转头就要跑。

钱之风拉住他：“不着急。”

小毛想要挣脱：“我还要卖我的报纸呢！”

钱之风掏出一卷钱：“让我送你回家，这些报纸我就都买了。”小毛把钱塞进口袋。钱之风这时见小毛拐进小巷，他立刻追过去。小毛越走越快，他仿佛知道钱之风在后面跟踪。

钱之风追到一处小岔口，不见了小毛的踪迹。他抬头观察四周，继续走了几条街，还是一无所获。

钱之风绕了几圈，没有发现，就往谭从武的山西面馆走去。

到了面馆，小常给端上一碗面，钱之风抬头一看：“你也从上海回来了？”

小常点头：“嗯。跟你前后脚。”

接着，谭从武坐到钱之风对面：“小常的任务，就是在找犹太人这事上协助你。你不能动不动就往这联络点跑，麻烦又不安全……你们家附近不是有一片树林吗？靠近拐角的地方有半截树桩，下面是空的。咱们两边有什么情况，就写条子塞在那树桩下面。你记得经常去看一看。上海一趟怎么样？”

钱之风点头：“收获不小。”

老谭问道：“说说看，什么样的收获？”

钱之风想了想：“现在还不能确定，老谭，你再给我两天时间！”

钱之风回到家的时候，韩彩衣不在，过了一会儿，韩彩衣忧心忡忡地推门进来。

钱之风问：“干吗去了？”

韩彩衣答道：“旗袍店。慢慢开始显怀了，过去的旗袍都穿不下，只好重做两件。”

钱之风说：“重做，做多大的？你这个礼拜做的，恐怕下个礼拜就穿不上了吧？”

韩彩衣突然想起来事情：“哦，对了，晚上杨人杰说要来。”

钱之风沉吟道：“无事不登三宝殿。”

韩彩衣抱着新做的旗袍转身上楼，钱之风用满怀疑问的表情看着韩彩衣的背影。

当天晚上，杨人杰如约而至，韩彩衣到酒柜前取酒杯倒红酒，钱之风阻止不了，望着她的背影直摇头，对坐在一旁的杨人杰抱怨着：“杨队长，你看，怀着孕也止不住要喝！”

杨人杰安慰道：“女人都差不多。人前是薛宝钗，人后是王熙凤。”

钱之风苦笑：“王熙凤还算好的呢，我们这位，是武则天！”

韩彩衣端着两杯红酒回来，给杨人杰一杯。

钱之风问：“我的呢？”

韩彩衣瞪了一眼：“别以为我没听见，没你的份！”

钱之风哭笑不得，只好自己去倒酒。

杨人杰抿了一口：“不错啊！老钱，拿酒瓶我看看。”

钱之风回答：“外国酒我不懂的，这是上回彩衣过生日，警察局冯局长送的。”

杨人杰看看酒：“姓冯的送的？小心他在酒里下毒哟。”

韩彩衣向钱之风使个眼色：“对了杨队长，那个犹太人的任务，不是冯局长在帮你吗？现在人找着没有？”

杨人杰说道：“快了，线索已经有了。我们在找一个小男孩，找到这孩子就能找到犹太佬。关键是找那孩子的不只咱们一家，还有警察局和姓冯的，谁最后把犹太佬带到日本人面前，谁就立了大功。这半年来警察局一直被咱们压着，姓冯的就等着这样的机会翻身呢！”

钱之风想了想：“你担心警察局那边比你快？”

杨人杰说道：“老钱你现在也在一线了，应该有感觉。咱们干活那是钓鱼，得等，等磨、等耗；人家警察局是撒网，网下去就捞。苏州城就那么大，一个狗屁孩子又不是共产党，它三捞两捞还能捞不着？反正这苦差事是我们行动队的，老钱，你们情报科算解放了。站长偏心眼啊！”

钱之风沉吟一下，说道：“有什么需要我帮忙的，你就直说。”

杨人杰笑道：“太好了。我今天来，还真有件事想请你们帮忙。我在南京有个叔父，是财政部的处长。他膝下有一个宝贝闺女，也跟韩小姐一样，聪明漂亮，条件没得挑。可就一样，对男人要求特别高。我这叔父着急，问到我有没有合适的人可以介绍。我一想，老钱你是先被韩小姐霸占了的，咱们这儿数来数去就剩下老赵了。我把老赵的情况说了，我那位叔父和他闺女倒也愿意见见再说。可我跟站长一说这事儿吧，站长直摇头，说老赵没那心思。两位，你们跟老赵的关系比我近，能不能帮我分析分析？”

钱之风和韩彩衣互相看了看。

送走杨人杰，韩彩衣看着杨人杰的背影：“他这是什么意思？”

在她身后，钱之风迅速把手伸到风铃下面，摸出张字条，装进口了袋。听见风铃响，韩彩衣回头看看钱之风，问道：“干吗呢？”

钱之风支吾了一句：“哦，挂歪了。你刚才说什么？”

韩彩衣说道：“我说，杨人杰到底想干什么？”

钱之风笑笑：“这还不明白？‘拉郎配’是假，想打听老赵的私生活是真。”

韩彩衣不解：“赵元初的私生活有什么好打听的？”

钱之风：“不管怎样，他也透露了点对咱们有用的消息。”

韩彩衣也点点头：“嗯，警察局冯局长也在找犹太人——对了，陈妈原来是冯局长家做事的，她背后会不会就是冯局长？”

钱之风装着挠头：“哎呀，我脑子是不转了。一下子太多事儿，太多信息，分不清楚了。”

夜里，钱之风从地上轻轻起身，看了看床上的韩彩衣正在熟睡。他小心翼翼披了件外衣出去，门又掩上了。陈妈的门关着，钱之风蹑手蹑脚走到窗边的椅子上坐着，想着白天发生的事情，这时突然门响了，钱之风连忙躲在椅子后面，韩彩衣从房间里蹑手蹑脚地走出来。

韩彩衣侧耳听听陈妈房间没有动静，又轻轻走到地下室，地下室的屋也是黑的。韩彩衣打开屋门看了一眼院里，回身往自己的卧室走过去。钱之风躲在椅子后面，看着韩彩衣的行动，露出笑容。

钱之风回到卧室，仔细看韩彩衣，她还在睡着。想了想，手伸进被子去摸韩彩衣的脚。韩彩衣挪开，却似乎还没醒。

钱之风有数了，静静的躺下。

早餐时韩彩衣借口自己不舒服，让钱之风自己一个人吃早餐。韩彩衣透过门缝望了望下面吃早餐的钱之风，回到屋里。

钱之风的外衣挂着，韩彩衣摸口袋，从内侧口袋找到了一张诊所医生的名片，一面中文一面德文。旁边还用铅笔写着时间，14：30。

听到钱之风上楼梯的声音，韩彩衣慌忙将名片放回，躺回床上。钱之风进来，拿了外衣穿上，试试韩彩衣的额头温度：“不舒服？发烧了？”

韩彩衣摆摆手：“没事儿，就是浑身没劲儿。”

钱之风说道：“要不我帮你约个大夫看看？”

韩彩衣不耐烦：“你不就是医生吗？”

钱之风：“医生也有分工的，女人的毛病我就不大行。我先上班去了，有事儿给我打电话。”

在办公室里，钱之风看着文件，听到外面院子有喧哗声。到窗口看下去，一排七八个高矮不等的小男孩，被行动队的特务们围着。杨人杰在逐一问话。

钱之风思索片刻，起身而出，到了院子里，目光扫过一个个小男孩，没有小毛，稍稍安下心来。

杨人杰笑笑，钱之风上了车，又去上次找到小毛的地方转了几圈，留意了几个院子。钱之风下意识地留意着走过的一间小院，看见院里堆了很多没有卖出去的报纸，钱之风站在院门注视良久。

下午的时候，韩彩衣坐着黄包车，按照她从钱之风兜里翻来的线索，找到了那间诊所，留意观察街对面，发现不远处停着钱之风的车。诊所门口站着一位洋人女护士，似乎在等人，见到韩彩衣在街边，便走过来：“请问，是钱太太吗？您丈夫已经到了，请随我来。”

韩彩衣糊涂了。洋护士带着韩彩衣进来，只见钱之风正和洋医生说笑。见到韩彩衣，钱之风丝毫没有意外的样子：“彩衣，来得正好，我给你介绍，这位是汉斯医生——这是我太太，怀孕四个月了。”

韩彩衣敷衍：“哦，你好……”

钱之风说道：“汉斯医生是我的老朋友，专门的妇科产科医生，在苏州执业有几年了。我们说好了，以后就由他来负责你的孕期检查以及将来的生产。”

韩彩衣朝着汉斯医生点点头，又拽了拽钱之风：“你能出来一下吗？”

到了外面，韩彩衣怒目而视：“钱之风！你什么意思？”

钱之风无辜地说：“没什么意思啊，你这怀孕四个月了，必须要做定期的孕期检查。将来生孩子，也得有个可靠的大夫管啊！”

韩彩衣瞪眼：“你怎么知道我会来？”

钱之风装傻：“我早上跟你说了，要找大夫，啊，对了，我没告诉你约在这里，下午两点半？真是的，我忘了说，那你怎么知道的，怎么来的？”钱之风说着说着绷不住地坏笑了起来。

韩彩衣明白过来，咬牙切齿：“钱之风！你又算计我！”

钱之风说道：“我算计你？是你翻我的口袋！”

韩彩衣气不打一处来：“我说过，约法三章，我要检查你的口袋！”

钱之风笑着：“好啊，那以后有什么想告诉你的，也不用说了，写个条子放在我口袋里就行？”

韩彩衣一跺脚：“你别胡搅蛮缠！”

钱之风说道：“昨天晚上，你在被窝里睡了半天了，可我一摸你的脚，冰凉冰凉的。你下过地，而且出去了。要不，回头我给你开点治梦游的药？”

韩彩衣气得转身便走。

钱之风阻止：“别走啊，还没让汉斯大夫检查呢？”

韩彩衣拦了辆黄包车走了，汉斯医生出来：“钱先生，你太太似乎不太高兴？”

钱之风说道：“哦，她没想到我给她找了位男医生，她……比较保守。”

汉斯医生说道：“唉，你们中国人，怎么总是这样子。这样下去，看来我这诊所也要关门了。因为打仗，我的那些长期客户都回国了，中国客户又没有，还有你们警察局经常来捣乱……”

钱之风追问：“你是德国人，警察局怎么敢上你这里捣乱？”

汉斯医生挠挠头：“他们在找一个说德语的犹太人，见我也说德语，差点把我给抓了。我不是犹太人，我是百分之百的日耳曼民族！他们眼瞎了吗？”

钱之风笑道：“别介意，在中国人眼里，外国人都长得差不多。”

第二天，在办公室里，钱之风和赵元初正在闲聊，刘二奎打来电话说找到线索了。放下电话，赵元初笑起来：“运气来了，咱们走！”

刘二奎见了赵元初，完整的汇报：“抓的那个孩子，是在这个街角卖报的。据说是个新面孔，才来一个多礼拜。警察局的人把当铺伙计给弄来了，当铺伙计指认，就是那孩子当了犹太人的怀表。”

赵元初问：“嗯。人呢？”

刘二奎说道：“好像是拉回警察局了。我第一时间打电话给您的，行动队那边应该还不知道。”

赵元初低头说：“那孩子肯定扛不过半个时辰……”

钱之风看着赵元初：“对啊！如果警察局那边顺藤摸瓜顺利找到了犹太佬，肯定立刻交给日本人，咱们就没戏唱了？”

赵元初点点头：“是啊……这样，咱们回去一趟，去找杨人杰敲敲边鼓，让他给警察局添点麻烦。”

钱之风看看街道：“老赵，去找杨人杰你一个人就行了，我想在这附近转转，打听打听，看能不能有什么发现。”钱之风下车，赵元初开车走了，钱之风看看左右。当赵元初的车消失在视线中，他立刻转进了旁边一条小巷，绕了几个弯，来到昨天注意到的那个小院子，看看里面没有动静，直接进了房间，桌上有半张吃剩的饼，还有一碗水。钱之风摸了摸饼的温度。

钱之风回身用德语说道：“你好！科恩伯格先生！”

没有回应。

钱之风进了旁边一间屋子，突然脑后生风。他下意识躲开，拿着棍子的正是犹太人约瑟夫。约瑟夫发疯打向钱之风，钱之风躲闪不开，不得不抽出枪来。

钱之风：“科恩伯格先生！”

约瑟夫连连摇头，似乎示意自己不是。

钱之风用简短的德语说：“和平！我，和平！”

约瑟夫问：“日本？”

钱之风用德语回答：“中国人！中国！”

见约瑟夫稍稍冷静下来，钱之风慢慢把枪放在桌子上，示意自己没有恶意。

约瑟夫突然冒出一大段德语，钱之风听不懂：“对不起，等等……”钱之风从怀里拿出一个小本，在本子上用德文写下：“危险，危险！”然后边比画边说：“你，危险，跟我走。”

约瑟夫连连摇头，钱之风焦急：“小毛被抓了！抓了，抓了怎么说……”

正要再翻词典，钱之风突然听见外面有动静，要拿枪，没想到约瑟夫快了一步，已持枪对准了钱之风。透过窗户，只见院门外面，几个警察正押着小毛走过。小毛显然故意从自家院子前经过，但是看也不看。

约瑟夫要喊，钱之风连忙捂住他的嘴。他在本上写下单词。告诉他小毛被捕了。约瑟夫终于明白了，向钱之风点点头，把枪还给他。

钱之风找来了破旧的长衫给约瑟夫换上，又戴上帽子，可无论怎样，仍然一望可知是个外国人。

约瑟夫示意没用的，钱之风也放弃了，在地上来回走着，苦思冥想："我知道，我知道，让我想想……"突然他想起了汉斯大夫被警察捉住的事，钱之风让约瑟夫在这里等他，然后匆匆跑出去。

路边有两个巡逻的警察，钱之风压低帽檐，走向一处公用电话，钱之风从口袋里掏出汉斯诊所的名片，拨通电话："汉斯医生，我是钱之风……我这里有个女病人，对，很棘手，你能不能来一下？……对，费用我出！……你不是抱怨没有客户吗？我给你介绍啊……不不，没多远，你开车来就好……"挂上电话后，钱之风躲到僻静的地方等待，片刻后车来了，穿西装戴礼帽的汉斯医生和一个洋护士下车。

那两个巡逻的警察看到汉斯医生连忙上前，汉斯很不耐烦地出示证件。看了证件，两警察点头放行。

钱之风冲汉斯医生招手，汉斯医生和洋护士走过去。

不一会儿，汉斯医生穿着约瑟夫的破衣服来到了街道上，而汉斯医生的车上，坐着护士，还有钱之风和约瑟夫，约瑟夫换上了汉斯医生的行头，被带到了钱之风的旧房子里安顿。

汉斯医生路过警察面前，不慌不忙地掏出证件："我是德国汉斯诊所的医生，我是德国人！我有急事，赶紧让开！"

警察正犹豫，另一个警察跑来放行，对身边的同事说："不是这个，那个犹太人不会说中国话，一句都不会！"

距此不远的几条街外，两辆车急停在路边，杨人杰带领行动队的特务们下车，包围了押着小毛的几个警察。

杨人杰不由分说："几位辛苦了，交给我吧。"

警察头目说道："这可不行！我们局长说了，要把他带回局里去。"

杨人杰说道："带回你们警察局，你们冯局长最后也要交给我们的，何必费周折呢？"

警察头目押着小毛要走，杨人杰手下紧逼一步，双方剑拔弩张。特务们一拥而上，将小毛抢了过来。警察们想反抗，立刻被枪口包围。

杨人杰蹲在小毛面前："别怕，说实话就放了你。那个大鼻子外国人在哪儿？"

小毛摇头。

杨人杰又问："那块怀表怎么来的？"

小毛看看杨人杰："偷的……"

杨人杰突然一记耳光。小毛嘴角流血："真的，是我偷的……"

杨人杰站起来："带回去！"

办公室里，郑伯鸿正在打电话："捉到那个犹太人，肯定不仅仅是你

警察局或者我苏州站一边的功劳，是咱们一起努力的结果嘛……哈哈，把那孩子给你送回去？何必那么麻烦呢？你要愿意，可以派你的人来参加审讯嘛……好，就这样？”

杨人杰在旁边听着，忍住笑。郑伯鸿挂了电话，看看他：“招了没有？”

杨人杰说道：“一口咬定，那块怀表是偷的。”

郑伯鸿：“偷的？哪儿偷的？从什么人手里偷的？能自圆其说吗？”

杨人杰接着汇报：“倒是能自圆其说，可这种野孩子谎话连篇，谁知道能不能信？

郑伯鸿拍拍杨人杰：“那些个老奸巨猾的都难不住你，一个小孩子倒没办法了？我不问过程，只要结果！”

杨人杰立正站好，答道：“是！”

18 表弟

赵元初办公室里，钱之风、赵元初和刘二奎在谈论着现在的局面，刘二奎说那小孩一口咬定那怀表是偷的，最后杨人杰也没办法了。赵元初有点不信："杨人杰什么人，怎么可能拿一个小屁孩没办法？"

刘二奎接着说："反正，到现在还没招呢。"

钱之风瞪大了眼睛："不会上刑了吧？"

赵元初刘二奎互相看了看，忍不住笑。

钱之风看看他俩："你们笑什么？"

刘二奎笑着说："钱副科长，你不会以为杨人杰跟那孩子玩儿'过家家'呢吧？当然上刑啊！"

赵元初指指钱之风，对刘二奎说："钱副科长是大夫出身，菩萨心肠、慈悲为怀。刘组长，你还真别看不起人家，将来咱们都是要下地狱的，只有他钱之风能上天堂！"赵元初得意地哈哈大笑，钱之风尴尬不已。

刘二奎出去之后，赵元初对钱之风说："刚才当着刘二奎，几句玩笑，别往心里去。"

钱之风摇摇头："哪里，我只是觉得自己太笨了。"

赵元初说道："你呀，故意的。韬光养晦之术，对不对？"

钱之风苦笑："怎么你比我自己还了解我？"

赵元初踱步思索，对钱之风说："你知道一个情报什么时候最值钱吗？"

钱之风问："什么时候？"

赵元初看着手心："就是现在这会儿。眼看目标就在眼前，可还没拿到手里吃到嘴里，就看谁快那么一小步。"

钱之风说道："你再怎样也不能有杨人杰快吧？"

赵元初看看钱之风："未必。我们可以用杨人杰给冯局长找麻烦，也可以反过来。"

下午的时候，韩彩衣坐在黄包车上回家，路上远远看到陈妈提着菜篮子，正蹲在一截树桩前。韩彩衣叫黄包车靠边停下，下车付了钱，藏在树后观察。片刻后，陈妈离开小树林回家了，韩彩衣想了想，走到树桩前看看，没什么异常。回到了家，陈妈正在厨房里忙碌准备做饭，韩彩衣进来，冷冷地对陈妈说："把手擦干净，到书房找我。"

书房里，韩彩衣站在窗前，从这里可以看到自家院外的动静。陈妈忐忑不安地进来："太太，您找我？"

韩彩衣问："陈妈，如果失去了这份工作，你会怎么样？"

陈妈一惊："啊？哎呀，太太，我做的有什么不对的吗？您说，我改，可千万别不要我……"

韩彩衣问："冯局长当初为什么不用你了？"

陈妈低头："是，是因为我太笨……"

韩彩衣说道："你做饭不错，手脚麻利，又不多事，冯局长对你有什么不满意的？"

陈妈说道："不是冯局长，是……"

韩彩衣追问："是什么？"

陈妈接着说："是冯太太，太太说我和冯局长属相犯冲——其实也没有啦……"

韩彩衣盯着陈妈："她为什么要这么说？为什么要赶你走？说实话！"

陈妈断断续续地说："因为，因为我有一回撞见冯太太跟老王在屋里——那个……"

韩彩衣问："老王？是什么人？"

陈妈："冯局长的司机……"

韩彩衣松了一口气："我和先生从上海回来那天，你说有人闯进来，其实没有，你说谎了！承认吗？"

陈妈"扑通"一声跪下了："对不起太太……"

韩彩衣看看陈妈："是你在书房翻了个乱七八糟！你在找什么？找钱？"

陈妈低着头："不是不是，太太，我不是那种手脚不干净的人！"

韩彩衣："那你想找什么？"

陈妈不情愿地说："是，是郑太太吩咐的……"

韩彩衣愣住："我姐？"

陈妈点头："是，您姐姐担心，担心先生的……状况，让我找找有没有什么书信，或者照片什么的……"

韩彩衣："找到了？"

陈妈说道："在先生看的那本外文词典里面，找到了一张照片，我看见了，没敢动……"

韩彩衣拿来那本《德汉词典》打开，果然中间夹着钱之风与胡美玉的合影。不知为什么，她竟觉得有些恼怒而心酸："为什么要撒谎？"

陈妈说道："您要是单独问我，我就说了，可当时先生也在……我怕您跟先生又吵架……其实先生心里挺在乎您的……"

韩彩衣又问："那刚才在外面，你鬼鬼祟祟地干什么呢？买了菜回来不进门，别以为我没看见！"

陈妈猛然想起似的："哦，您问这个呀，太太不瞒您说，我也觉得奇怪呢……我刚才买菜回来的时候，看见一个小伙子蹲在拐角那儿好像在系鞋带……刚开始没在意，可打他身边过的时候，我忽然觉得他穿的是双布鞋，根本就没鞋带！我还想呢，是不是想偷东西啊，先来踩点的？就过去他蹲下的地方看了看，也没看见什么。"

韩彩衣盯着陈妈，她的神情自然，不像在说谎。

她们说的这个人正是小常，小常回到山西面馆，满脸喜色："老谭！老谭！好消息！"

谭从武问："人找到了？"

小常拿出条子："你看！"

谭从武看了看："太好了！你给他回了吗？"

小常说："晚上再去回，白天看到一个女的，好像是钱之风家女佣，我拿了条子就走了。等晚上，我把你找的那地址给他。他只需要把人送过去就可以。"

谭从武说道："好，我马上联系老齐。"

小常惊喜："齐峰同志也来了？"

谭从武说道："他在城外，安排钱之风和约瑟夫的出城路线。我得让他尽快安排好！"

小常："钱之风也走？"

谭从武点点头："我会尽量把他送走，长此下去太危险了。"

小常再回去放字条的时候，加了万分小心，却怎么也没想到，韩彩衣一直在楼上盯着这个树桩，小常刚走不久，韩彩衣就再次到树桩那儿去了。

晚上，钱之风开车回来，他下车到树桩处，摸出了一张字条。钱之风回到车上，看了字条上的内容，掉头驶离。韩彩衣在窗口，望着钱之风来了又去，低头笑了笑。

钱之风紧接着来到之前的旧家所在，进了屋，小声呼喊："科恩伯格先生？"突然一把匕首横在钱之风的脖子上，约瑟夫的面孔从黑暗中显露出来。

之前钱之风把约瑟夫安顿在这里，接到纸条之后，准备带约瑟夫去纸条所写的地址，安排约瑟夫撤离。

钱之风用德语："是我！我！"

约瑟夫盯着钱之风，半晌终于认了出来，但是却没有放下匕首。

钱之风比画："是我！我！"

约瑟夫却摇头："小毛？"

钱之风说道："小毛被抓了！"

约瑟夫还在说："小毛！"

钱之风连说带比画："小毛……好好，咱们去找小毛？去，找，小毛！"

约瑟夫这才收了匕首。出了门，看看左右无人，钱之风将约瑟夫藏进后备厢。又看了眼纸条上的地址，坐进车里。

街上设有巡查哨卡，检查的警察用手电照向车内。钱之风出示证件，警察挥手放行。

车在一个废弃的仓库前停下，钱之风下车转了一圈，确认安全。仓库大门虚掩着，钱之风向里面看，一片漆黑。慢慢适应了黑暗，看见乱七八糟堆着杂物。

钱之风进来："有人吗？"

转了半圈，冷冷清清，钱之风有些奇怪。这时突然听见大门撞上的声音，他急忙跑回门口，发现门被从外面锁上了，随即传来自己停在外面的汽车发动的声音。

钱之风惊了："哎！哎！回来！"

车声越来越远，听不见了。钱之风抬头寻找，发现高处有玻璃破碎的窗户。钱之风拼命搬动货箱至窗下，狼狈地从窗户爬出来。

此时，韩彩衣正在家中，坐在沙发上看书，钱之风开门进来。他浑身上下都是泥土，衣服也撕破了多处。韩彩衣看看："怎么了？搞成这个样子？"

钱之风皱着眉："别提了。"

韩彩衣指指窗外："你的车呢？怎么没听见声音？"

钱之风摇摇头，默默向楼上走去。

韩彩衣望着钱之风的背影，韩彩衣忍不住露出笑容："你就不想告诉我，发生了什么？"

"被打劫了。"说着，钱之风突然回头，正好看到了韩彩衣的笑容。

钱之风什么也没说，来到书房，从里面轻轻锁上门，坐到桌前拿出那张字条。上面的字迹娟秀，他不禁皱眉。他迅速打开书柜看了看，又拉开所有抽屉，翻看所有书本纸张。最后，他的目光投向了一旁的纸篓。

钱之风小心翼翼从纸篓里取出一个纸团，展开看，发现被撕去了一条。

和那字条放在一起，正好严丝合缝，显然，字条是从这张纸上撕下来的。

韩彩衣打了个哈欠，合上书，关灯准备上楼，却被钱之风在黑暗中拦住："你以为自己很聪明吗？"

韩彩衣倦怠地说："我不懂你说什么。"

钱之风拿出条子："这张条子，是你写的？"

韩彩衣反笑："你发现啦？"

钱之风咬着牙："韩彩衣！你太阴险！"

韩彩衣说道："彼此彼此。"

钱之风气的不知说什么："你，你，你……"

韩彩衣得寸进尺地说："哟，恼羞成怒了？气得说不出话了？既然跟我玩儿心眼，就要认赌服输！"

钱之风忙问："在仓库的是谁？小童？"

韩彩衣说道："瞧你身上脏得跟要饭的似的，赶紧洗澡去！"

钱之风问："我问你，是不是那个小童？"

韩彩衣说道："是又怎么样？"

钱之风想了想，忍着怒气示意韩彩衣上楼进书房，以免惊醒陈妈，他还不知道陈妈究竟是什么来头，唯有提防。

进了书房，钱之风关上门："你忘了那个张小姐怎么死的吗？那个小童遇事太急躁！约瑟夫可不是张小姐，他不会那么听话地任人摆布！他都差点把我杀了！"

韩彩衣说道："这不用你担心，小童很有经验。"

钱之风凑上前去："他有对付外国人的经验吗？这个约瑟夫被日本人追得到处跑，警惕性非常高！而且他一句中国话都不会！他不会相信一个陌生人！我挨过他的闷棍，还差点被他割断了喉咙！我问你，小童是一个人，还是有帮手？"

韩彩衣犹豫："他，一个人。"

钱之风焦急地说："现在街上到处有警察巡逻，小童但凡有点差池，我们就功亏一篑了！我们等于替敌人把这个犹太人找到并且送上门去！对了，他还开着我的车，我的车是站里的，很多人认识！遇上检查怎么办？"

韩彩衣盯着钱之风："你为什么要瞒着我？"

钱之风："啊？"

韩彩衣："咱们事先说过，找这个犹太人是咱们共同的任务！这不是国民党共产党的事！可你找到人了，为什么要瞒着我？"

钱之风说道："这个——我不能告诉你，反正你只要相信，我不会把他送到敌人那里去！"

韩彩衣："我也不会！"

钱之风点点头："好好，这些咱们稍后再说，你先告诉我，你们准备把人弄到什么地方去？现在全城戒严，根本出不了城的！"

韩彩衣："我们有个安全的地方。"

钱之风沉住气，想了想："有电话吗？你最好打电话确认一下，看他们安全到了没有。"

韩彩衣瞪眼："你想把人抢回去？"

钱之风："我要确保人没事！"

韩彩衣想了想，拿起书桌上的电话拨号。对方迟迟没有接听，韩彩衣不禁皱眉，看向钱之风。

外面夜已经深了，街角，钱之风和韩彩衣从黄包车上下来。只见前面几个警察，正围着一辆车查看。钱之风走到车前，对警察亮出证件："这车怎么了？"

警察："哦，这车强行闯了我们一个检查站。"

钱之风问："车上的人呢？"

警察："不知道，找到车，车上已经没人了。我们正在根据车牌寻找车主。"

钱之风笑了笑："这是我的车，刚刚被偷了。哦，这是我太太。"

警察们都愣住。

韩彩衣说道："能把车还给我们吗？"

警察："这个，这车闯了检查站，我们怀疑……"

钱之风说道："一个偷车小贼而已，看见你们检查自然害怕了。放心，我们自己会查的。"

韩彩衣跟着说道："我姐夫是郑伯鸿，需要他给你们冯局长打电话吗？"

警察："哦，不用不用……那我们就不管了。"

钱之风点点头："辛苦了。"

警察们离开，钱之风韩彩衣对视一眼，打开车仔细检查："有血迹，在前排，你那位小童可能受伤了……"

韩彩衣在路边一边走，一边看着两边墙壁，钱之风跟在旁边。韩彩衣说："小童跟我有个紧急联络暗号，像一个反写的阿拉伯数字'3'。"

钱之风看看周围："那边！那边有一个！"

两人快步上前，果然墙上有一个血印的反"3"，两人顺着小路找下去。走了不久，只见小童在一条巷子的角落倒着，喘着粗气，一只手捂着伤口，另一只手拿枪，枪口对准约瑟夫。约瑟夫攥着匕首，一动不动。

钱之风和韩彩衣匆匆跑来："小童！"

小童说道："韩姐……妈的，这鬼佬暗算我！"

见到钱之风，约瑟夫指着小童，歇斯底里地喊叫：“日本！日本！”

钱之风连忙示意约瑟夫小声，用德语说道：“不是日本人，中国人，中国人！”钱之风和韩彩衣分别拿掉两人的枪和匕首，长出一口气。

钱之风指指小童：“这个地方不能久留，赶紧走。他受伤了，得缝合伤口！”

众人上了车，向韩彩衣说的安全点转移。走了一会儿，从车里望去，只见刚才找到车辆的地方反而多了几个警察，其中似乎还有一个队长，警察正向队长报告发现的情况。

钱之风立刻打方向调头，加速驶离：“他们也不笨，不是那么好打发的！你们的安全点去不了了。”

韩彩衣问道：“那去哪儿？”

钱之风看着小童和韩彩衣：“还有别的地方吗？”

韩彩衣和小童对视一眼，小童摇摇头：“没了。你原来住的地方呢？”

钱之风想了想，向着那个方向驶去，却发现前方多了一个检查站。

小童还在流血，韩彩衣有些焦急：“你快点！”

钱之风：“不行，过不去了！”

韩彩衣：“那怎么办？小童流血止不住！”

钱之风咬牙，再调头。

韩彩衣问：“去哪儿？”

钱之风：“回家！”

车停进院子，钱之风下车，先小心翼翼开门查看动静。陈妈的屋门紧闭，发出轻微的鼾声，钱之风示意放轻脚步。韩彩衣搀扶着小童进去，钱之风打开后备厢，搀下约瑟夫。

四个人进屋，钱之风关了门拿来医药箱正准备给小童医治，突然听见楼下传来陈妈的尖叫，然后是陈妈跌跌撞撞上楼的脚步声，随即是砸卧室门的声音。四个人都紧张万分，钱之风韩彩衣对视一眼，韩彩衣准备开门。

钱之风阻止：“不行！你忘了，她是冯局长的人！”

韩彩衣回头看看：“不是，详细的回头再跟你说，我先去稳住她！”

陈妈还在敲门，没想到韩彩衣从书房出来，吓了一跳：“啊，太太！”

韩彩衣：“怎么了？”

陈妈：“有，有坏人闯进来了！”

韩彩衣稳住陈妈：“别紧张，你慢慢说。”

陈妈紧张地结结巴巴：“太太，我，我刚才好像听见什么动静，就起来出来看，结果，结果看见地上好多血，门还开着！太太，是不是白天那……”

韩彩衣拉着陈妈：“咱们到楼下说。”

书房里，钱之风熟练地小童缝合伤口：“还好伤口不深，静养两天，防

止感染就没事了。”

约瑟夫盯着钱之风，用德语问：“你真的是医生！”

钱之风点头，给小童包扎好，小童长出一口气：“谢谢。”

钱之风瞪眼：“你应该说对不起！你偷了我的车！”

小童冷笑：“那是你太笨！虽然你救了我，但我还得说，这个鬼佬是我们的。”

钱之风给小童治疗的工夫，约瑟夫快速写了张条子，这时交给了钱之风，钱之风默默地收好了。

另一边，韩彩衣拉着陈妈下楼，跟陈妈说着：“……亲戚，他的表弟。在外面惹了事，伤了人，吃了官司。没办法只好找到我们。你知道，先生是个重感情的人，他在世上就那么一个亲人了，不好置之不理……”

陈妈疑惑地点点头。

韩彩衣接着说：“地上的这些血都是他的，有人追杀他，如果我们袖手旁观，他可能就死了。”

陈妈点头：“是，是，应该管的……救人一命胜造七级浮屠……”

韩彩衣说道：“陈妈，我和先生都不拿你当外人，这样机密的事也不瞒你，你可千万不要跟别人说！”

陈妈连连答道：“不说不说……”

韩彩衣盯着陈妈：“包括我姐姐，也不能说。如果外面人知道了，先生他表弟活不了还是小事，连我和先生也要受牵连，到时候对你也没好处。”

陈妈认真地说：“太太您放心，我嘴严得很！在冯家的时候，虽然太太把我扫地出门了，她的事我也没有对旁人提过，就是您问起才说的……”

韩彩衣点头：“这样我就放心了。”

钱之风从楼上下来，韩彩衣看见忙抢先开口：“之风，你表弟怎么样了？”

钱之风一愣：“啊？”

韩彩衣使了个眼色：“我问你表弟，他不是犯事儿被人打伤了吗？不要紧，我已经跟陈妈说了，陈妈自己人，不会在外面乱说的。”

钱之风会意：“哦，那就好。伤口包扎好了，应该没什么问题。”

陈妈问：“太太，先生，需要我做点什么吗？”

钱之风想想：“嗯……我这个表弟，因为犯了事，精神受了点刺激，有狂躁症的表现，而且最怕见到生人。所以……”

韩彩衣把话接下来：“啊，对，所以我们现在把安顿在楼上书房里，你没事不要打扰他。一日三餐，你就单准备一份放在书房门口，回头他吃完了，你把空盘子空碗收回来就好。”

陈妈：“就是说，我别见他？”

钱之风点头：“对对，他要见到除我和太太之外的生人，很容易狂躁症发作的，到时候伤了你就不好了。”

韩彩衣在一旁又说：“陈妈，你说你被冯家赶出来因为什么？当然冯太太有问题，可你说如果当初你没撞见她跟那个车夫偷情，你不就没事了吗？有时候，知道的太多也不好。”

陈妈点头：“太太，我明白，您不用说了，我都明白！”

韩彩衣说道：“行了，你去休息吧，哦，把地上血迹拖干净。”

陈妈应道：“好好，太太您放心，先生您放心！”

韩彩衣给钱之风使个眼色，两人上楼，陈妈拿出拖把拖地。

钱之风小声问：“为什么是我的表弟不是你的？”

韩彩衣答道：“我有没有表弟一问我姐就能知道！”

韩彩衣问：“你真相信这个陈妈不会说出去？”

韩彩衣：“你还有更好的办法吗？”

韩彩衣睡下了，辗转反侧。钱之风在梳妆台前，在灯下对着约瑟夫的条子翻《德汉词典》。

韩彩衣突然叫了钱之风一声。

钱之风回头：“嗯？”

韩彩衣惊喜地说：“他好像动了。”

钱之风一愣：“谁？谁动了？”

韩彩衣压低声音：“孩子，在我肚子里面动了……”

钱之风有些心不在焉：“错觉。你才最多四个月，这会儿是感觉不到胎动的。”

韩彩衣问：“那什么时候才能感觉到？”

钱之风说道：“等你肚子大得像个倒扣的锅。”

韩彩衣摸摸肚子：“我觉得自己的肚子现在已经好大了。”

钱之风想了想：“再过两三个月吧，至少。”

韩彩衣突然叹了口气：“你会陪我到那会儿吗？”

钱之风也低落下来：“会啊，我答应过你。”

第二天，汪伪苏州站院子里，杨人杰和郑伯鸿看着小毛被特务抬到车上。杨人杰跟郑伯鸿说：“太小了，有点下不去手……稍微上点儿劲，小孩就昏死过去了。”

钱之风从楼里出来，似乎偶然地看到杨人杰和郑伯鸿。钱之风走过来：“恭喜杨队长啊，听说犹太佬马上就要抓住了？”

杨人杰苦笑：“哼。”

钱之风故意惊讶：“怎么了？不是那孩子抓到了吗？”

郑伯鸿：“孩子抓到了，可是没招。”

钱之风疑惑的样子：“我刚才看你们已经把那孩子的尸体抬出去了……”

杨人杰说道：“人还没死，不过也快了。站长说送医院看看伤势。”

钱之风看看车：“伤了？”

杨人杰无奈地说：“都没怎么下手，没想到那么不禁打！”

钱之风跑到车前，打开车门看了看，回来：“站长，杨队长，我多一句嘴，送医院去，恐怕会出事吧？”

郑伯鸿问：“什么意思？”

钱之风说道：“这孩子我听说是杨队长从警察局手里抢过来的？那如果出了咱们站去医院，警察局那边会不会再给抢回去？”

杨人杰叫道：“他敢！”

钱之风看看杨人杰：“杨队长你都敢，冯局长有什么不敢的？捉到犹太佬，日本人论功行赏的时候会计较这些？”

郑伯鸿点点头：“之风思虑谨慎，说的不无道理。”

“站长，可这孩子万一真死了……”说到一半，杨人杰和郑伯鸿都把目光转向了钱之风，正好，苏州最好的大夫在这。

小毛被带到房间里，钱之风走到门口，小心翼翼向外看了看，然后回来从里面将门反锁，回到小毛的身边替昏死过去的小毛检查，小毛身上伤痕累累。钱之风又细细的检查，觉得有点不对劲，钱之风小声说：“可以睁眼了。”

小毛一动不动。

钱之风接着说：“科恩伯格先生很安全，你不记得我了？玛缇娜问候你。”

小毛立刻睁开两眼，盯着钱之风：“记得。”

小毛张开嘴，钱之风看看，问小毛：“舌头咬破了？”

小毛点头：“我装作吐血，然后怎么打都坚持住一点不动，他们就不打我了。”

钱之风回去跟杨人杰说：“这小孩有严重的内伤，也许还能撑个三五天。可如果再动刑，哪怕最轻的，也能立刻要了他的命。”

杨人杰问道：“你有办法？”

钱之风答：“明天我弄几支强心针来，哦，给一点吃的，还有水，让他充分休息。”

杨人杰点点头，钱之风转身出去，到门口停下，回头皱着眉：“杨队长，他毕竟还是个孩子。”

杨人杰撇撇嘴，没有回答。

找到犹太人比想象的容易，可之后的变化让钱之风有些措手不及。约瑟夫显然已成了惊弓之鸟，他唯一能信任的只有小毛，是否要冒巨大的风险营救小毛来安抚他？还有，约瑟夫是犹太人，但他也是说德语的德国人，德国人的固执钱之风是知道的。不能取得他的信任和配合，这位约瑟夫同志便是随时可能炸响的定时炸弹。

19 鹤蚌

韩彩衣在家中匆忙的拿了一些东西，之后来到了楼上。敲开约瑟夫藏匿的房间，拿出一张纸摊开，上面写着一个个德文单词。约瑟夫看了，大致明白。韩彩衣点头，指着纸上的一个单词："现在就走！"

约瑟夫看看韩彩衣："钱？钱？"

韩彩衣猜到："钱？钱之风？"

约瑟夫点头："钱之风。"

韩彩衣摇摇头："不用管他。"

没想到约瑟夫坐了回去，摇摇手指，示意不走。韩彩衣着急，拿起纸指着上面的单词给约瑟夫看："我，工作，为盟军！救你！"

约瑟夫想了想："小毛！"

韩彩衣问："小毛？"

约瑟夫拼着说中文："小毛！救——小毛！"

韩彩衣答道："我们会救小毛的，不过得先救你！"

约瑟夫说了一串德语，韩彩衣听不懂。约瑟夫写下几个单词，连同《德汉词典》一起交给韩彩衣。韩彩衣翻看词典，大概明白了，约瑟夫要跟小毛一起走。

韩彩衣摇头："不可能！"

约瑟夫突然激动得站起来："小毛，朋友！朋友！"

韩彩衣连忙示意安静。她将桌旁倒好的一杯水端给他。约瑟夫将水端到嘴边喝了一口，盯着韩彩衣，突然吐掉，把杯子里的水泼在地上。约瑟夫用德语大声咒骂着什么，这时外面传来开门的声音。韩彩衣连忙捂住约瑟夫的嘴。

是钱之风回来了。吃饭的时候，韩彩衣坐在餐桌前无精打采，钱之风坐到她对面："我表弟说，你今天想把他赶走。"

两人不约而同看向厨房里忙碌的陈妈。

韩彩衣说："你表弟误会了。"

钱之风问道："那你什么意思？"

韩彩衣一笑："天气挺好的，我本来想带他出去转转，散散步。"

钱之风冷笑："哼。"

韩彩衣看看窗外："老这样关着他，也不是个办法。"

钱之风说道："我同意，我们必须找到一个解决的办法，我们都能满意的办法。"

韩彩衣凑近钱之风："你不就怕当叛徒吗？加入我们，不就行了？"

钱之风小声说："人给我，回头我想办法补偿你。"

韩彩衣也说："给我，我补偿你。"

钱之风认真地说道："我答应你，陪你到孩子生下来。"

韩彩衣盯着钱之风："你本来就答应的！"

钱之风想了想："我答应，当你孩子的干爹。"

"我孩子认你当干爹，你还占便宜了呢！"说完韩彩衣想到了什么，摇摇头，苦笑着。

钱之风见韩彩衣笑了，便问："你笑什么？"

韩彩衣说道："我们在这里争，根本没意义。人家根本就不听咱们的。"

钱之风撇撇嘴："他不听你的。"

韩彩衣看看钱之风："他会听你的？"

钱之风点点头："当然了。"

陈妈端上鱼来，两人暂时沉默。等陈妈回去，韩彩衣才开口："他只信那个叫小毛的孩子。"

钱之风点头："我有一个计划，可以救小毛，但需要你和小童的帮忙。"

第二天，在小毛家附近的一个露天茶铺，小童坐在桌旁喝着茶，走过来一个人，是小常，小常坐到他对面。两人上下打量着对方，互相点了一下头。

两公里以外的一家西餐厅里，韩彩衣坐在临窗的位置，望着街上。一列车队驶过，为首一辆小车，中间一辆厢式车，后面是装满特务的一辆卡车。在中间的厢式车里，小毛虚弱地躺在担架上。钱之风和几个特务在旁边守着，路过西餐厅的时候，钱之风悄悄将手伸出窗外，打了个手势，看到钱之风的手势，韩彩衣起身走向柜台前："借用下电话。"

韩彩衣拨通号码："喂，是警察局吗？我看到你们贴的告示，悬赏找一个犹太人……"

小毛上午已经假意招出约瑟夫正在一个只有小毛知道的地方躲着，这个地方就在小毛家附近，于是苏州站的大队人马带着小毛出发，来捉约瑟夫。

郑伯鸿和杨人杰坐在小车上，杨人杰显得十分兴奋："站长，要我说，冯局长那边理都不用理。他们向来欺软怕硬，咱们只要腰杆子硬，他能把咱们怎么着？"

郑伯鸿说道："哼，人还没抓到，你腰杆子已经就硬了？"

杨人杰说道："那孩子交代得清清楚楚，还能有错？"

郑伯鸿皱眉："别得意得太早。"

钱之风看着表，突然感到刹车。他看看窗外，露出一丝笑容。一切都在计划之中，警察已经在韩彩衣的通风报信之下先到一边。

小车停在临时路障外，杨人杰愤怒下车："谁让你们在这儿设路障的？让开！"

警察甲问："你是……"

杨人杰二话不说拔出枪来，郑伯鸿摇下车窗："人杰，好好说！"

杨人杰忍住火气："我是特工总部苏州站行动队队长杨人杰，我现在命令你让开！"

警察甲："对不起，我只服从我们局长的命令！"

杨人杰一脚将警察甲踹到一边，示意司机开车。小车撞开路障，杨人杰上车："用不着跟他们废话！"

车队继续向前，不远处某屋顶上，小常趴着，偷偷观察下面的局势。

此时，冯局长带着若干亲信正在打量小毛家院子四周，冯局长摆摆手："搜！"警察们一拥而入，冯局长背手看着。一名队长匆匆跑来，在冯局长耳边耳语。

冯局长变色，转身而出。

巷口路障聚集了更多警察，杨人杰和郑伯鸿从车上下来，对视一眼。杨人杰让警察让开，警察这边没有人动，杨人杰恼羞成怒："听不懂人话吗？"

见还是没动静，杨人杰向后面一挥手，卡车上的特务们全部下车，组成扇面将路障处的警察包围。

郑伯鸿下车："我是特工总部苏州站站长郑伯鸿。我们只是路过，都是自己人，行个方便吧？"

钱之风透过车窗向外张望："前面好像出了什么事，人都上前头去了。要不你们也过去看看？"

两个看管小毛的特务互相看了看。

钱之风说："没事儿，这孩子我看着就行了。"

两个特务想了想，点头下车到前面去。车厢里没人了，小毛想坐起来，

被钱之风按住。钱之风示意他再耐心等待。

冯局长带着人走到巷口，看到自己的人在枪口的包围中，说道：“杨队长！你这是什么意思？”

杨人杰笑了：“哟，冯局长！”

冯局长看到旁边的郑伯鸿:“伯鸿,这是你的命令吗？拿枪对着我的人！”

郑伯鸿大声说：“冯局长，没想到你也在。一点小误会，我们来执行个任务，你的人不让我们过。”

冯局长说道：“不好意思，我们正好在这儿也有个任务。等我们完事了，你们再干你的。”

郑伯鸿接着说：“老冯啊，给我个面子，行个方便……”

冯局长提高嗓门：“面子？你给我面子了吗？算了，伯鸿，咱们谁都别糊弄谁。”

警察队长跑来，向冯局长敬礼：“发现了一些物品，人还没找到。正在查看有没有暗室或者秘道。”

警察队长跑回去，冯局长点上一支雪茄，吞云吐雾：“伯鸿啊，还是让你的人先回去吧。搞成这个样子，传出去让人笑话。”

郑伯鸿有些怒了：“你真不肯让？”

冯局长说道：“总要讲个先来后到吧？”

郑伯鸿厉声说道：“这犹太人的案子是我们负责，你们只是配合！”

冯局长也针锋相对：“哟，难得见你郑站长这么讲规矩了！如果要说规矩，那我这一肚子委屈，足足可以跟你说上三天三夜！好吧，给你个面子，半个时辰，稍等半个时辰我们就走，地方让给你们。”

杨人杰上逼一步：“哼，我们要是等不了呢？”

随着杨人杰的动作，刚才特务们放下的枪口又抬了起来。

冯局长看看：“你觉得你们人多？”

冯局长向身后做个手势，立刻多一倍的警察跑出来，同样枪口相向。

郑伯鸿喊了一声：“姓冯的你想造反吗？！”

话音未落一声枪响，郑伯鸿身边的一个特务应声而倒。

杨人杰一把将郑伯鸿扑倒，同时反手还击。几乎同时，警察中也有人中枪倒下。两边都乱了，以为是对方开枪，彼此一通乱枪。

开枪的其实是小常。见下面乱起来，他立刻撤走。前方一通乱枪，没有人还顾得上车子这边。钱之风下车看看前方乱战，将小毛抱下车。

穿着警察制服的小童跑来，钱之风吓了一跳。

小童到近前：“是我！”

钱之风松口气：“哪儿弄的制服？”

小童坏笑："简单，这样看得更真一点！"

钱之风拍拍小毛："小毛，跟着这个叔叔跑，别回头，知道吗？"

小毛点头，小童拉起小毛便要走。

钱之风叫住："等等！我怎么办？"

小童瞪大眼睛："我怎么知道？"

钱之风想想："给我来一下，别打后脑，别打太阳……"钱之风还想深呼吸有个准备，小童已一枪托砸在他脑袋上，正中太阳穴。他像个沙袋似的倒在地上，血顺着额头流下。

20 棺木

钱之风迷迷糊糊睁开眼睛，发现正躺在自己办公室的沙发上。

“太好了，太好了，你没事儿了！我去报告站长！”刘二奎跑出去，不一会儿郑伯鸿推门进来。

郑伯鸿问道：“看清楚打你的人什么样了吗？”

钱之风摸着头：“没看太清楚。我想想，好像，好像穿着警察的制服……站长，这怎么回事啊？”

郑伯鸿说着：“你就不要问了，这事跟你没关系。”

钱之风回到家里，坐在床上，韩彩衣给他上药：“听说我姐夫回来大发雷霆，不但臭骂了杨人杰一通，还准备给上海方面写信，简直要跟姓冯的势不两立。行动队这边死了三个，伤了七个。那边死伤应该也有十几个。”

钱之风看着韩彩衣：“小毛丢了，站长怎么说？”

韩彩衣接着上药：“他信了你的，认定是警察局劫去了……别动！……当然了，冯局长那边肯定不会承认。”

钱之风问道：“他和冯局长如果干起来，你说哪边会赢？”

韩彩衣上好了药：“先抓到犹太人的赢。好了，脑袋还疼吗？”

钱之风摸摸头上的伤：“你们那个小童，下手还真不客气。”

韩彩衣笑道：“废话，是你让他打的，他原来练过武术。”

书房里，小毛和约瑟夫坐在桌前，摆好国际象棋棋盘和棋子，少了一枚。约瑟夫拿了个雕成大致模样的石头代替。钱之风走进，拿出那个棋子换了石头，三人相视而笑。

此刻，松鹤楼外，郑伯鸿和杨人杰下车，看看左右，警察局冯局长的车也在，郑伯鸿一皱眉。

杨人杰说道："难道是那边已经找到犹太佬，交给日本人了，故意来气咱们？"

郑伯鸿摇头："不会。请咱们的是日本人，看看再说吧。"

一名日本军官上前迎接，郑伯鸿露出笑容。郑伯鸿和杨人杰在日本军官的陪同下进来，看到除了岛田，旁边还有冯局长及一位警察队长在座。

杨人杰立刻手按枪套，戒备的样子。岛田哈哈大笑。

郑伯鸿瞪杨人杰一眼，杨人杰笑笑，放开枪套落座。岛田亲自给郑伯鸿和冯局长斟酒："不管最终谁捉到了人，功劳都是两位一起的。只是人还没找到，二位却打得头破血流，说出去多让人笑话。今天我做个和事佬，都把酒杯举起来吧？"

杨人杰不干："慢着！打死打伤了我们的人，怎么说？"

警察队长也是："我们的人死伤比你们多！"

岛田止住二人："八嘎！！都给我闭嘴！这杯酒喝了，以前的事谁都不许再提！你们都是皇军的朋友，是维护地方秩序的基石！必须精诚团结，才能完成我们的使命，消灭我们的敌人！明白吗？"

郑伯鸿和冯局长笑笑，举起酒杯，一饮而尽。

回去的路上，杨人杰和郑伯鸿商量着。杨人杰问："站长，您觉得姓冯的话，能信几成？"

郑伯鸿说道："当着日本人的面，量他不敢说假话。那孩子指认的地方，已经发现了犹太人的衣物，这一点他倒没有撒谎……"

杨人杰看着郑伯鸿："一个大鼻子老外，人生地不熟的，能跑到哪儿去呢？只要一上街，立刻就会暴露……"

郑伯鸿叹了口气轻描淡写地说："这孩子还有同党。"

这几日，在钱之风家里，众人每天都在讨论着约瑟夫送到哪一方以及怎么送出去的问题，约瑟夫原计划是要转到美国，但是约瑟夫又信不过韩彩衣，各方势力在城中的封堵搜查还在进行。

这天，钱之风出来开车准备上班。韩彩衣倚着门框问："你走了，不怕我趁你不在，偷偷把人弄跑了？"

钱之风指向小树林方向："看到没，那边小树林里，有我们的人盯着呢。"

赵元初的办公室里，杨人杰和赵元初正在聊天，钱之风推门进来："老赵，哟，杨队长也在？"

杨人杰看看钱之风："你来了正好。帮我们出出主意。犹太人还没抓着，那个小孩又丢了。我们原来以为警察局那边捣乱，现在看也不是。日本人着急，站长更着急。我是个粗人，脑子不够用，只好来求赵科长指点一二。"

钱之风想了想："现在查到什么程度了？"

杨人杰："现在有两大疑点：其一，那个男孩，怎么就突然不见了？是谁让老钱你挨了一棍子？我们原来猜是警察局那边干的，现在已经排除了；其二，这犹太佬一外国大鼻子，到哪儿都很显眼，而且他一句中国话不会，怎么能藏得住呢？"

赵元初接着说："杨队长和站长都认为，肯定有人将这家伙藏了起来。可到底什么人，什么目的，还不得而知。"

杨人杰问钱之风："老钱啊，暗算你的人，真一点没看清？"

钱之风埋怨道："我要看清了也不至于被暗算啊！"

赵元初偷眼瞄着钱之风，然后说："杨队长，给警察局那边报信，说发现疑似犹太人的那个电话，他们查了没有？"

杨人杰皱眉："那个电话？怎么了？"

赵元初问："打电话报信的人，说自己是谁了吗？"

杨人杰回想着："内容好像很简单，一个女的，只说在某某地方看到了悬赏告示上的外国人，让他们快去，而且似乎非常肯定……"

赵元初接着问："非常肯定，但是没有自报名号，也没有问怎么拿赏金？"

杨人杰想了想："没有，冯局长说，他们到了现场还想找这个女的，没有找到。"

赵元初说着："如果是看了悬赏告示，想拿赏金，按理应该自报名号，或者在现场等着来人。否则事成之后，他凭什么来领赏呢？这里面有文章啊。如果我所料不错，这电话的目的并非要揭发拿赏钱，而是要将警察局的人吸引过去，所谓'鹬蚌相争，渔翁得利'，这应该是一个有周密组织的团伙，他们知道你们已获得了那孩子的口供，正往那边去，同时知道警察局也在找犹太人，而且跟咱们有矛盾。杨队长，你再仔细回想一下，第一枪是谁开的？"

杨人杰摇头："反正不是我们……"

赵元初一笑："是警察局的人？几乎都快面对面了，他们要开枪你们会发现不了？"

杨人杰一拍大腿："难不成是屋顶上的冷枪！"

钱之风看看二人："杨队长，我觉得老赵分析得挺像回事儿。要是抓到了暗算我的家伙，你大刑伺候之前，得让我先报个仇！"

见了郑伯鸿，郑伯鸿又把钱之风打发回家了，回家的路上，钱之风缓慢地驾车行驶在路上，留意着街道两边，果然他看到路边一家公用电话处，有行动队的特务在盘问。钱之风不禁皱眉，下定决心尽快地把人转移出去。当晚，钱之风惊讶地发现，赵元初派来两个特务在他家门外，钱之风问刘二奎，刘二奎说是赵科长吩咐的，有共党分子要暗害。在敌人没有落网之前，必须对他和韩科长严加保护。

钱之风给赵元初打电话，赵元初说着："……这是应该的嘛……之风啊，你就当他们不存在，踏踏实实的该干嘛干嘛……咱们情报科不是扩充队伍了吗？我得给他们找点事做。否则整天游手好闲喝酒要钱的……好啦，就这样吧，需要干什么，尽管使唤他们——你是副科长，他们得听你的……"

钱之风放下电话："你看，人是老赵弄来的，我事先真不知道。"

韩彩衣在旁边看着他："真的？"

钱之风说道："爱信不信！我傻呀！就算我要跟你抢人，我弄一帮特务在门口，我自己带着人也出不去啊！"

陈妈开门进来，慌张的样子："先生，太太，外面怎么好多人。"

韩彩衣语气嘲讽："那些人是先生的手下。陈妈，咱们家先生，现在可是位大人物了！"

钱之风想了想，向韩彩衣递个眼色。两人上楼了，进了房门，钱之风立刻关了门。

韩彩衣问："什么意思？"

钱之风说道："咱们救小毛的那一套动作，被他猜了个八九不离十……"

韩彩衣一惊："他知道是咱们干的了？"

钱之风摇头："倒也未必，但至少在怀疑。"

韩彩衣沉吟片刻："他也想要犹太人？"

钱之风看看窗外："最开始拉着我一起，想卖犹太人的情报换钱。后来你姐夫给好处安抚了一下，他的态度就变了……"

韩彩衣问："他要知道了，真会向我姐夫告发？"

钱之风想了想，摇头："不管怎么样，必须马上把人送出去！今天回来的路上，我还看见杨人杰在盘查给警察局通风报信的公用电话，也许很快就能查到是你打的。"

韩彩衣："我可以不承认……"

钱之风打断："马上送走。"

钱之风出来，陈妈正在院子里擦车，钱之风过去："车不用你擦，我到单位有人擦。你前两天说，家里什么快没有了？"

陈妈答道："哦，米，米快没有了。"

钱之风叫来两个值班的特务："刘组长呢？"

特务答道："刘组长刚回去了。"

钱之风问道："你们俩，闲着没事呢？"

特务点头："您有什么事儿，尽管吩咐！"

钱之风指指陈妈："我家里没米了，想带着佣人去买点。懒得开车，坐

你们车去吧？”

特务殷勤地说：“行行，没问题！这点小事，我们带着陈妈去就行了，不用劳您大驾……”

钱之风点点头：“那正好，我有点累，就不去了。你们带着陈妈去——陈妈，你跟他们到城南的天佑米行去买，虽然远点，可那里的米好。”

钱之风拿出钱来给陈妈：“别着急，挑好的买，去吧。”

陈妈和两个特务上车，钱之风目送他们远去，回到屋里给谭从武打了电话：“喂……是我！老孔！我表弟犯病了，现在必须马上送出去找大夫……对！我老婆找的大夫，现在就走，你让小常来帮我们拿下东西！……好，一会儿见！”

另一边，韩彩衣敲了敲书房的门，刚刚已经通知约瑟夫和小毛准备走了，小毛探头出来：“约瑟夫问，我们是跟你走，还是跟那个大夫走？”

韩彩衣露出得意的神情：“跟我走，那个大夫也跟我走。”

一切准备就绪，钱之风驾车驶出院子，刚走了不远，就是一处警察的检查哨卡，钱之风的车缓缓靠近。警察上前盘查：“证件！”

钱之风冷冷地说：“不认识我吗？”

警察又说了一次：“证件！”

钱之风不耐烦地出示证件，警察甲看了看又向车里窥探。钱之风一把揪住警察甲的脖领子：“瞎看什么？后面是我老婆！”

警察接着说：“请下车接受检查。”话音未落，钱之风跳下车打了那警察一记耳光：“你们冯局长来了，也不敢查我的车！不服气？你现在给他打电话！知道你们冯局长的电话吗？要不要我告诉你？”

另一个警察匆匆跑来，拉开面前这位：“对不起对不起，这是新来的……”

钱之风哼了一声，上车扬长而去。一辆黄包车跟在后面，拉车的是负责一路掩护的小常，车上坐着谭从武。钱之风故意放满速度，韩彩衣低头看自己脚下，小毛蜷缩着身子，尽量缩在座椅下面，身上盖了一块与地面颜色相近的灰布。

韩彩衣指了指路：“前面左转，看到门口挂着灯笼的院子，进去。”钱之风依言转弯。

车开进院子，立刻有人出来关了院门。正是小童，小童开车门，扶韩彩衣下车。小童指向旁边，有一辆马车，车上有一口棺材。

小童不好意思地说：“韩姐说我那天对你下手重了？”

钱之风看看韩彩衣，又对小童说：“不重，没事儿！”

不一会儿，在小童的巧手下，小毛扮成了女孩的样子。假发梳成的辫子，素花小裙，黑色布凉鞋，甚至抹了一点粉。约瑟夫在旁边看着好笑，不停地对小毛做鬼脸，小毛一脸怨气。

小童告诉小毛："记住了，不要开口说话。一说话就露馅了！"

韩彩衣问："我们什么时候走？"

小童说道："日落时候，等天色暗一点。我带着小毛先走，你带着犹太佬跟在后面。出城两里地会有人接应。哎，姓钱的呢？"

韩彩衣看去，果然不见："刚才还在呢！"

此时钱之风已经溜出院子，找到躲在角落处的谭从武。钱之风上前对谭从武说："老谭！人就在里面！他们打算日落的时候，把约瑟夫弄在棺材里，混出城去，城外有他们的人接应，一路护送去重庆，再从重庆经香港到美国……"

谭从武问："韩彩衣在里面？你叫她出来，我跟她有话说。"

钱之风皱眉："这——合适吗？"

谭从武说道："快去！你既然那么相信她，我也只好信一回！"

韩彩衣正要出去找钱之风，钱之风就进来了，在她耳边低语两句。韩彩衣想了想："小童，我出去一下。"

韩彩衣出来，走向谭从武，上下打量谭从武，谭从武则不卑不亢："韩彩衣，韩小姐。久仰了。"

韩彩衣问道："你就是谭从武？有什么话就说吧，反正犹太人不能给你。"

谭从武说道："我要跟你说的，就是约瑟夫的问题。经过我们党组织综合各方面考虑决定，同意把人交给你们。约瑟夫是名非常重要的科学家，他将来很可能对反法西斯战争起到重要作用。在这种时候，纠缠于党派之争是不明智的。"

韩彩衣笑笑："谭先生，谢谢您了。"

这时齐峰也到了，对小童说："你们按原计划出城，我们会在城外接应你们。"

小童冷冷地说："用不着！我们自己就能出去！"

齐峰低声自语："但愿如此。"

一辆马车停在旁边，车上载着口空棺材。小童走向赶车的伙计："多少钱？"赶车的伙计比画了个数，小童付钱。伙计拿了钱转身离开。

小童找来凿子，在棺材底钻了一个眼，却没发现那伙计躲在墙角后面，全看在眼里，这伙计正是前几天赵元初在棺材铺见到的乌老大的手下。他们并不知道，没多久，消息就传到了日本人耳中。

城门口，进出的百姓排着长长的队伍，背筐挑担赶车的各色人等，等候检查。钱之风化装成农夫，赶着马车。韩彩衣农妇模样坐在马车上，守着棺材。小童领着小毛在后面，中间隔了几个人。几个警察盘查过往百姓，严格地搜

身并打开随身包袱检查，还有一个叫竹下的日本军官带着两个宪兵在旁边督查。

队伍慢慢向前，终于到了钱之风。警察看了看，正要放行，忽然身后传来日本人的喊声："慢着！"喊的人是竹下，竹下绕着马车转了一圈。钱之风看着竹下："太君，出殡的……"

竹下敲了敲棺材，示意身后两个日本宪兵打开。小童在旁边看着，知道要出事，一把将小毛推了过去，同时扯下了他头上假发。小毛趴在地上，抬头看了看凶神恶煞的日本人，立刻拔脚狂奔，挤入人群。

竹下见另一边有问题，马上命令日本宪兵追赶放枪。

小童为了制造混乱大喊："小鬼子杀人啦！快跑啊！杀人啦！"

听到枪声，惶恐的百姓不顾一切向城门外冲去。趁着日本人追小毛的空隙，小童冲过来拉起马的缰绳就随着人流向外涌："别管小毛了，快出去！"

眼前彻底一片混乱，马车跟着人群冲出了关卡，到了城门外。出城的百姓四散奔逃，小童跳上马车，催马疾行。

韩彩衣回头寻找："小童！怎么回事？小毛呢？"

小童赶车要走，钱之风拦住："等等。不能把小毛扔下！"

小童赶车前行："没工夫解释。赶紧走！小毛不在任务之中！美国人要的是这个犹太佬！"

钱之风忽然明白了，揪住小童："你把小毛故意牺牲掉，来制造混乱？"

小童甩开钱之风："小毛的使命完成了！"

钱之风大怒："你他妈混蛋！"说着跳下马车往回跑。

韩彩衣拉钱之风："钱之风！你救不了他！"钱之风头也不回。韩彩衣埋怨地瞪了小童一眼。

钱之风跑回城门处，远远看到城门处已戒备森严。小毛已被捉住，带到竹下的面前。竹下正用军刀指着小毛："说不说？"小毛摇了摇头，竹下挥刀砍下。小毛倒在血泊中。

钱之风刚要挺身而出，被人从身后按住。回头看，是谭从武。

竹下举刀指向前方，两辆摩托一辆卡车载着日本宪兵追出城外。

马车停在河边，小童焦急地四下张望。韩彩衣从马车上下来："你说好的人呢？"

小童有点慌："不知道啊！应该在这儿的！"

约瑟夫刚要从棺材里出来看看，韩彩衣就止住他："别出来！"就在这时，听见远处的喊声。随即传来枪声，似乎交火了。齐峰带着两个人跑来："快！日本人追来了！你们接应的人呢？"

小童焦急地四周望着："不知道——"

齐峰想了想，把约瑟夫从棺材里搀出来：“那边是河，有我们的船，你先带人上船赶紧走，我去把小鬼子引开！”

受了轻伤的小常跑过来：“老齐！顶不住了，小鬼子人太多！”

齐峰看看远处：“别犹豫了！来不及了！小常，你带他们去船那边，过河到对岸去樊家村找老朱！”

小常连拉带扯，将小童和约瑟夫拉往河边。齐峰跳上马车，看见了韩彩衣：“你还在这儿愣着干什么？还不赶紧躲起来？”说罢，齐峰跟身边两个战士交代了一下，拿了一包东西，回身上马，狠狠一鞭子抽在马屁股上，马车载着空棺材狂奔而去。

不一会儿，竹下带领日本宪兵驱车追赶而过。韩彩衣躲在树丛后，大气不敢出。回头，看到钱之风慢慢向她匍匐而来。

载着棺材的马跑不动了，越来越慢。身后的日军追赶上来。齐峰咬咬牙，拼命抽马匹，然而拐过一个弯，只见前方桥头处，沙包上架着两挺机枪，岛田拄着指挥刀威严地站在桥头，看来他已经在此处守候多时了，他的身后是成排的日本宪兵。

齐峰叹了口气，放下鞭子：“太君，借过。”

岛田问道：“跑那么快，做什么？”

齐峰指指太阳：“想趁着天亮早点下葬。”

岛田盯着齐峰：“谁死了？”

齐峰拍拍棺材：“一个朋友。”

岛田突然一笑：“齐先生，你的朋友，肯定不是一般人吧？能不能让我打开看看？”

齐峰深吸一口气：“不合适吧？中国人讲究人死为大，要是随随便便开棺掘尸，要遭雷劈的……”

岛田来到棺材前，围着转圈，伸手敲了敲：“你们的共产党，什么时候如此迷信了？打开！”

两个宪兵上前打开棺材盖，里面赫然一捆炸药，引线就接在棺材盖上。众人惊叫声未落，炸弹就爆炸了。岛田倒在地上，被后面的士兵迅速转移走。

另一方面，约瑟夫已经被送到了安全的地方。

21 夺金

转眼时间已是1940年，汪伪南京政府下达了禁烟令，这一天，刘二奎带着几个特务在一家烟馆四处搜查，钱之风背着手在旁看着，眼前这次行动的目标正是许清林在世时候的老朋友——乔三。

只见一个特务匆匆跑来，对刘二奎报告："来了！"

"准备动手！"说罢，刘二奎看了一眼钱之风，钱之风也不说什么，依旧背着手。

烟馆掌柜乔三到了门口，看看左右，抽出枪来，小心翼翼推门而入，不见人影，问道："顺子？二虎？"

没有回音。

乔三想了想，快步上楼梯。上到一半，发现了埋伏在暗处的刘二奎。他跳下楼梯向门口冲去，撞开门，却见钱之风的枪口正在门外对着自己。后面的刘二奎等人也到了，乔三陷入包围。

刘二奎说道："乔三，还不老实点，省得皮肉受苦？"

乔掌柜低头："好，我认输了……"嘴上这么说着，手上却猛地推开钱之风，夺路而逃。眼看乔掌柜就要跑出射程，钱之风还是没有开枪，突然乔三被驶过的一辆汽车撞翻。钱之风等人跑来，司机下车查看，见状吓得发抖："我不是故意的，我，我没看见，他自己突然跑出来。"

钱之风查看地上的乔掌柜，见无大碍，终于松了一口气。

办公室里，赵元初正在喝茶看报纸，钱之风进来。赵元初抬头看看："听刘组长说，你下不了决心开枪，差点让人跑了？"

赵元初看着钱之风："之风啊，我知道，你不愿意杀人。你是医生，是救人的，不是杀人的，可下次就算你不去，该死的人还是要死的，你不动手，刘二奎或者别人也会动手，有什么分别呢？”

钱之风低下头：“至少，乔三没死。”

赵元初将桌上的报纸给钱之风：“这是今天的报纸。”

钱之风念着：“泣血控诉，当街强掠少女入娼门，老父哭求被乱棍打死……”

赵元初接着说：“侯铭德，所有人都知道是谁干的，可就算这份报纸胆子再大，也不敢提他的名字。乔三是侯的拜把子兄弟，手下第一大金刚，你饶他不死，是否属于纵凶行恶？”

钱之风无言以对。

韩彩衣的肚子已经很大，接近足月了。她艰难地从屋里出来：“陈妈，陈妈？”

陈妈匆匆跑出来：“太太，您这是要去哪儿？”

韩彩衣说道：“有点冷，你帮我把围巾拿来。我出去散散步。”

陈妈说道：“太太！您都差不多足月了，可不能出去了。万一摔着碰着怎么办！”

韩彩衣：“我要一天不出去走一走，他又要啰嗦。”

陈妈跟着抱怨：“哎呀，先生说的那套我真是搞不懂！挺着那么大的肚子满世界溜达，不好看，也危险啊！”

韩彩衣说道：“他说多走走，生的时候好生。”

陈妈看看外面：“您要溜达，就在院子里溜达溜达，可别出去了，外面不安全！”

韩彩衣说着走出去：“怎么了？我转一圈就回来。”

望着韩彩衣慢慢走出院子，陈妈忐忑不安。路边停着一辆车。韩彩衣挺着肚子慢慢走来，看看左右无人注意，费力地开门上车，车内驾驶座上坐着小童。

韩彩衣没好气地说：“一点绅士风度都没有，也不帮我一把。”

小童看看左右：“没人跟踪吧？”

韩彩衣往后座中央挪了挪位置：“没有。我走那么慢，谁要跟踪非得急死。只要别再给我任务，我这样子，什么任务都完不成！”

小童想了想：“深渊希望你从侧面了解侯铭德的动向。”

韩彩衣：“深渊？那个新来的？不管。不要你传话，让他自己来找我说！”

小童接着说：“可你知道，他身份保密……”

韩彩衣看着窗外：“我不管！我提了多少次了？让我到后方去踏踏实实生孩子，不是毛人凤亲口答应的吗？怎么又反悔了？你们不为我考虑，我凭什么听你们的？尤其那个深渊，鬼鬼祟祟的，有本事，让他直接来找我！”

小童转过身来：“韩姐，连我都没见过他真面目，他怎么会见你呢……”

韩彩衣伸手要开车门：“那就算了。你转告他，从今儿开始，我和军统一刀两断。我不求你们了，你们也别来烦我！”

小童想要阻止：“韩姐别开玩笑了……”

“你看我像开玩笑吗？反正我不干了。等孩子生下来，我就带着孩子走！”说着，韩彩衣打开车门。

此时此刻，汪伪苏州站的审讯室里面，钱之风在乔三面前摊开账本：“民国二十八年六月，净收三千五百七十八元。七月，净收四千一百九十二元。八月，三千九百九十八元。这是去年的，再看看今年，民国二十九年，上个月吧，九月，净收五千二百零七元——乔三啊，我真不太明白，你这一个烟馆，能挣这么多钱？”

乔三看都不看钱之风：“我还有开支呢。”

钱之风数着：“开支？水，柴火，几个伙计，还有什么？这些加一块儿，能有二百块一个月？乔三，这还是你一家店的账目。你手里，至少还有十多家吧？”

乔三冷笑：“知道我兄弟是谁吗？哼，劝你趁早放了我，要不然，小心你的脑袋！”

钱之风厉声说道：“说，钱都藏哪儿了？省得受皮肉之苦！”

乔三还是嘴硬。钱之风没有办法，出了审讯室，来到郑伯鸿的办公室。

郑伯鸿正在办公室悠闲地练习书法，钱之风和赵元初进来站到旁边。

郑伯鸿抬起笔：“这个乔三，为非作歹、民愤极大，是该给他点教训。不过，打狗也要看主人，你们要注意分寸。兵法有云，不战而屈人之兵，方为上策。”

钱之风说道：“南京政府厉行禁烟，这乔三顶风而上，不如我们严加处治。他不就仗着侯铭德是他拜把子兄弟吗，反正我们遵令而行，姓侯的也说不出什么。”

郑伯鸿摆手：“之风啊，你又迂腐了。”

赵元初笑：“南京说禁烟，你以为真要禁烟？鸦片没有了，财税哪里来？再者，乔三的后面是侯铭德。断人财路，就如杀人父母啊。”

郑伯鸿笑笑：“还是元初明白，侯铭德的舅舅是南京新任的军政部长，不好惹的。具体事你们去办吧，元初知道我要什么。来，看看我这字，如何？”

赵元初看着字：“站长好气魄啊，运笔豪迈，形神兼备，了不得，了不得！”

郑伯鸿哈哈大笑，他写的是“公生明　廉生威”。

出了办公室，钱之风和赵元初并肩而行。

赵元初看看走廊左右：“站长的算盘清楚得很，无非拿着鸡毛当令箭，用禁烟令去敲打敲打那位侯大老板。哼，你以为那么有油水的事，为什么不让行动队去干？”

钱之风：“我知道，万一事情真出了岔子，侯铭德往南京一告状，板子打下来，站长肯定推到咱们头上……这些我都明白，可你为什么那么起劲呢？”

赵元初看看钱之风：“忘了之前我从站长那里争取到的条件？不管查抄多少，咱们情报科可以截留一半！”

钱之风两手一摊：“可情报科也是苏州站的情报科，咱们拿了多少一样有账，又装不进你自己兜里？”

赵元初冷笑一声：“苏州站还是七十六号的苏州站呢，咱们站里的账本，76号也有，耽误咱们站长发财了？站长是大和尚，咱们是小沙弥。他要想吃肉，就得允许咱们喝汤。”

当天，侯铭德的电话就打到了韩彩衣那儿，邀郑伯鸿出来吃顿饭，韩彩衣答应下来。

晚上，韩彩衣坐在床沿，钱之风蹲着给她洗脚。韩彩衣说着：“……我跟我姐夫约好了，明天中午到侯铭德那儿去吃饭，估计你也得去。”

钱之风点点头：“老赵还真猜对了。我们不是抄几家大烟馆吗，老板叫乔三，是侯铭德的拜把子兄弟。”

韩彩衣：“姐夫看来也是穷疯了，居然打侯铭德的主意。”

钱之风：“不管怎么说，查禁烟馆总是好事。”

韩彩衣嘲笑：“呦，看不出你这个特务头子大汉奸还挺有正义感的？”

钱之风不快地说：“韩彩衣！你能不能别总冷嘲热讽的？”

韩彩衣笑笑：“我冷嘲热讽？我哪儿说错了？我夸你呢，这年头有正义感的汉奸特务可不多。”

钱之风扔了毛巾，甩甩手起身出去。

韩彩衣不干了：“哎，给我擦脚！脚还没擦呢！哎哎，你给我回来！”钱之风赌气出来，突然听见屋里传来韩彩衣痛苦的呻吟声，钱之风愣了一下，转身冲回去，看到韩彩衣捂着肚子。钱之风连忙整理枕头，扶韩彩衣躺下，同时将她的脚擦干。

钱之风问：“哪儿疼？有没有小腹下坠的感觉？”

见钱之风把自己的脚擦干净了，韩彩衣突然又坐了起来：“没事儿了，不疼了。”

钱之风明白自己上当，韩彩衣笑起来：“特务头子，大汉奸，还是大笨蛋！哈哈……”

转过天来，侯公馆的门前，两辆车停下来，郑伯鸿韩美珍和钱之风韩彩衣先后下车。韩美珍看看妹妹：“彩衣，我说你不用来了，你还非要来。”

韩彩衣说："天天在家无聊，闷死了。"

韩美珍对钱之风说："之风，你可搀稳当了！"钱之风搀扶着韩彩衣，连连点头："放心。"

韩美珍回头看看郑伯鸿："觉没觉得，他们两口子比刚结婚的时候关系近了。"

郑伯鸿心不在焉："是吗？"

韩美珍说道："以前两人还挺生分的，怎么看都不像两口子。现在才有点夫妻的样子。"

郑伯鸿看看韩美珍："奉子成婚嘛，当初可能都没准备好。现在孩子要生了，后悔也晚了。"郑伯鸿懒得废话，拾阶而上走进去。

酒席宴上，侯铭德举着酒杯哈哈大笑，说着："哈哈，你们猜，我把清理烟馆这事儿告诉冯局长之后，冯局长怎么说？你们肯定猜不到！"

韩美珍说道："冯局长嫌我们老郑抢他们警察局的功劳了？"

侯铭德摇头："冯局长指着他身边一个队长说，你们半年没办成的事儿，人家三天就搞定了。一群饭桶！给我打听打听那边是谁那么厉害，我出三倍的薪水把他挖过来！"

郑伯鸿笑起来："我不信，肯定是你侯老板杜撰的。"

侯铭德接着说："真的！不信你去问，他说的时候我就在旁边！"

郑伯鸿转头看向钱之风："之风啊，冯局长要挖你去，三倍薪水，怎么样?"

钱之风看看侯铭德："三倍薪水当然好，不过我猜侯老板这里愿意出得更多，是吧？要不我到侯老板您这里效力？"

侯铭德又大笑："好是好，可我跟冯局长不一样，咱是个本分商人，无权无势的，可不敢挖郑站长的墙脚。郑站长，你说是吧？"

郑伯鸿说："我倒无所谓，之风啊，你得先跟你太太商量。"

韩彩衣笑道："之风，这个侯老板的底细我可清楚！他啊，最是三心二意，朝秦暮楚的。女朋友恨不得一个礼拜一换，多少好姑娘，就毁在他手上！你去了，要跟他学坏了怎么办？我可不答应！"众人皆笑。

饭后，郑伯鸿和侯铭德走出去，郑伯鸿说着："我这位连襟原来是医生，脑子里还是济世救民那一套。正好南京下了禁烟令，他就要大张旗鼓地执行，我总不能公开反对南京政府的决策吧？就跟他说意思一下完了。可没想到，他还真一丝不苟。"

侯铭德小声问："你这位连襟，原来是共产党？"

郑伯鸿说道："算不上，在那边也只是个小人物。怎么？"

侯铭德盯着郑伯鸿："我只是奇怪，他动了我的买卖，还抓了人，你居然事先都不知道？"

郑伯鸿一摊手："我是真不知道。"

侯铭德站定，望着郑伯鸿，两人对视片刻，随即同时会心地笑起来。

第二天，郑伯鸿给赵元初和杨人杰开了个会。

赵元初汇报："据他交代，他们在苏州城里城外有十几处类似的窝点，货一般走水路到苏州，分到这十几处，再往下面卖……"

杨人杰感慨："一个地方一个月就赚五千多，十几处一年下来，那就小一百万啊！"

赵元初点头："嗯，这还只是鸦片那一块儿的利润。"

杨人杰说道："站长，这大肥肉就在眼前，咱们不狠狠咬上一口，天理不容啊？"

郑伯鸿微笑着："咬，当然要咬一口。侯铭德答应，保乔三出来，每月支持咱们经费五千。"

杨人杰皱眉："每月五千？这也太少了吧？打发叫花子呢！"

郑伯鸿说道："人杰啊，做人不要太贪心。你觉得侯老板是大肥肉，我看那是河豚。不会吃，吃坏了可是要命的！"

赵元初对郑伯鸿说："站长，那我这边，人先放了？"见郑伯鸿沉吟，又接着说："要我说再等几天，见到侯老板的诚意再说。"

于是审讯室里的逼问继续进行了，赵元初将乔三的头狠狠按进水缸里，毫不留情。乔三拼命挣扎，赵元初不为所动。过了一会儿，赵元初松手，乔三挣扎出水面，剧烈咳嗽，说不出话，赵元初擦干手，看看钱之风："该你了。"钱之风犹豫不决。

赵元初看看钱之风："对敌人的仁慈就是对自己犯罪。你的心慈手软总有一天会要了你的命。半年了吧？不止。之风，在咱们这种地方，你不可能奢望永远手上是干净的。我知道你很在意你的良心，不过记住，只有活人才配谈良心。其实很简单，做一次就知道。"说着拍拍乔三的脸："钱在哪儿？"见乔三不答，赵元初抓住钱之风的手，按在乔三的头上，用力按下。精神恍惚的乔三再次挣扎，赵元初按着钱之风的手不动。

赵元初咬着牙："因为他，多少人妻离子散；因为他，多少人卖儿卖女。他不值得同情，他十恶不赦，他活该去死。有多少冤魂渴望报仇，而现在能替他们报仇的，只有咱们，用力，很好，不要放松，以牙还牙，以眼还眼，这是他应得的！"赵元初慢慢松开手，钱之风的手却按着乔三僵硬不动，赵元初笑着拍拍钱之风的肩膀，走出去。钱之风立刻将乔三的头拉出水面，他已经失去了知觉。钱之风慌忙施救，乔三终于吐了几口水醒过来，仇恨地望着他。

如此的刑讯逼供又进行了几次，乔三终于撑不住了，召出了藏钱的地方。

赵元初和钱之风来到乔三说的屋子，合力拖开一张大床，里面墙脚下面藏着个上锁的暗格。赵元初拎来斧子劈开，里面是明晃晃的金条、首饰及房契等物。

赵元初骂了一句：“妈的，就这么点？”

钱之风瞪着眼：“这还少？”

赵元初打量着眼前的东西：“这里的东西，统共不过万把块钱。从咱们缴获的账本上看，至少应该十倍于此。等把人放了，得让二奎派人继续跟着。”

钱之风说道：“也许都挥霍了？”

赵元初堂而皇之地将金条、首饰装进自己口袋，也捡了些扔给钱之风。钱之风放下，赵元处又塞回来。

赵元初捏出一颗明晃晃的金牙：“不用怕，不拿白不拿。暗红色的看到没？那是血。这是活生生从某人嘴上硬撬下来的。还觉得他值得同情？”

钱之风点头：“你说的对，他该死。”

赵元初拍拍他的胸口：“心里话？”

钱之风盯着金牙：“心里话。”

赵元初笑笑：“至少你撒谎的技巧有长进了。”

赵元初拎着斧子去别处转悠，钱之风随手扒拉剩下的东西，发现了一把形制特殊的钥匙。

赵元处在外面说着：“走吧，我去银行一趟，你先回吧。”

钱之风将钥匙装进贴身口袋里：“哦，来了。”

钱之风边开车边想着事情，他看到路边有一个修锁配钥匙的摊子，就去把找到的钥匙配了一把，然后在旧钥匙上摆弄了一会儿，旧钥匙的锯齿被他掰断了一块，不仔细看看不出。钱之风回到原处，把旧钥匙放了回去。

回到办公楼，乔三被看守押出来，钱之风在门口等着：“你自由了。”

乔三冷笑：“差点忘了，你就是钱之风吧？”

钱之风点头：“有何见教？”

乔三上下打量，一阵阴笑：“有人托我向你问好。”

钱之风：“谁？”

乔三一字一顿：“许清林。”

钱之风说道：“他死了。”

乔三盯着钱之风：“他是死了，不过他给我托梦了。他说，他死得冤，他要报仇！”说罢，乔三转身大步而去，钱之风望着他的背影，不禁紧蹙眉头。

钱之风回到办公室，坐在位子上，陷入沉思。“许清林”这个名字，已经很久没有人提起了，但坐在情报科副科长办公室的每一天，钱之风都会想起这位前任。死去的许清林，和活着的赵元初，无时无刻不在提醒他这个世界的游戏规则。你必须竭尽全力，你要比敌人更加狡猾而残酷，你不能有一丝犹豫，更不能心存幻想。在这个以命相搏的舞台上，两样东西会让你万劫不复：第一是胆怯；第二是良心。

钱之风拉开抽屉，从乔三处搜刮分得的金银钱财就在抽屉里。他想了想，腾空一个铁皮糖果盒，把东西放进去，装进公文包，驱车前往谭从武的山西面馆。

看到眼前的金银，小常两眼冒光。谭从武在旁边哭笑不得。

钱之风笑道：“小常，瞧你财迷的样子，眼珠子都快掉出来了。”

小常说道：“你是不知道，最近新四军那边困难，重庆老蒋把军饷都给断了。这不眼看冬天了吗，老谭号召我们节衣缩食，省下钱捐给前线的新四军将士买棉衣。”

谭从武说道：“别抱怨了，守着面馆，好歹有你的饱饭吃。”

钱之风叹气：“早知道，我就厚着脸皮多拿点了。”

谭从武问：“这是从侯铭德那里抄来的？”

钱之风答道：“乔三。侯铭德手下干将，拜把子兄弟。哦，大头都让赵元初拿去了。对了，你们看看这个，这是哪里用的钥匙？”

小常看了眼：“银行保险柜？”

钱之风思索片刻：“我们查获了乔三的账目，他赚的黑钱，应该不止今天发现的那么一点点。如果真是银行保险柜的，我有个计划咱们可以试试。”

此时，乔三来到藏钱的地点，找到那把钥匙，看了钥匙一眼，出了门。赵元初和二奎正在车里监视着，乔三上了一辆黄包车，一直到了一家银行门口。刘二奎下车正要进银行，被赵元初拉住：“慢着！”

这时二人看到钱之风手里提着一个手提包进了银行。

银行里，乔三拿着钥匙却怎么也打不开柜门，正在使劲捶打那保险箱，不停咒骂。银行经理上前解释被乔三抽了一耳光。很快银行警卫上前，围住了他。不远处钱之风在观察着这边的动向，特别盯住了乔三开的是哪一个保险箱。乔三被轰出来，他跌跌撞撞在钱之风跟前摔了个跟头，被警卫轰出银行。

赵元初见乔三出来，示意二奎跟上，自己则还在原地等着，又过了一会儿，钱之风从银行里出来了，手里拎着皮箱，赵元初跟了上去。

钱之风拐到旁边一道小街，他的车就停在这，钱之风看四处无人，将皮箱放入自己车的后备厢中，就在这时赵元初出现在车前：“钱之风！”

钱之风刚要盖上后备厢，被赵元初叫住。他显得有些慌乱：“老赵？”

赵元初凑过去：“之风，你是不是有事儿瞒着我啊。这里面装的什么呀？”

钱之风：“老赵，你误会了，没干什么。”

赵元初说道：“打开。”

钱之风不情愿地说：“老赵！”

赵元初怒吼："打开！"

钱之风还在犹豫，赵元初拔出枪来："别逼我！"

钱之风只好颤抖着伸手，打开箱子上的锁，然后打开箱子，箱子里是一张银行的存单。

钱之风尴尬地说："老赵，你听我解释。我就是手上有了点钱，包括你给的那些，一直想不出藏哪儿，又不想让韩彩衣知道……觉得放银行挺合适。"

赵元初盖上箱子，不好意思地笑了笑。

钱之风指指车："那我走了？"

赵元初点点头，钱之风上车后松了一口气，他没敢直接去谭从武那儿，绕了几圈，先回了家。

进了家门，心神稍定，上楼去见韩彩衣。此时韩彩衣正斜靠在床上，轻轻抚摩着肚子，见钱之风进来，韩彩衣示意钱之风别说话："嘘——他在动。"

钱之风笑："看来他迫不及待地想出来了。"

韩彩衣招呼钱之风过去："来，你摸摸。"

钱之风有些犹豫："合适吗？"

韩彩衣撇着嘴："有什么不合适的，你不是女病人光着身子的样子都见过吗？"

钱之风哭笑不得："你不一样……"

钱之风伸手，韩彩衣抓住，按在自己肚子上。感觉到胎动，钱之风也笑了："真是奇妙……"

韩彩衣满脸幸福："是啊，我的孩子，咱们的孩子。"

钱之风险些呛住："那什么……名字想好了吗？"

韩彩衣瞪着钱之风："你是孩子的爸爸，当然你来起。"

钱之风说道："彩衣，咱们说好的，我只是孩子的干爹。"

韩彩衣："这孩子生出来姓钱。"

钱之风不知如何应答："是——不过早晚要改的，姓江，或者跟你的姓……"

韩彩衣似乎不高兴了，将钱之风的手拿开，盖上被子："不用那么麻烦。直接跟我姐和姐夫说，孩子跟我姓，他们也会同意的。"

钱之风尴尬地说："我，我没别的意思，我这个姓太俗，你看人家叫我老钱，年轻时候叫小钱，听着全是铜臭味儿。"

韩彩衣扭过头："不但铜臭，而且自私！"

钱之风摸摸兜里的银行存单，心里想到乔三白天说的话。

此时，乔三正在家中，手里拿着那把钥匙琢磨，忽然发现了异样。他找出放大镜，仔细看钥匙齿，发现有一个地方人为地给掰掉了。

乔三咬着牙骂道："妈的……"

第二天，杨人杰收到了一封信，拆开信封一拿信纸，掉落了半张纸片，上面仿佛随手涂鸦写了几个"许"字。杨人杰盯着这几个"许"字，皱眉思忖。打开信，里面写着："许清林有东西在我手里：乔三。"

杨人杰给总务科打了个电话，然后端详着从乔三那里拿来的那张纸，外面响起敲门声。总务科的田姐进来，拿着两张单子："杨队长，您要的，这几张报销单上都有许清林的签名。"

杨人杰拿过一张单子与纸上的"许"字对照，一模一样。杨人杰露出一丝笑容，向后靠在椅子上，盘算起来。

杨人杰独自来到烟馆门口，看着上面的封条。虽然门可以开了，但封条并没有完全撕掉，推门走入，烟馆里空荡荡的，仍然保持着搜查后的凌乱，杨人杰下意识地摸摸枪，故意咳嗽一声。乔三从暗处出来："杨队长，来得挺快啊。收到我的信了？"

杨人杰毫不掩饰嫌恶的表情："我只有十分钟时间，所以赶紧说点我感兴趣的。"

乔三说道："杨队长总是那么心急。可共产党，人家一点也不急呢。"

杨人杰拿出那张写有"许"字的纸："这个，什么意思？"

乔三指指字迹："这字迹，你瞧着不眼熟吗？杨队长，你认识多少个姓许的？共产党不急，我也不急。就看你杨队长急不急了。"

杨人杰终于直接问了："那张纸片是从许清林的本子上撕下来的？你要什么？"

乔三伸出三根手指。

杨人杰问："三千块？"

乔三："三万。"

杨人杰冷笑一声，站起便走。

乔三也不追："杨队长！三万块换一个潜伏在你们中间的共党，可是划算的呦！"

杨人杰站住了。

夜已深沉，睡梦中的韩彩衣紧张不已，似乎在做噩梦。钱之风被惊醒了，过来查看，韩彩衣正说着梦话："别离开我，别离开我，别扔下我一个人，好吗……别扔下我……"

钱之风轻轻安抚："好，不会扔下你一个人，放心，放心，不会扔下你的……"

韩彩衣渐渐平静了下来。钱之风长久凝视着她的面庞。

22 调虎

这天，田姐到钱之风家来做客。楼下，陈妈正在忙着拖地，钱之风坐在沙发上看报纸，楼上传来田姐夸张的笑声。陈妈嫌恶地向楼上瞥了一眼，钱之风看在眼中。

钱之风看着好笑，问陈妈："陈妈，太太生孩子的东西都准备好了没有?"

陈妈答道："哦，都准备好了。"

过了一会儿，田姐从楼上下来，韩彩衣送田姐到门口，钱之风也跟着出来了，田姐走远，钱之风搀扶韩彩衣进来，关上门，韩彩衣对钱之风说："刚才田姐无意中说起，杨人杰派人管她要许清林当初的报销单据。你知道这事儿吗？"

钱之风愣住："有这事儿？"

韩彩衣说道："田姐不会撒谎，这事儿肯定有。问题是杨人杰想干什么？"

钱之风思索一下："许清林的报销单据？具体哪一笔报销？"

韩彩衣看着钱之风："田姐说杨人杰似乎不在乎哪一笔，只要是有许清林签字的就行。她随便给拿了四五张，杨人杰看过就还回来了。"

钱之风低头想想："他要看许清林的签名？"

韩彩衣点头："我也这么觉得。可为什么要看许清林的签名？他发现了许清林写的什么东西，想看看字迹好辨别真伪？"

钱之风沉吟片刻："彩衣，有一件事我没跟你说，本来是怕说了让你担心。有人告诉我，许清林给他托梦了，他要报仇。"

韩彩衣脸色煞白："谁？谁跟你说的？"

钱之风把乔三的事情原原本本跟韩彩衣说了一遍，韩彩衣盯着钱之风，显然有些紧张。钱之风握住她的手："别怕，他不过虚张声势，死人不会复活的。”

韩彩衣还是不放心：“这个乔三背后肯定有事儿！”

钱之风安慰道：“我知道，已经着手在查了。”

第二天，钱之风来到办公室，随手翻看乔三那儿查抄的账本，电话铃响起来，通知钱之风开会，钱之风匆匆进到会议室落座。电讯室丁主任问：“之风啊，你老婆生了没？我和赵科长在打赌。赵科长说是男孩，我说是女孩。”

赵元初看看丁主任：“你肯定输！”

这时郑伯鸿进来，所有人立刻起立，郑伯鸿示意众人坐下：“你们在聊什么呢？”

赵元初说：“哦，韩科长不是要生了吗，丁主任闲极无事，非要跟我打赌是男孩女孩。”

郑伯鸿摇摇头：“你们呀，无聊透顶。不过想赌的话，倒有一事你们不妨赌赌看。”

郑伯鸿将手里的报纸扔到桌上：“这两天的报纸看了没？苏北黄桥激战正酣，一边是共产党新四军的陈毅，一边是重庆委任的江苏省主席韩德勤。呵呵，国共摩擦摩擦着就变成了刀兵相见。你们说，谁会赢啊？”

丁主任看了一眼报纸：“报纸看过了。黄桥原是韩德勤的地盘，新四军远来的是客。强龙不压地头蛇，我看虽然韩德勤一时受挫，有重庆的大力支持，战区司令顾祝同也不会坐视旁观，总有翻盘的可能吧？”

郑伯鸿笑道：“你呀，校长的门生，当然向着重庆了。之风，你说呢？”

钱之风抬头：“黄桥之战，新四军必胜，毫无悬念。并非我向着共党说话。只是陈毅用兵如神，名声在外，绝非韩德勤那样的酒囊饭袋能比。”

郑伯鸿提议：“这样吧，认为韩德勤赢的举手？”有一半人举手。“认为新四军赢的？”另一半人举手。

郑伯鸿看看赵元初：“元初啊，你两次都没举手？”

赵元初咳嗽一声：“是，在我看来，韩德勤固然败局已定，新四军却未必能胜。”

郑伯鸿看着赵元初：“哦？什么意思？”

赵元初说道：“我刚听说，咱们驻扎苏南、皖东的部队正在往苏北一带调动，确切地说，是往阜宁盐城一带。这样的话不出几日，新四军江北部就面临腹背受敌的处境。虽然打跑了韩德勤有了地盘，却站不稳，而且四面楚歌。”

丁主任打趣：“你是替共党担心喽？”

赵元初笑起来：“我可不上您的当！”

郑伯鸿说道：“好啦，言归正传！所谓‘鹬蚌相争，渔翁得利’。既然

人家给了咱们机会，就不要放过。我们的心腹大患是共产党的新四军，上海总部来电，要求我们抓住机会，吸纳韩德勤残部，迅速往苏北渗透！我考虑派人先走一趟摸摸情况，你们谁愿意去啊？”

众人面面相觑。

钱之风接过来：“站长，我去吧。”

郑伯鸿看看钱之风：“你就算了，老老实实在家陪老婆，等着抱儿子吧。人杰？元初？”

杨人杰说：“站长，既然是针对新四军共党的行动，我看还是赵科长去吧？不是有分工吗，情报科对付共党。”

赵元初立刻起身：“站长，我赵元初愿当此任！”

杨人杰和郑伯鸿在办公室里，郑伯鸿有些不快，背着手来回踱步：“人杰，我本意是想让你去的，你怎么给推了。”

杨人杰一愣：“您没说啊！”

郑伯鸿说道：“我的意思你还看不出来？吸纳韩德勤残部是假，我是想让你走一趟苏北。”

杨人杰低声问：“干什么去？”

郑伯鸿说道：“侯铭德答应，送一船货给咱们，但是在苏北呢，得有人给我安全押回来……”

杨人杰：“什么货？”刚说着，见郑伯鸿皱眉，明白了：“哦……您信不过赵元初？”

郑伯鸿沉吟片刻：“算了，话都说了，不好往回收。就当考验他一次吧……人杰啊，你不肯去苏北，恐怕不只是嫌麻烦吧？”

杨人杰点点头：“有点事。不过现在还没太多头绪，暂时先不跟您说了。”

郑伯鸿问道：“哪方面？”

杨人杰低声说：“内奸，共党。”

郑伯鸿皱眉：“在咱们站里？”

杨人杰看着地面：“现在说不好，我正在搜集证据。”

郑伯鸿：“多久能有结果？”

杨人杰想了想：“快的话，也许就三五日。”

钱之风和赵元初也单独在办公室商量着。钱之风忧心忡忡地问：“老赵，你刚才会上说的，真这么觉得？”

赵元初说道：“你说黄桥之战？韩德勤已经输得裤子都没了。”

钱之风刚要往下说“那新四军……”

赵元初摇摇头：“之风，骄兵必败，自古如此。”

钱之风问道：“你觉得新四军是骄兵？”

赵元初摆摆手："好啦，我不跟你抬杠。到底结果如何，咱们走着看。对了，刚才会上，我发现杨人杰目不转睛地盯着你看，你惹他了？我这一去，少说也要个把月。你自己小心着点。"

中午，杨人杰请钱之风吃饭，钱之风没有推辞，二人喝了几杯，杨人杰还不停给钱之风倒酒，杯子里的酒越来越多，泛起泡沫溢出来，钱之风伸手挡住："好了好了，杨队长，下午还上班呢。"

杨人杰说道："没关系，难得好好跟老钱你喝一次。"

钱之风苦笑："我酒量不行，就怕一会儿该说胡话了。"

杨人杰看似打趣地说："说胡话好啊，我就为了灌醉你，听你说胡话呢。"

钱之风凑过去问："刚才开会的时候，我是不是说错什么话了，杨队长一直盯着我看？"

杨人杰说："没有。我同意你的意见。来，喝一个，为了什么呢……为了新四军的胜利？"

杨人杰盯着钱之风，钱之风不动声色地端起酒杯："新四军太远了，为了我儿子。"

杨人杰点头，与钱之风碰杯。

酒过三巡，杨人杰说得耳热，又谈起赵元初的事，杨人杰用手指蘸水，在桌上写了个"共"字。

钱之风吃惊地说："共？共党？你说老赵是共党？"

杨人杰问："你觉得呢？"

钱之风一笑："杨队长，这玩笑开大了。老赵当初亲手破获了共党联络站，得到站长和总部的嘉奖，这还能有错啊？"

杨人杰也笑了笑："之风，你是老实人。人心叵测啊。"

钱之风摇头："我不明白，你能不能说具体点？"

杨人杰低声说："我说的还不清楚？如果不是老赵，那还能是谁？咱们站里肯定有共党……总不会是你钱之风吧？"

钱之风表情没有变化："无凭无据，总不能这么随便怀疑……"

"无凭无据？呵呵，如果我说有呢？"杨人杰死死盯着钱之风，突然笑了："怎么，紧张了？"

此刻，就在钱之风家门口，小童穿着工装，敲了敲门。陈妈出来开门，小童说自己是灭蚁公司的，指了指自己工装上印着的字"放心灭蚁公司"说："放心灭蚁公司，灭蚁最放心。"

这时韩彩衣在二楼推开窗户："陈妈，是我打电话叫来的，让他进来。"

小童装模作样、东瞧西看，不时敲敲墙壁。陈妈在旁边看着，忧心忡忡："太太，咱们房子里有白蚁吗？"

韩彩衣喊着："伙计，你到楼上来看看，每天夜里我总觉得楼顶上有动静。陈妈，你仔细检查一下厨房，如果有白蚁就喊。"

韩彩衣进来，轻轻掩上门："那个深渊知道你来？"

小童点点头："我把你的意思跟他说了——跟军统脱离关系……这快半年了，我连他是男是女都不知道。除了电报，要么通过大华戏院的衣帽间，要么是虎丘山下一棵树的树洞里，电话也不用。"

韩彩衣哼了一声："这人也真怪了。"

小童说道："他要我再做你的思想工作，说什么革命尚未成功……先不说他了，你突然急着找我来有事吗？"

韩彩衣说道："小童，许清林你还记得吧？有人扬言，要替他报仇，是侯铭德手下的一大金刚，拜把子兄弟，叫乔三。可能是许清林的朋友、同党，不知道……"

小童看看韩彩衣："他说要报仇，直接对你说的？"

韩彩衣："他对钱之风说的，他似乎把账记在了钱之风的头上。"

小童沉吟片刻："这事儿还有谁知道？"

韩彩衣："没别人了，就我和钱之风。哦，还有，杨人杰不知为什么，也在重新调查跟许清林有关的什么事儿。"

外面传来陈妈的喊声："太太，厨房没发现……"

韩彩衣喊着："好，你再去看看地下室！"

小童问："你是不是这两天就要生了？"

韩彩衣不解地问："这跟我什么时候生有关系吗？"

小童点点头："有关系。"

韩彩衣看着小童："小童，我只求你帮我盯着姓乔的，看他想干什么！我和之风都担心他手里有我们的什么把柄，如果可以，帮我们找出来！行吗？"

小童想了想，点头："韩姐，那我能不能告诉深渊，说你愿意继续为军统工作？"

韩彩衣恳切地对小童说："不，我再说一遍，我求的是你小童，不是军统！"

小童为难地低着头，但还是答应了。

晚上，钱之风回来后看到墙脚处撒着的一些白灰，不露声色地继续换着衣服，说起白天和杨人杰喝酒的事。

韩彩衣问："他怀疑你了？"

钱之风看着墙脚："表面上在说赵元初……哎？……这墙角的白灰是怎么回事？"

韩彩衣说道："哦，来了个灭白蚁的，撒点药。"

钱之风认真地看着韩彩衣，一脸严肃，好像在用目光追问。

钱之风说道："灭白蚁应该用石灰和水刷浆，刷在容易有白蚁的地方，不是地上撒点石灰就完事儿的！你实话告诉我，谁来了？"

韩彩衣把她的想法说了，钱之风问："你要小童杀了姓乔的？"

韩彩衣点头："如果有必要。"

钱之风说道："现在还证明不了乔三跟杨人杰有关，他也许只是发发牢骚……"

韩彩衣说道："发牢骚？钱之风，你之前可不是这么说的！你说他要报仇，替许清林报仇！别告诉我你突然心软了！"

钱之风坐下："我没有！我只是在想，除了杀人，还有没有别的办法？"

韩彩衣接着说道："乔三在卖鸦片！你不是最恨鸦片吗？"

钱之风表情严肃地说："可我不是老天爷，我没有资格决定别人的生死，你也不是！"

韩彩衣摇摇头："乔三是敌人，不值得可怜。他是跟日本人一样的敌人！你要杀鬼子特使的时候怎么没想有没有资格？"

钱之风摊着手："不一样，乔三毕竟是个中国人，他卖鸦片是不对，可所有卖鸦片的都必须去死吗？"

韩彩衣："他还是汉奸！他替侯铭德做事！"

钱之风："别人看我们还是汉奸呢！好了好了，我不想跟你争，你告诉小童，我来对付乔三。"

韩彩衣轻蔑地说："你对付乔三？你能有什么办法？跪地上求他大发慈悲？"

钱之风胸有成竹地说："我有我的办法！"

第二天，赵元初在办公室辞行，钱之风和刘二奎送出来。

赵元初对刘二奎说："刘组长，我不在这些日子，一切听钱副科长安排?"

刘二奎看向钱之风："当然，一切听老钱的，是吧？"钱之风笑容僵硬地点了点头。

赵元初走了。钱之风和刘二奎回到办公室，钱之风对刘二奎说："有没有看见我桌上的账本，从乔三那里抄来的，还记得吗？"

刘二奎回道："哦，记得。我没告诉你吗？"

钱之风冷冷地说："怎么了？没告诉我。"

刘二奎："昨天晚上赵科长说要看，让我拿给他，要不你瞅瞅，多半在赵科长办公室里……"

钱之风起身，和刘二奎又一起走出办公室。

来到赵元初的办公室门前，发现门锁上了，刘二奎看看钱之风："老钱，

赵科长这门锁上了，你说怎么办？”

“踹开。”钱之风声音不大，刘二奎却一个激灵：“你说什么？”

钱之风厉声说道：“我说踹开！”

刘二奎愣愣地问：“老钱你疯了吧！赵科长的办公室你敢踹？”

钱之风猛地揪住刘二奎的领子，把他摁到墙上，刘二奎吓得呆住：“老钱，你……”

钱之风厉声说道：“赵科长的办公室你不敢随便进，我的办公室你就敢？进我办公室，拿我东西！谁允许你的？”

刘二奎慌张失措：“是……赵科长！赵科长命令我……”

钱之风说道：“赵科长亲口命令你，未经我允许，就进我办公室的？”

刘二奎挣扎一下：“啊？……老钱你怎么了，我就拿个东西……”

钱之风松开手：“我现在命令你，把东西拿回来！”

刘二奎面露难色：“老钱你别难为我……”

钱之风盯着刘二奎：“刘组长！有情报怀疑咱们站里还藏有潜伏的敌人内奸，而那些账本很可能就是挖出此人的关键证据！你是要我向站长汇报，我们情报科没挖出内奸，就因为你刘二奎不执行命令吗？”

整个情报科里鸦雀无声，钱之风盛气凌人地扫视一圈，所有人大气不敢出。他哼了一声，一言不发地走回自己办公室。

回到自己的办公室，门关严了，钱之风擦了擦额头的冷汗，坐回桌前，心虚不已。外面立刻传来嘁嘁喳喳的议论声，却没人敢大声。钱之风盯着墙上挂钟的秒针，默默计算时间。终于响起敲门声，他立刻正襟危坐。

刘二奎进来，毕恭毕敬地将账本放在钱之风的面前，立正站好：“钱副科长，账本拿到，请您过目！”

钱之风翻开看：“赵科长办公室不是锁了吗？”

刘二奎答道：“是锁了，不过幸好，总务科那边有备用钥匙……刚才都怪我，钱副科长……”

钱之风笑了，抬手打断：“说了多少次，钱副科长这几个字太拗口，还是喊老钱吧。”

刘二奎战战兢兢：“是，钱副科长！”

乔三的烟馆门外，小童正按照韩彩衣的吩咐坐在黄包车里监视，突然瞪大眼睛，只见钱之风从车上下来，走进烟馆。小童疑惑不解，想了想决定到近处查探。

钱之风进到烟馆里，里面雾气缭绕。他扫视一圈，慢慢走向后间。

乔三正在算账，伙计跑进来，在他耳边低语，说钱之风来了，乔三大惊，出来见钱之风。他见钱之风神态自若，便上前：“钱先生此来，有何见教？”

钱之风看看乔三："不欢迎我吗？"

乔三笑笑："来的都是客。"

钱之风说道："乔三，我前日也做了一个梦。我梦见一个人倒在你这池子边上，脑袋没了。这血喷到烟馆里，这烟馆全是血。旁边站着一个人，提着把砍刀，哎呀，吓死我了。"

乔三笑道："日有所思夜有所梦。恐怕钱先生要有血光之灾啊。"

钱之风接着说："那个提刀的人，你猜像谁？"

乔三问道："许清林？"

钱之风摇头："不，不是许清林。我看得清清楚楚，是侯铭德，你们的侯老板。"

乔三警惕起来："侯老板？"

钱之风伸手摸乔三的后脖颈："就是从这里，咔嚓一刀下去……"

乔三一愣："钱先生，有话明说好了。"

钱之风盯着乔三："乔三，你是许清林的朋友，也许知道当初他是受了谁的蛊惑。帮我带个话，请那位朋友三思，不要搬起石头砸自己的脚。否则真的脑袋掉了，后悔莫及啊。"

乔三冷笑："哼哼，你吓唬我？"

钱之风踱了两步："我说的是大实话。"

乔三咬牙："你信不信，我现在就能要了你的命？"

钱之风厉色说道："你要敢动我一根毫毛，你的账本立刻就会出现在你们侯老板的桌上！"

乔三问："那又怎么样？"

钱之风："他肯定会奇怪，为什么你向他报的账，跟实际账本不一样呢？"

乔三看看钱之风："我们是兄弟，他不会跟我计较。"

钱之风摆弄着一个烟枪："你在点金银行里那一箱子的金条，如果摆在他面前，他也不计较？"

乔三咬着牙："把我的钱还我！"

钱之风一字一顿："交换。你知道我要什么，你答应给杨人杰的东西！"

乔三想了想："好。明天此时，你把我的东西带来。"

钱之风："明天，但地点我定，再打电话给你。"

这时小童装作烟客往里面走，钱之风看来了人，回身走了，和小童打了个照面，彼此心照不宣。

钱之风去办公室拿账本，在走廊里和杨人杰迎面相遇。

钱之风打了个招呼："杨队长！"

杨人杰拍拍他的肩膀，别有深意地笑了笑，什么也没说继续往前走，钱

之风忍不住回头看他的背影。回到办公室，钱之风小心翼翼地从隐蔽的角落将账本取出，塞进公文包里，又拿起电话："喂，十一点，悦来咖啡。"钱之风放下电话，盘算着。

另一方面，乔三也打着自己的算盘，他把一部分情况告知了杨人杰，希望能够拿到自己的钱后，让杨人杰来对付钱之风，毕竟钱之风有特殊的地位。

第二天，杨人杰吩咐手下："你们不用跟着我。回去盯住钱之风。他去哪儿你们去哪儿。发现他和姓乔的接上头，立刻打电话回来向我报告！如果我不在站里，就打电话到钱之风家里找我。"说完，杨人杰上车走了。

乔三夹着公文包走出烟馆，看看左右。黄包车夫打扮的伙计拉着车上前，伙计的腰里别着枪，乔三上了黄包车，伙计拉车跑起来。

小童在不远处监视着，慢慢开车跟上。

乔三进咖啡店坐下，看看墙上的钟，差五分钟十一点。服务生上前，乔三点了杯咖啡。窗外，小童的车缓缓停靠路边。乔三的伙计也在靠着黄包车等待着。

同一时刻，杨人杰来到钱之风家门前，下车，看看表，走到门口叩门。陈妈出来开门，惊讶地说："杨队长？先生不在……"

"我知道。太太在吗？"不由分说，杨人杰迈步而入。

咖啡店里，乔三又看看钟，十一点整。服务生送上咖啡，还有张便条："您是乔先生吧？这是一位先生给您的。"

乔三拿起便条看：地点有变，苏州城外，林池公园，亭中石凳，下有乾坤。落款：钱之风。乔三把纸条攥成团，心想是不是钱之风把箱子放在那里，会不会有埋伏？他脸上变了颜色，起身出去。

小童望着乔三出来后上了伙计的黄包车，就连忙跟上。

不一会儿，钱之风的车来到了咖啡店，钱之风在车里观察了一会儿，走向咖啡馆，远处，两个行动队特务在车里监视着钱之风。

钱之风坐在座位上，悠闲地喝咖啡，吃三明治，拿着报纸看。行动队负责监视的两个特务缩在车里，莫名其妙又百无聊赖。

钱之风吃完，很满足地坐着，他瞥向窗外，两个特务还在路边车里监视。服务生拿来两个装在纸袋里的三明治，钱之风接过纸袋向外走，径直走向监视的特务："你们俩，饿不饿？要不要吃点东西？"

两个特务慌张不已："啊，钱副科长！真巧啊……"

钱之风笑道："巧吗？哼……我还要在这儿待好一阵呢，你们呢？"

特务面露窘态："我们……我们马上就走！"

钱之风将两个三明治扔给他们，转身回去，特务无奈地老老实实暂时驾车离开，不一会儿，又绕了回来，停在稍远的另一边。

此时的乔三正在赶往纸条上写的地址，到了地方，却发现了另一张纸条，新的纸条指向新的地点，这次是和平饭店的一楼餐馆，还留了一句：“自己一个人来！”乔三咬了咬牙，从伙计腰间拔出枪来，插在自己腰里。从街上拦了辆黄包车，来到和平饭店，看了一圈，没有钱之风，一个侍者上来，问他是否是乔先生，交给他第三张纸条，纸条上写着四个字：悦来咖啡。乔三看着纸条，气炸了肺。

乔三回到悦来咖啡馆，进到里面，瞪着钱之风走过来，坐到钱之风面前。

钱之风笑眯眯地说：“你迟到了。”

乔三咬了咬牙：“你让我绕着苏州城整整转了一圈！”

钱之风和善地说：“不要光想着挣钱。从健康考虑，应该多出去走走转转。”

乔三怒火中烧：“少废话！东西带来了？”

钱之风拿出账本，乔三看了看：“我要的不止是账本！”

钱之风摆摆手：“让我看看你的。”

乔三从怀里拿出两页纸，钱之风打开看：“太少了。”

乔三指指钱之风：“你不都给我，我当然也不能都给你。”

钱之风听了，拎出一个沉甸甸的皮箱，放在桌上，乔三也交出了笔记本。

窗外，监视的特务看在眼里，一个拿出相机拍着照片，另一个向电话亭走去。

另一边，杨人杰来到钱之风家，进了屋，只见韩彩衣扶着栏杆从楼上下来，盯着杨人杰：“杨队长，稀客呀？”

杨人杰笑笑：“路过，来看看韩小姐。老钱呢？”

韩彩衣说道：“上班去了。杨队长没见到吗？”

杨人杰摇头：“没有。有点小事想跟韩小姐商量，是否方便？”

杨人杰把那张写着几个“许”字的纸放在韩彩衣手里。她看了看，抬头平静地望着杨人杰：“是，我听说了。我还奇怪呢，杨队长怎么突然又对许清林有兴趣了？”

杨人杰收回纸片：“我没有别的意思，只想问问韩小姐，你觉得许清林真是共党吗？”

韩彩衣说道：“当然。我说杨队长，人都死了，你还想替他翻案吗？”

杨人杰盯着韩彩衣：“我只是想搞清楚一些事情。你是什么时候知道许清林是共党的？谁告诉你的？又是什么时候告诉你的？

韩彩衣装作惊讶地问：“杨队长，你真的认准了钱之风是共党？”

杨人杰冷笑：“我想听听韩小姐的意见。”

韩彩衣眼睛一瞪：“叫我钱太太！”

杨人杰瞪着眼睛："这么说，无论怎样，你都要站在他那一边了？"

韩彩衣一字一顿："我先生，钱之风，不是共党！"

杨人杰："就没发现任何可疑的地方？比如瞒着你，秘密去见什么人？"

韩彩衣火了："唯一有关的，就是你突然跑进来，说他是共党！杨人杰！如果钱之风是共党，他怎么可能跟我结婚？而且还有了孩子？难道你要说我也是？如果你真觉得我也是，好啊，现在就把我抓起来！"

杨人杰不动声色："也许韩小姐被他骗过了。也许钱之风是个好演员。如果我错了，我愿意道歉。而且我相信，钱之风会为我排除他的共党嫌疑而感谢我的。"

电话铃突兀地响起，韩彩衣艰难起身："我累了，杨队长请回吧。"

杨人杰嘴里说着"告辞了"，却还不动，韩彩衣接了电话，惊疑地看向杨人杰。

杨人杰盯着韩彩衣："看来是找我的？"说着起身接过电话："喂？……接上头了？……正在交换。好，我马上到。"

杨人杰放下电话，向韩彩衣点头致意："那么，告辞了？"

韩彩衣止住他："等等，谁的电话？"

杨人杰清了清嗓子："哦，其实，你还是不知道为好……"

韩彩衣接着问："你既然用我家的电话，又让我听到了，总该满足一下我的好奇心。"

杨人杰想了想："我追踪的疑似共党，正在与某个重要人物接头。"

韩彩衣一愣："重要人物？"

杨人杰点头："韩小姐，我只能先跟你说声对不起了！"

此刻，在悦来咖啡馆里，钱之风正翻看许清林的笔记本，突然发现中间有许多页被撕掉了。

看到钱之风脸色有变，乔三拿了皮箱向门口冲去。钱之风追赶，乔三把挡在前面的桌椅朝后面扔过去，瞬间一片混乱。乔三拎着皮箱夺路而出，钱之风紧追不放，出了咖啡馆，两个特务在钱之风后面追赶。小童在不远处的车上，见这边出事了，急忙开车过来。

乔三在前面跑着，突然回头射击。钱之风忙找掩护，同时回头发现了那两个特务。乔三又是一枪，不偏不倚打中了其中一个特务，钱之风暗自庆幸，同时继续追赶。乔三跑出巷口，突然小童开车撞向乔三，乔三被撞倒在地。

小童从车上下来，蹲下查看，乔三却抬手一刀扎向小童。小童躲闪不及受伤，枪也被甩出去。乔三起身捡起皮箱接着往前跑去，后面钱之风也赶到了，要去搀扶小童。

小童对钱之风大喊："快开枪！不能让他跑了！"

钱之风举起枪的手却再次颤抖了，小童趴在地上捡起枪再打，已经晚了，乔三转过了街角。小童望着乔三逃跑的方向："钱之风！你要把我们都害死了！"

钱之风看了看手中的枪，冲出去接续追赶乔三。

小童走回小巷，看到之前跟踪监视钱之风的另一个特务正在路边打电话求助，他从后面一枪将其干掉，又转进小巷，被乔三击中受伤的那个特务还在挣扎，看到小童举枪过来，拼命求饶，小童沉默地一枪，然后摘下他脖子上挂着的相机，转身离开了。

23 入瓮

在钱之风家里，杨人杰向韩彩衣点头致意，转身出去。

韩彩衣默默扶着栏杆上楼。上到一半，她转过身来，望着脚下的十多级台阶，一只脚轻轻探出，悬在空中。韩彩衣扶着栏杆的手在发抖，额头冒汗，她猛地一咬牙一闭眼。

杨人杰此时已经出了门，看了看正收拾院子的陈妈，之后上了车正要离开，突然听见韩彩衣一声惨叫。

杨人杰下意识地下车跑回去，进门一看，惊呆了，只见韩彩衣横身躺在楼梯下面，下身一摊血迹。

杨人杰上前："韩小姐！"

韩彩衣喘着粗气说："我……我不小心一脚踩空了，杨队长，求，求你……"

杨人杰愣了，内心挣扎了一下，还是决定开车先救韩彩衣要紧，和陈妈一起将韩彩衣抱上车，韩彩衣痛苦地蜷缩在后座，虚弱地说着："平江路……汉斯诊所……"

钱之风看到乔三跑进院子里，也紧握着枪跟了进去。院子里是一个仓库，钱之风围着仓库转了一圈，没有找到人，就小心翼翼地潜入仓库，刚进来便遭到乔三伏击，头一枪没有射中钱之风，钱之风躲在门边开枪还击，钱之风打枪，谈不上什么枪法，每一枪都打得小心翼翼，而乔三不一样，自恃枪法准，可是刚才被小童撞了那一下，手有点不听使唤，不一会儿，乔三打光了子弹。

乔三喊道："姓钱的，你不要欺人太甚！"

钱之风循声望去："是你出尔反尔！"

仓库里又传来乔三的喊声："放我走，我答应不向杨队长揭发你，咱们井水不犯河水！"钱之风冲着仓库里面喊："东西交出来，我就让你走！"

乔三在躲藏身的地方，摸遍了全身也没有多余的子弹：“钱之风，你是共产党。你们共产党，说话从来不算话！”

钱之风大喊：“我钱之风，说话算话！”

很快，乔三伸手把几页纸放在不远处的箱子上。钱之风看见了，试探着慢慢靠近，走近了，却发现只是几张日常的账单。乔三突然从隐蔽处纵身扑出来，将钱之风压倒。两人在地上搏斗起来，乔三抓着皮箱猛击钱之风的头。钱之风躲开皮箱，一轱辘滚到一边，乔三顺势逃出仓库，钱之风起身，紧追不放，两人一路跑着，钱之风握紧的枪几次举起，都怕伤到行人，又错失了机会。

与此同时，韩彩衣这边已经到了汉斯诊所，杨人杰跳下车，跑到诊所门口砸门。汉斯安排好救护，将韩彩衣抱到床上，韩彩衣疼得死去活来，陈妈跟在后面心急火燎。

杨人杰转身要走，被韩彩衣拉住：“杨队长，你别走，我怕……”

杨人杰皱着眉安慰道：“我去给老钱打电话，他在站里，我让他赶紧来。我不走，放心……”

不一会儿，杨人杰打完电话回来：“奇怪了，老钱不在站里。他们情报科的人说他出去了。”

韩彩衣点点头。杨人杰话里有话地说：“你说，他可能去哪儿了呢？我还跟站长说了。站长说了有事脱不开身，让你姐姐马上过来，应该很快。”说完转身出去，韩彩衣马上喊住杨人杰：“你别走！”

杨人杰似乎看透了韩彩衣的心思，笑起来：“我就在外面。”

杨人杰出去了，韩彩衣示意陈妈上前来：“陈妈……今天早上老钱出门的时候好像忘了带钥匙……你先回去，他说中午会回家的。”

陈妈犹豫：“那您这儿……”

韩彩衣忍着疼痛：“我这儿有护士。你要见着先生，让他也别着急，踏踏实实吃了午饭再过来。哦，你在路上买几个梨，他昨天说想吃梨来着。”

陈妈出来，看到门外抽烟的杨人杰盯着自己，忐忑不安地往前走。

杨人杰问：“干什么去？”

陈妈回道：“到中午了，回去做饭，一会儿给太太拿来……”

钱之风将乔三堵到了一个铁栅栏前面，乔三回身举枪，与钱之风枪口相对。

钱之风喊道：“你再跑，我可真开枪了！”

乔三嘴硬：“我先杀了你！”

钱之风说道：“你没子弹了，把许清林的笔记给我，我留你活命。

乔三扫视栅栏的另一侧，心里有了底：“你不敢杀我！你看看，这是

什么地方？”

钱之风这才发现，不远处便是汪伪苏州站的大门。

乔三冷笑两声，纵深翻过栅栏，大摇大摆地向苏州站大门走去，门口巡查的特务上前问：“干什么的？”

乔三说道：“我找行动队杨队长。”说着回头看看远处的钱之风：“我是来揭发共党的！”

钱之风目瞪口呆，眼睁睁看着乔三把枪交出，金成山将乔三带走，至此乔三手里仍拎着那皮箱。

钱之风跑回悦来咖啡馆取车，看到两个特务的尸体还在巷子里，有人围观。钱之风匆匆上车离开，一路上皱眉苦思对策，他搞砸了，最担心的事情还是发生了。许清林的这份笔记至关重要，足够证明他不是共党，更不是给日本天皇特使下毒的真凶。当杨人杰和郑伯鸿看到这份笔记，傻子都会想到真正的答案。这份笔记就是绞刑架上的套索，而现在这套索已经套在了钱之风的脖子上。钱之风回过神来的时候，已经到了家的附近，他把车停在路边，留意四周没有特务，这才下车。发现院门紧锁，倒有些诧异，掏出钥匙开门，钱之风进来，环顾四周喊道：“彩衣？彩衣？”却发现了楼梯处的血迹，他蹲下看了看，冲上楼梯。

钱之风正在楼上四处查看，听见楼下动静，立刻掏枪，倚在门口向下张望，只看到陈妈一人，钱之风把枪别在身后：“陈妈，太太呢？”

陈妈焦急地说：“太太不小心在楼梯上摔了一跤，送去那家洋人诊所了。就半个多钟点之前。幸亏杨队长在，开车送太太去的……”

钱之风低头想了想，说：“杨队长？”

陈妈点点头：“是啊，杨队长好像来找太太有什么事。说完话杨队长正准备走呢，太太不小心摔了。杨队长还在诊所陪太太。太太害怕，不肯让他走。”

钱之风又进了房间，关上门，从抽屉里取出子弹，填满弹夹，将枪插在腰间，表情凝重地大步走出大门，陈妈跟在后面：“先生，太太说让您踏踏实实吃了饭再去。”

钱之风头也不回：“不用了。”

陈妈还在说着：“太太还特意让我给您买的梨……”

钱之风停下脚步：“梨？”

陈妈说道：“啊……太太说您昨天特意说想吃的……”

钱之风看着陈妈手中的梨，这是再清楚不过的暗示。韩彩衣让自己赶紧逃离，看来她已经知道自己行动失败了。可自己走了，她怎么办？虽然没有亲眼所见，但钱之风能猜到她是故意从楼梯上摔下的，她在用自己和孩子的性命冒险，为了给自己争取逃离的时间。

钱之风回到车上，关了车门一言不发呆呆地坐着。终于，钱之风做出了决定。他摇下车窗，对陈妈说：“你回去告诉太太，说我还有公务在身，完事了再去看她，让她别担心。”说罢，钱之风驾车出门，急速驶向苏州站总部。

到了总部，钱之风沿走廊查看两边每一间房间。在一间空会议室内，乔三正悠然闲坐。钱之风搬了把椅子坐在他对面，乔三哼了一声，抬眼望天花板。

钱之风：“你觉得我怕你了？”

乔三：“怕，你怕得要命。”

钱之风：“我完蛋了，对你有什么好处？你从这儿出去，我保证不再难为你。”

乔三：“是吗？可我就想难为难为你。”

钱之风：“这样对你没好处！”

乔三：“我讨厌共产党！”

钱之风：“开个条件。”

乔三：“跪下来求我。磕头叫爷爷。跪啊？快点呦，杨队长马上就回来了!”

望着乔三的嚣张气焰，钱之风默默地坐着，紧咬牙关，手慢慢摸到腰间的枪，他几乎就要抽枪而出，结果还是抑制住了，深吸了一口，猛地起身，二话不说向外走。乔三看着钱之风，不以为然地冷笑。墙上的时钟一分一秒地走着。

杨人杰坐在韩彩衣对面，望着墙上的时钟，手指下意识地敲着旁边的桌子，显示出内心的不耐烦。

韩彩衣声音虚弱，还在和杨人杰说话：“杨队长，你就这么不肯多陪我一会儿吗？”

杨人杰看着表：“愿意，我很……荣幸。”

韩彩衣问道：“你和你太太结婚好多年了，为什么没有孩子？”

杨人杰答道：“要孩子干吗？”

韩彩衣看着杨人杰：“有孩子不好吗？俗话说养儿防老啊？”

杨人杰叹了口气：“告诉你，我兄弟五个，还有三个姊妹，我爹妈生了我们八个。可是最后，他们是饿死的。如果不是我后来到南京侥幸攀上一门远房亲戚，我也饿死了。这年头，这世道，指望儿子，不如指望老子。像我们这样没有老子的，只有指望自己。”

这时外面传来汽车声，杨人杰看看窗户：“应该是你姐到了，告辞了。”

杨人杰起身离开，走到门口回头看了一眼：“韩小姐，你能指望的，大概也只有你自己了。”

韩美珍匆匆从车上下来，杨人杰上前打招呼。

韩美珍感谢道：“人杰，万幸有你，你可真是我们彩衣的大救星！”

杨人杰转身要走："应该的。您快进去吧。我先告辞了……"

韩美珍却也拉住杨人杰不放："哎，你别走啊，我还要问你呢……"

杨人杰只得简短截说。

钱之风从乔三面前离开之后，按照自己想好的计策一步步进行着。他径直出了苏州站，驶向几条街之外的悦来咖啡馆，看到两个特务的尸体还在。他松了一口气，匆匆下车，向正要抬走尸体的警察出示证件，警察让开，钱之风迅速查验三处枪伤的伤口："有没有人看见怎么回事？"

警察摇头："都说听见枪声，赶过来人已经死了。"

钱之风擦擦手站起来："找两个人，把尸体抬我车上去。"说完到一旁的电话亭给刘二奎打了个电话。

钱之风驾车驶回办公楼，刘二奎正在院子里等候，钱之风跳下车打开车门，将一具尸体从车上拖下来，刘二奎呆了："这不是行动队的人吗？"

钱之风看看刘二奎："别愣着，还有一个！通知检验室秦主任了吗？"

将尸体搬到检验室，秦主任忙碌地验尸，钱之风在旁边看。

秦主任说："两具尸体身上，一共有三处枪伤。其中两处是近距离射击，命中头部，直接致命。由于距离近，子弹贯穿没有留在体内，所以没有办法判定。还有一处是从较远距离射击，子弹留在体内，已经取出来了。"秦主任将装有子弹的托盘托在手心。

钱之风问："能查出是哪支枪射出的吗？"

秦主任答道："找到枪才能做弹道比对。"

钱之风回头示意刘二奎，将乔三的枪拿出来。

钱之风对秦主任说："你查查这把枪，另外这两具尸体不用了吧？"秦主任点点头。钱之风对身后的刘二奎说："把尸体抬到行动队去。"

钱之风来到行动队门外，就听见里面已沸反盈天。他收了笑容，摆出义愤填膺的样子，推门而入。十多名行动队的特务围拢在刘二奎和两具尸体旁，吵吵嚷嚷。

刘二奎正解释着："别问我，我真不知道，我们钱副科长说的……"正说着回头看见钱之风，刘二奎上前："哎哟，老钱你可来了！"众行动队特务立刻将钱之风包围，七嘴八舌地盘问。

钱之风大声地说："都听我说，听我说！"边说边环顾左右，"你们杨队长呢？"

金成山说道："杨队长不在。钱之风，你他妈这什么意思？"

钱之风指指尸体："这两位，是你们行动队的弟兄，是吗？好，你们想知道他们俩怎么死的？"

金成山说道："废话！是不是你杀的？!"

钱之风瞪眼："放屁！我杀的，我还敢来?！我知道，你们行动队的弟兄们一个个都情同手足，眼见着自己弟兄惨死，不会坐视不理，是吗？"

金成山大声说："废他妈话！谁干的，你说出来，我灭了他！"

钱之风冷笑摇头："算了，你们也就说说。杨队长不在，你们连个屁都不敢放。"

金成山看着众兄弟："我们为弟兄报仇，杨队长也不会说什么！"

众特务附和着："就是……"

钱之风接着说："是吗？那好，我告诉你们，凶手还就在咱们苏州站，就在你们隔壁！"

金成山看看墙那边："那个家伙？"

钱之风拿起电话："你们要不信，打电话到检验室，问问秦主任。那家伙的枪在进大门的时候被缴了，现在秦主任正比较弹道呢……"

正说着，秦主任进来，钱之风笑了。秦主任拎着枪给钱之风："就是这把枪，弹道痕迹一致，这俩弟兄就是被这把枪打死的。"

隔壁的乔三正跷着二郎腿，悠哉游哉。钱之风进来，坐到乔三面前，拿出一把匕首插在桌上。凑到乔三前面："给你的，自卫用。这里想要你命的，不止我一个。"

乔三盯着匕首："什么意思？"

钱之风又起身打开窗户："你现在跑，还来得及。从这儿跳下去，往后门跑。"

乔三问道："我，我为什么要跑？"

钱之风叹了口气，到门口开门。行动队特务们一拥而入，金成山手里拿着那把枪："这枪是你的？"话音未落，金成山的拳头便到了。特务们一拥而上，拳打脚踢。钱之风拍拍某特务的肩膀："动静小点，打死了算我的。"

钱之风出了门，站在门边听着里面的动静。一阵狂风暴雨，乔三哭爹喊娘地求饶："别打了别打了，我有钱，我给你们钱，我给那两位弟兄出丧葬费。"

金成山骂道："骗他妈谁！有钱现在就拿出来，没钱就闭嘴！"

乔三说道："我有，我真有，你们别打了，我给你们金条！我现在就给！"

金成山愣住了，看看手下弟兄，他们都瞅着乔三。

乔三爬着将钱之风在咖啡馆交给他的皮箱抱过来："我真有，真有，这一箱子都是金条，我给你们每人一根，别打了……"

听到此言，特务们立刻两眼放光，金成山撇嘴："行，拿钱赎命吧。"

一个特务打开皮箱，所有人瞪眼看去，却是数块砖头。乔三还不死心，把砖头倒出来，皮箱空了。众人被这样戏耍，更是怒上心头，打得更狠了。

钱之风听着，面有不忍。很快，乔三求饶的声音没有了，又过了片刻，

拳脚的声音也没了。

只听得金成山说着："还他妈装死？给我起来！"

另一个特务说道："组长，好像真没气儿了？"

金成山吐了一口痰："死了他妈活该！"

特务问道："杨队长回来了怎么说啊？"

金成山没犹豫："怎么说？在场的弟兄每个人都有份！顶多挨顿骂，队长还能把咱们都毙了？"

众人说着："就是，咱们是替冤死的弟兄出气，这算什么罪过？"

听到这儿，钱之风推门而入，皱着眉："怎么真打死了？下手那么重？都让开点，大家先散了吧。"

钱之风蹲在乔三尸体前，装模作样地检查，实际在他怀中摸索。摸到了撕掉的那几页笔记，悄悄捏在手心。钱之风起身："我只是让你们出出气——算了，你们自己跟杨队长解释吧。"

钱之风整了整衣服，推开两边的特务出去。他的脸上露出一丝笑容，只是这笑容有些沉重。

钱之风下楼时，迎面遇上杨人杰气喘吁吁地上来，看见钱之风，杨人杰盯着钱之风看了一眼，从他身边跑过，冲上楼去。杨人杰推开门，还在喊喊喳喳的特务们立刻安静下来。

乔三卧在墙角，七窍流血，已经死了。杨人杰呆呆地望着乔三，一时有些恍惚。

金成山战战兢兢："队长，是，是这么回事儿……"

杨人杰飞起一脚将金成山踹出去。

钱之风上了自己的车，准备离开。杨人杰阴沉着脸匆匆走出来，拦住车："刚才的事儿……"

钱之风笑了笑："哦，谁让我碰上了呢，应该的。他杀了你行动队的弟兄，我既然看见了不能不管啊！"

杨人杰盯着钱之风："看来我该感谢你喽？"

钱之风说道："咳，别客气，行动队跟情报科，是一家子。只是我觉得有点奇怪啊，你说乔三是侯铭德的人，怎么就突然对你的人下手呢？"

杨人杰沉吟片刻："这事儿，你还没告诉站长吧？"

钱之风装模作样地想了想："你说乔三之死吗？如果杨队长有不得已的隐衷，那我就不去烦站长了。"

杨人杰点点头："多谢。"

杨人杰让开，做了个请的手势。钱之风笑笑，驾车出了苏州站的院子，从后视镜里，钱之风看到杨人杰一直站在原地，死死盯着自己这边。

24 思成

钱之风从汪伪苏州站出来，匆匆赶到医院，看到陈妈等在产房外，就问陈妈；“太太怎么样？”

陈妈看是钱之风来了，忙说道：“先生！太太在生了，郑太太在里面。”

钱之风推门要进产房，陈妈拦住：“哎，先生，女人生孩子，晦气的，男人不能进，要触霉头的！”

钱之风愣了一下，仍旧推门而入。韩美珍一看进来的人是钱之风，不由得叫出来：“钱之风！”听到喊声，韩彩衣睁眼看，呆住了，随即一句：“滚！”

钱之风上前：“我来看看你……”

韩彩衣仍旧说着：“滚！”

钱之风握着韩彩衣的手：“你放心，我都安排好了，不会有事的……”

韩彩衣不容钱之风多说：“我让你滚，滚出去！我不听！我恨你，你给我从眼前消失！我再也不想见到你！”

韩美珍看看钱之风：“他怎么惹着你了？”

钱之风明白，韩彩衣其实另有所指，一阵暖流涌上心头，动情地说：“你为我付出那么多，在这里受苦，我怎么能一走了之？”

韩彩衣还是重复着：“我不想见你！”

钱之风眼泪在眼眶里转：“你说过，要我一定陪着你，等到咱们儿子的降生……”

韩美珍在一旁看着：“哎呀，肉麻得我都看不下去了，我先出去回避回避……”

韩美珍刚出去，钱之风立刻就凑到韩彩衣耳边，刚刚的眼泪让他声音有些颤抖：“乔三已经解决掉了，许清林的笔记本拿回来了。杨人杰没拿到把柄，

暂时不必担心。”

韩彩衣听了，笑了笑，闭上眼睛点了点头：“你先出去吧……”

夜里，郑伯鸿来了，探望过后，钱之风陪郑伯鸿坐在外面，感到气氛有些奇怪。

郑伯鸿看着钱之风：“今天下午，乔三莫名其妙死在咱们站里了。你知道吗？”

钱之风想了想：“哦，我最后一次见到他，是在咱们站的会议室里，跟行动队的人在一起。”

郑伯鸿问道：“你见到他最后一面的时候，他还活着？”

钱之风好像在回忆着：“他跟行动队的弟兄们似乎有点不愉快，动了拳脚……”

郑伯鸿厉色说道：“你都看到了？”

钱之风低头：“对不起站长，杨队长不让我跟您说的……他怎么跟您说的？”

郑伯鸿不回答：“你别管他怎么说！就说你知道的！”

钱之风说道：“是！今天上午，我开车从观前街悦来咖啡馆附近经过的时候，发现路边有两个死人。我下车查看，发现竟然是行动队的两位弟兄。我就把尸首拉回了站里，让检验室的秦主任检查死因。偏偏凑巧，乔三不知什么原因在行动队，秦主任发现他的枪正好与尸体上遗留的子弹口径一致，经过弹道比对，确认就是乔三杀的那两个人。我想，行动队的弟兄们大概也是一时激愤，下手忘了轻重……”

郑伯鸿突然打断，看着产室的方向：“紧张不紧张？”

钱之风被猛地一问，惊出冷汗，忙点点头：“可是紧张也帮不上忙。”

郑伯鸿笑着说：“彩衣她就像我和美珍的女儿似的……我就是来看看，对啊，也帮不上什么忙，我先走啦。”

郑伯鸿回到办公室，叫来了杨人杰，杨人杰小心翼翼进了屋。

郑伯鸿站起来走到窗前：“……别不承认，你怀疑的所谓内奸，就是钱之风！那两个人是你派去跟踪他的？”

杨人杰说道：“是派去跟踪乔三的。”

郑伯鸿看看杨人杰：“他是侯铭德手下的无赖，他说的你也信？”

杨人杰说道：“他说有证据。”

郑伯鸿转过身：“证据呢？”

杨人杰低头：“没发现。”

郑伯鸿哼了一声：“情报科之前抄了他的大烟馆，他记恨在心反咬一口，有什么可奇怪的？”

杨人杰抬起眼睛，看着郑伯鸿："这个乔三，认识许清林。"

郑伯鸿说道："许清林是共党，不是早有结论了吗？"

杨人杰接着说："站长，我知道此事涉及韩小姐，所以我也有些犹豫。可无论当初的许清林，还是如今的乔三，都言之凿凿，指认钱之风。如果乔三只是想反咬报复，他为什么不指认赵元初呢？审讯的时候老赵下手可比钱之风狠多了。"

郑伯鸿沉吟："你的意思？"

杨人杰说道："我想从明天起，派人盯着他的一举一动。"

郑伯鸿说道："你今天已经派人盯着了，结果呢？如果钱之风真是共党，那韩小姐又怎么解释？"

杨人杰凑前一步："站长，我一直有句话想问又不敢问，您对韩小姐，真是的无条件信任吗？"

郑伯鸿思忖片刻："你没有证据，就不能搞太大的动作。如果被发现，你会进退两难。而且外人知道了，会说我们内部不团结。我本来想让你去苏北接的那一船货，侯铭德送的，还记得吧？赵元初来电了，即日可回。我是想提醒你，侯铭德能有此举，就是信得过咱们。他背后是南京的包文毓，军政部长，这层关系，更比什么都值钱。可万一结果咱们中间出了一个共产党，你让我怎么说？钱没了是小，他一个电话打到上海极斯菲尔路去，你我都吃不了兜着走！"

杨人杰还想说："可是……"

郑伯鸿止住他："好啦，人杰，我知道你眼里揉不得沙子，你也别觉得我贪图钱财不讲原则。我答应你，可以安排内控，但是务必小心，不要打草惊蛇，更不许轻举妄动！"

医院里，一声婴儿的啼哭，钱之风激动地站起来。韩美珍出来："男、男孩。之风，你们老钱家有后了！"

钱之风冲过去："我进去看看……"

韩美珍："别着急，一会儿就出来……"

钱之风耐不住："我还是看一眼！"

韩美珍笑："真是，一分钟都等不及！"

护士怀里抱着婴儿。钱之风愣愣地站在孩子面前专注地看着，韩彩衣面色苍白，满头是汗，她努力地想要扭头看孩子。钱之风连忙过去，小心翼翼地把被头给她掖好。

韩彩衣抓住钱之风的衣袖："让我看看……"

钱之风从护士手里接过襁褓包的婴儿，给韩彩衣看。韩彩衣看着孩子，笑了，可是眼泪却止不住地往下掉。护士不解地走上前，却被钱之风制止住，

韩彩衣抱着孩子又哭又笑，钱之风坐在床边默默地陪着娘俩儿。

回家安顿好了，郑伯鸿坐在楼下沙发上看报纸，韩美珍在旁边整理孩子的小衣服，说起孩子的名字来。

钱之风回答：“叫钱思成。”

韩美珍想了想：“思成？钱思成？哪两个字？”

钱之风说道：“就是思念的思，成功的成。”

郑伯鸿插话道：“梁思成知道吗？梁启超的公子，就是这两个字。”

韩美珍问：“别人用过的？”

郑伯鸿看看韩美珍：“语出《诗经》中的《商颂》那篇。汤孙奏假，绥我思成。祝愿成功的意思。”

韩美珍低头继续整理:“我总觉得哪儿有点别扭呢？”说着抬头看看楼上。

韩彩衣在楼上，抱着刚出生的婴儿看着窗外。窗外一轮明月，千里彩云。

25 闲门

转眼已是1940年的冬天，这天清晨，一个报童站在街头卖报，嘴里吆喝着："看报看报，重庆发表齐电，痛斥延安佳电主张，国共两党分裂在即！看报看报……"

一辆车停在路边，后排上的人从车窗伸出手来，买了一份报纸，摇上车窗，车开走了。

车在郊外的一栋院子停下，司机下来，打开后备厢，拿出一个折叠的轮椅，搬到后面的车门前。

此时钱之风正在山西面馆和谭从武会面，气氛有些压抑。

谭从武对钱之风说着："你上次帮忙筹措的那些资金，对缓解新四军的经费紧张起了非常大的帮助，我们用那笔钱购进了相当数量的衣被和药品，应该说基本缓解了短缺的情况。哦，军首长要我代表全军将士感谢你。"

钱之风摇摇头："不用不用，都是应该做的。那现在你担心的是……"

谭从武看着钱之风："是重庆那边的态度。之风啊，你估计形势会如何发展？"

钱之风想了想："重庆那边态度强硬，继续摩擦或者更糟？"

谭从武抬头看看钱之风："你觉得更糟能糟到什么程度？现在新四军的军饷已经断了。"

钱之风苦思冥想："孤立？不予承认？撤销番号？不知道了……难道还能……"

谭从武打断："再问你个问题，我说两个字，你凭直觉，告诉我想到什么。"

钱之风看着谭从武："你说？"

谭从武慢慢说出两个字："闭门。"

钱之风想了想："闭门就是关门，关门打狗？关门捉贼？关门……想不出来了，应该都不是什么太好的。怎么了？"

谭从武看着钱之风："我们从重庆的秘密渠道，了解到军统方面拟定了一个秘密行动计划，代号就叫做'闭门计划'，计划拟定的时间，应该在黄桥之战后不久，直接负责人是军统局长戴笠。"

钱之风："内容知道吗？"

谭从武摇头："闭门，怎么闭门？闭门之后想干什么？虽然对内容一无所知，但我们严重怀疑，这计划与咱们新四军有关。"

钱之风思索片刻："需要我做什么？"

谭从武接着说："我只是提醒你一下。目前还不用你做什么。关于这个计划的内容，咱们重庆的同志还在想办法。哦，对了，你这边只要先盯住韩彩衣！"

钱之风惊讶地说："她？她已经脱离军统了……"

谭从武摇头："还是那句话，不要被感情冲昏了头脑！你在敌人中间首先要学会的，是保护自己！好钢要用在刀刃上！"

钱之风盯着谭从武："什么算刀刃？'闭门计划'？"

谭从武点点头："没错，闭门计划！"

钱之风从谭从武那里出来，一路上一直在想着"闭门计划"的事，回到家，已是晚饭的时候，韩彩衣端着亲手做的鱼进来："我亲手做的，犒劳犒劳你。"

钱之风笑着说："你还会做饭？那我尝尝。"正说着，提鼻子一闻，说道："糊了？"

韩彩衣看看鱼："糊了吗？"

钱之风："嗯，明显的蛋白质烧焦的味道……"

韩彩衣盯着钱之风："你吃不吃？"

钱之风抬头，看到陈妈拼命在使眼色。他鼓足勇气夹了一筷子放到嘴里："嗯。这味道……"

韩彩衣："怎么样？"

钱之风皱着眉："子在齐闻《韶》，三月不知肉味……我吃了你这个鱼啊，跟孔子在齐国闻韶音似的，陶醉啊，满足啊，美啊……"

韩彩衣笑道："真的？"

钱之风："真的！这是你给我亲手做的，又做得那么好吃……"

钱之风看韩彩衣没有动筷子："你不会自己都没尝过吧？"

韩彩衣尝了一筷子，立刻吐了："钱之风！ 你不说实话！"

钱之风说道："没有啊，没骗你！"

韩彩衣瞪着眼睛："好，你全吃了，一共五条！陈妈，'葱烤鲫鱼'应该刺也是软的，能连刺吃的，对吧？"

陈妈点点头："对……"

韩彩衣对钱之风说："钱之风，一根刺不许吐，吃完我检查！"

钱之风哭笑不得地拿起筷子，韩彩衣也拿起筷子，忍不住笑了。

夜里，韩彩衣坐在床边，背对着钱之风给孩子喂奶，他们的关系已经有微妙的改变。喂完了奶，韩彩衣穿好衣服，把孩子交给钱之风拍嗝，钱之风动作熟练，神态慈祥，仿佛怀里抱着的是自己的亲骨肉。

钱之风："那边没给你什么任务吗？"

韩彩衣说道："我现在的任务，就是养儿子，把我儿子养得又白又胖！"

钱之风看着小思成说："其实孩子小时候太胖并不好。对了，我那天听见你让陈妈去买蜂蜜？可别给思成吃。半岁之内，纯母乳就行了。"

韩彩衣看看钱之风："我自己吃行吗？"

钱之风点头："自己吃行，不过蜂蜜糖分太高，少吃。"

韩彩衣皱着眉："真啰唆……"

钱之风指旁边的公文包："对了，思成啊，看看爸爸给你买了什么好玩具？我包里呢，帮我拿一下……"

韩彩衣打开包，取出一个木质的小架子，上面用绳系着一个毛线球，韩彩衣说："我还以为是长命锁呢，你是思成的爸爸，上次让你给孩子买个长命锁来着。"

钱之风笑笑："想来着，觉得不好。戴长命锁真长命了？那是迷信。而且孩子戴着难受，又不能玩儿，完全没用……"

韩彩衣把木架子往边上一放："这个能玩儿？"

钱之风看看："啊，多好玩儿啊？思成你看啊，你一动它，它就会摆过来，摆过去；摆过去，又摆过来……"

韩彩衣哭笑不得："钱之风！这是给猫玩儿的好嘛！"

钱之风说道："啊？我买的时候他说孩子玩儿也行……"

韩彩衣问："谁说的？"

钱之风恍然大悟："卖的人……我说呢，我一路上还琢磨怎么有点别扭，什么叫孩子玩儿也行。我明天得找他去！"

韩彩衣止住钱之风："行了行了，从今儿开始，没事儿别外面乱买东西。家里值钱有用的东西归置归置，做好准备……"

钱之风问："什么准备？"

韩彩衣回头一笑："私奔！"

钱之风笑笑："你说'私奔'，这个词儿放咱们俩身上不合适吧？一般偷情的男女才叫私奔呢，可你看咱俩，你高高在上睡床，我可怜巴巴睡地，哪儿有这样偷情的？你在床上，软绵绵、暖呼呼；我在地上，硬邦邦、冷飕飕，

这差别也太大了。”

韩彩衣瞪着眼：“你还想跟我平起平坐啊？”

钱之风抱怨着：“至少平等一点吧？不瞒你说，我这半年，腰疼背疼脖子疼，都是地板太硬了。”

韩彩衣嘲笑道：“谁当初说，睡硬地板对腰好啊？”

钱之风扭扭脖子：“夏天还行，这不冬天了嘛，冷啊……”

韩彩衣：“你想上来？让我下去？”

钱之风指指床：“也不用你下去，这床那么大，一人一半足够了。”

韩彩衣盯着钱之风：“你想跟我睡一张床上？”

钱之风面红耳赤：“这不跟你商量嘛……”

韩彩衣：“你要对我动手动脚怎么办？”

钱之风划了一道：“楚河汉界，绝不越雷池一步！”

韩彩衣想了想，在床上向后挪了挪。钱之风正要欣喜的爬上床，韩彩衣说：“还没谢谢我呢？”

钱之风点点头：“多谢韩小姐恩典。”

韩彩衣大声问：“叫我什么？”

钱之风顿了一下：“韩小姐……彩衣……”

韩彩衣看着钱之风：“你愿意跟我走吗？”

钱之风低头：“让我考虑考虑……”

韩彩衣接着说：“你不当共党，我也离开军统。找一个小地方，帮我把孩子养大？”

钱之风看着韩彩衣：“我和你？”

韩彩衣说道：“你要觉得委屈，也可以找个女人再结婚，生个孩子。要是男孩，跟思成做兄弟，是女孩，就定个娃娃亲……”

钱之风笑道：“瞧你说的，思成大了要管我叫爸爸的，怎么让你又说的变成女婿了。”

韩彩衣：“女婿也可以管你叫爸爸。”

钱之风摇着头：“那不一样……”

韩彩衣不屑地说：“切！反正你还没送我儿子长命锁呢，你就不是他爸爸，他大了管你叫叔叔！”

钱之风有些犹豫，试探着问：“彩衣，你就没想过再结婚？”

韩彩衣摇头：“再结婚？跟谁？……我这辈子，已经结了两次，两次都让人刻骨难忘。已经够了，累了……”

钱之风说道：“可你还年轻啊……”

韩彩衣看着窗外：“曾经沧海难为水，我已经见过世上最好的男人，恐怕再也看不上其他人了。”

钱之风追问：“世上最好的男人？江汉城？”

韩彩衣笑了笑，关了灯。黑暗中，她的声音传来：“还有你，钱之风，可惜是截烂木头……”

第二天，汪伪苏州站的办公室里，突然接到电话，一家五金店有可疑人物藏匿，杨人杰派人查看，遇到抵抗，里面的人点名要见钱之风。

钱之风被派到了现场，五金铺门口戒备森严，几个特务悄悄地往里摸去，一声巨大的爆炸声，几个特务应声倒地。

郑伯鸿看钱之风来了，对钱之风说：“里面传出话，说是你的老相识了，点名要跟你叙旧，既然如此，你就进去跟他聊聊吧。”

钱之风点头：“好，我尽量说服他放弃抵抗，乖乖投降。”

杨人杰指指里面：“小心他有炸弹。”

钱之风稳稳心神，心里想着：里面真是谭从武吗！我从来没听说过有这个联络点，不会是老谭还会是谁。这里面一定有问题！他轻轻推开门进去。

店铺很黑，钱之风一时无法适应，他连忙说道：“别开枪，我是钱之风，我来了，咱们谈谈！”

突然远处一侧有了光亮，是一点闪动的烛光，钱之风下意识抽枪，试探着往里走过去，说道：“外面已经被包围了，你先放下武器，咱们出去，活着什么都好谈！”

钱之风穿过夹道进入院子，发现烛光下，一个人背身坐着，钱之风停下脚步。这人并不像谭从武。

钱之风问：“你是共产党？”

嘶哑的声音：“我这辈子最恨共产党。”

钱之风问道：“你是谁？”

那人慢慢摇动轮椅转过来，竟是江汉城！

江汉城说道：“钱之风，久仰大名。”

钱之风目瞪口呆：“你是，江汉城？我见过你的照片。你没死？”

江汉城盯着钱之风：“很可惜是不是？”

钱之风沉默片刻：“彩衣一直很想你！她一直相信你还活着……”

江汉城盯着钱之风：“彩衣……你叫得挺亲热。”

钱之风接着说：“咱先不说这个！你怎么在这儿？怎么被发现的？你有没有办法出去？如果没有，就先委屈一下，假装投降，回头我再想办法救你！”

江汉城笑着点点头：“好啊。”

说着，江汉城突然闪电般拔枪在手，对准钱之风便是一枪。钱之风肩膀中弹，摔倒在地，手里的枪飞出，钱之风惊叫：“你干什么！”

江汉城慢慢摇动轮椅到钱之风的面前："钱之风，谢谢你照顾我的老婆和儿子。"

钱之风低声说道："混蛋！"

江汉城用抢指着钱之风："把你的枪踢给我。"

江汉城捡起钱之风的枪看着："你的枪一看就没怎么用过。你本就不是干这个的，你是治病救人的，拿枪对着人，你恐怕连扳机都扣不下去，打你一枪，其实是为你好。你也不亏。"

说着，江汉城对着自己的大腿打了一枪。又向周围乱开了几枪。

钱之风惊愕万分，江汉城的脸上却仍然挂着微笑。

江汉城将膝盖上放的炸药包和枪扔给钱之风："你看，一点都不疼。战斗结束了，你赢了。这是炸药，你现在可以出去请功了。"

说着，江汉城把手里的两把枪举向钱之风做出投降的样子。

钱之风不解："为什么？为什么要这样？"

江汉城面带笑容："哦对了，你可能还不知道自己立了多大的功劳。我江汉城现在是军统局少校特派员，直接受戴局长指挥。在上海，我的脑袋可值大洋三千元，你发财了呦！"

钱之风问道："你故意要我来抓你？为什么非点名要我来？"

江汉城盯着钱之风，说道："因为，你抢了我最爱的女人，我想亲眼见见，你到底是什么样的货色，看来很让人失望啊！你这猪脑子，知道出去了什么该说，什么不该说吧？"

钱之风用左手拿着枪，警惕地慢慢退向门口，捂着肩膀的伤处退出来，郑伯鸿杨人杰迎上来："怎么样？受伤了？"

钱之风拿出炸药包："没事！"

杨人杰问："什么人？"

钱之风看看里面："他说他姓江，是军统的特派员。"

郑伯鸿示意，杨人杰命令金成山带着人冲入，片刻，金成山等特务拖着江汉城出来。看到钱之风，江汉城恶狠狠啐了一口。

杨人杰想了想："奇怪呀，他是军统，不是共党，为什么偏偏要点名见你钱之风呢？"

郑伯鸿沉吟："姓江？叫什么？"

钱之风假装想不起："江什么城……"

郑伯鸿一惊："江汉城？原来如此。之风啊，他没告诉你为什么吗？"

钱之风接着说："说了姓名，问我知不知道，我说不知道。正劝他投降，突然就开枪打我，我好不容易把炸药抢下来……"

郑伯鸿拍拍钱之风："你挨的这一枪，是替你老婆挨的，不算冤。"

回站里的路上，杨人杰开着车，回头看看后排的郑伯鸿：“站长，我还是不明白……”

郑伯鸿叹气：“你忘了？咱们上个月还说过的。这个江汉城，是韩彩衣过去众多男朋友当中的一个，似乎也是用情最深的一个。大概五六年前吧，两人已经到了谈婚论嫁的地步。不过后来从侧面了解到，江汉城已加入了复兴社，我觉得有些不妥，就让她姐姐逼他们分开了。”

杨人杰问：“他恨钱之风抢了他的女人？”

郑伯鸿说道：“人杰啊，钱之风挨的那一枪，可是结结实实无法弄假的。江汉城也中了一枪。你要怀疑他们是同党，恐怕说不通吧？”

杨人杰点头：“是……”

郑伯鸿接着说：“毕竟一个军统，一个共党，背景也完全不同。还是集中精力在江汉城身上吧，我有预感，咱们要交好运了！”

回到站里，审讯就开始了，钱之风和郑伯鸿一起在监听室听着杨人杰对江汉城的审讯。

杨人杰：“姓名？”

江汉城：“江汉城。”

杨人杰：“身份？”

江汉城：“军事委员会调查统计局少校特派员。”

杨人杰：“来苏州干什么？以前来过苏州吗？”

江汉城：“来过。”

杨人杰看看轮椅：“你一个军统特派员，怎么坐上轮椅了？戴局长为什么要派你这么一个残疾来苏州？总得有人伺候你吧？你的同党呢？”

江汉城冷笑道：“我就是坐在轮椅上，也能揍得你吃屎，信不信？杨人杰，你不就仗着你是南京周佛海的什么远房亲戚，才当上这个行动队队长的吗？要说能耐，你有什么？你能让一个孕妇从你眼皮底下跑掉，你负责保护的鬼子特使，差点就挨了枪子。我要是你，早就一头撞墙磕死算了。”

杨人杰沉下脸来：“你还知道什么？”

江汉城：“我还知道，你一直怀疑钱之风是共党。告诉你，他就是共党！”

杨人杰看看监听室的方向，脸上变了颜色。钱之风浑身一紧，下意识看看郑伯鸿。郑伯鸿则不动声色。

杨人杰接着问：“你有什么证据证明他是共党？”

江汉城说道：“当初我听许清林说的。许清林是共党，他说钱之风是他的同志。”

杨人杰瞪大眼睛：“许清林？你是军统，他是共党，他能告诉你？”

江汉城撇撇嘴：“能。他告诉我很多事，包括你杨队长怎样的无能。”

杨人杰咬牙："孕妇的事，还有日本特使的事，也是他告诉你的？"

江汉城面带笑容："和平大饭店，那个暗杀鬼子特使的人，就是我！"

众人大吃一惊。回到办公室，郑伯鸿和杨人杰、钱之风坐在沙发上。

郑伯鸿说道："如果他说的是真的，倒是解答了困扰我们很久的疑惑。天皇特使遇刺，还真是国共两边合作的，想不到啊……说说吧，你们两个的看法？"

钱之风先开口："站长，我先说！这个江汉城血口喷人，他似乎对我有什么成见，想杀我没杀成，又诬陷我是共党，恐怕是想借您之手！请站长明鉴！"

郑伯鸿摆摆手："之风啊，不用紧张。我要真相信他说的，你现在还能坐在这儿？"

钱之风起立："谢谢站长！"

搜查那家五金铺的特务回来了，在铺子里发现了一间密室，里面有一部电台，却没发现密码本。只是有些往来电文都没来得及销毁。

郑伯鸿问："有什么有价值的吗？"

特务回道："有价值的不多，但其中有一条提到了一项名为'闭门计划'的特别行动，似乎很重要……"

钱之风正在一旁听着，不由得心中一惊。

江汉城死而复生，这是钱之风完全没有想到的，该如何告诉韩彩衣？他逼着自己亲手将他抓住，为什么要这么做，难道只是出于嫉妒？再一次听到"闭门计划"，却是从敌人口中，这计划的内容到底是什么？难道真的与新四军有关？若真是如此，恐怕会面临尴尬的处境，国共两党裂痕越来越大，而自己与韩彩衣却越走越近。

钱之风抬了抬胳膊，一阵剧痛，不由得叫了一声。

当晚，韩彩衣给钱之风换着药查看着伤口，问钱之风："怎么这么不小心。你们抓的什么人，为什么非点名让你进去。"

钱之风支支吾吾地回答："是一个新派来苏州的特派员，执行一个什么神秘的'闭门计划'——你听说过这个计划吗？"

韩彩衣想了想："'闭门计划'？没有。"

钱之风看看韩彩衣："彩衣，我抓了一个你们那边的人，你会不会怪我？"

韩彩衣想了想："如果是没办法，我能理解。再说我已经退出了，也谈不上这边那边的。"

钱之风接着问："如果这个人很重要呢？

韩彩衣停下手："多重要？大人物？"

钱之风盯着韩彩衣："对你很重要。"

韩彩衣惊呆了："汉城？是汉城？"

钱之风连忙捂住韩彩衣的嘴，韩彩衣拼命挣扎，钱之风死死捂住不放。韩彩衣拳打脚踢，钱之风的伤口崩开了，还在阻拦着韩彩衣。韩彩衣不顾钱之风的阻拦，无目的在各处乱抓着东西往包里装，之后起身就往外走，钱之风一下堵在门口。

韩彩衣喊着：“让开！”

钱之风无奈地说：“彩衣，你这样没用。你姐夫不会让你见他！”

韩彩衣推开钱之风：“我想见就能见得到！你让开！”

钱之风说道：“好，就算你见到了，又能怎么样？救不了他，你自己会有危险！还会让他处境危险。你根本不知道他为什么来，为什么自投罗网，他有他的任务，你这样会破坏他的任务！”

韩彩衣说着继续往外冲：“我不管！”

钱之风看着韩彩衣：“我告诉你，他让我转告你，不许去看他，接近他，不许你有任何不理智的行为，你现在的任务就是好好活下去，把你和他的孩子平安养大！”

韩彩衣失声痛苦无助地靠在钱之风身上：“他凭什么，凭什么把我和孩子扔在这里！钱之风你告诉我为什么，你说呀！”

钱之风把韩彩衣抱在怀里无言以对，肩膀上的血已浸透了白衬衣。

当晚，郑伯鸿来到审讯室，单独审讯江汉城。郑伯鸿正说到自己的政治见解，滔滔不绝：“日本人和共产党不同。日本人来了，南京的政府还叫国民政府。可共产党掌权，它们的政府叫苏维埃。听听，都不说中国话了，可怕不可怕？同样是亡国，亡于日本，好歹都是黄皮肤，文化相通；亡于共党，便成为苏俄的傀儡，那些浑身发臭的老毛子。重庆与共党合作，难道不是开门揖盗，引狼入室？”

江汉城点头：“我同意，我百分之百的同意郑先生对共党的判断。不过说中国一定亡于日本，也未必吧。”

郑伯鸿：“江先生恐怕过于乐观了。”

江汉城：“郑先生，我觉得，跟你还挺聊得来，咱们也别浪费时间了。你不是想知道‘闭门计划’吗？我可以告诉你，不过我有个条件。我要见包文毓。我知道，你和包部长关系密切。”

郑伯鸿沉吟片刻：“你要见他，跟这个‘闭门计划’有关吗？”

江汉城说道：“戴局长知道包文毓在拉拢他的旧部，非常不满。只是碍于往日的情面，没有施以手段。但戴局长的忍耐是有限度的！”

郑伯鸿想了想，点头道：“好，我替你转告。哦，还有个问题，你说许清林告诉你钱之风是共党，此话当真？”

江汉城笑着，盯着郑伯鸿：“我说过了，听许清林说的。”

26 源头

郑伯鸿对江汉城审讯过后，江汉城从牢房转移到了优待室。

优待室是一间不大的房间，里面生活用品一应俱全，住在里面的人还处于监禁之中。

第二天早晨，江汉城在里面悠闲地喝茶，郑伯鸿进来："汉城啊，饿了吧？我让人去松鹤楼给你叫了几个菜，先填填肚子。"

江汉城看看郑伯鸿："多谢站长。"

郑伯鸿示意，一个特务将食盒送入，筷子摆好后出去。

郑伯鸿接着说："哦，还有个好消息。我跟包部长通了电话，说了你的事情，告诉他事关重大。包部长非常重视，想请你立刻去南京一趟。你看，是否方便？"

江汉城点头："全凭郑先生安排。您不吃点儿？"

郑伯鸿摆摆手："不了，这些菜特意为你点的。还有什么需要吗？"

江汉城笑道："好啊，那就聊聊，你郑伯鸿当初为什么看不上我，非要反对我跟韩彩衣在一起？"

郑伯鸿摇摇头苦笑着。

此时，钱之风正在一个公园的池塘边喂鱼，谭从武来了，坐到旁边问道："有什么重要的事？没有的话，下次别搞这样的突然袭击。"

钱之风还在喂鱼："闭门计划。"

谭从武问道："韩彩衣那边有动静了？"

钱之风摇摇头："不是韩彩衣，是江汉城。"

谭从武惊讶地问："江汉城？他不是韩彩衣过去的爱人吗？我记得你说过已经死了？"

钱之风把鱼食往池塘里一撒："显然又活了。"

谭从武问："人在苏州？"

钱之风看看谭从武："被苏州站抓了。他被捕的地方发现了军统电台，往来电文中提到'闭门计划'。"

谭从武："韩彩衣是什么反应？"

钱之风想了想："老谭，我总觉得这事中间有蹊跷，我想让他们见一面。一、我想看看江汉城来的目的是什么。二、我想看看这件事情到底对江汉城有多重要。"

谭从武问："你有把握吗？"

钱之风看着池塘中的鱼："没有十足的把握，但我觉得应该试一下。"

回到家里，看到韩彩衣默默坐在床边，抱着孩子发呆垂泪。

钱之风走上前来："彩衣，你这样不吃饭可不行，不吃饭，怎么有奶喂小思成啊？彩衣，彩衣！"

钱之风伸手要抱孩子，韩彩衣不放，死死搂在怀里。

钱之风松开手："别搂得那么紧，会憋死的！彩衣，你这样没有用，不解决问题。先跟我下去吃饭，好不好？咱们慢慢想办法，好不好？"

韩彩衣摇摇头。

钱之风叹气："我也没吃饭呢，肚子饿得直叫。你就当陪我，随便吃一点？陈妈做了那么多，咱们别浪费嘛。"

韩彩衣说道："我不吃，要吃你吃。"

钱之风接着说："我要吃了，我能下奶喂孩子也行啊，可我是男的，没那功能。你不自己说的嘛，你的任务就是平平安安把儿子养大，养得又白又胖。可你这样下去，小思成只会又黑又瘦，营养不良！"

韩彩衣看也不看钱之风："你去找个奶妈。"

钱之风坐下给自己肩头的伤处换药，重新绑上绷带。他疼得龇牙咧嘴，一个人换药很不方便。钱之风对韩彩衣说："能不能帮个忙？"

韩彩衣不答。

钱之风夸张地叫道："哎呀，疼，疼，疼死我了！哎呀呀……你真看着不管啊？太狠心了吧？……来来，帮个忙，帮我裹一下绷带，就一下，就帮一下……韩彩衣！都说一日夫妻百日恩，居然就这么见死不救……"

一句话触动了韩彩衣，她喃喃说道："一日夫妻百日恩……"

钱之风说道："是啊，甭管真的假的，咱们好歹也快三百天了。"

韩彩衣重复说着："一日夫妻百日恩……"

钱之风看着韩彩衣："真有快三百天了，我数着来着。"

韩彩衣表情冷峻："可我居然就在这儿傻待着，连见汉城一面都不行。"

钱之风明白过来，无言以对，起身下楼。

楼下厨房，陈妈拿来小碗，边盛饭边说：“哦……今天先生你出门的时候，郑太太还打电话来问，问太太怎么样，太太不肯接。”

钱之风：“你怎么说的？”

陈妈：“我就实说了。郑太太让我劝太太，别太难过了，那位江先生也未必一定要死。又说什么现在都结婚有了孩子，应该跟先生您一起好好过日子。”

钱之风皱眉思索，接过陈妈盛好的饭菜：“我去给太太。”

钱之风上楼，将饭菜放在韩彩衣面前：“把这碗饭吃了，我就答应你。”

韩彩衣面无表情看了一眼，仍旧低头。

钱之风叹了口气：“我说话算话，你吃了这碗饭，一粒米都不许剩，我就让你去见江汉城。”

韩彩衣抬头，眼里立刻放出光彩：“你说真的？”

钱之风点头：“说话算话！”

韩彩衣愣了片刻，将孩子交给钱之风，拿起碗筷吃起来，狼吞虎咽。

钱之风在一旁看着：“慢点吃，不够还有！”

吃了一多半，韩彩衣想到什么，突然停住说道：“之风，谢谢你。”

钱之风笑笑：“应该的。”

韩彩衣看看钱之风：“可是，你会不会觉得这样对你不公平？”

钱之风拍拍小思成：“只要你能开心，我无所谓。快吃，说好了，一颗饭粒都不许剩！”

韩彩衣拿起碗，有些哽咽。

吃完饭，钱之风和韩彩衣来到韩美珍那儿，韩美珍听了钱之风说的话，大吃一惊：“什么？你要见他？”

对面的韩彩衣横眉立目，牙关紧咬：“对！”

韩美珍皱眉：“见他干什么？那么些年了，过去的就过去了，你都是当妈的人了！”

韩彩衣面无表情：“姐，我恨他，我要出了这口气！”

韩美珍看向钱之风：“彩衣，姐姐还以为你……”

韩彩衣接过话：“你还以为我旧情难忘是吗？是难忘，可让我难忘的是他当初欺骗我的感情，是个懦夫！我不恨你们，我只恨他！你们当初反对，我和他说，让他带着我私奔，结果他害怕了，自己跑了！我才明白，你们说得对，他不是我可以托付终身的人，他是个懦夫！”

韩美珍不解：“那你还见他做什么？就当世界上没这么个人……”

钱之风在一旁说道：“大姐，我在家也劝过彩衣了，可她就是不甘心。

我想让彩衣见见也好，做个了断，今后就可以彻底放下心中的包袱。”

韩美珍想了想：“说是这么说，可人在站里，你们姐夫守着呢，恐怕不让啊？我给他打个电话。”

钱之风在旁边留意听着。电话里，郑伯鸿说道：“什么？她要见江汉城？……胡闹！告诉她，不可能！”

韩美珍忙解释：“哎呀，就见一下，你放心，彩衣也不想怎么样，当初江汉城甩了她，她咽不下那口气，出出气而已！”

郑伯鸿问：“出气？打一顿？骂一顿？江汉城现在是重要人物，我正争取与他的合作。把他惹了，就会因小失大！就这样吧，这事没得商量。”说完郑伯鸿挂了电话。

韩美珍摇着头放下电话：“我就说你姐夫不会答应的。要不就算了。”

韩彩衣大声说：“不能算了！我现在就去，你们谁也别拦着我！”韩彩衣说着向外走，钱之风紧跟在后阻止着，韩美珍也跟了出来：“彩衣！你怎么不听劝呢！”

韩彩衣回头对钱之风说：“钱之风！你陪不陪我去？！他居然还打了你一枪，我替你报仇！”

钱之风装作懦弱的样子说着：“我，我……”

韩彩衣决绝的说：“你要不陪我去，我自己去！”

钱之风看看韩美珍：“大姐，我拦不住，要不您跟我们一起去？有您在旁边我踏实，要不，万一彩衣冲动起来，干出什么来——您看看她这样子！”

韩美珍还有些犹豫，钱之风接着说：“大姐，快点，您先上车再说！我胳膊不得劲，真按不住她！”

不由分说，钱之风将韩美珍架到车上：“到了站里，我跑快点，去跟站长汇报，您看着彩衣，别出事儿！”

韩彩衣发动车子，疾驰而去。

到了苏州站的院子，车停在门口，钱之风匆匆跳下车：“我去跟站长说一声，彩衣你别冲动，站长答应了你再去见……”说着，钱之风跑进楼里。

进了楼门，钱之风立刻放慢了脚步，慢悠悠向郑伯鸿办公室走去，看到田姐正在敲门。钱之风看看田姐手中的材料：“找站长签字？”

田姐说道：“对啊，积攒了好多。要不你先？”

钱之风摆手：“我不忙，你先。”

优待室外，韩彩衣匆匆走来，韩美珍跟在后面：“彩衣，算了，算了吧！你听我说……”

优待室外有两个特务站岗，韩彩衣看了看：“江汉城在这里面？开门！”

特务说道：“站长有吩咐，没他的允许，任何人不能进去。”

韩彩衣眼睛一瞪：“任何人？我是任何人吗？”

特务看看左右：“韩科长，您别难为我们，您去跟站长说……”

韩彩衣突然迈步上前，两个特务挡住，韩彩衣愣了一下，突然大喊起来：“江汉城！你个王八蛋！”

屋里面，江汉城听到韩彩衣的喊声，目光木然地看着门。

田姐从郑伯鸿的办公室出来，钱之风就进去了，诉说和韩彩衣听说江汉城被抓的事。郑伯鸿盯着钱之风不开口，令他忐忑不安。

钱之风试探着问：“站长……”

郑伯鸿突然怒斥钱之风：“一个大男人，居然管不住自己老婆！”

钱之风低下头：“是……我跟她说了，可她不听……”

郑伯鸿眼皮一抬：“她真的不听，还是你们俩演戏给我看呢？”

钱之风一惊：“啊？站长，我干吗骗您呢？不信您问陈妈去，彩衣她恨不能两天不吃饭，就因为我不让她见姓江的……”

郑伯鸿瞪起眼睛：“所以就不管了？你知道江汉城的重要性，也知道他和韩彩衣过去的关系！”

钱之风示弱的说道：“是，我知道……”

杨人杰匆匆进来了：“站长，韩小姐来了，大吵大闹要见江汉城。就在优待室门口。”

郑伯鸿拍案起身:“胡闹！荒唐！”说着跟随钱之风和杨人杰走向优待室。

这时韩彩衣还在喊叫：“江汉城！你个懦夫！有胆量你出来见我？自己跑了，连个音信也没有，我还以为你死了呢！出来呀？你倒是出来呀？你躲得过初一躲不过十五……”

郑伯鸿喝止：“韩彩衣！”

韩彩衣看是郑伯鸿：“姐夫？你来了……”

郑伯鸿接着说：“你看看你的样子！大呼小叫，成何体统！上次闹过才多久，这次又来，你眼里还有没有我？”说着指指韩美珍：“还有你！你还要纵容她到什么时候？”

韩彩衣忙说：“跟我姐姐没关系！你就让我见他一眼，见了我就走！”

郑伯鸿盯着韩彩衣：“不可能！”

韩彩衣求道：“姐夫！”

郑伯鸿说道：“不许再叫我姐夫！”

突然优待室里传出江汉城的声音：“站长，麻烦您开门，让我见一下韩小姐。”

郑伯鸿朝着屋里说：“汉城，韩小姐此时不太冷静……”

江汉城接着说：“没关系，他刚才骂的我都听见了，就请您开开门，让我当面跟韩小姐道个歉吧。”

郑伯鸿犹豫了一下，示意旁边特务甲开了锁。门开了，清瘦的江汉城出现在门口，坐在轮椅上。韩彩衣望着他，众人注视下，韩彩衣一步步走近江汉城：“怎么坐轮椅了？”

江汉城笑笑：“受伤了。这些年你还好吗？”

韩彩衣突然抽了江汉城一记耳光：“江汉城，你活该！”

江汉城摸摸脸：“是，我活该。听说你结婚了，还有了儿子，祝你幸福。”

韩彩衣泪流满面：“我会的，我会幸福地活下去。而且我保证，如果你死了，我会给你买棺材，我会每年带着儿子，去给你上坟烧纸！”

江汉城死死盯着韩彩衣：“谢谢。烧纸就不用了。带一本我喜欢的书就好。见也见了，打也打了，你走吧，我们……想必是不会再见了。”

钱之风松了一口气，一时精疲力竭，马上带韩彩衣离开这个是非之地。回到家，韩彩衣仍然茶饭不思。

钱之风问道：“不是说好了吗？见到人，就好好吃饭。你也看到了，人挺好的，也没受刑，你姐夫对他很优待。”

韩彩衣只是摇头。

钱之风叹了口气：“说实话，我当时真怕你控制不住，只要错了哪怕一点点，都会有大麻烦。别忘了，你和我现在在你姐夫眼里，都是有嫌疑的。我这两天想了，你说的对，如果自身都难保，想再继续工作就是痴人说梦了。”

韩彩衣看了眼钱之风，想说什么，却止住没说。

钱之风看着韩彩衣：“你不会见到江汉城，又不肯走了吧？私奔？彩衣，真的，我特别想带你去我们共产党的根据地看看。你不了解共产党，我们就去看看，亲眼看看，了解了解共产党到底什么样。你听我说啊，那边生活虽然艰苦，可每个人的精神状态都是很高昂的，对生活，对未来，都充满了希望。我们在这边待得太久了，太压抑了，真的需要换一个地方。难道不想让你儿子生活在一个自由的，有朝气、有活力的世界里？思成肯定会喜欢那里的……”.

韩彩衣双眼无神：“再说吧。”

钱之风说道：“别再说，咱们就定下来。反正你已经退出军统了，等我完成了眼前的任务，跟组织上说一声，咱们一起去……”

韩彩衣这才回过神来：“任务？你现在还有什么任务？是不是跟汉城有关系？”

钱之风笑笑：“多心了……”

韩彩衣盯着钱之风：“回答我！”

钱之风犹豫片刻：“如果我和江汉城是对立的两方，你会支持哪一边？”

韩彩衣踌躇片刻："有良心的一边。"

钱之风心中一股暖流。

第二天，韩彩衣正在收拾小孩的衣服，电话铃声响起。韩彩衣停下手接起电话，是小童，他告诉韩彩衣，有人要见她。

韩彩衣来到美馨旗袍店，不安地跟着小童来到里屋，只见里面背身站着一名中年男人。听到脚步声，这人转过身，微笑地看着韩彩衣："韩小姐，真是百闻不如一见啊……在下冯楚昆。"

小童在旁说道："冯主任特意从重庆来的。"

冯楚昆起身，郑重与韩彩衣握手："谨代表戴局长，向韩小姐之前对我们军统工作的支持表示感谢。"

韩彩衣说道："谢谢冯主任，可我已经决定了，您不知道吗？"

冯主任收敛笑容，目光转冷："我觉得我们需要好好谈一谈，谈谈你现在的处境，你身边的那个共产党，钱之风……显然，你受了他的很多影响，不良影响。这让你对党国的使命和未来产生了怀疑，我们很担心。为了你好，我们不得不肃清这一危险的源头，将你从错误的思想道路上解救回来。"

韩彩衣有些紧张："怎，怎么解救？"

冯主任："我说了，肃清危险思想的源头。"

韩彩衣声音发颤："你们要杀了钱之风？"

冯主任点头："我希望由你亲自动手，小童会帮你。"

韩彩衣摇摇头，没说话。

冯楚昆看韩彩衣不愿："韩小姐，你已经做母亲了，别忘了你对儿子的责任！"

韩彩衣一瞪眼："你拿我儿子要挟我？"

冯楚昆摇着头："不是要挟，是拯救。"

韩彩衣没有再听下去，起身走了，冯楚昆看看小童，小童也无可奈何。

当晚，钱之风打开收音机，小心调整着频率，不多时传来有些被干扰的广播声："……昨日，军事委员会在重庆召开军事会议，检讨各战区抗战形势，并对下一步抗战工作进行部署。第三战区顾祝同总司令汇报了新四军皖南部奉命北进的进展，该军将于月底前从繁昌铜陵之间北渡。蒋委员长表示，望第十八集团军及新四军能遵守中央命令，不再擅启事端，破坏抗战大局……"

钱之风对一旁的韩彩衣说："正好，重庆的广播，听见了吧？新四军北渡路线，这是重要军事机密！可重庆居然就在广播上堂而皇之地说出来了，从繁昌铜陵之间北渡！你不觉得奇怪吗？这不符合最基本的军事常理！这广播给谁听的？给日本人。毫无疑问！你等着吧，不出两天，日本人就会加强繁昌铜陵一带的布防，还有长江江面的警戒！"

韩彩衣盯着钱之风：“这能代表什么？”

钱之风想了想：“看来蒋委员长想借日本人之手产除新四军，这样会换来国共之间的彻底决裂？换来重开内战？那样的话，最高兴的是日本人！这样日本人会趁着国共相争而长驱直入直至灭亡中国，这样不知还会有多少个南京大屠杀的惨剧会重演，不知会有多少无辜百姓死在战火中。”

韩彩衣看看小思成：“你我都不是救世主，我们改变不了现状。我只想带我的孩子离开这儿，钱之风你和我们一起走，到安全的地方。”

钱之风也望向小思成：“我已经想办法了，安排你和孩子离开日站区。至于我，我想尽我所能阻止眼前即将发生的惨剧！”

韩彩衣不敢直视钱之风的眼睛，走到窗前，正看到院子外街上不远处，停着一辆车。车上的人正在点烟，火光照亮面庞，是小童。

只见小童坐在车窗后面，从座位上拿出一支狙击枪，瞄准了窗口。

韩彩衣身后，钱之风走过来，搂住她的肩膀：“你有心事。能告诉我吗？”

韩彩衣似乎看到小童在冲自己笑，小童的手指搭在了扳机上。此时韩彩衣猛地拉上了窗帘，并转身挡在钱之风与窗户之间。小童放下枪，叹了一口气，又在车里坐了一会儿，把烟扔到窗外，开车走了。

第二天韩彩衣拨通小童的电话，对小童说：“我只有一句话——钱之风的问题我会自己解决，不用你插手。你告诉冯主任，给我点时间……对，你告诉他，江汉城的‘闭门计划’共党也在调查，留着钱之风，我们才能知道共党到底知道了多少……”

27 电台

第二天，赵元初约了乌老大出来喝茶。乌老大来到茶楼，让手下人等在外面，独自进了茶楼。茶楼里面很安静，乌老大往楼上望了一下，跑堂的过来招呼着乌老大楼上请。乌老大迈步上楼。整个二层只坐着一个人，赵元初。

赵元初不慌不忙吹着茶碗，乌老大走近了，摸出一条金条放在桌上，赵元初瞥了一眼："那边给你多少？"

乌老大笑了笑："总之不会少给你。"

赵元初将金条拿在手中掂了掂，放回桌上："江汉城过两天会被送到南京去，交给军政部包文毓。"

乌老大又拿出一根金条："'闭门计划'的一部分？"

赵元初抬头看着乌老大："'闭门计划'，你知道多少？"

乌老大把手中的金条也推向赵元初："老赵，是我付钱给你，不是你给我钱买情报啊。"

赵元初想了想："如果我不要你的钱呢？我帮你的忙，但你要把你了解到的，都告诉我。咱们信息交换。"

乌老大一皱眉："你不会想抢我的生意吧？"

赵元初笑了："不，只是各取所需。"

乌老大无可奈何地看着赵元初，赵元初拿起茶杯，喝了一口茶。

乌老大想了想说道："好吧，各取所需。"

与此同时，郑伯鸿正在办公室里发火，他将报纸重重摔在办公桌上："怎么搞的！谁透露的风声？"

杨人杰不安地站在对面："应该不是咱们这边吧？南京的报纸，要走漏消息，也应该是包部长那边。不过看文章含糊其辞，似乎也不知道太多……"

郑伯鸿指着报纸："共产党可不是文盲，他们也会看报纸的！简直是胡闹，这就相当于举着大喇叭向南京的共党喊话，让他们打起十二分的精神！哼，如果这时候江汉城到了南京，说不定就会变成共党的活靶子！"

杨人杰看看桌子："那怎么办？"

郑伯鸿叹了口气："还是放在眼皮子底下最放心。我这就给包部长打电话商量个对策，江汉城最好还是留在苏州吧。你去安排，找个安全稳妥的地方。需要电台设备，找电讯室丁主任。"

当天下午，办公大楼里面行动队的特务忙着往外搬东西，钱之风知道，这是给江汉城安排了保密地点，钱之风站在窗口，看着窗外，只见院子里杨人杰和丁主任正在说话。从楼里出来的两个行动队的特务搬着电台从楼里出来，在往车上搬设备。

就在此时，赵元初进到钱之风的办公室，手里拿着报纸："听说站长很生气啊？"

钱之风回头看是赵元初："是啊。本来想秘密送江汉城去南京，结果弄得天下皆知。"

赵元初说道："前军统干将，反共义士，了解得还真清楚……看来是不走了？准备把人弄到哪儿去？"

钱之风转头看窗外："我怎么知道。反正军统的事，跟咱们没关系。"

此刻，郑伯鸿正在办公室，杨人杰安排好转移的事情，进来汇报："今天布置一下，明天就可以过去。您放心，安排的都是我行动队最可靠的弟兄。"

郑伯鸿说道："我刚才跟包部长通了电话，他会追查消息走漏的源头，不过，哼哼，估计也查不出什么来。哦，他派胡秘书过来，作为他的代表。晚上就到，你亲自到火车站去接一趟。"

晚上赵元初又和乌老大碰面，带着乌老大来到钱之风在永明巷的旧宅，乌老大进到屋里，四处看了看，问道："这什么破地方？"

赵元初往楼上看看："钱之风的家。放心，他一般不回来。"

乌老大问道："万一呢？"

赵元初拿了把椅子："就说你是共产党。"

乌老大笑道："你这家伙，太坏了！老赵，亲兄弟明算账。既然咱们联手，总得先划个道儿吧？"

赵元初想想："你说。"

乌老大一伸手："六四。我六你四。怎么样？"

赵元初摇摇头："不怎么样。冒杀头风险的可是我，你不过跑跑腿……"

乌老大又盘算了一下："好，这样，五五，对半开。这样最公平！"

赵元初瞪着眼睛说："公平个屁。你现在是指着我发财。'闭门计划'

既然那么重要，我想卖谁都行，为什么一定给你呢？”

乌老大咬牙：“别人给不出我的价钱。好，让你大头，四六！行了吧？你别得寸进尺！”

赵元初笑着转头。

乌老大不干了：“老赵，你欺人太甚！三七，到头了！”

赵元初还是摇头，乌老大气得跳起来：“赵元初！你他妈玩儿我？”

赵元初不慌不忙地说：“别急，坐，坐下说。你卖多少钱，我一分都不要。搞来闭门计划的内容，你卖给谁，卖多少钱，我都不管。只有一个条件，要让所有人知道，消息走漏的源头，是苏州站站长，郑伯鸿。”

乌老大瞪着眼睛说道：“他奶奶的，原来你小子想造反！”

此时此刻，在苏州火车站，包文毓特派代表胡秘书下了火车。

情况紧急，胡秘书来到苏州就直接去见江汉城。胡秘书拿出一封书信：“包部长公务繁忙，实在抽不开身。我是他的秘书，可以全权代表他，这是包部长给江先生的亲笔信。”

江汉城接过信看了看，皱眉舒展：“好，既然如此，那就有劳胡秘书了。”

郑伯鸿向杨人杰使个眼色，两人退出去，关上门。

胡秘书拿着本子记录，江汉城口述：“……每日三次，早八点，下午两点，夜里十点。频率九一三〇千赫，呼号永生。我方应于每次呼叫十分钟后，以相同频率回呼……”

胡秘书抬头问江汉城：“对了，密码本呢？”

江汉城指了指自己的脑袋：“由我替你们收发报，并加密、解密。”

胡秘书停下笔：“我们凭什么相信你？”

江汉城盯着胡秘书：“不相信我，难道还不相信委座惩处叛军的决心？”

胡秘书：“从什么时候开始？”

江汉城：“明天。最多一个月。一个月足够消灭新四军了。那之后，该怎样怎样，你们这些汉奸，好自为之吧。”

胡秘书一拍桌子：“放肆！你不怕我们现在就杀了你？”

江汉城冷笑：“一个月之后，我的任务完成，你尽管杀我。”

胡秘书盯着他：“你真不怕死？”

江汉城顿了一下，说道：“我就没想活着回去……”

此刻的钱之风，正在家中研究密电码，韩彩衣则在一旁喂着小思成。

钱之风站在窗前，拿着一本关于电码的教材翻看着，回过头来问韩彩衣：“用电台收发报，你会不会？”

韩彩衣抬起头：“会，当初汉城教过我。”

钱之风问道：“那破译密电呢？会不会？”

韩彩衣想了想："破译军事密电，需要经过多年训练的专才，而且往往要很多人协作，还有设备。"

钱之风又翻了翻书："这方面的知识我不懂，莫尔斯是不是密码？"

韩彩衣走过来："莫尔斯是电码，不是密码。任何文字，都要转换成莫尔斯方式的电码才能用来收发。嘀、嗒，一点、一划。两个最基本的元素经过排列组合就构成了有意义的字符。我有一本关于莫尔斯电码和密码的简易教材，你有兴趣可以看着学……"

钱之风笑着："我先拜你当老师。"

韩彩衣接着说："比如数字'一'，就是'嘀嗒嗒嗒嗒'，数字'二'就是'嘀嘀嗒嗒嗒'，数字'九'就是'嗒嗒嗒嗒嘀'。"

钱之风："那汉字呢？"

韩彩衣指指书上的数字："汉字就需要编码了。一般四个阿拉伯数字的组合对照一个汉字。如果你用大家都知道的编码，那就是明码；如果你想加密，那就要用收发双方都知道的一种新的方式重新编码。"

钱之风追问："收发双方都知道的方式？"

韩彩衣看着钱之风："密码本啊！你问这些干什么？"

钱之风说道："江汉城是来帮助南京这边通过电台与重庆方面联系的，为了消灭新四军打内战。"

韩彩衣打断："你怎么知道？"

钱之风认真地说："观察、分析、推理。"

韩彩衣不屑的看看钱之风："胡猜、乱想、瞎琢磨。"

钱之风说道："你不相信我？如果我有证据，你愿意帮我阻止他吗？"

韩彩衣想了想："你先拿出证据来！"

钱之风表情严肃："还记得我说过吗？江汉城是故意落网被抓的。还记得吗？我问过你，如果我和江汉城在对立的两面，你会选择哪边，你说你会选良心的一边。现在，这话还有效吗？"

韩彩衣沉默半晌，终于开口："你想破解南京和重庆方面的往来密电？你以为监听电台信号，就跟听广播似的，打开咱家的收音机你就能听见嘀嘀嘀嗒嗒嗒了？"

钱之风打断："可我确实听到过……"

韩彩衣叹气："你听到过，可你知道哪个是？且不说有信号强弱，传播范围的问题，你知道他们的通信频率吗？就算你知道，我刚才也说了，破译密电没你想象的那么容易！要是你钱之风三两下就能破译，那还是密电吗？"

钱之风低头沉吟："密码本！如果找到密码本呢？"

韩彩衣问道："你能找到？"

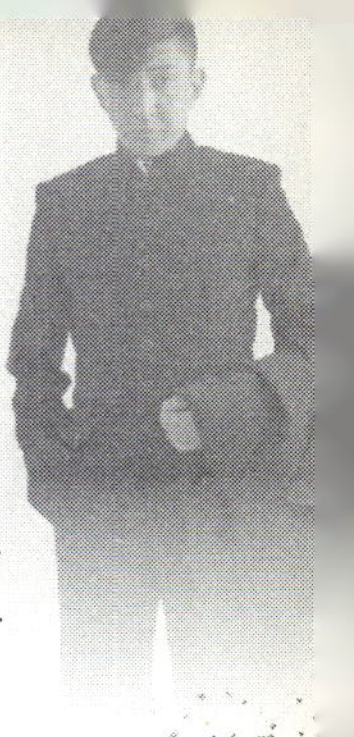

钱之风抬头看看韩彩衣："密码本是不是收发双方都有才行？"

韩彩衣说道："当然，必须一模一样。"

钱之风皱眉思索："江汉城被送过去的时候，全身衣服都换了，什么也没带，连轮椅都是杨人杰给他新换的。根本没见过江汉城有任何密码本——别说密码本了，任何有文字的东西身上都没有。"

韩彩衣望着他，突然问："之风，你真的相信我会无条件帮你？为什么？"

钱之风盯着韩彩衣说："因为你答应我了……"

韩彩衣顿了一下："我可能对你撒谎！"

钱之风想都没想："我信你。"

此刻，江汉城已经在苏州城郊外一座孤零零的院子里了。两间土房，四段围墙，这就是秘密电台的所在。杨人杰正指挥着特务搬运物品，江汉城坐在轮椅上看着。

杨人杰问江汉城："用不用给你配个电报员？"

江汉城摇摇头，独自摇着轮椅进了屋子，坐在电台前试机，杨人杰在一旁看着，江汉城手法熟练，杨人杰惊讶不已。

江汉城边试机边说："告诉你的人，未经我允许，不得进这间屋子，否则格杀勿论。"

杨人杰点头出去了，屋子里只剩江汉城和胡秘书。

工作开始了，江汉城记录下一串数字，随后没有借助任何工具，根本没有密码本，直接将数字转换成了汉字，写成条子交给等在一旁的胡秘书。

这天的晚些时候，永明巷钱之风旧宅里，乌老大正在和赵元初会面，乌老大说着："我跟踪了行动队运器材的车，往金鸡湖方向去的。湖北岸有个西沿村，三面环水。杨人杰派了一个小队，十个人做警卫。说起来不多，可这处院子三面环水，只有正面一条路。两个人巡视水面，剩下八个人守这一处入口，易守难攻。"

赵元初问："发报时间能确定吗？"

乌老大说道："时间可以确定了。一天三次，每天早上八点，下午两点，晚上十点。先发报，十分钟后收报。"

赵元初点头："好。频率呢？"

乌老大为难地说："我没那么好的眼神！你能耐，你支起耳朵来听听？"

赵元初想了想："电台是电讯室丁主任提供的，他有没有可能知道？"

乌老大："据我观察，他只提供设备，调试都没管。"

赵元初陷入了沉思。

无名者 The Anonymous

28 女儿

第二天清晨，钱之风急匆匆来到山西面馆，和谭从武商量他想到的计划。刚到上班时间，钱之风装作起的迟了，倦怠的来到办公室。此刻的苏州站办公大楼的电讯室，几间屋子里摆着各种监听设备和电台，这是苏州地区汪伪特务机构的情报核心电讯室。一个特务正在监听固定的频率，昏昏欲睡。突然，耳机中有了动静，他立刻惊觉，连忙记录。

郑伯鸿正在办公室练字，写的是“难得糊涂”。外面有人急促地敲门，丁主任进来，满脸兴奋：“站长！站长，我们刚刚监听发现，之前沉寂了快一年的共党电台又有活动了！”

郑伯鸿放下毛笔：“哦？”

丁主任接着说：“而且他们还用得是之前的密码，内容已经破译出来了！”

郑伯鸿兴奋接过来念：“行者，此频率已遭监听，速换备用频率并以丁亥联系。”抬头看看丁主任：“测定电台方位了没有？”

丁主任摇头：“时间太短，测向车还没来得及开出去。”

郑伯鸿想了想，拿起电话：“元初啊，你来一下！”

片刻，赵元初进来。郑伯鸿指示赵元初：“丁主任刚刚监听到共党的电台活动，看来这帮家伙一直就没离开苏州啊。你们俩用一切办法，找到电台，还有那个什么行者！”

赵元初和丁主任快步出了办公室。

丁主任对赵元初说：“哎呀，站长一句话，可哪儿有那么容易？他们知道原来的频率被监听，所以要更换频率，我得从头找……你知道那是多大的工程？”

监听设备前，丁主任亲自上阵，慢慢扫过同频段。钱之风和赵元初在旁

边看着，突然一个特务喊起来：“频率九一三〇，有不明信号！”

丁主任立刻调到该频率，仔细听了一阵：“快！测向车开出去，搜索位置！”

郑伯鸿匆匆走进来，看了看赵元初和钱之风：“发现了？”

丁主任点头：“站长！已经出动了无线电测向车，正在靠近。”

郑伯鸿问：“频率？方位？”

丁主任说道：“频率九一三〇，方位在城外东北部，金鸡湖北岸一带。”

郑伯鸿没好气地扯下丁主任头上的耳机，关了监听设备：“把车叫回来！”

丁主任莫名其妙：“站长？”

郑伯鸿转身往外走：“这个频段是自己人，不要管！”

郑伯鸿出去了，丁主任还没明白。赵元初看向钱之风，意味深长。

中午，钱之风赶往山西面馆，进了里屋，把得到的信息通知了谭从武，小常开启电台，确认无误，但还是愁眉不展：“老谭，加密的。破译不了。”

谭从武接过小常写的记录看了看：“光知道频率没用啊，必须搞到密码本才行。”

钱之风愁眉不展，谭从武给他端了杯水，接着说道：“最新的消息，第32集团军总司令上官云相调到皖南后，该集团军正从江西迅速北上集结，速度快得惊人。一路上，日伪方面简直秋毫无犯，就差替他们修桥铺路了。为什么会这样？说明两边已经达成了默契！汪伪和日本人方面不愿意新四军北上，能在皖南地区借国军之手消灭他们最高兴；重庆呢？有日伪守住新四军北上的路线，正好一个包围圈！北面是日伪，东西南三面是国民党的中央军，新四军危在旦夕啊！”

钱之风低头沉吟：“真的要动手了？”

谭从武叹了一口气：“唉！可是副军长项英还在犹豫，发报给延安，想再拖一阵子。他觉得重庆不至于彻底翻脸。毛主席、朱总司令给他发了好几封电报让他迅速行动，可就不知道他在犹豫什么！”

钱之风说道：“他觉得32集团军不可能到得那么快？”

谭从武看看钱之风：“他就没想到，现在重庆和南京加上日本人，已经联起手来准备动手了！之风啊！‘闭门计划’的轮廓已经清晰了，就是重庆和南京之间勾连要对付新四军，你的任务至关重要！必须立刻想办法破译江汉城的密电，掌握敌人的军事部署！”

钱之风想了想：“抓江汉城的时候里里外外把他搜了个遍，把他转移到秘密发报点儿的时候他连一张纸都没带，他身上不应该藏着密码本！”

小常在一旁说：“难道整个密码本他都背下来了？在脑子里？”

钱之风惊讶：“有这可能吗？”

谭从武看看桌上的电台："有！不过此人要有超强的记忆力！"

这天午后，苏州城外，金鸡湖北岸，乌老大披着斗笠扛着鱼竿，大摇大摆向湖边走去，被特务挡住："这儿不让钓鱼，上别处去。"

乌老大大声说："哎，不讲理啊？我经常来这儿钓鱼，凭什么就不让了？"

特务甲亮出怀里的手枪："就凭这个！"

乌老大立刻装作腿软的样子："哟，对不起，原来是老总！瞎了我狗眼，您抽烟？这大冷天的，您不在屋里歇着，怎么还出来受冻啊？"说着乌老大递上烟，看看院子的方向。

特务接过烟："有任务，知道不？跟你说，看到那边院子了没，别靠近啊，靠近了就打，子弹不长眼！"

乌老大点头："是，是，不敢不敢……哎，老总，我刚才看您在这儿来来回回溜达半天了，够无聊的？闲着也是闲着，要不您也跟我一起钓钓鱼？"

特务甲有些犹豫："我不会。"

乌老大拿出酒壶："我教您啊！钓鱼好玩，解闷。哦，我还带了酒。等会儿钓上鱼来，拿火烤熟了再来点小酒，多美呀！"

特务心动了："那我就试试？"

两天后，乌老大回到旧宅，赵元初已经等在那里，乌老大抱怨地说："密码破不了？哼，终于也有难住你的了……"

赵元初问："你真没发现江汉城有密码本？"

乌老大埋怨道："没有就是没有！我这两天，钓鱼的技术见涨，可别说密码本了，就是纸页都没见过一张！"

赵元初想了想："看来，我们只有另辟蹊径了。每天能接触到往来密电的，除了江汉城就是胡秘书……"

乌老大笑着取出一张照片："这就对喽！你瞅瞅……"

赵元初接过照片，照片上是个年幼的女孩，赵元初问："这是什么？"

乌老大笑着说："胡秘书闺女的照片，我偷来的。怎么样？我又想在你前面了吧！这胡秘书的老婆当年难产死了，只留下这么个孩子。七岁，在南京，平常由佣人带着。听那帮特务说，姓胡的极宠这个闺女。"

赵元初若有所思，好像有些出神："拿他的女儿要挟，未免太龌龊了？"

乌老大摇摇头："哎呀，瞧你，吓唬吓唬而已。"

赵元初咬咬牙："不行，不能动孩子！"

乌老大嘿嘿笑着："你说晚了，我已经招呼人去南京了。"

赵元初怒了："我说不行就是不行！"

乌老大盯着赵元初："赵元初，你还想不想当站长了？你还想不想找到自己闺女了？！不是我瞧不起你，平常像个爷们，怎么一到关键时候骨头就

软？要这样，咱俩散伙，我自己单干！怎么着，给句痛快话！”

赵元初无奈地说：“胡秘书的孩子接来，不许伤一根毫毛！”

当夜，秘密电台所在的屋子里，胡秘书将江汉城写下的密电内容收进公文包，起身准备离开，江汉城坐在那儿出神地看着电台。

胡秘书问：“要不要我给你带点报纸或者书？我看你一个人在这里太闷了？”

江汉城冷淡地回道：“不用。”

胡秘书起身出去，江汉城将电台收好。

胡秘书驾车行驶在无人的街上。突然发现眼前有一个人一动不动地躺在路中间，他急忙停车，拔出枪小心翼翼下车查看，突然脑后被人一击，倒在地上。

路上的人爬起来，正是乌老大。赵元初和乌老大将打晕的胡秘书拖到车上。

郊外，胡秘书被绑到树上，车大灯晃着他的眼睛，只能看见两个人影，乌老大抽着烟走过来：“醒了？”

胡秘书大叫：“你们是什么人？放了我！”

乌老大说道：“我们是锄奸队的！”

胡秘书惊惶地说：“你们找错人了，我不是汉奸，我只是个做生意的……”

乌老大一拳揍过去，胡秘书呻吟着：“别杀我，别杀我，你们要什么，我都答应……你们要钱吗？要多少钱？我给你们……”

乌老大哼了一声：“你一个小秘书有多少钱？我要你每天向包文毓汇报的电文内容。”

胡秘书一惊：“什么电文？”

话音未落，又挨了乌老大一脚：“别装傻！你每天通过那瘫子与重庆联系的电文！对了，江汉城的密码本在哪里？”

胡秘书连忙摇头：“密码本？我没看见过……”

乌老大拿下烟，烟头往胡秘书的眼睛上烫去：“没看见？眼睛瞎的？瞎的？”

胡秘书慌乱躲闪：“没有密码本，没有！真的没有！我问过他，他说密码本就在他的脑子里，他背下来了！”

乌老大看了后面的赵元初：“好，一会儿你回去，把今天的电文内容抄一份，投在观前街路口的邮筒里。以后每天夜里你从江汉城那里出来，都要如此。只要老实，我就留你一条小命！听见没有？”

胡秘书叫道：“要是包文毓知道了我替你们做事，他会杀了我的！”

乌老大笑着说：“包文毓？他会杀你女儿吗？——我会！”

胡秘书激动起来：“我女儿是无辜的！我女儿才七岁，她不是汉奸！你们不能……”

乌老大捏住胡秘书的下巴，恶狠狠地盯着他：“看着我的眼睛！我说到做到！”

胡秘书吓得不敢说话。在车的旁边赵元初冷冷地看着这边。

清晨，一辆汽车远远停在路边，四周没有行人，一个麻包从车上丢下，汽车远去，过了一会儿，扫地的师傅走过来将麻包打开，里面是被捆着的胡秘书，扫地人解开困着的绳子，胡秘书说了声“谢谢”，撒腿就跑。

江汉城正在房间里熟练的接收着电报，胡秘书从外面进来，略显慌张。

江汉城说道：“来晚了。”

胡秘书支支吾吾：“哦，有点事……”

江汉城留意看，只见胡秘书的眼镜碎了一片，额头还有擦伤。发现江汉城看自己，胡秘书忙解释：“刚才走得急，不小心摔了一跤。”

江汉城点点头，继续收报。

此刻，钱之风家里，钱之风和韩彩衣正在面对面吃着早饭。

钱之风对韩彩衣说：“你能按时吃早饭，真不容易。”

韩彩衣拿出本书，书名叫《密码学》，递给钱之风：“你之前看的那本有些不适用，这本是密码方面的高级教材，你可以了解一下。也涉及莫尔斯电码。”

钱之风接过书翻了翻：“对了，你说江汉城有没有可能把密码本背下来了？”

韩彩衣一愣：“背下来？不可能吧？常用汉字有多少个？两千个。就算少一点，五百个。每个字对应四位数字，你觉得你多久能全背下来？而重要的密码本是经常更换的。”

钱之风：“他在这边被完全封闭，应该不会换。”

韩彩衣摇头：“汉城跟我讲过，他小时候上私塾，就怕背书，总背不下来。他不是那种记忆力超常的人。除非是他特别有兴趣的，或者他特别在意的，比如……”说着，韩彩衣愣住了。

钱之风追问：“比如什么？”

韩彩衣摇头：“没什么。之风，你能不能想办法搞一台收报机来？”

钱之风问：“收报机？”

韩彩衣说道：“我想听听看。”

钱之风激动起来：“你是不是想起什么了？”

韩彩衣看着钱之风：“能还是不能？收报机？”

钱之风急忙点头：“能！能！我搞来收报机，你就能破解？”

韩彩衣沉吟片刻：“也许可以试一试。”

韩彩衣望着钱之风驾车出门离开。她若有所思，低声自语："三民主义……"

不久，钱之风提着一个箱子回来了，是从小常那里拿来的收报机。

钱之风递过箱子："彩衣，现在把小命押给你的，不止我一个人了。"

金鸡湖岸，安静如常。屋子里，江汉城将一叠电文交给胡秘书："加急，你现在立刻回去，马上告知南京那边。"

胡秘书接过来，转身出去。

江汉城叫住胡秘书："慢着，还有一封信，烦请帮我带给郑先生。没有信封，就这样吧。不过事先警告，你可不许打开来看！"

胡秘书开车走远，看看前后无人，将车拐进路边小树林。他拿出一个小本子，迅速将电文内容抄录在本子上。电文抄完，胡秘书又看到那张信纸。犹豫了一下，小心打开，立刻呆住了。只见上面写着"胡秘书疑似共党，望详查"。

胡秘书拿着这张纸，止不住哆嗦，匆匆回去，气急败坏地站在江汉城面前。

胡秘书将那张电文拍在桌上："江先生，这是什么意思？"

江汉城看了一眼，笑着："我再三强调了，不许你打开看的。"

胡秘书解释："我不是共党！"

江汉城盯着胡秘书："那你为什么打开看呢？因为你亏心！你在有意撒谎。你眼镜碎了，额头擦伤，你说你不小心摔了一跤，可为什么后脑处还有红肿？难道你能同时向前和向后摔跤？还有，你爱干净，我注意到你每天衬衣都要换的，可今天偏偏没换，上面还全是尘土！再有，你平常总是不时拿出女儿的照片来看，要么就跟我说些你女儿的趣事，可今天，你就那样呆呆地坐着，一句话也不说……种种反常，你以为我看不见吗？"

胡秘书瘫软下来，痛苦地抱住头。

江汉城叹了口气："说吧，到底出了什么事？"

另一边，此刻的钱之风家里，韩彩衣听着收报机传出的嘀嗒声，迅速记下一串串数字。

嘀嗒声归于沉寂，韩彩衣关了收报机，翻开手头的一本《三民主义》对照，却一个字也写不出来。

钱之风问："怎么样？有什么进展吗？"

韩彩衣皱着眉："进展有一点，可是……"

钱之风看了看桌上的书："《三民主义》，江汉城是用这本书当密码？"

韩彩衣从抽屉里拿出一张条子，钱之风看了大吃一惊："这是今天的？苏南四十师，移茂林，途经，为谢……这中间的呢？"

韩彩衣摇头："这几个字，已经费了我一天工夫。中间的，实在找不出来。不过基本可以肯定，用的就是《三民主义》。”

钱之风说道：“既然知道了，书也有了，怎么还会译不出来呢？”

韩彩衣看着钱之风：“书的版本不对。那些数字，是规定了要找哪一页哪一行的第几个字。排版不同，错一个字，所有的都对不上，这几个字，我是用穷举法一点点试，然后加上自己猜的。”

钱之风说着：“版本不对……应该哪个版本？”

韩彩衣说道：“北平知行书局在民国十七年出的一版。不大，小开本，汉城有一本从不离手。”

钱之风看看韩彩衣：“书店没有吗？”

韩彩衣摇摇头：“那是胡汉民题写的书名，所以就不让再出了，别说是在苏州，就算是在上海这个版本的书都非常难找。”

钱之风说道：“你觉得还有什么地方能找到这本书？我可以让……”

韩彩衣打断：“让谁找我们都不能抱希望，但我相信这本书一定在江汉城那儿！

钱之风一惊：“你是说那本书还在江汉城手里？江汉城从不离手是吗？”

韩彩衣点头：“这本书会永远装在他的上衣口袋里……”

钱之风听了，起身要走，见钱之风要出去，韩彩衣问：“你去哪儿？”

钱之风点头：“我有物证室的钥匙，去碰碰运气。”

来到物证室里，钱之风把屋里所有的灯都打开了，他一件一件认真地查看着物证室内的东西，但都没有动手去翻，物证室里错落有致整齐摆放着的一个个物件，钱之风眉头紧锁，失望地长叹一口气，转身走出了物证室。

钱之风刚走出物证室，把门锁上，背后，刘二奎突然叫了他一声：“老钱，你怎么在这儿啊？”

钱之风转过脸，冷冷地看着刘二奎：“你们一个个就知道瞎晃，混日子偷懒，物证室这么重要的地方连门都不锁，你们看见了也不伸把手？”

刘二奎一愣：“钱副科长，这……这不是我们的事儿啊……这事归总务科！”

钱之风说道：“我之前就是总务科的！”

刘二奎陪着笑脸：“好了好了，老钱你也别发火了，下次看见我们伸把手就是了！现在你赶紧去一趟吧，站长找你开会呢！”

钱之风想了想：“知道了，你先去吧，我回办公室拿个笔记本！”

钱之风走到会议室门口，往里看了一眼，屋内，郑伯鸿正在大发雷霆。钱之风正在考虑该不该进屋的时候，他却看见远处优待室的门口开了一道缝，他下意识地走了过去。优待室仍旧是那个样子，只是墙脚多了一把轮椅——江汉城的轮椅。

钱之风正想推门进去，会议室的门同时打开了，郑伯鸿第一个走出了会议室，钱之风连忙回身迎了上去。

郑伯鸿抬眼冷冷地看着他：“你干吗去了？”

钱之风故意压低嗓门：“彩衣刚打来电话，有点闹情绪……”

郑伯鸿没有说话，朝他摆了摆手，走了出去。

钱之风叫住了丁主任：“丁主任，出什么事了？怎么每个人脸色都这么难看？”

丁主任说道：“那个胡秘书被绑架了！绑架的人要他把江汉城那边每天往来的密电内容透露给他们。还以他女儿的性命相要挟。站长发了狠话，说胡秘书的任务这么机密，知道的就我们几个，还能出这么大的事儿！你说谁的脸色能好看得了？”

钱之风一愣：“那个胡秘书的女儿不是在南京吗？咱们找人加强保护不就完了吗？”

丁主任对钱之风介绍着情况：“那个孩子已经失踪两天了！人家还说胡秘书再不交出有用的情报，一天就砍孩子一根手指头！只知道对方有两个人……”

此刻，赵元初正面色凝重地走出会议室，并朝楼外的楼梯方向急急地走去，钱之风看见走出房间的赵元初，他若有所思地愣了愣神。

丁主任问：“怎么啦？你有思路？”

钱之风连忙掩饰：“没有没有，我不是正想呢吗！”

丁主任摇摇头：“赶紧想吧，最好想出那人是谁，要不咱们谁在站长那儿都脱不了干系！”

钱之风勉强地笑了笑，看着所有人离开走廊，他立刻朝赵元初离开的那个方向追了出去。

赵元初走出苏州站大门，看了看，前后无人，继续往前走着。钱之风等了一下，一路跟踪上去。

赵元初拐了几条巷子，前面是永明巷，赵元初走了进去。钱之风跟过来，看了一眼是自己曾经的家，自己犹豫了一下，跟着进去。钱之风推开了院门，悄悄地摸了进去，他走到门边没有敲门，他透过门缝朝里看。

乌老大不慌不忙在吃饭。

赵元初问：“孩子呢？”

乌老大又往嘴里夹了一块肉：“楼上。”

赵元初三步并作两步冲上楼梯，看到一个小女孩靠墙脚侧身躺着，一动不动，面冲墙。乌老大大大咧咧地守在旁边：“嘘！我给她打了一针，睡着了。小点声，别让她听见你声音。”

赵元初盯着小女孩看，总觉得什么地方不对，他慢慢靠近。

乌老大阻止："行了，看一眼就得了，赶紧下楼。要醒了就麻烦了！"

赵元初猛地推开乌老大，大步来到小女孩跟前。乌老大还想拉住赵元初，赵元初突然挥拳打去，乌老大猝不及防。挨了一拳后，乌老大恼羞成怒要反击，没想到赵元初拔出了枪，对准他的头。赵元初慢慢伸手，慢慢扶住女孩的肩头，望着孩子的身躯，愣了片刻，猛地用力把孩子翻了过来！只见孩子头歪在一遍，嘴角流血，已经死了。

赵元初怒目瞪向乌老大。

乌老大叹了口气："瞪我干什么？小丫头不听话，她自己找死！"

赵元初咬着牙："你把人弄死了。"

乌老大拔出匕首："死了也没关系啊，手指头还在。一天剁一根，看那家伙能坚持多久。"说着，乌老大抓起小女孩的手就要剁。

赵元初厉声喝道："你敢！"

乌老大有些惊讶地看看赵元初，笑起来："怎么着？吓唬我？老子是吓大的！再说了，你在这儿开枪，枪声会把警察招来，我们谁都没有好下场！"

赵元初仿佛看到了自己的女儿就躺在自己怀里，再看向乌老大。乌老大看到赵元初的眼神，不由心生恐惧往后退着："好好，这事儿算我不对……你不是要当站长吗，我可以帮你，免费……"

赵元初像疯了一样连开数枪，乌老大显然已经死了，赵元初还是不断地开枪直到把子弹打光。

钱之风听见枪声冲上楼，看见死去的乌老大和小孩，钱之风愣了一下。赵元初下意识的拿枪指着钱之风，见是钱之风，赵元初厉色说道："你来干什么！"

钱之风指着乌老大的死尸："这是什么人？我还想问你呢！这是我家！你怎么会在我家呢？"

赵元初答道："乌老大，情报贩子。绑架胡秘书女儿的就是他。"

钱之风咬着牙："你呢？你们一伙的！"

赵元初无奈地说："之风，我很想告诉你实情，但我不能。我也不想骗你，所以你最好不要问！"

钱之风怒吼："我就想知道！"

这时，远处传来几声急促警笛声。

赵元初看看窗外："赶紧走，再不走就麻烦了！"

赵元初和钱之风一前一后地走出院门，此刻，街上已经开始混乱了起来，警笛声越来越近，也越来越急促，赵元初和钱之风的脚步也越来越快。

二人来到一条偏僻的小巷，安静的有些吓人，钱之风一把将赵元初推在

了墙根底下。

赵元初问：“你怎么会知道我们在你家里？”

钱之风点点头：“我知道会的内容，我还知道胡秘书执行与江汉城的这项秘密行动所有的知情人就只有郑伯鸿、杨人杰、你我和电讯室的丁主任，那三人我根本用不着怀疑，又不会是我自己，那做这件事的还会有谁？”

赵元初：“你什么时候到的？”

钱之风瞪着眼睛：“你上楼之后！为什么，赵元初你也是个当父亲的人，你们在对这个孩子动手的时候拿到就没想到过你那个有病的女儿？”

赵元初摇摇头：“绑架孩子我一直是不同意的，可是来不及，他们下手很快，孩子早早就被带到苏州了。他们答应我只拿孩子来要挟胡秘书，不会真的伤害这个孩子，没有别的选择，我只能相信他们……你的这个家是我认为最安全的地方，没有人会想到我们会在这儿，所以我就让他们在这藏身！但我绝没想到他们会这么不守信誉，真的给孩子下毒手。之风，那个畜生是我亲手打死的，你应该看得清清楚楚啊？”

钱之风怒火中烧：“这能代表什么？是你良心发现还是你除暴安良！一个无辜的孩子就这么白白地失去了生命！你为什么不去跟她解释，你告诉她你替她报了仇了，她是不是还得活过来对你说声谢谢啊！赵元初，孩子就是因为你死的！就是因为你们这些贪得无厌的人死的！你逃脱得了责任吗！”

赵元初解释着：“之风，你说的都对。但现在不是追究责任的时候，你就算现在一枪崩了我没用，人死在了你家，就算有一千张嘴你也说不清楚！我们现在得想出真正有用的办法才是最重要的！”

钱之风大声喊着：“你早就应该想到会有这样的后果！”

赵元初无奈地说：“这真的就是一次意外！”

钱之风死死地盯住赵元初，赵元初尴尬地叹了一口气。

钱之风稳住情绪问：“他们是谁？”

赵元初说道：“我打死的这个人叫乌老大，是一个很有势力的买卖情报组织的头头！我和他们一直在合作！”

钱之风逼问：“之前是犹太人，现在是‘闭门计划’！赵元初，还有别人参与你们这次的行动吗？”

赵元初答道：“我一直是单干，姓乌的背后有帮手，但只干活不会知道具体的事情，所以实际上就是我和他两个人！”

钱之风咬着牙：“现在你面前又多了一个该死的人了！”

赵元初说道：“之风！我真的不是成心害你的。”

钱之风冷冷一笑，打断了他：“你现在说这个还有什么用？一大一小两具尸体就躺在我家！”

赵元初无言以对。

钱之风背过身子，来回踱了几步，心里一下有了计划。

钱之风突然转过身，枪举了起来。赵元初没有感觉到太意外，平静地看着他。

钱之风举着枪说道：“我就要你一句实话！你要是敢骗我，我一枪崩了你！我不管你为了什么非要得到‘闭门计划’的密电内容，但如果你真的获得了真实无误的内容，必须第一时间把它公布出来！”

赵元初认真地看着他：“就这个？”

钱之风点头：“就这个！”

赵元初真诚地说：“我答应你！”

“砰砰砰”三声枪响，钱之风朝天连续开了三枪。赵元初一愣，看着钱之风。

钱之风说道：“现在你我的枪里都少了三颗子弹，赶紧走，这三枪一响警察马上就到！”

赵元初马上明白了钱之风的用意：“之风，你这样会死的……”

钱之风摇摇头：“我都没有别的选择！”

赵元初看着钱之风，钱之风坚定地又一次举起了枪，赵元初咬了咬牙转身跑出了小巷，钱之风放下枪，他看了看表，随后他朝另一个方向跑去。

29 桃僵

此刻，郑伯鸿在卧室看书，看得有些困倦，正准备就寝，突然电话响起。郑伯鸿拿起电话："喂……什么？……确定？……好，你先去，我马上回站里。"放下电话，郑伯鸿无奈的准备出门。

韩美珍在一旁说："一来电话就没好事情！"

郑伯鸿叹着气说："知足吧。电话只打扰了你睡觉，可别人家却死了个孩子！"

韩美珍一愣，郑伯鸿已经重重地关上了房门。

钱之风家里，韩彩衣在卧室里哄着孩子睡觉。陈妈在楼下说着："哦，先生回来了，太太在楼上呢。"

钱之风直奔楼上，进了屋，钱之风对韩彩衣说："彩衣，把孩子放床上去，我有要紧的话对你说！"

韩彩衣看钱之风的神情就知道出事了，刚想说话，钱之风从她的手里接过孩子放到了床上，韩彩衣看着他，不知道他要干什么。钱之风从口袋里拿出一个绸缎的小包，打开，拿出了一个精致的长命锁，把长命锁挂在了小思成的身上，又俯下身扎实地亲了他一口。

韩彩衣疑惑地看着钱之风，走到他面前，盯着他："出什么事了？"

钱之风对韩彩衣说："我现在必须回站里，物证室里所有可能的地方我都看过了，没有找到。江汉城来时的那张轮椅就在优待室里，只有那儿我还没来得及看，我不敢说那本《三民主义》就藏在那儿，但是那是我们最后的希望！"

韩彩衣："是不是他们发现了？"

钱之风说道："别瞎猜了！既然我们认为密码本就是江汉城的这本《三

民主义》，就不能轻易放弃！”

韩彩衣有些预感：“你不要跟我提密码本，我现在就想知道你到底要冒有多大的危险？”

钱之风摇头：“彩衣，我们既然选择了去做，就不能去想会有多大的危险……”

韩彩衣打断他：“不管！我就要你好好活着，当好我的丈夫，当好思成的爸爸！”

钱之风盯着韩彩衣：“我必须告诉你，留给我们的时间不多了，我这次去也极有可能回不来！如果我真出了什么事，你就去天台路的山西面馆找伍掌柜，就说孔先生让你来的！不管能不能把那本《三民主义》弄出来，不管我能不能回来，你都得记住，相信伍掌柜，他会帮助你和保护你和思成的！”

韩彩衣感到事情非常严重：“之风，是不是还有别的事情你没告诉我？为什么不说出来，我们一起想办法？”

钱之风说道：“没有时间了！我说的话都记下了吗？”

韩彩衣：“你要干吗？你现在就要走吗？”

“现在必须走！”钱之风说着回身要走。

韩彩衣一把拉住他：“钱之风，你答应过我的，你会陪着我和思成的！”

钱之风用力松开了韩彩衣：“学会做个好妈妈，我走了。”说完推开书房的门，径直地跑下楼梯。韩彩衣追下楼去，钱之风已经上了车。

钱之风在车里，坚定地看着前方，他想不到自己会在这么短的时间里做出这么多冒险的决定，不管错对与否和成功与否，这都是拿着自己的生命做赌注的！自己还会有之前几次那样的好运气吗？还会有人相信他吗？尽管如此，他还是没有后悔自己所做的这一切。

郑伯鸿来到苏州站办公楼，下了车，匆匆走向楼门口。杨人杰迎出：“站长！”

郑伯鸿问：“胡秘书知道了吗？”

杨人杰摇头：“还没。您看要不要通知？”

郑伯鸿慢慢说道：“敌人没抓到，这事瞒不住。通知吧，还显得咱们磊落一点。”

杨人杰点头：“是。”俩人迅速地走进了楼里。此时，钱之风的车子也驶进了院内，车里，钱之风看见了郑伯鸿和杨人杰的车，他眉头一紧，推门下车。

郑伯鸿和杨人杰两人走进楼里，脚步声在寂静的走廊里回荡，郑伯鸿突然停下脚步，看杨人杰递上的死尸照片：“这不是乌老大吗？”

杨人杰：“您认识？”

郑伯鸿点头："原来在上海有过一面之缘。这人是个情报贩子，只认钱不认人……原来是他……"

杨人杰说道："看他的体貌特征，怀疑之前绑架威胁胡秘书的，就是他。"

郑伯鸿继续向前走："这个乌老大肯定还有同党，胡秘书说还有两个人。尸体是在哪儿发现的？"

杨人杰看看郑伯鸿："在钱之风家里。"

郑伯鸿猛地站住："你说哪儿？"

杨人杰说道："钱之风家！不是他现在跟韩小姐住的地方，是他以前的家，永明巷。巡逻的警察听到有枪声传出，前去查看……一大一小两具尸体是在他家二楼发现的。"

郑伯鸿眉头紧锁："两人都是被枪打死的？"

杨人杰叙述情况："孩子是掐住脖子，窒息而死。乌老大被打了三枪……站长，您还犹豫什么？不能再犹豫了，现在证据确凿，再不动手，人就跑了！"

正在这时，走廊后面传来脚步声，郑伯鸿突然回头，愣住了，走廊的另一端，钱之风一个人站在那里。

30 传书

因为是苏州站的工作人员，钱之风直接被带到了优待室，钱之风低着头，坐在郑伯鸿和杨人杰面前，依照想好的计划供述了自己的罪行。

郑伯鸿问道："你是说，你所做的一切，都是被乌老大逼的？"

钱之风点头："是，我没用，我也知道这样不对，可他说，如果我不配合，他不但要杀掉胡秘书的女儿，并嫁祸给我，还要杀了思成，我儿子。"

郑伯鸿怒斥："他说你就听了？"

钱之风语气懦弱地说："我，我害怕了……他确实真绑架了胡秘书的女儿，而且不知道他怎么打听到我原来的住处，把那小姑娘藏在那里。我害怕极了，我知道如果那孩子在那里被发现，我就跳进黄河洗不清了……之前因为许清林和乔三的事，我知道您和杨队长一直对我有怀疑……"

郑伯鸿盯着钱之风："他让你做什么？"

钱之风按照他想好的计划叙述着："他让我想办法搞到江汉城那边往来密电的内容。我说我办不到，可他偏不信，他说怎么搞来密电内容是我的事，反正我要做不到，他就杀了小姑娘嫁祸给我，此外还要对我儿子下手……"

郑伯鸿说道："说说昨天夜里的具体情况。"

钱之风点点头："是。昨天夜里，我左思右想觉得不能再这样下去。我觉得最好的办法是先把胡秘书女儿救出来，这样我就可以不那么被动……我去了，正好他不在，我就冲到二楼，结果发现孩子已经被他弄死了！我吓坏了，正想该怎么办，他回来了。我问他为什么把孩子杀了，他说孩子不听话；我说你不是还用孩子去要挟胡秘书吗，他说孩子死了一样可以，还拿出刀子要砍孩子的手指头。我实在忍无可忍了，就趁他准备下手的时候，开枪杀了他……"

杨人杰在一旁问："乌老大那么厉害，他居然没防着你会开枪？"

钱之风看看杨人杰："他说过，因为那房子是我的，出点什么事儿我都逃不掉干系，所以他不怕……"

郑伯鸿问道："你杀了他之后，为什么又回了站里？"

钱之风一脸委屈："我……我杀了乌老大之后，脑子一片混乱。有个念头，想反正逃不掉了，干脆向站长您当面坦白，求您宽大。我就来了……希望您能看在彩衣和孩子的分儿上，高抬贵手……"

郑伯鸿和杨人杰对视一眼。

杨人杰问："这些事，韩彩衣完全不知道？"

郑伯鸿和杨人杰走出办公室，同时愣住了，韩彩衣一个人站在走廊里。

郑伯鸿看了看韩彩衣，叹了口气，让韩彩衣先去会议室。几个人来到会议室，郑伯鸿一言不发的站在旁边，望着情绪激动的韩彩衣。

韩彩衣说着："我哪儿知道怎么回事？大半天没回来，好不容易回来了，也不下车，就在车里呆坐着，跟着魔了似的。只说了一句让我照顾好儿子，就又走了！"

郑伯鸿问："出事之前，有没有发现钱之风什么反常举止？"

韩彩衣想了想："反常……反正之前几天，他好像有心事似的。"

郑伯鸿盯着韩彩衣："他没跟你提过一个叫乌老大的人？"

韩彩衣一愣："乌老大？谁啊？"

郑伯鸿接着问："那江汉城呢？他有没有跟你提起过？"

韩彩衣看着郑伯鸿："那倒是说过，不过就是问些我跟江汉城谈朋友时候的事，有点吃醋。"

郑伯鸿问道："钱之风原来住的地方，永明巷，他后来经常回去吗？"

韩彩衣又想了想："据我所知，没有，好像就刚结婚的时候去拿了点东西，后来就再也没回去过。"

郑伯鸿："昨天夜里他回来，没说从哪儿回来？"

韩彩衣："问了，他不说。"

郑伯鸿："你觉得他反常有心事，为什么不仔细问问清楚？"

韩彩衣："姐夫，您老人家也经常阴一阵晴一阵的，我姐都问吗？"

郑伯鸿沉吟着，来回踱步。

韩彩衣看看郑伯鸿："你问完了？能不能让我问两个问题？之风他到底怎么了？他真杀人了？那你们什么时候能放了他？"

郑伯鸿盯着韩彩衣："没有他，你难道就不活了？"

韩彩衣点头："他是我儿子的爹！"

优待室里，钱之风走到门口看见外面没有动静，朝那个轮椅走过去。他快步上前，前后左右观察。半晌，他拆开扶手，下面果然有一个洞。伸手进去，从里面掏出了一本书，正是那本《三民主义》，钱之风狂喜地翻看这本书。

第二天，可怜的小女孩的尸体躺在停尸间的床上，盖着白布。胡秘书已经来了，忍着心痛揭开看了看，瘫软在床边，抱着孩子的尸体痛哭。

胡秘书咬着后槽牙：“郑站长，你是答应过我的！”

郑伯鸿说道：“是啊是啊，我是答应了你。你告诉我之后，我立刻联络了南京站，可还是晚了一步。唉，不管怎么说，我有责任，我会向包部长说明情况。当然，胡秘书你痛失爱女的心情以及忍痛继续工作的决心，我也会向部长一并汇报。”

胡秘书悲愤欲笑：“继续工作？”

郑伯鸿安慰道：“是啊，继续工作。敌人对你女儿下手，就为了破坏我们的和平大业。我们要让敌人看到，他们是螳臂当车，他们的卑鄙行径不可能得逞！包部长将你留在苏州，委以重任，就说明包部长对你充满了信心。我想，你也不想让包部长失望吧？”

胡秘书内心纠结，握住女儿苍白的小手，郑伯鸿对门口特务使个眼色，两个特务搬着一口上等小棺材进来。

此刻，谭从武正在山西面馆和小常谈话，眉头紧锁：“……我去见了省委的同志，他们也很着急，正在想办法。不过，就算他们能找出办法，到手的情报也是二手的——从苏州到南京，再从南京到上海——来来回回，重要的情报就在这中间耽误了。”

小常问道：“还得靠咱们？”

老谭点头：“对！省委已经把希望全部寄托在咱们这边。我不在的这几天，钱之风那边有什么进展？”

小常低头说道：“老谭，我先向你承认个错误，我未经你的允许，将咱们的备用收报机借给韩彩衣了……”

老谭一惊：“什么？”

小常说道：“是老钱的意思，他说韩彩衣有也许办法破解江汉城密电的密码，但是需要收报机……”

老谭怒斥小常：“荒唐！韩彩衣是谁？你难道不知道？”

小常委屈的解释道:“我知道啊,原来是军统,可老钱说她已经退出了……反正现在也没别的办法，只有赌一把了……”

老谭接着说道：“糊涂！退出没退出，是她自己说的，谁知道真假？”

突然外面传来女人的声音：“请问武掌柜在吗？孔先生让我来找他。”

小常和谭从武对视一眼，小常出去，惊愕发现韩彩衣在屋里来回踱步。小常将韩彩衣引进里面，谭从武望着韩彩衣：“韩小姐……我们上次见面，

是什么时候？”

韩彩衣笑着：“谭先生。要我记得不错，上次见你，还是咱们抢那个犹太人的时候。”

老谭点点头：“韩小姐这次来，有什么指教吗？”

韩彩衣说道：“你就不好奇，我怎么找到这里的？”

老谭看看外面：“钱之风告诉你的。他人呢？”

韩彩衣：“钱之风被抓了。”

小常心急地问：“被谁抓了？”

韩彩衣：“我姐夫。”

谭从武给小常递个眼色，小常到窗口向外观察。

韩彩衣说道：“别紧张。我不是替我姐夫来抓你们的。”

老谭盯着韩彩衣：“那你来干吗？”

韩彩衣声音有些颤抖：“我来求你们一件事——救出钱之风！”

老谭摆摆手：“这不用你求，我们自然会营救自己的同志，谢谢你来通知我们。”

韩彩衣盯着谭从武：“你谢我？钱之风是我丈夫。”

谭从武默默望着韩彩衣离开，看着她坐上常包车的背影。

小常说道：“这个女人，真不简单！”

谭从武说道：“他们苏州站附近有个酒馆，叫‘好运来’。我听老钱说过，那些特务平常喜欢到那儿去喝两杯……”

苏州站郑伯鸿的办公室里，检验室秦主任向郑伯鸿汇报着检验结果，杨人杰和赵元初在旁边听着。

郑伯鸿说着：“这么说，钱之风没撒谎喽？”

秦主任摇头：“依我看，他没撒谎，但他很可能隐瞒了部分事实。在现场，发现了三个人的脚印。钱之风的，乌老大的，还有另外一个成年男子的脚印。

郑伯鸿问：“不会是前几天留下的？”

秦主任说道：“不，就是昨晚的。昨晚与钱之风乌老大在一起的，应该还有一个男人！”

赵元初面无表情，他掐灭了手上的香烟。

赵元初回到情报科，一进屋，看见特务们三三两两压低了声音在议论，见赵元初进来，立刻装模作样地回到各自的位子。赵元初看了刘二奎一眼，他显得有些不自然。

赵元初进了自己的办公室，坐到桌前，沉思片刻，拿起电话打给刘二奎：“刘组长，来一下。”

很快刘二奎敲门进来：“科长。”

赵元初笑道："议论钱副科长呢吧？"

刘二奎点头："哦，是啊，大家都觉得太突然了……"

赵元初不动声色地说："关于钱副科长，你怎么想？"

刘二奎："我？我也觉得突然，完全没想到！"

赵元初问道："咱们情报科里，跟他接触最多的，就是你了吧？"

刘二奎脸色一变："啊？不是……科长，您这话什么意思？"

赵元初说道："没什么意思，提醒你小心点。哦，你手头的事情先放一放，把你从认识钱之风到现在，他吩咐你做的事，不论公事还是私事都写下来，还有他说的话，只要你觉得可疑的……"

刘二奎想了想："可疑？我也不知道什么算可疑啊……"

赵元初盯着刘二奎："以前不知道，现在总应该知道了！"

刘二奎往前迈了一步："老钱真是内奸？"

赵元初说道："是不是内奸，站长说了算。让你写你就写，哪儿那么多废话！"

刘二奎心惊胆战："是！我这就写。没别的事儿了？"

赵元初点点头，刘二奎正要出门，被叫住："对了，昨天晚上九十点钟，你在什么地方？"

刘二奎答道："我？我去看电影了，大光明戏院。我一个人……"

赵元初："一个人？谁能证明？有票根吗？"

刘二奎皱眉："哎哟，咱们兄弟看电影，什么时候买过票嘛……不是，科长，您不是怀疑我吧？"

赵元初摇头："不是我怀疑你，是站长怀疑！不瞒你说，胡秘书女儿的案子，现在怀疑乌老大还有个同党！"

刘二奎脸色煞白："啊？可真……真不是我啊！您给我出出主意！赵科长，您帮帮我！"

赵元初："找不到人证明？"

刘二奎想了想："也许检票的伙计可以？对，也许他还记得我！"

赵元初哼了一声："你不买票就进去，他恨你还来不及呢。再说让你逃票进去，戏院经理跟前知道了是要挨骂的，他能替你说话？票根！有票根就行。我就说到这儿，你自己掂量去！"

刘二奎回身出去了，赵元初沉吟："大光明戏院……"

此刻，在优待室里，钱之风颠来倒去摆弄着眼前的这本《三民主义》，冥思苦想。他起身向窗外看，窗外不但有栏杆，距离苏州站的院墙也很远，还有巡逻的特务。他又回到门前，研究门缝，发现书根本塞不过去。

钱之风失落地回到床上，望着天花板苦思。外面传来脚步声，随即是开

锁的声音。钱之风立刻将书藏在床褥下来，装出百无聊赖的样子。

杨人杰提着食盒进来，不慌不忙坐在桌前。

钱之风见是杨人杰：“杨队长？”

杨人杰看看钱之风：“老钱啊，站长怕委屈了你，特意让我上松鹤楼叫了几个菜，还有壶酒，给你压惊。嘿，站长心里，还是向着你呀！今儿兄弟我就沾你的光，也打打牙祭。来！”

杨人杰摆好酒菜，给钱之风斟酒。两人碰杯，钱之风却没喝。

杨人杰看看：“瞧你这小心眼的劲儿，还怕酒里有毒？”说着自己一口喝了。

钱之风也喝了：“实在没心情……”

杨人杰说道：“站长说了，只要你如实说清楚事情的来龙去脉，这事儿也就过去了。”

钱之风无辜地说：“我交代了呀？该说的都说了……”

杨人杰说道：“老钱，你老婆韩彩衣还等着你回家呢，你儿子快百天了，弟兄们还说要给你凑份子呢，别给自己留遗憾啊？”

钱之风盯着杨人杰：“杨队长，我不明白你什么意思！”

杨人杰叹了口气，拿出两张照片放在桌上：“这是从你家拍的照片。这是乌老大的鞋印……看见了吗？这里还有一个脚印，你能帮我分析分析是谁的吗？”

钱之风皱眉，盯着照片看。他当然知道那是赵元初的，但是该怎么说，却要费思量。此时此刻不能节外生枝，如果将赵元初交代出来，自己的真正目的也就暴露了。

钱之风想了想说：“想起来了，我想起来了！乌老大说过，他确实还有一个同伙！人我没见过，只是听乌老大说过。他刚找到我的时候说，我要不听他的，他就把小女孩弄死栽赃给我。我说你没那本事，我们站长是我亲戚，连襟，对我很信任的，你挑拨也没用。他就笑，说什么狗屁，他要想栽赃我一栽一个准。他又说了好多咱们站里的事儿，包括你杨队长怎么在我们家外面下暗哨的。我大吃一惊，问他怎么知道？他就说，他有人！”

杨人杰脸色尴尬：“别扯没用的！说这人！他到了你家，和乌老大在一起，你怎么可能没见过？”

钱之风接着说：“怎么不可能？我去的时候，一个人，后来乌老大回来了，我打死他就跑了。如果这人真是乌老大的同伙，很可能是我杀乌老大之前或者之后在那里，但是正好跟我错过了……嗯，一定是这样的！”

杨人杰不禁皱眉，盯着钱之风的双眼。钱之风神态自若，满脸诚恳。

杨人杰回到郑伯鸿的办公室，把钱之风的话跟郑伯鸿说了。

听了杨人杰的汇报，来回踱步的郑伯鸿停下脚步，赵元初坐在旁边沙发上问："乌老大的同伙？咱们站里的人？"

杨人杰点头："反正钱之风这么说。"

郑伯鸿坐下："不管信不信，看来做一次内部排查还是有必要的。元初啊，你和人杰安排，情报科行动队，还有所有的涉密部门，查每个人昨天晚上的不在场证明！"

郑伯鸿疲惫地坐下，看了看赵元初："哼，别装模作样了。说吧，依你看，钱之风说的是真是假？"

赵元初说道："能不能让我见一下钱之风，跟他单独谈谈？"

郑伯鸿想了想："你想见他？"

赵元初点点头："我了解他。您别忘了，当初就是我说服他弃暗投明的。"

郑伯鸿听了有些犹豫，但还是同意了。

赵元初进了优待室，外面的特务在赵元初身后将门关闭上锁，赵元初微笑地望着钱之风："你的故事编得很好，只要一口咬定下去，便不会有性命之忧。问题在于现场的检验结果认定在场的还有第三个人，这是我们没有预料到的！"

钱之风冷冷地一笑："那是谁？"

赵元初盯着钱之风："那个人是刘二奎！"

钱之风惊异地说："刘二奎？"

赵元初说道："只有他了！具体的事我已经安排好了，你不用管！只要你一口咬定刘二奎这关就有希望能过。"

钱之风叹气："又要多死一个人。"

赵元初问道："你还有什么嘱托，告诉我，我替你办。"

钱之风的手已经摸到了床褥下面的那本书，然而犹豫了一下，他没有取出来："别忘了你答应过我什么！你走吧！"

赵元初叹了口气转身出去，在门口回头："别忘了，刘二奎。"

从苏州站办公楼出来，赵元初来到大光明戏院门口，车停到路边，赵元初下车走向戏院门口检票的伙计。

伙计跟赵元初说："人来了，要前天的票根，我给了他一张。"

赵元初点点头，掏出张钞票塞进伙计手里，一边抬头看墙上的海报，问伙计："《乱世佳人》，好看吗？"

伙计点头："好看！美国片！露胸脯露大腿！"

郑伯鸿家里，韩美珍正一边抱着孩子逗弄，一边陪韩彩衣聊天："唉，你说你自己挑的男人，怎么就没一个让人省心的？那个江汉城就不说了，这个钱之风，看上去老实巴交，原来也不是省油的灯！"

韩彩衣："姐，当初你也看好他的，说他重情重义……"

韩美珍无奈地说："是重情重义，可是傻呀！你说这多简单的事？有人威胁，跟伯鸿说一声就好了，都是自家人，你姐夫总不会袖手旁观的！"

韩彩衣说道："说实话，要是我，我也不跟姐夫说。"

韩美珍问："为什么？"

韩彩衣："你知道吗？行动队杨人杰设了暗哨在我们家门口，每天从早到晚，盯我和之风的梢！"

韩美珍一脸惊讶："他不是撤了吗。"

韩彩衣摇摇头："没有！不信咱们现在去看？杨人杰要敢不承认，我就敢大耳刮子扇他！可杨人杰就算胆子再大，没有我姐夫的默许，他敢吗？我的好姐姐，在他郑伯鸿的眼里，我和之风早是可疑分子了！之风去跟他说乌老大的事，那不是给自己头上扣屎盆子吗？！"

韩美珍说道："唉！你别急，我去劝劝！我猜他也是做给外人看呢。那个胡秘书，女儿死了，总得有个交代不是？你放心，肯定就像上次许清林的事一样，到最后还是向着自己人的。"

韩彩衣抓住韩美珍的手："姐，我就一个要求，让我见见钱之风！"

韩美珍有些为难："哎呀，上次让你见那个江汉城，姐姐我就替你挨了好一顿数落……"

韩彩衣委屈地说："可钱之风跟江汉城不一样啊！钱之风是……是我男人！"

韩美珍打了电话，回来摇摇头，韩彩衣知道，这下事情不好解决了。

另一方面，在汪伪苏州站，郑伯鸿要钱之风写份书面的自白书，要按手印，这件事胡秘书当然会告诉包文樾，必须要做好准备，在包部长面前好有个交代。

钱之风在优待室里装模作样在写材料，动作迟缓。杨人杰在旁边看着，有些不耐烦："写好了没有？几个字写那么半天？"

钱之风抖了抖纸："好了，写好了……"

杨人杰拿过来看了眼，取出一盒红色印油。

钱之风问："还按手印？"

杨人杰劝道："让你按就按吧！"

钱之风按了手印，杨人杰又看了遍，急急忙忙出去，钱之风的视线回到桌上，印油忘拿走了，钱之风盯着印油，脸上有了一丝笑容。他想到了如何把那本《三民主义》弄出去。

会议室里，赵元初和杨人杰并排坐在一边，作为审问对象的金成山坐在另一边。旁边有速记员记录。

金成山说着：“……昨天晚上？我和我老婆早早就上床睡觉了，哪儿也没去……”

杨人杰问：“谁能证明？”

金成山：“我老婆能证明。”

赵元初摇头：“老婆是近亲属，证明不算。”

金成山一愣：“啊？可是队长，兄弟我就跟我老婆在一起啊，没别人了……”

赵元初问道：“好好想想。你跟你老婆上床干什么了？”

金成山：“上床能干什么，睡觉啊。哦，还，那个来着……对对，我想起来了，我老婆叫床声太大，楼下住的阿婆还拿什么东西捅楼板来着，我还骂了她两句……”

赵元初：“骂你老婆？”

金成山：“骂楼下那老不死的！队长，这样行吗？”

杨人杰笑了笑：“只要那老不死的肯替你说话。滚吧！”

金成山出去了，赵元初和杨人杰对视一眼。

赵元初皱着眉：“这也能算？”

杨人杰笑道：“算啊，有人证了。”

赵元初说道：“哼，金胖子是你行动队的人。你们行动队的人都没问题，有问题肯定在我们情报科！”

杨人杰说道：“老赵你可别说风凉话，我没说人一定在你们情报科。”

赵元初叹了口气：“唉，我怎么有预感不太妙呢？下一个！”

下一个推门而入，正是刘二奎。

杨人杰说道：“哟，刘组长。”

刘二奎点点头：“赵科长好，杨队长好。”

杨人杰看着刘二奎：“刘组长，昨天晚上，你在什么地方？”

刘二奎紧张地看向赵元初：“我去看电影了……”赵元初在一旁嘴角带笑，微微点头。

杨人杰接着问：“去哪儿看的？什么片子？谁能证明？”

刘二奎说道：“大光明戏院，看的美国片，叫什么《乱世佳人》，讲一个女的先后跟了三个男人。女的特漂亮，那小细腰，胸脯挺着……”

杨人杰不耐烦了：“问你谁证明！”

刘二奎支支吾吾地说：“我……一个人去的……”

赵元初在一旁说：“电影的故事报纸上就有，小细腰大胸脯，戏院海报就瞧得见，还有什么能证明你去看电影了？”

刘二奎一愣：“哦，票根！我有票根！”

赵元初伸手："拿来。"

刘二奎拿出票根，赵元初看看交给杨人杰："这总可以了吧？"

杨人杰看看："有点勉强啊？"

赵元初说道："楼下阿婆听见叫床都能算数，我们这好歹是有物证啊？"

杨人杰笑笑："扯平了。"

钱之风在优待室里躺着，猛地坐了起来，直奔紧闭的门口，用力敲门。

门开了一道缝，一个特务在门口警惕地盯着他。

钱之风说："闲得无聊，能不能给我找本书看？"

特务摇头："不行！"

钱之风沉下脸来："你算个屁！告诉你，老子在这儿只是暂时的，站长和我什么关系你不知道？就是你们杨队长来了，照样得对我客客气气的！"

一旁上来另一名特务，连忙说道："是，是，钱副科长，您消消气，别跟他一般见识！您不就想看书嘛，想看什么？我跟我们队长说一声，给您买去！"

钱之风说道："不用买。咱们站里有图书室，你给我找一本《密码学基础知识》来。"

特务点点头："行，我知道了，《密码学基础知识》，您回屋等着，我们这就去！"

钱之风趾高气扬："这还差不多，哦对了，这是刚才你们队长落在这儿的，还给他。"说着拿出印油给特务。

此刻，办公室里，杨人杰正靠着椅子上，着抽烟，金成山进来："队长，您叫我？"

杨人杰问："成山，你老婆真那么喜欢叫啊？"

金成山一笑："哎呀，您别笑话我了……"

杨人杰说道："我说认真的，没跟你开玩笑！咱们行动队的人，就你的不在场证明最含糊，赵元初肯定会派人去问的，你家楼下阿婆多大岁数了，一点不耳背吗？还能听见你老婆叫床？"

金成山点头："我怎么敢骗您啊！"

杨人杰拿出票根："得，我就信你一回。拿着这个，去大光明戏院，查查是不是昨天晚上美国电影《乱世佳人》的票根。"

金成山接过来："查这个干什么？"

杨人杰看看金成山："他查咱们，咱们也得查他。让你去就去！"

"是！我这就去。"金成山走到门口，回身又说："哦对了，刚才国华在门口，让我顺便问您一下，钱之风想看书，能不能给他？"

杨人杰皱眉："书，他点名要什么书了吗？检查一下。"

杨人杰和金成山拿着检验室秦主任用放大镜仔细检查那本《密码学基础知识》，摇摇头将书交给杨人杰："看不出什么来，就是普通的一本书。可能他真是无聊了吧。"

杨人杰思索着，看守优待室的特务进来，对杨人杰说："队长，我问他了，他说别的书也可以，就是闲得无聊，想看点什么。"

杨人杰把书给特务："随他去吧。"

优待室里，钱之风接过书，客气地点点头。

外面门锁上了，钱之风回到桌前，翻了翻书，很快翻到最后。只见封底内页有苏州站图书室藏书的红色印戳。

钱之风蹲在床边，奋力拔一颗床板上露头的钉子。用尽九牛二虎之力，终于将钉子拔了下来。然后钱之风又绕到柜子后面。柜子四脚不平，一个矮脚下面垫了块木板，他想办法将木板抽了出来。

钱之风回到桌前，在台灯下观察木板，找到其光滑的一面。他用书当尺子比直，比照图书室的印戳，用钉子刻下凹槽。钱之风要用手头最简陋的工具，伪造一个图书室藏书的印戳。优待室的灯光一直亮着，直到凌晨，东方渐白。

钱之风大功告成，伸了个懒腰到窗前眺望。东方日出，万道霞光。他的心情轻松起来，哼着小曲回到桌前，打开一个小纸包，里面是从印油盒里刮出来的一小块印油。他小心翼翼将印油抹在自制的印戳上，在废纸上试了试效果，然后小心翼翼印在了那本《三民主义》的封底内页上。

将试验用的废纸吃了，钱之风得意地望着自己的杰作。这还不算完，最后一步，小心翼翼在书脊缝里写了一行小字。

谭从武和小常回到山西面馆，钱之风的事毫无进展，今天已经是十二月三十一日了，重庆给新四军最后通牒的最后一天，情报上他们也还一无所获。

广播里传来播音员甜腻的声音："……今天是元旦，也是中华民国成立三十周年的日子，汪主席在南京率国府要员参加了元旦谒陵仪式，向先总理及全体同胞表达了坚守和平，民族自强的理想愿景……仪式后军政部代理部长包文毓接受了记者采访，当问到共党新四军是否会对苏南乃至南京构成危险时，包部长表示，请大家放心，共党新四军已自顾不暇，不会对南京构成威胁……"

苏州站办公楼里，金成山匆匆来到杨人杰面前："票根不对！我特意问了检票的伙计，他们的票上印着数字，从一到七，表示星期一到星期天，轮换的！出事是前天，礼拜一，上面的数字应该是一，可您看，这上面明明是七！"

杨人杰一拍桌子："带两个人，二十四小时盯住刘二奎！"

优待室里，特务开门进来，端着饭和水果。钱之风正在床上鼾声大作。

特务不忿地说：“妈的，你倒睡得挺香，我们还得陪你熬着！”看看钱之风，伸手拿了个苹果装进口袋里。

特务正要转身出门，听见钱之风的声音：“站住！把苹果还给我！”

特务愣住：“谁拿你苹果了？”

钱之风说道：“你不想为了一个苹果，挨你们队长的大耳刮子吧？”

特务狠狠地拿出苹果放到桌上，转身要走。

钱之风叫住他：“等等！”钱之风将《密码学基础知识》和《三民主义》两本书交给特务：“一晚上看完了，还回去吧。”

特务看看：“怎么多了一本？”

钱之风答道：“哦，这本是在床底下找到的，也不知道谁扔的。现在图书室的管理太混乱，好多书借走了不说还乱扔，真该整顿整顿……没事儿了。哦，再给我换本书！”

特务拿着两本书走出优待室，对面赵元初和杨人杰说着话走来。特务忙让到旁边：“队长！”

赵元初看了一眼，没说什么。杨人杰想起什么：“对了，昨天夜里，钱之风看书看到什么时候？”

特务答道：“报告队长，看了一宿，一直到天亮，一本都看完了。”

赵元初问道：“那么快看完了？”

特务拿着书：“是啊，这不，让我把书还了，再换一本。”

杨人杰接过那本《密码学基础知识》，翻开看看，又看到特务甲手里的另一本：“那本是什么？”

特务答道：“哦，钱之风在屋里捡的，之前不知道谁落在屋里，也是咱们图书室的。”

杨人杰接过《三民主义》翻到尾页，看了眼图书室的印戳：“三民主义？谁他妈还看这个？”

赵元初在一旁说：“杨队长，我没太明白你刚才说的意思。你说那票根日子不对？”

杨人杰将两本书还给特务：“先拿给秦主任检查一遍。那张票根根本不是出事那天的！是前一天的！而前一天，戏院放的片子可不是《乱世佳人》！老赵，这可不是我有意难为你……”

检验室里，秦主任在检查那两本书，特务甲等在旁边，哈欠连天。《密码学基础知识》已经检查完了，秦主任拿过那本《三民主义》。随便翻了两下，立刻发现了那行小字。

特务甲见秦主任突然神态严肃：“怎么了？”

秦主任说道：“叫你们队长来！”

此刻，杨人杰正在办公桌上摊开报纸，拿着票根比对给赵元初看。金成山等在旁边。

杨人杰说着：“你看，这是大光明戏院的广告，上周日，上的是《西厢记》，这周一，才是《乱世佳人》，可你看票根，‘七’表示的是礼拜天！”

特务匆匆敲门进来：“队长！队长！秦主任让您去一趟！”

杨人杰和赵元初来到检验室，秦主任将放大镜摆在那一行小字前面：“你们看！”

杨人杰接过放大镜，念道：“刘组长，东西藏于我家院内树下七点钟方向，请自取。求勿伤我妻小……”

赵元初皱眉：“刘组长？”

杨人杰咬牙：“肯定就是刘二奎！除了他还能有谁？老赵这回你信了吧？”

赵元初对特务说：“钱之风让你把书还给图书室？”

特务连连点头。

赵元初想了想：“刘二奎文化不高，但是最近三天两头往图书室跑。我还以为他是看上了图书室新来上班的那个小丫头……”

杨人杰叫了一声：“成山，马上把刘二奎给我抓起来！”

赵元初止住：“慢着！他是我情报科的人，给我情报科抹黑，我要亲自动手！”

小吃店里，刘二奎正在吃东西，突然几个特务冲进来将他包围，亮出黑洞洞的枪口。

刘二奎一惊：“哎，什么意思？咱都是自己弟兄！”

赵元初不慌不忙走近：“刘组长，不好意思。你有麻烦了！”

众人一拥而上，将刘二奎制伏。

钱之风家外面，两辆黑色轿车疾驰而来，停在门口。杨人杰带着手下下车，之前监视钱之风家的特务迎上前来。特务们从后备箱拿出铁锹，进了院子找到树就挖。陈妈听见动静开门看了看，转身慌张地跑进去。

韩彩衣正戴着耳机用收报机监听，听到外面急促的敲门声，连忙摘了耳机将收报机藏好：“什么事？”

陈妈过来：“太太！太太！您快看外面院子里！”

韩彩衣探头向楼下看，也吓了一跳。转身去开门：“怎么回事？”

陈妈有些惊慌：“不知道啊！忽然就来了好些人，拿着铁锹就挖，也不知道挖什么！”

韩彩衣推开陈妈，匆匆下楼。韩彩衣出来，看到靠着门口抽烟的杨人杰：“住手！都给我住手！给我出去！杨队长，你这是要干什么？”

杨人杰把烟掐了："哟，韩小姐，对不起打扰了。我们找点东西，找到了就走。别激动，东西找到了，我保证给你恢复原样。"

韩彩衣上前："这地里有什么？你们到底找什么？"

杨人杰盯着韩彩衣："韩小姐，你不知道？"

韩彩衣说道："你怀疑就直说。杨人杰，我可不怕你！"说着拿出枪来："都给我住手！给我滚！我开枪了！"

杨人杰伸手："韩小姐！冷静冷静……"

韩彩衣的枪口对准杨人杰："不说清楚了就给我滚！"

杨人杰无奈，叹了口气，拿出那本《三民主义》，给韩彩衣看上面那行小字："这是钱之风的笔迹，应该认得吧？"

韩彩衣猛地愣住，他看到了杨人杰手里的书——《三民主义》。

杨人杰看韩彩衣愣在那儿，问道："韩小姐？"

韩彩衣忙说："字太小了，看不清楚！"

杨人杰笑道："好，我给您老人家念！东西藏在我家院内树下七点钟方向，请自取……你看，老钱说他有东西藏在这树底下，所以我得挖出来看看是什么。"

韩彩衣问："这是老钱写的？怎么到了你手上？"

杨人杰点头："乌老大有同党，就隐藏在咱们站里，这本书，就是他们之间用来传递消息的——当然从语气看，老钱是受了要挟，还请求别伤害你和孩子，不过到底怎么样，要找到东西，抓到人才知道！"

韩彩衣咬牙："好，你们挖吧，不过我把话说在前面，要是什么都挖不出来，别怪我翻脸！"

杨人杰回头对特务们说："挖！挖地三尺，也要把东西找出来！"

此刻，钱之风正在来回走着，他并不担心杨人杰会错过书里面的那行小字，也不担心他会怀疑纸条上的内容。这个计划只有一个环节没有把握，就是杨人杰是不是会拿着那本《三民主义》去挖地三尺。以韩彩衣的个性，如果不说清楚缘由，她是不会由着行动队在自家的院子乱挖的。这样的话，就算杨人杰没有拿着那本《三民主义》去，韩彩衣至少也会逼问出事情的来龙去脉。她当然知道树下面什么也没有，那一行字其实毫无意义，那么自然就会想到作为传递载体的那本书。作为分管图书室的总务科科长，她仍然有办法拿到那本书。

31 破绽

韩彩衣用余光盯着杨人杰手里的书，表面满脸不屑地望着特务们挥汗如雨。天寒地冻，特务们挖得非常吃力。随着时间流逝，什么都没发现，杨人杰不禁皱紧了眉头。

金成山走过来："队长，什么也没有啊？咱们被钱之风耍了吧？"

杨人杰说道："再挖深点！"

金成山看看地："够深了，再深都能打井了！钱之风藏个东西，也犯不上埋那么深呀？"

杨人杰回身对韩彩衣说："韩小姐，钱之风在这儿埋了东西，你不知道吗？"

韩彩衣怒气冲冲地说："不知道！你们不是喜欢挖吗？接着挖，我想开了，明年我准备在院子里种点丝瓜扁豆什么的，你们就当帮我松土吧。"

特务们一个个都停下了，拄着铁锹喘着粗气望着杨人杰。

韩彩衣止住杨人杰："哎！别着急走啊，还没挖完呢！"

杨人杰努力赔着笑脸："对不起韩小姐，打扰了……"

韩彩衣冲到杨人杰面前，挡住他和特务们的去路："我说了不许走！这是我家！你们说来就来说走就走？你答应了的，给我恢复原样！"

杨人杰："改天我派人来……"

韩彩衣拦住杨人杰："不行！就得现在！要不就不许走！"

杨人杰忍无可忍，一把推开韩彩衣。

韩彩衣怒发冲冠："你敢推我？你跟我动手！"

韩彩衣二话不说，冲上去就与杨人杰撕扯起来，书落在一旁。杨人杰忌惮她的身份，又不好意思打女人，落了下风。其他特务在旁边看着只能劝，

不敢上前帮忙。

韩彩衣毫不客气在杨人杰脸上抓了几道血印，杨人杰终于发狠将她推倒在地。韩彩衣故意佯装倒在书旁边，这时哭得梨花带雨，抓起书来。

杨人杰看韩彩衣拿着书，忙说道：“书给我！”

“就不给！”韩彩衣坐在地上，奋力将书撕得乱七八糟，向杨人杰丢去。书页散开，犹如天女散花。

金成山在一旁劝：“队长，好男不跟女斗……”

杨人杰难堪之极，掸掸身上尘土，转身走了。韩彩衣号啕大哭，骂声不绝：“杨人杰你个王八蛋！我去告诉我姐夫，说你欺负我！你欺负女人，你不得好死……”

杨人杰带人上车走了，陈妈惊恐地连忙关上院门。

韩彩衣对陈妈说：“谁让你出来的！看着孩子去！”

陈妈进屋了。见院里没人，韩彩衣立刻翻身起来，捡拾散乱一地的书页，将飞散各处的书页找齐，有的沾了污泥，她小心地在衣服上蹭干净。

韩彩衣抱着书页进屋，反锁了门。她将撕碎的部分整齐摆在地上，一一拼对。

苏州站办公楼里，刘二奎被架进审讯室，惊恐万状：“老赵！赵科长！我冤枉啊！我冤枉！我什么都不知道啊……”

刘二奎很快被五花大绑在椅子上，赵元初示意，手下特务出去。

赵元初：“说吧，你跟乌老大怎么回事？”

刘二奎摸不着头脑：“乌老大？我不认识什么乌老大……”

赵元初说道：“乌老大在咱们站里的同伙，就是你。证据确凿，你抵赖也没用。”

刘二奎：“证据？什么证据？”

赵元初：“钱之风已经招认了。那天晚上在杀害胡秘书女儿现场的第三个人，就是你。”

刘二奎惊惶地说：“不是我！不是我！我去看电影了！”

赵元初露出笑容：“《乱世佳人》，昨天我去看了，确实挺好看。不过好看的不是小细腰大胸脯，而是女主角的精神、勇气、信念、坚韧！美国精神你一点没有体会到？嗯，你死得不冤。”

刘二奎表情惊恐地看着赵元初出去了。

郑伯鸿办公室门外走廊上，杨人杰和赵元初等在门口，郑伯鸿走过来开门。

郑伯鸿看看两人：“听说这大半天，收获不少？”

杨人杰点头：“是，很有收获。”

郑伯鸿看向赵元初，赵元初忙点头：“站长，我要向您检讨，请求处分！”

郑伯鸿推开门：“哼，请求处分！这话我最近听到的次数太多了，不想听了。”

郑伯鸿进到办公室里，杨人杰熟练地替他倒茶。

郑伯鸿说道：“说吧，你们怎么发现刘二奎的？”

杨人杰看看赵元初，有些得意：“要不老赵你说？”

赵元初点点头：“主要还是杨队长的功劳。在审查中，刘二奎说自己当晚去看电影了，提供了电影票的票根。但经杨队长仔细核查，发现票根是假的，也就是说不但他没有不在场证明，他还刻意去伪造不在场证明，因此有重大嫌疑。当然更关键的，发现了钱之风试图向外传递消息。”

杨人杰接着说：“钱之风设法偷偷在一本书上给刘二奎留言，说他要的东西藏在自己家的院子里，求他放过自己的妻小。”

郑伯鸿看向赵元初：“刘二奎承认了吗？”

赵元初说道：“开始嘴硬，做了做工作就交代了。”

郑伯鸿接着问：“藏的东西，什么东西？”

杨人杰尴尬地说：“哦，是本孙中山的《三民主义》，咱们图书馆的书。我去钱之风家的时候，被韩彩衣给撕了……”

审讯室里，奄奄一息的刘二奎被拖到郑伯鸿面前，刘二奎气息微弱地说：“我冤枉……”

赵元初在身后：“怎么？你想翻供？”

刘二奎恐惧地不敢抬头。赵元初拿出供词放到他眼前：“看看，这上面写的，是你刚才说的吧？没问题就按个手印。”

刘二奎哆嗦着。看到赵元初恐怖的眼神，只好咬牙蘸着血按下手印。

郑伯鸿在优待室里和钱之风谈了谈，杨人杰和赵元初等在门外，郑伯鸿出来，三个往办公室走。

郑伯鸿边走边说：“钱之风说那是骗他的，树下面根本什么也没有。刘二奎怀疑钱之风杀了乌老大之后把乌老大这些年贩卖情报积攒的钱财全搜刮走了。钱之风说不清楚，只好虚晃一枪。他觉得肯定有人守着他家门口，刘二奎进不去。”

赵元初说道：“站长，既然事情都搞清楚了，您看是不是快刀斩乱麻。现在正是关键时候，万一胡秘书和包部长掺和进来……”

郑伯鸿冷笑：“你的意思，赶紧灭口？”

赵元初说道：“毕竟是咱们站里的乱子，说出去不好听……”

郑伯鸿一瞪眼：“哼，你是怕刘二奎鱼死网破，把你的那些烂事咬出来吧。”

说完郑伯鸿走了，杨人杰跟在后面，回头望了望站着不动的赵元初。赵

元初抽动嘴角，阴险地笑了。

郑伯鸿独自一人坐到办公桌前，拿着刘二奎的口供看着，他又拿出之前钱之风的，两边对比。看得越仔细，他的眉头皱得越紧。

郑伯鸿从办公楼出来，杨人杰打开车门："回家？"

郑伯鸿想了想："金鸡湖，西沿村。"

来到江汉城的住地，杨人杰和胡秘书等在小院里，天气寒冷，两个人呵着手。胡秘书问："你们站长打算怎么处置钱之风？"

杨人杰笑笑："放心，会给你个交代的……"

只见窗影中郑伯鸿和江汉城正在对谈，一轮清冷的月亮挂在天际。

苏州城中，谭从武紧紧压低帽檐，正在往山西面馆走，意外看到一个女人的身影在面馆附近转悠。走进了，发现是韩彩衣。

谭从武警惕地看向四周，看来她只是一个人，没有埋伏。谭从武咳嗽一声，拿出钥匙，打开面馆的门，将她让进了面馆。

谭从武回身关上门："韩小姐，你不知道这样很危险吗？"

韩彩衣说道："我知道。我就想来问问，你们到底还打不打算救钱之风了？"

谭从武摇头叹气："我们这几天一直努力营救，可是没有一点进展。"

韩彩衣勉强控制情绪："你们在耽误时间！好，我知道，你们信不过我，给你这个，能证明我的诚意吗？"

韩彩衣拿出一张纸，谭从武接过来看："什么？"

韩彩衣说道："今天收到的，重庆发给南京，上官云相兵团第 40 师的调动路线，希望沿途隶属南京方面的各路队伍回避。"

谭从武吃惊地问："你破解了密电？"

韩彩衣点头："对。你们到底能不能救出钱之风？"

谭从武点点头："我们会努力，但是现在，我们必须先救新四军！"

韩彩衣盯着谭从武："新四军跟我没关系。"

谭从武恳切地说："韩彩衣，看在钱之风的份上，我叫你一声韩彩衣同志！你要知道，钱之风的被捕，完完全全是为了救我们新四军！重庆政府和南京伪政府阴谋联手，要消灭我们一支抗日的队伍！"

韩彩衣盯着谭从武："这些大道理钱之风都给我讲过，不用你啰唆！我现在只想知道，钱之风替你们卖命那么久，现在是不是你们就丢下他不管了？"

谭从武："我完全理解你的心情。可是……"

韩彩衣拿着水："可是你们什么都做不了？"

谭从武点头："我刚才说了，我们现在最大的任务，是掌握'闭门计划'

的内容，拯救新四军……”

韩彩衣问：“如果我把密码本给你们，你们就能去救钱之风了？”

谭从武答道：“不管密码本你给不给我们，我们都会想尽一切办法营救自己同志的。”

韩彩衣想了想：“我能问个问题吗？完成这个任务之后，你们是不是就要安排钱之风离开苏州了？去哪儿？”

谭从武：“新四军。我们在苏南有根据地，那里缺医生……”

韩彩衣问道：“那里什么样？是不是生活很苦？”

谭从武：“要说生活条件，确实要比苏州艰苦千万倍。但你到了那边就会发现，那是另一个世界，跟这边完全不同的世界……”

韩彩衣：“有什么不同？”

谭从武笑了笑：“比方说，你在这里，苏州城里，能看到多少发自内心的笑容？你站在街上，放眼望去，看到满眼的是什么？是悲苦，是折磨，是绝望——即便有笑容，也是虚情假意的，甚至笑里藏刀……而在解放区，则完全不一样。你会看到每个人脸上都洋溢着笑容……”

韩彩衣疑惑地问：“难道你们共产党笑起来也跟别人不一样？”

谭从武说道：“当然，那是自信的笑容，自豪的笑容，充满希望的笑容，我们相信，我们在进行的是正义的事业，我们相信，我们代表了中国未来发展的方向，我们相信，我们足以担起四万万同胞的厚望，我们相信，未来在我们手中！”

韩彩衣打断了他的话：“我对政治没兴趣……”

谭从武接着说：“不是让你去上政治课，而是让你去看，用你的眼，用你的心去看。你刚刚有了孩子，你用自己的心去感受，去想，你到底想让你的孩子生活在一个什么样的世界？”

韩彩衣望着谭从武自信的笑容：“江汉城用的密码本，是孙中山先生的《三民主义》。”说着拿出书来。

第二天，钱之风家里，小思成被放在屋角的摇篮里，陈妈在做家务，不时逗他笑。听到外面的车声，陈妈向窗外看去。

杨人杰下车，走向门口，叩门。陈妈出来开门，看见是他，十分警惕。

陈妈问：“干什么？太太今天不舒服！”

杨人杰答道：“跟太太说，是她姐夫请她去。”说着，杨人杰回头看看身后的特务：“退后，别吓着咱们韩小姐。”

陈妈进去，片刻韩彩衣出来，冷眼相对：“杨队长，你是来帮我填坑的吗？”

杨人杰看了眼满地的坑，回头对手下说：“你们俩，韩小姐回来之前，把所有坑都填上。”又转向韩彩衣：“昨天唐突，请韩小姐见谅。”

韩彩衣嫣然一笑："也谢谢杨队长昨天对我手下留情。我姐夫找我？什么事？"

杨人杰说道："大概是老钱的事吧，去了就知道了。"

到了办公楼，杨人杰领着韩彩衣往里走，似乎并不是通往站长办公室的方向。

韩彩衣问："你这是领我去哪儿？我姐夫不在他办公室吗？"

杨人杰回身说道："站长觉得应该先让你见个人。"

杨人杰将韩彩衣带进刑讯室，韩彩衣呆住了，只见行刑架上绑着一个血肉模糊的人，几乎辨认不出面孔。

杨人杰上前："认不出来了吗？"

韩彩衣仔细辨认："刘……刘二奎？"

杨人杰点点头："没错。刘组长，有人来看你了。"

刘二奎微微睁开眼睛，目光涣散。

杨人杰说道："你家钱之风供认，与乌老大串通，杀害胡秘书女儿的内奸就是他！"

韩彩衣呆呆地望着，说不出话。

杨人杰走到刘二奎面前："刘二奎，你不是喊冤吗？你不是说老钱故意冤枉你吗？韩小姐在这儿，你有什么委屈跟韩小姐说，看韩小姐能不能替你说话。"

刘二奎嘴巴动了动，却发不出声来。尿水顺着裤脚流下来。

杨人杰撇嘴："啧啧，一个大男人，当着韩小姐的面就尿，也不知道羞耻！"

二人从刑讯室出来，这才进了郑伯鸿的办公室。

韩彩衣不解："为什么要我去看那个？"

郑伯鸿看看韩彩衣："让你知道，我到底给了你多大的面子！人杰啊，没你的事了。"

郑伯鸿上前把门关严，回来站在韩彩衣面前，突然扬手狠狠给了她一记耳光，韩彩衣猝不及防，被打倒在地，她惊讶地看着郑伯鸿，郑伯鸿站在原地冷冷地盯着她。

韩彩衣被打得一愣："姐夫，你为什么打我……"

郑伯鸿威严地说："你还知道我是你姐夫！"

韩彩衣答道："我当然知道！"

郑伯鸿接着说："那你知不知道我是怎么对待你的？你和钱之风到底瞒了我多少事？你们一个个背地里又做了多少对不起我的事儿？你把我真当傻子吗？"

韩彩衣愣住了，她完全没有任何的心理准备，她不知所措地看着郑伯鸿却一句话也说不上来。

郑伯鸿依旧冷冷地看着她："你是不是还想告诉我，你和钱之风都是无辜的？还想让我放了他？"

韩彩衣恳求："只要你肯放了钱之风，你让我做什么都行！"

郑伯鸿笑了，笑得很可怕。韩彩衣鼓起勇气站直了说道："最后一次，我求你最后一次……"

郑伯鸿又是重重地一巴掌打在韩彩衣的脸上。韩彩衣又一次倒在了地上，鲜血流了下来。

郑伯鸿说道："还要痴心妄想，还要这么一意孤行下去是吗？"

韩彩衣努力的站起身来。

郑伯鸿背过手："说什么也没用！钱之风必须得死！没有别的路，回你姐家，从今往后老老实实做个良家妇女，我会和你姐帮着你把孩子抚养成人。"

韩彩衣歇斯底里地大吼："放了钱之风，他是孩子的父亲！"

郑伯鸿头也不回地拉开了房门："我不可能让你的孩子有一个共产党的父亲！"

门重重关上了。韩彩衣绝望地站在原地，一动不动。

苏州站院子里，钱之风被特务押出来，气氛肃杀。伤痕累累的刘二奎正挣扎着呼喊，看向一旁台阶上站着的郑伯鸿："站长！我冤枉！我冤枉，我不想死……您留我一条命，我当牛做马，我做您的看门狗……"

郑伯鸿冷冷地看着，无动于衷。他望向钱之风，似乎期待他说点什么，又止住没有说。一声撕心裂肺的喊声传来，韩彩衣从楼里奔出，被特务拦住。她拼命地大喊："之风！——钱之风！"

众人的目光集中在韩彩衣身上，包括郑伯鸿，郑伯鸿只是冷冷地说了一声："带走。"

刑场在城墙下面。车停在刑场边，钱之风和刘二奎被押下车，推到行刑队前，金成山上前呵斥："跪下！"

金成山踹了一脚，刘二奎便跪下了。他歪着头看向钱之风，哭得伤心："老钱！钱之风！我跟你远日无怨近日无仇，你干吗要害我？你死就死了，干吗还要拉我当垫背的？"

金成山打了二奎一巴掌："闭嘴。"

钱之风笑了笑，有些惭愧："二奎，当汉奸的滋味不好受吧？对不起了。早点转世投胎，当个好人吧。"

金成山连踹两脚，钱之风就是不跪。

金成山骂道："哎，他妈的……"

杨人杰上前："钱之风！你就不怕死吗？"

钱之风说道："我怕死，可还有比死更怕的……"

杨人杰问："什么？"

钱之风说道："当汉奸！"

一阵声枪响，钱之风眼前一黑，一片黑暗的死寂。

此时韩彩衣已经回到家中。韩彩衣提着油灯站在地下室里，环顾这个属于钱之风的秘密世界。物是人非，韩彩衣强忍着悲伤。她坐下来东摸摸西看看，想象着钱之风在这里的样子。

想到钱之风的滑稽样子，韩彩衣忍不住露出笑容。忽然，抽屉似乎卡住了，她伸手进去，将整个抽屉拉出来翻过去，发现抽屉的底部藏着个夹层。小心打开，里面是一本《共产党宣言》，韩彩衣这才确切知道，钱之风已经秘密地加入了中国共产党。

第二天，杨人杰带韩彩衣去上坟。

杨人杰用略带安慰的语气对韩彩衣叙述着："……其实站长和我一直就对钱之风有怀疑，从许清林的事开始，暗杀日本天皇特使，到许清林之死，到后来的乔掌柜乔三，可就是拿不到确凿证据。乔三冒出来的时候，我差不多已经认定钱之风有问题，但站长总是犹豫。中间也试探了几次，钱之风确实可疑，可关键时刻总有你在旁边，站长亲口跟我说过，哪怕说你韩彩衣是军统特务，他都能相信，可唯独说你是共党，他死活都不信。这也是迟迟没有揭穿钱之风的根本原因。这一回，钱之风如果坚持他最初的说法，被乌老大逼的，其实基本也就过关了。站长生气归生气，但总归要看你的面子。可他画蛇添足，非要我们把怀疑的目光对准刘二奎——你想，这种冒极大风险往外传的讯息，应该惜字如金，他为什么要写个抬头刘组长？刘组长，我藏的东西在什么什么地方……所以站长和我就往另一个思路去想，这是钱之风在故弄玄虚……"

韩彩衣面无表情："可不等于他就是共党啊？"

杨人杰说道："哼，如果不是共党，他为什么要这样做？别忘了，是因为他的口供，我们才怀疑第三个人是站里的某人，进而找到刘二奎头上的。很明显，他通过书递送消息的目的，就是进一步误导我们，好给站里制造内乱……"

韩彩衣："为什么是刘二奎？"

杨人杰接着说："钱之风之前与他有关争执，两人关系不和，他想借刀杀人。韩小姐啊，站长同我感慨，钱之风手腕之高明，表演之逼真，令人叹为观止。你被他迷惑，也算情有可原……"

到了郊外的树林，一辆车停在旁边，杨人杰进到车上。望着韩彩衣在金成山的带领下走进小树林，来到一个坟包前。

郑伯鸿沉默了许久，开口问杨人杰：“人杰啊，你加入 76 号，真的为了和平事业吗？”

杨人杰一愣：“您怎么问这个？”

郑伯鸿笑笑：“我忽然想知道。”

杨人杰有些唏嘘：“您说，我干的事儿，有哪一件和平的？不是抓人就是打人就是杀人。”

郑伯鸿一声叹息：“是啊，我们这些人，死之后，要下地狱的。”

坟包前，韩彩衣拿出祭品摆上，金成山拿出烟酒。

韩彩衣看了看：“之风他不喝酒也不抽烟。”

金成山递上来：“我们队长的一点心意……”

韩彩衣摇摇头：“那就更不能摆了！”

韩彩衣点了香插在坟头，闭上眼睛默默许愿：“之风，你放心，我会完成你交付的嘱托，我会努力，为了儿子能生活在一个更美好的世界，我会记得你，永远记得你，谢谢你这一年带给我的一切，不论好的坏的，谢谢你……”说着拭去眼角的泪水。

32 棋局

钱之风的眼前慢慢有了光亮。眼睛睁开了，可视野中一片模糊，只能看到光影的变化，外面传来说话声："……郑站长，人各有志，多说无益……"

另一个声音是郑伯鸿："唉，我是为你可惜呀……当初也怪我，对江先生有成见……"

原来钱之风被蒙上头，击晕后带到了江汉城的所在地。

江汉城对郑伯鸿说道："我只求你一条，不要委屈了彩衣。"

郑伯鸿点点头："放心。虽然你我道路不同，但也算得上英雄相惜吧，我已答应你，把人交给你，可你到底想怎样处置他呢？"

江汉城看着远方："我要让他亲眼看到他们共党的失败。相比消灭肉体，摧毁他的精神、毁灭他的信仰更有成就感。"

钱之风坐了起来，环顾自己所处的小屋。陈设简陋，看上去就是普通的农家院落。他还有些头疼，揉揉后脑。

门开了，江汉城摇着轮椅进来："头还疼吗？"

钱之风一惊："江汉城？"

江汉城说道："肚子饿了的话，咱们就吃饭。没什么好的，不过管饱。"

说着摆出食盒，放在钱之风的床边，给他倒了杯酒："听说你在自学电台方面的知识？我收发报的时候你可以在旁边看，有什么不懂的我可以教你。"

钱之风问："你不怕泄密？"

江汉城哈哈大笑："泄密？我还真不怕。你觉得你能从这里活着出去吗？告诉你，不单你不行，连我都不行！"

钱之风望着眼前的饭菜，犹豫了一下，抓起筷子就吃。江汉城在旁边看着，不禁点头，举起酒杯："好，拿得起放得下，干！"

吃完饭，江汉城戴起耳机，全神贯注地收报，同时随手将编码记录下来。收报完毕，他立刻开始译码。钱之风走到江汉城身后，江汉城将译好的内容直接推到他面前："来看看吧。"

钱之风犹豫片刻，索性拿过来看，看到上面的内容，不禁皱眉："怎么可能！他们怎么可能往南走？"

江汉城说道："怎么不可能？项英他们知道自己动作慢了，北边东边都不可能，于是只好南蹿。可惜啊，他的如意算盘打错了，上官云相长官早就料到了他的动向。来，给你看地图。"

墙上有一张皖南苏南地区的地图，上面标示着不同颜色。

江汉城指着地图："这次针对你们新四军的作战计划——国军第二游击区第八十八军、忠义救国军、第六十三师、独立三十三旅及苏南地方武力原地守备，防止你们苏南新四军的策应作战；第二十五军的五十二师和一〇八师，抽出主力进驻南陵、泾县；第五十军的一四四师、一四五师以及新七师之第二旅抽出主力，进驻茂林以西一线；第七十九师开往太平；第六十二师开往宁国；第四十师进驻三溪。你看，云岭以南，就是个口袋，只等着你们新四军往里跳……怎么样？什么感想？"

钱之风看着地图："你们的五十二师一〇八师、一四四师一四五师，就这么走啦？那么大的地方留给日本人，留给南京汪伪？敌人要趁火打劫怎么办？"

江汉城笑道："这就是我在这儿的意义。要关门打狗，不能老有野猫在外面捣乱不是？这就需要我来做工作，猫怕狗，把恶狗打死，野猫当然也求之不得呢。"

钱之风不解："你为什么要告诉我这些？是你救了我？"

仿佛听到最好笑的笑话，江汉城哈哈大笑："我救你？我救了你！哈哈，钱之风，没人救你，你现在已经是个死人了，你一只脚已经进了阴曹地府！我不过让你拖延几天，好让你亲眼看到你们新四军的覆灭！"

钱之风和江汉城来到湖边，望着远处。

江汉城说道："多美的景色啊，可惜，很快就要看不到了……最多再有三天，一切就该见分晓了。到那时候，我会跟你就伴——按你们的话说，去见马克思——不过我要告诉他，他的主义不适合我们中国。"

钱之风看了看江汉城："他们也要杀你？"

江汉城摇头："我的使命完成了。身为一个残疾，我已经做完了所有我能做的，没什么能让我留恋……"

钱之风瞪眼问道："韩彩衣呢？你不管她了？"

江汉城笑笑："她会有她的幸福。"

钱之风犹豫了一下，说道："她还爱着你……"

江汉城摇摇头："晚了，一切都晚了。钱之风，你要相信这世上有些事凭你一己之力是改变不了的。就像太阳东边升起西边落下，就像人总归难逃一死，就像你们新四军注定要被消灭，就像我这么一个瘫子，脊骨断了，就再也别想站起来……"

钱之风说道："等等！你站不起来了没错，可你凭什么说我们新四军注定被消灭？"

江汉城笑道："还不死心吗？"

钱之风也望向远方："那咱们就试试。"

此刻，韩彩衣已经回到家，开门进来，站在门口，虽然已有心理准备，却还是吓了一跳。只见一片狼藉，桌椅翻倒，东西乱丢在地上，经过了粗暴的搜查。

韩彩衣回头看了看金成山："你们干的？"

金成山点头："钱之风是共党，当然要彻底搜查。另外……他们说发现了收报机，但没有找到发报机，韩小姐知道在哪儿吗？"

韩彩衣冷冷地说："不知道，知道也不告诉你！"

韩彩衣说罢向楼上去，金成山跟在后面。韩彩衣站住回头："我去拿我的衣服，女人的内衣，你也要看吗？"

金成山只好停下。

韩彩衣进到卧室，打开衣柜拿了几件衣服。她看看外面，小心关上门，搬来凳子，站到凳子上，小心地从头顶吊灯的基座里取出那本《三民主义》。

韩美珍正在楼下抱着孩子等着，韩彩衣抱着一堆衣服从楼上下来："拿好了，走吧。"

韩美珍和金成山都没发现，有一本书裹在衣服里。

韩彩衣在姐姐的陪伴下上车，金成山驾车离开。远处，谭从武正望着这边。

汽车行驶在街道上，韩彩衣蹙着眉头，望着窗外似乎在想什么。

韩美珍对韩彩衣说："你呀，也别想那么多了。人死不能复生，你把孩子好好拉扯大，也就算对得起他了。唉，他走了邪路，还连累了你，是他对不起你……"

车速减慢，前方有一队饥民。金成山按喇叭。

金成山摇下车窗："让开！不让开撞死你们！"

韩彩衣暗中握住车门扶手，车子穿过饥民们的瞬间，她猛地打开车门，从韩美珍手里抱过孩子便跳了下去。

韩美珍惊叫："彩衣！"

金成山回头，发现韩彩衣跳车，打方向想开车去追，可是被饥民们挡住路。他犹豫了一下，开车门跳下去，再找韩彩衣，远远地只见背影。

韩彩衣拼命闯过人群，穿过一条小巷，到了另一条街上，拦住一辆空黄包车，黄包车刚刚离开，金成山便追来，但已再也找不到韩彩衣了。

“啪嚓”一声，郑伯鸿的水杯狠狠摔在地上，金成山噤若寒蝉。

杨人杰骂道：“废物！废物！站长，您别着急，我现在马上就带人去找，整个苏州城挖地三尺也要把她找出来！”

郑伯鸿大声说道：“还不快去！”

杨人杰转身出去，郑伯鸿又叫住了他：“等等……如查实她与共党有染，格杀勿论！

杨人杰惊愕：“啊？站长，您真的要……”

郑伯鸿暴怒：“你听见了我说的话没有！”

美馨旗袍店外，韩彩衣下了黄包车，发现没有带包，身上分文皆无，于是匆匆摘下手腕上的玉镯当作车钱交给惊讶的车夫。

店门紧闭，挂着“闭门歇业”的牌子。韩彩衣拼命捶门。门开了一道缝，韩彩衣不由分说挤进来。

韩彩衣说道：“给我拿身衣服，越破旧越好！”

小童站着不动，疑惑地看着她。

韩彩衣接着说：“你傻了？听不懂我说的话吗？”

韩彩衣自己找了衣服，冲进里屋。片刻，她换了衣服出来，披头散发仿佛换了一个人。

小童看着韩彩衣：“韩姐……咱们能聊聊吗？”

韩彩衣仿佛没有听见：“你的车呢？给我车钥匙！我急着有事，等我回来再说！车钥匙！”

小童没拿出车钥匙，却拿出一张纸给她：“拿着。冯主任给你开的证明。他说话算话，从今往后你跟军统没关系了。”

韩彩衣打开，呆呆地看着。

小童说道：“钱之风死了，我说是你的功劳。冯主任很满意。”

韩彩衣瞪着小童：“钱之风不是我杀的！”

小童点点头：“我知道，不过无所谓，反正他死了。你不是想过平静的生活吗？你如愿以偿了。”

韩彩衣激动地说：“人不是我杀的！”

小童摇摇头：“韩姐，你自由了！”

韩彩衣突然狠狠地将证明给撕了：“我不要用他的血换来的自由！”说完转身要走。

小童拦住她："你去哪儿？"

韩彩衣说道："我去救人！"

小童接着问："你去救谁？共产党吗？新四军？"

韩彩衣一愣。

小童掏出枪，对准目瞪口呆的韩彩衣："对不起韩姐，这跟我有关系。你这是背叛！你不用再听命于军统，但你不能背叛党国，你不能背叛江哥！"

韩彩衣摇头："我没有背叛谁，我只做我认为对的事……"

小童咬着牙："难道毁掉江哥的心血，毁掉他毕生的理想也是对的吗？"

韩彩衣接着说："不，小童，你不明白，我只想让他知道，让他看见，有更好的路更正确的路可走！"

小童咬咬牙："韩彩衣，你这个叛徒！"

韩彩衣推门而出："要开枪就开吧。"

小童握枪的手发抖。韩彩衣消失在视线里，小童始终没能开枪。

韩彩衣在街上匆匆走着，警惕地看向周围。刚刚走过一个路口，就有行动队的车驶来，特务跳下来设卡。看到前方出现了特务，韩彩衣连忙拐入小巷。人家窗口有晾晒的竹篮子，韩彩衣顺手取下挎着；另一家门口有煤堆，她用煤渣将脸抹黑。

韩彩衣出了小巷，看到前方有特务在盘查路人。她在路边捡了根树枝当拐杖，装作虚弱多病的样子，挤在人群中。

正往前走一只手拉住她："别出声，跟我走。我姓常，老谭让我来接你，你不认识我了？"

韩彩衣长出一口气。

金鸡湖边，钱之风和江汉城并肩坐着钓鱼。

钱之风正说着："……民族、民权、民生，孙中山先生的三民主义，你觉得三条之中最重要的是哪个？"

江汉城看着江面："民生。民生才有民权，民权才有民族。"

钱之风说道""没错。那么，民生主义的核心是什么？"

江汉城转过头："你考我？"

钱之风笑道："我听彩衣说，你对《三民主义》很有研究，想向你请教。"

江汉城接着说："民生，最重要的是两样：其一曰平均地权，其二曰节制资本。平均地权是耕者有其田；节制资本，使私人不能操纵国民资本……"

钱之风看着江汉城："还有一条，孙先生在《民生主义》第二讲里面提到——民生主义究竟是什么东西呢？民生主义就是共产主义，就是社会主义。所以我们对于共产主义，不但不能说是和民生主义相冲突，并且是一个好朋友，主张民生主义的人应该要细心去研究的……你对《三民主义》能倒背如流，这一句总不该忘了吧？”

江汉城冷笑：“哼，就知道你在这里惦记着。孙先生当时，是被你们共产党所蒙蔽，没有认清共产主义的本质！”

钱之风问道：“是吗？可你刚才说的两条，平均地权和节制资本，国民党政府有在做吗？重庆那些高官，哪一个没有万贯家财，他们的资本，谁来节制？至于耕者有其田，那更是一句空话。各种苛捐杂税就不说了，你们国民党可真有把农民放在心上？”

江汉城：“当然有！”

钱之风：“要是有，就不会有花园口的决堤！”

江汉城沉默了片刻：“那是日军轰炸造成的。”

钱之风冷笑道：“你是军统，做情报工作的。老百姓好骗，你也那么好骗吗？”说着拿出一张照片给江汉城：“看看，这孩子认识吗？”

这是一张婴儿的照片，江汉城看了看，没有表情：“花园口决堤淹死的孩子？要获得胜利就必须要有牺牲。”

钱之风接着问：“如果这孩子死了，你觉得也无所谓？”

江汉城说道：“一个黄口小儿，跟四万万人民比起来，不算什么。”

钱之风一字一顿地说：“这孩子叫钱思成。姓钱，是随我的姓；叫思成，是思念一个人……”

江汉城反应过来，盯着钱之风，又看向照片。

钱之风说道：“没错，思念的那个人，是他的亲生父亲，名字里也有个‘城’字。”

江汉城拿照片的手有些颤抖：“这是我儿子？”

钱之风点点头：“对，你儿子。你是否还要坚持说，这个孩子死了，你也无所谓？”

江汉城说不出话。

钱之风叹了一口气：“一个黄口小儿，看上去太普通了，似乎确实比不了四万万同胞。可是四万万同胞，不就是四万万个普普通通的人构成的？在你看来，在你们国民党看来，那只是一个个统计数字，可在我们共产党看来，每一个人，都是人民的一部分，都应该活得有尊严！这几天你总想问，为什么韩彩衣那么快就受了我的影响，被我洗脑了，告诉你，就是她明白了一点，共产主义理想，才是真正关乎人的理想，在共产主义社会，人才拥有真正的尊严和自由！”

江汉城抑制住激动的内心：“哼，都是假话空话，说出去骗人的！”

钱之风接着说：“你儿子，你还没亲眼见过。虎头虎脑的，很可爱。你希望他生活在一个什么样的世界里？他现在失去了父亲，他没有生在大富大

贵之家。他就是一个普普通通的孩子，只能和母亲相依为命、颠沛流离。他没钱读书上学，他小小年纪就要去做苦工；他每天都吃不饱肚子，他的母亲每天都提心吊胆，害怕受到有权有势的人的欺负……你没办法否认，这就是现在真实的中国，你为之奋斗，努力维护的悲惨世界。三民主义说得很好听，可是落在实处在哪里？你为之奋斗的，难道只是几句空洞的口号？江汉城，我认为你还是一个有良心的人，所以我才跟你说这些。是否对得起党国有那么重要吗？你自己先想想吧，是否对得起你儿子！”

钱之风说罢，起身回去了。江汉城一个人呆呆地，面对着平静的湖面。天色暗了，江汉城始终一动不动。

另一方面，小常将韩彩衣带到山西面馆，谭从武和韩彩衣对坐，黯然神伤：“……对钱之风同志的牺牲，我们也非常难过。我最近老在想，是不是我害了他。他本来可以安安稳稳做他的医生，是我把他卷到这危险的情报工作当中。在发现他面临的危险超乎预期的时候，我也没有强迫他离开，也许我当时再强硬一点就好了……”

韩彩衣摇头：“不，他喜欢他这一年的生活。他说过，这是他的选择，他不后悔……”

谭从武：“可是……”

韩彩衣看着谭从武：“老谭，你们尽力了。你们对他很好。我过去一直不明白，他为什么那么相信你们，见到你们我才明白，因为你们也始终相信他，没有抛弃他。”

谭从武悲伤地看着韩彩衣：“他最后有什么遗言吗？”

韩彩衣拿出那本《三民主义》：“他希望我能帮助他，完成他的任务。对不起，上一次我小心眼，当时给你们就好了……”

谭从武说道：“韩彩衣同志，谢谢你。”

韩彩衣一愣：“你叫我同志？”

谭从武点点头：“对，韩彩衣同志，你现在站在了人民一边，站在了正义一边，就是我们的同志！”

韩彩衣眼泪流了下来：“谢谢……”

谭从武轻轻从韩彩衣手中接过小思成：“孩子睡着了。”

韩彩衣看着小思成：“嗯，他这一天跟着我东奔西跑，也累了……”

谭从武问道：“未来，有什么打算？你姐夫那里，恐怕是回不去了吧？军统那边呢，同意你撤回后方去吗？”

韩彩衣：“我跟那边早就没关系了。”

谭从武：“可你留在苏州会很危险。难道不为你的孩子想想吗？”

韩彩衣抱回孩子，起身要走。

谭从武止住她："韩彩衣同志！"

韩彩衣说道："谭从武，我已经把你们要的东西给你们了，还那么关心我干什么？"

谭从武诚恳地说："因为从现在起，你是我们的同志！韩彩衣同志，我再一次代表组织郑重邀请你，到我们的解放区根据地去看看。你和你的孩子在那里会很安全，你们会得到很好的照顾，当然你也有充分的自由，如果有一天你不喜欢了，随时可以离开！"

韩彩衣犹豫："我没想过……"

谭从武说道："对了，这也是钱之风同志的愿望，他跟我说过很多次，希望有朝一日，能带着你和孩子到解放区去，让你们的儿子，能在一个快乐而自由的环境中成长……"

韩彩衣哽咽："我们的儿子？"

谭从武点头："对，他的原话就是——'我们的儿子'。"

此刻，秘密电台前面，江汉城戴着耳机，电台却保持着静默，钱之风焦急地等在旁边。片刻，江汉城摘了耳机，关闭电台。

钱之风问："什么都没有？"

钱之风问道："什么意思？"

江汉城盯着电台："什么意思？就是正戏开锣，我们这些垫场的小角色，该退场啦……你打开收音机听听？"

钱之风打开收音机。

女播音员的声音传来："……第四十师在皖南茂林山区遭到不明武装的袭击，目前已排除日伪军的可能。第三十二集团军上官总司令官已下令展开就地反击，并迅速查明敌人身份……种种迹象表明，这似乎是由共党控制的新编第四军所为，但未得到最后证实。截至目前，战斗还在继续，各方面正密切关注事态发展……国民政府军事委员会曾下令新编第四军于上月三十一日前全部撤往长江以北，而新编第四军盘桓至前日，方才开始撤离云岭地区，但并未按照指定路线……如证实袭击行为确系新编第四军所为，可以预期该部将受到军事委员会之严厉制裁。从去年苏北黄桥到今日皖南茂林，共产党所部肆意攻击友军之倒行逆施，已引起国人公愤……"

江汉城关了收音机，拍拍钱之风的肩膀："认输吧——咱们打的赌，你输了。"

钱之风绝望地坐下来。

第二天清晨，一轮朝阳映在湖面上，江汉城摇着轮椅，看到钱之风静静坐在湖边。

江汉城上前说道："看看吧，最后一次日出。想什么呢？"

钱之风凝视远方："我在想，未来的中国会是什么样。我还在想，你这样的人，到底算不算汉奸。"

江汉城一愣："汉奸？你觉得我是汉奸？"

钱之风问道："难道不是吗？你不妨扪心自问，你现在干的事与汉奸何异？就因为你，有多少本该站在抗日战场上的同胞，倒在自己人的枪口下面？你再看看你的周围，这些天与你共事究竟是些什么人？不正是大大小小的汉奸吗！皖南枪声打起来，最高兴的又是谁？你心里很清楚，日本人和南京的那帮家伙正弹冠相庆！日本人和汉奸们可以更肆无忌惮地欺压百姓了，又要有多少可怜的同胞流离失所家破人亡，而这一切，全拜你所赐！你还敢说你不是汉奸？"

江汉城有些颤抖："我是汉奸，你又是什么？你替郑伯鸿当差，敢说没做过半点亏心的事？归根结底，我们是同一种人，只是支持的对象不同……"

钱之风大声说道："我跟你不一样！"

江汉城说道："别自欺欺人了。你我不幸生在就乱世，就没办法独善其身。要想有所作为，就必须不择手段……"

钱之风接着说："不！对你们来说，也许不择手段是天经地义的，但我们不同！你们相信毁灭，相信杀戮，但我们，我们共产党更相信拯救！"

江汉城盯着钱之风："愚蠢的人太多了，根本拯救不过来！"

钱之风回应："有理想有信念的人更多，你们更杀不过来！"

江汉城问道："你是医生，如果一个人，你明知他马上要死，你还会救吗？"

钱之风决然的点头："当然。"

江汉城冷笑："你在浪费自己的时间。"

钱之风说道："我在拯救他人的同时，也在拯救自己。而你呢？在杀戮他人的同时，难道不是也在毁灭你自己？"

江汉城愣了半晌，无言以对。回到屋里，江汉城将桌上的电报一张张在火盆中烧尽，钱之风在一旁看着江汉城，江汉城回头说道："送咱们俩上路的人马上就到了。"

外面，几个特务慢慢地向着小屋围了过来，一个特务头目向手下的人示意。特务们纷纷地摸出枪来，两个特务举枪慢慢地进了小屋。突然屋里传出枪响，几个特务听见枪声，特务头目示意，再进，特务冲进小屋。刚到门口一声枪响，一个特务应声倒地。钱之风和江汉城做着最后的反抗。特务们纷纷寻找掩体，门开了，江汉城和钱之风出现在门口，举枪还击，经过激烈的枪战，江汉城连中数枪，特务头目拿出手雷投向钱之风和江汉城的方向，一声巨响，江汉城和钱之风被浓烟笼罩。

此刻，赵元初在办公室默默听着收音机广播：……国民革命军新编第四军违抗命令，不遵调遣，自上月以来，在江南地区，蓄意扰乱战局，破坏抗日阵线。其阴谋不轨，已非一日！本月初，自泾县潜向南移，竟胆敢进攻我前方抗日军队阵地，危害民族，为虎作伥，丧心病狂，前所未有！我前方被袭各部队，对此不测之叛变，若不忍痛反击，不仅前线各军之将士，无以自卫，而且整个抗战之国策，亦必被其破坏无余……

金成山敲门进来，赵元初关了收音机。

金成山说道：“赵科长，包部长到了，站长叫您去开会。”

赵元初走出办公室，站在门前想了想，推门进入旁边钱之风的办公室。

钱之风的办公室还保留着原来的样子，赵元初站在屋子中央，环顾四周，感慨万千。

33 正字

一只小舟荡过水面，谭从武站在船头，韩彩衣抱着孩子坐在船中。一个二十出头的年轻人小李在撑船，上了岸，韩彩衣和谭从武在小李的带领下穿过村落。

韩彩衣好奇地打量周围，农作、政治学习、军事操练……外表的欢腾热烈之下，是简陋的生活条件和恶劣的自然环境。来到了根据地的保卫处办公室，谭从武和保卫处一位三十多岁的干部徐科长热情握手，韩彩衣站在门口，有些拘谨地看着。

徐科长说着："老谭啊，终于把你盼来了！一路辛苦了？"

谭从武回身引见："我给你介绍，这位就是我电报里跟你说的韩彩衣同志。这位是徐战东，徐科长，我们苏浙皖根据地保卫处的……韩彩衣同志，多亏了你送出的情报，我们才可以有针对性地去救援新四军突围的同志。"

谭从武在一旁问："有多少人突围？"

徐科长摇摇头："目前还不清楚，两三千人吧。除了我们这里，淮南、皖江的根据地也派出了队伍接应并解救伤员。哦，住的地方安排好了……"徐科长回头对一个年轻人说："卢焕，你带韩同志去，看看舒雁那边收拾好了没有？"

卢焕带着韩彩衣出去了。

卢焕："听说你们是苏州来的？那我们这儿肯定比不上。上有天堂下有苏杭……"

韩彩衣一笑："也就那样。"

卢焕接着问："在苏州好好的，为什么要来这边？"

韩彩衣低头若有所思："因为……我答应了一个人。"

来到一处房屋前外，卢焕大喊：“舒雁！”

门开了，一个年轻女孩出来。她一头短发，显得热情又有活力。看见思成，舒雁伸手刚要抱，孩子就吓哭了，韩彩衣连忙哄。众人坐下，卢焕对韩彩衣说：“咱们根据地去年办了个电报训练班，舒雁同志在训练班负责后勤工作，也是文艺活动积极分子。生活上有什么困难或者不知道的，你就问她。舒雁，你要多帮助韩同志，这是领导给你的任务！”

舒雁低头：“知道，不用你啰唆！韩姐，你应该比我大，以后我就喊你姐了。孩子的爸爸呢？怎么没一块儿来？”

韩彩衣尴尬地摇摇头，卢焕向舒雁使眼色。

舒雁不解：“瞪我干什么？我就随便问问嘛……对不起啊韩姐，他们都说我肚肠直，说话从来不知道拐弯……”

韩彩衣说道：“没事。孩子他爸爸过世了。”

卢焕岔开话题：“你把人家的床铺收拾出来了吗？”

舒雁说道：“早就收拾好了。韩姐，门口透风，你刚生了孩子不能受风，就睡里面那张床。哦，被褥和脸盆肥皂我都帮你领来了。还有一个暖水瓶，是特别照顾有孩子的同志的，我就跟着沾沾光啦。我想想还有什么……基本就这些吧，我的东西你随便用，这里比不了你们大城市，但是只要找到窍门，生活也不算那么辛苦……”

夜里，土场中央燃起一大堆篝火，根据地的青年们围着篝火唱歌。

韩彩衣抱着孩子躲在暗处看着，站在高处，拿着铁皮大喇叭主持活动的正是舒雁：“同志们！同志们！蒋介石反动派悍然发动皖南事变，妄图消灭我们新四军，他们的阴谋是不可能得逞的！中央已决定，重建我们新四军军部！让我们一起来唱，让《新四军军歌》重新响彻中华大地！”

众人一阵欢呼，接着合唱起来：

光荣北伐武昌城下／血染着我们的姓名／孤军奋斗罗霄山上／继承了先烈的殊勋。

千百次抗争，风雪饥寒／千万里转战，穷山野营／获得丰富的斗争经验。

锻炼艰苦的牺牲精神／为了社会幸福／为了民族生存／一贯坚持我们的斗争！

在歌声中，韩彩衣却显得更加落寞不合群。她正想离开，听见一个声音在身后响起：“如果你刚来不久，感觉不适应是正常的。”

韩彩衣回头看，一个穿着土布中山装，面容和蔼的中年人。

旁边有几个青年看到中年人，热情地打招呼：“首长！”“政委好！”

韩彩衣惊讶的打量：“首长？”

韩彩衣和李政委坐到山坡上，远处能看到篝火和唱歌的人们。

李政委说着："每天，都会有很多来自各地，满怀理想的青年投奔我们。他们发下誓言，要靠自己的努力改变中国落后的面貌，结束中国受屈辱的历史。可有很多人，来了便后悔了，他们受不了这里艰苦的环境……你的情况，谭从武同志都跟我说了。说实话，我非常敬佩你的勇气。听说你有无线电方面的专长，我们去年刚刚开办了一个无线电训练班，现在极缺教员……"

韩彩衣点头："听从组织安排。"

李政委笑了："你还不是党员，所以理论上你是自由的。"

韩彩衣问道："也就是说，我也可以离开？"

李政委："你想走？"

韩彩衣有些怅惘："我只是觉得，自己不属于这里……"

李政委点点头："我理解你的心情，给你个建议好吗？给自己一个期限。比如说三个月，先试一试，看看你会不会改变主意，喜欢上这里。如果到了期限你还想走，那就走，我们共产党人从来不强人所难。"

谭从武走过来："你们在这儿呢……"

李政委看看谭从武："来，你来得正好，我正劝韩彩衣同志留下来呢，给我们当教员……"

韩彩衣稍有些勉强地点了点头。

谭从武欣喜地说："太好了！我就说不会后悔的！……老李啊，跟你说点事儿。我得出去几天……"谭从武说着，拉李政委走到旁边："上次跟你说的那孩子，有消息了……"

第二天，卢焕带韩彩衣来到无线电训练班，卢焕站在台前："同学们，从今天开始，会有一位新老师给你们上课。大家鼓掌欢迎，韩彩衣老师！"

同学们起立鼓掌，韩彩衣有些忐忑地上台，鞠躬还礼："谢谢同学们。"

韩彩衣看向窗外，舒雁对她鼓励地点点头。转眼多日过去，韩彩衣住处的墙上，已横着刻了几个"正"字。韩彩衣独自在屋里，望着墙发呆。片刻，她在正字左侧一段距离外，划了一道线。韩彩衣在根据地的工作生活简单而有规律，上课，洗衣服，政治学习，照顾孩子，每天，她都在墙上继续刻"正"字，正字距离那道线越来越近……

这一天，韩彩衣正在往墙上刻着，舒雁突然冲进来，吓了韩彩衣一跳，忙把墙上的字挡住。

舒雁："游击队营救了一批新四军突围中的伤员同志，正往咱们这边转移。徐科长说，其中有些伤员伤得比较重，需要人去照顾。"

韩彩衣："哦，听说了。你要去？"

舒雁边收拾边说："当然啦，我受过训练的，缠绷带，打针，上夹板，都会！对了，韩姐，你要不要一起去？我看你总在屋里闷着，也趁机会出去转一转嘛。总在家闷着，要闷出病的……”

韩彩衣犹豫：“我就算了吧？……再说儿子怎么办？”

舒雁说道：“交给张大姐。她就住旁边，人热心，又仔细。咱们根据地好多同志的孩子没人管，都交给她，放心吧！”

二人来到门外路上，一辆卡车停在路边。战士和几名女同志正准备上车。

徐科长叮嘱卢焕：“最近小鬼子不老实，路上多小心。尤其这次还有几位女同志去，千万马虎不得。”

卢焕：“知道。这次是去接应伤员同志的，不是去打仗的。”

徐科长突然看到韩彩衣：“韩彩衣同志，你来干什么？”

舒雁说道：“哦，韩姐想跟咱们一起去！”

徐科长对韩彩衣说：“不好意思啊，这次行动，本来没有安排你……”

舒雁说道：“韩姐的爱人就是医生，人家什么都会的！ 去嘛！多个人多份力，卢焕你说是不是？万一伤员多，照顾不过来怎么办？”

徐科长想了想：“也好。路上小心！不过有言在先，你们必须听指挥，不能乱跑！”

车向前行进了一段，韩彩衣问：“这边……会有日伪军活动吗？”

卢焕看看韩彩衣：“以前有过，不过我们狠狠打了几仗，把他们赶跑啦。现在距离最近的鬼子，大概也有六七十里地吧……”

突然，前方远处传来密集的枪声，所有人吃了一惊。卢焕连忙大喊：“停车！车辆和女同志路边树林隐藏起来！其他人，跟我来！”

战士们训练有素，很快跟着卢焕向前方跑去。韩彩衣跟着舒雁等女同志进了树林。

看看其他女同志距离较远，舒雁凑到韩彩衣耳边：“韩姐，我们也去看看？”

韩彩衣问：“看什么？”

舒雁说道：“看看他们怎么打仗啊！”

韩彩衣笑道：“你是想看卢队长吧？你喜欢他，怕他出事，对吧？”

舒雁不好意思起来：“哎呀韩姐！”

韩彩衣说道：“我告诉你，打仗可不是好玩儿的！子弹不长眼！”

“算了，你要不去，我自己去！”舒雁说着，转身钻进了树林，奔枪声方向而去。韩彩衣跺脚，不得不追上去。

韩彩衣和舒雁跑来，前方枪声不断。舒雁还要跑，韩彩衣一把将她拉倒。两人躲在树丛后看去，只见前方土路上两边乱战。一方是日军，一方是卢焕带领的战士以及突围的新四军伤员。

舒雁探了探头：“看见卢焕了吗？”

韩彩衣连忙止住：“嘘！别出声！”

可是已经晚了，舒雁引起了不远处日军的注意，一名日军军官循声找来，眼看就要发现两人。舒雁吓得哆嗦，韩彩衣让她趴在地上：“趴着别动，我把敌人引开！”

说着，韩彩衣逃进树林深处，那名鬼子立刻跟进去。

鬼子端枪警惕地巡视周围，发现前面似乎有动静。快步上前，却被韩彩衣从身后勒住了脖子。鬼子拼命挣扎，韩彩衣死死勒住不放，鬼子被撂倒在地。

韩彩衣捡起枪跑回舒雁所在的地方，却发现她被三个鬼子包围。韩彩衣两枪解决掉两个，却发现没有子弹了。剩下的那个鬼子大叫着向她冲来，韩彩衣只能掉头逃跑。

韩彩衣没命似得奔逃，终于将身后的鬼子甩掉。她气喘吁吁躲在一棵树后，稍稍喘息已定。抬头，却看到鬼子就在眼前还端起了枪。

韩彩衣放弃了，闭上眼睛等死。却听见嘭的一声，睁眼发现那鬼子已横在地上。鬼子身后，一个人举着根棍子，手还在发抖。

两个人四目相对，那居然是钱之风。

钱之风惊叫：“彩衣？”

韩彩衣呆呆地，说不出话来。

几声尖啸，子弹擦过耳边。韩彩衣条件反射地扑倒钱之风，两人抱着从山坡上滚下去。

34 后方

在根据地，徐科长的办公室内，徐科长正神情严峻地放下电话，对李政委说："独立团报告，看到他们来，鬼子就撤退了。马家集被围困的同志已经全部救出。"

李政委问："伤亡情况？"

徐科长答道："过来的同志里，牺牲了十七人。咱们这边派出的，牺牲了九个，还有几个重伤。哦，还有，卢焕同志失踪了。"

李政委皱眉："失踪？"

徐科长点点头："嗯。没发现遗体，可能被敌人抓走了……"

徐科长说道："首长，我想不明白，这是咱们的地盘，小鬼子怎么溜进来的？他们又怎么知道咱们的人会在那个时间到马家集？那么恰到好处，打咱们的伏击？"

李政委沉吟："你怀疑，有内奸？"

卡车停到门口，战士们将伤员从车上抬下送进医院。徐科长在一旁，一名受伤的新四军同志头上绑着绷带，躺在病床上，向徐科长说明情况："根本没有想到，到了咱们自己的地界嘛，想着终于回家了，一点准备都没有……我还算反应快的，立刻拉着我旁边的钱大夫从车上下来，躲在车后面……老郭，小马他们几个，当时就牺牲了……"

走廊里，徐科长向李政委汇报："受伤的同志证实，不是偶然的遭遇战，而是有预谋的伏击。要不是咱们独立团的动作快，包括咱们派过去的同志，全都凶多吉少。"

李政委说道："你怀疑有内奸，有怀疑对象吗？"

徐科长说道："有一个人，本来不在咱们派往马家集的队伍中，她却主

动要求参加，十分可疑。而且这个人刚刚来咱们根据地没几天，原来在汪伪的特务机关做事，历史也不清白……”

李政委摇头：“你说韩彩衣？不可能……”

徐科长说道：“首长，她在无线电训练班任教，可是少有的几个能接触到电台的！”

李政委看了徐科长一眼，沉思良久。

韩彩衣正和钱之风面对面坐在床上，呆呆望着彼此，却有些尴尬。韩彩衣咳嗽一声，示意钱之风说话。

钱之风有些尴尬：“你真的来这边了？”

韩彩衣：“废话。”

钱之风盯着韩彩衣：“是……因为我？”

韩彩衣望着他不语。

钱之风低下头：“我不知道说什么……”

韩彩衣看着钱之风：“我还以为你死了……”

钱之风叹气：“我命大……是江汉城救的我。”

韩彩衣一惊：“汉城？他……死了？”

钱之风难过地点点头：“他牺牲得很壮烈，他是一个了不起的人……”

韩彩衣低着头：“他有什么遗言吗？”

钱之风看看床上的小思成：“他让我照顾好你和孩子……思成还好吗？”

韩彩衣点点头：“好……你还好吗？”

钱之风说道：“从苏州出来，本来是想直接来这边的。后来半路上碰上了游击队，说新四军军部突围过程中留下了很多伤员，我就……要知道你在这儿，我就早点来了……”

韩彩衣不禁泪下，钱之风替她拭去泪水。韩彩衣伏在钱之风的肩头痛哭，钱之风将她抱紧。突然门开了，徐科长进来。韩彩衣和钱之风连忙站起来。

韩彩衣说道：“哦，徐科长，我给你介绍，这位是钱之风同志，刚刚到的……”

徐科长狐疑地看看两人：“我知道。韩彩衣同志，钱之风同志，首长在医院呢，让你们去一趟。”

来到根据地医院外，钱之风和韩彩衣随着徐科长，李政委站在门口。

李政委点点头，看向钱之风：“你就是钱之风同志？你是医生？我看不像啊？那么多受伤的同志都在医院呢，你一个医生，怎么丢下受伤的同志跑到别处去了？”

钱之风面红耳赤：“对不起首长，我错了！”

韩彩衣忙解释：“首长！都怪我！是我拉着他不放……”

徐科长忍不住笑了，李政委也笑了，钱之风韩彩衣终于松了一口气。

李政委在门外和韩彩衣单独谈着话。徐科长将钱之风引进医院里："你们在苏州的关系，首长也知道。说实话，像你们这样奇特的关系，我还从来没见过，连听都没听说过。"

钱之风问："她现在在这边，做什么？"

李政委说道："目前在无线电训练班当教员，反映还不错。"

钱之风欲言又止："你们会不会觉得她……"

徐科长看看钱之风："首长说过一句话，人的出身各不相同，但出身的不同不妨碍我们追求一个共同的理想。安排韩彩衣同志在无线电训练班当教员，是首长亲自定的，体现了组织对她的信任。"说着，看到李政委在向这边招手，许科长对钱之风说："首长让你过去呢。"

钱之风走过去，李政委对他说："我刚才跟韩彩衣同志聊了聊，她跟我说了你以前很多的趣事。"

钱之风不好意思地说："是吗？您别听她的……肯定没说我好话。"

韩彩衣说道："我说你是个好医生、好丈夫，不对吗？"

李政委笑着说："钱之风同志，我想征求你的意见……"

钱之风忙说："我愿意！"

李政委接着说："我还没说呢，你就愿意？"

钱之风不好意思地笑："您说……"

李政委说道："我想让你留下来，充实咱们根据地的医疗卫生力量。好啦，你愿意，不用说了！"

钱之风和韩彩衣相视而笑。

这一天，钱之风正在医院内忙碌，查看病房，诊治病人，整理药品，出来看到韩彩衣已经打来了饭菜，端着饭盒在等他。

钱之风笑道："哎呀，又麻烦你，真不好意思……"

韩彩衣递过饭盒："你脸皮那么厚，还知道什么叫不好意思？"

钱之风笑着接过来，坐在台阶上吃："哎，咱儿子呢？"

韩彩衣眼一瞪："什么咱儿子？那是我儿子，我们同屋的舒雁帮着看着呢……"

钱之风边吃边说："不对啊，咱说好的，我是思成的爸爸！"

韩彩衣想了想："我正打算告诉你呢，我准备把思成的姓改过来，随我的姓。等他长大了，管你叫叔叔。不，我觉得你也没必要见他了，万一见着，叫你一声老同志就好。"

钱之风瞪着韩彩衣，突然张牙舞爪地扑过来："还胡说！"

韩彩衣大笑着奔逃，钱之风从身后抱住韩彩衣，两人嬉闹着。钱之风突

然僵硬地放开了韩彩衣，韩彩衣还莫名其妙。顺钱之风视线看去，是谭从武。

韩彩衣羞臊脸红："老谭，你来了怎么也不出个声儿……"

谭从武哭笑不得："我咳嗽了半天，你们俩愣是听不见！"

谭从武带着钱之风去见一个人。

病房里，一名十一二岁的孱弱女孩，静静地躺在床上，手上吊着点滴。书在一旁，似乎睡着了。谭从武静静望着女孩，钱之风问："老谭，这孩子，你刚刚接来的？"

谭从武点头："嗯。为了找她，出去跑了一大圈。你不知道她是谁？"

钱之风摇头："我刚看了她的病例，姓文叫文英，有先天性心脏病……"

谭从武问："你看她，不觉得眼熟？"

钱之风想了想："眼熟？是有一点，可是……"

谭从武说道："她就是赵元初的女儿。"

钱之风大惊失色："她是老赵的女儿？"

谭从武压低声音："嘘……"

钱之风勉强压低声音："她是老赵的女儿？"

谭从武小声说："赵元初在上海被捕后，本来是出于保护的目的，齐峰安排人将她送出了上海。可没想到她爸爸叛变了，造成了混乱，护送他的人意外牺牲，孩子与组织上失去了联系……"

钱之风瞪大了眼睛："那她应该姓赵啊，你们给她改的名字？"

谭从武说道："是她自己要改的。孩子很乖，本来是不想告诉她的，可后来还是知道了他爸爸的事……"

这时文英醒了。她睁开眼睛，想坐起来，却有些吃力。钱之风忙将她扶起来。女孩望了钱之风片刻，露出灿烂的笑容："你好……"

钱之风笑笑："你好。"

谭从武对文英说："钱大夫是从苏州来的，他认识你父亲。"

文英说道："是吗？您是从苏州来的吗？从我爸爸那里来？他们都说，我爸爸叛变了，是真的吗？"

钱之风犹豫了一下："你爸爸他……走了另外一条路，可他一直很惦记你，很想你……"

文英问道："可叛徒就是叛徒，对吗？"

钱之风无言以对，不敢面对孩子的眼睛。韩彩衣走来，轻轻握住他的手。

韩彩衣说道："赵元初叛变，不是你的错……你没必要自责……你应该为他高兴才对，他女儿还活着，在这里有人照顾，虽然有病，但衣食无忧……"

谭从武站到旁边："韩彩衣同志说的对。赵元初走上什么样的路，跟你没关系……"

韩彩衣问谭从武："老谭，我有点不明白，你们都知道她爸爸叛变了，为什么还要管她？"

谭从武说道："这也许就是我们共产党跟国民党的区别吧。我们不讲连坐，我们认为孩子是无辜的……"

韩彩衣接着说："可她这样，治也治不好，一直这样下去，不给你们添麻烦吗？"

谭从武说道："每一条生命都是宝贵的，无价的。只有懂得珍惜每一条生命，才会懂得珍惜民族，珍惜国家。"

一直纠结不已的钱之风平静地站了起来："老谭，我想给她做手术，心脏手术。"

谭从武惊讶地问："你行吗？"

钱之风点头："会有风险，很大的风险，但只要孩子同意……我愿承担一切后果！"

韩彩衣拉了拉钱之风："之风……"

钱之风拍拍韩彩衣："我想试一试！"

根据地医院外，护士匆匆跑过，人们在外面翘首而望，议论纷纷。战士们排着队，等待献血。在队伍的最前面，是韩彩衣和谭从武。

天黑了，手术室的灯光还亮着。院子里已没了看热闹的人，只有谭从武和韩彩衣还在坚守，终于，手术室的门开了，灯光透出来。钱之风摇摇晃晃地走出来，韩彩衣和谭从武迎上去："怎么样？"

钱之风笑了笑，点点头，身子一软，倒在地上。

35 同好

来根据地已经有一段时间了，这一天，钱之风和韩彩衣并肩坐在城外山坡上，望着远方出神。

钱之风：“赵元初如果知道了女儿在这里，会怎么样？”

韩彩衣：“你想回苏州去？”

钱之风摇摇头：“你呢？”

韩彩衣也摇了摇头。不再言语，轻轻靠在钱之风的肩头。

钱之风和韩彩衣在根据地举行了简单的婚礼，婚礼上，钱之风当着众人向韩彩衣说了一番心里话：“彩衣，我知道，我们有很多的不同。我们的脾气不同，我们的爱好不同，我们的年龄不同，我们的生活习惯也有很多很多不同。以前在苏州，我们虽然对外也夫妻相称，虽然我们也同住在一个屋檐下，可我总是想着我们的不同，并为此苦恼，很长时间都是。后来我们分开了，我却忍不住，总是想你，想起你的那些不同，我才忽然明白，就因你对我来说如此不同，我在心里才无法放下你……彩衣，我们现在到了解放区，与以前相比，有了更多相同的地方。我们有了相同的使命，相同的信仰，我们成为同志，成为战友，但说实话，我依然更喜欢你身上的那些不同……他们让我说我爱你，我觉得光说爱，太虚了。我只想告诉你，我愿意和你携手并肩，好好将思成抚养长大。他是我儿子，我是他爸爸。你，我，还有思成，我们三个，成为是永远不会分开的一家人……”

韩彩衣听着，泪如雨下。

在根据地的日子过得很快，小思成转眼五岁了，这几年的日子虽然过的清苦，却是钱之风和韩彩衣最愉快的人生经历。

这天，钱之风拿起小思成的衣服，想了想，坐到韩彩衣身边一起缝衣服。

只是他用的不是一般的缝衣针，而是手术缝合用的针。

五岁的小思成跑进来，他虎头虎脑，模样可爱：“爸爸，陪我踢球！”

钱之风拍拍小思成的头：“你看看，上次爬树，衣服被剐破的地方爸爸还没缝好呢……”

小思成说：“让妈妈缝！”说完又想了想：“算了，妈妈缝得太难看了……”

钱之风放下衣服：“爸爸今天不陪你踢球，爸爸教你用听诊器好不好？”

思成摇摇头：“不！你教我打枪！”

钱之风两手一摊：“可爸爸没有枪啊……”

小思成掏出小木枪：“我有！啪啪啪！一枪一个，消灭汉奸特务小鬼子！”

钱之风忍不住笑了。

土场的台子上拉着横幅“热烈欢迎美军观察组一行”。不少青年簇拥在台下，有一位女青年正在慷慨激昂地讲演：“汪精卫死了，死得好！这就是汉奸的下场，这就是背叛人民的下场！古话说的好，得道多助失道寡助，汪伪汉奸们倒行逆施认贼作父，他们终将被钉在历史的耻辱柱上……而那些为民族解放事业牺牲的先烈们，人民会记住他们，祖国会记住他们……”

时间已经到了一九四四年十一月。

这天，钱之风正在埋头做笔记，一个年轻护士跑进来：“钱大夫，您不去吗？”

钱之风问：“去干什么？”

护士说：“去看美国人啊！什么美军观察组……”

钱之风低头继续：“美国人有什么好看的？也是一个鼻子两个眼睛。”

护士：“我知道！可听说还安排了个欢迎仪式，可热闹了……”

钱之风看看护士：“丢下病人去看热闹？”

钱之风说道：“刚刚碰见保卫处徐科长，他说的。美国人晚到几天。”

“怎么不早说啊……”护士说着出去了，钱之风继续埋头工作。不久听见外面有人敲门。

敲门声停了，仍然没人。过了会儿，敲门声又来了，钱之风起身开门，发现门外没人。出门到院子里，左右看看，钱之风笑了笑，回屋了。刚进屋关了门，后腰便被人用枪顶住了。他立刻一动不动：“谁？”

一个稚嫩的声音：“锄奸队的！狗汉奸，今天你的末日到了！”

钱之风害怕地说：“你找错人了……”

稚嫩的声音接着说：“没错！就是你，汉奸特务，大叛徒！我代表人民枪毙了你！啪啪啪！”

钱之风旋转着倒地，同时一把抓住身后手拿小木枪的孩子，那是钱思成，五六岁的样子。

钱之风抱着小思成，小思成哈哈大笑，就是不挣脱。

钱之风问：“谁是汉奸叛徒？爸爸不是！”

思成大声说：“你就是！”

钱之风说道：“爸爸要是叛徒，那你是什么？你是小叛徒？”

思成：“我是锄奸队！”

钱之风起来：“锄奸队不好，我儿子应该当救护队，跟爸爸一样，救死扶伤……哎，爸爸送你个听诊器好不好？跟爸爸这一样的，可以挂在脖子上，可神气了！”

思成摇头：“不要，我有手枪，不要听诊器！啪啪啪！”

钱之风将小思成抱在膝盖上，看看小思成手里的木手枪：“谁送你的？”

小思成说道：“徐叔叔！他答应我，等我长大了，参加他的保卫处！对了爸爸，你有手枪吗？”

钱之风点点头：“有啊。哦，以前有，现在不用了。”

思成问道：“你开过枪吗？打死过坏人吗？是不是特过瘾？爸爸，我长大了也想去打坏人！”

钱之风笑笑，把话题转移开：“你跑到这儿来，妈妈知道不知道？”

小思成接着问：“妈妈打死过坏人吗？”

钱之风看着小思成：“儿子，爸爸告诉你。坏人不是天生就坏的。也不是见到坏人，就通通要打死。你要先想，我能不能去救他，挽回他？让他弃恶从善？对付坏人最好的办法，不是把他打死，而是把他从坏人变成好人……”

韩彩衣从外面走进来：“你跟他讲这些大道理他听得懂吗？”

钱之风看看韩彩衣：“这得从小灌输啊……”

韩彩衣上前：“哼，思成，你爸爸就是喜欢讲满嘴大道理，别听他的。”

钱之风反问：“我说的不对啊？”

韩彩衣笑道：“对，就是脱离实际。汪精卫活着的时候，你怎么不找上门去劝啊，说汪兆铭，您是先总理的学生，可别当汉奸了，弃恶从善吧……”

钱之风苦笑：“你别抬杠好不好？”

韩彩衣说道：“这怎么叫抬杠啊？这叫严谨。你不最讲究严谨了吗？我跟你学的。思成，你说是不是？”

小思成跑出去：“妈妈说得对！爸爸说的错！我找文英姐姐玩儿去啦！”

钱之风看看韩彩衣：“你就这么教育孩子？”

韩彩衣说道：“我可不想他长大了跟你一样呆！”

钱之风回到桌子前：“对了，你不下午还有课吗，跑我这儿来干吗？特意来气我？”

韩彩衣端出饭盒："中午吃饭了吗？就知道你忙起来就忘了，快吃，还是热的！"

钱之风端过饭盒打开，闻了闻："嗯，真香！你做的？"

韩彩衣："对！样子难看点，不吃拉倒！"

"吃！吃！谢谢老婆。"钱之风刚夹起一筷子，忽然听见外面传来飞机轰鸣声和奇怪的尖啸声。两人对视一眼。

钱之风大吼："趴下！"

钱之风一边喊着，一边奔向门外找小思成，他远远看到孩子正愣愣地抬头看天。

一阵巨响，地动山摇，钱之风被气浪推了出去。等到醒转过来，四处都是瓦砾，他回头一望，看到韩彩衣似乎伤了腿。

钱之风喊："彩衣……"

韩彩衣喊着："我没事，快去找思成！"

钱之风答应着，跌跌撞撞向最后看到孩子的地方跑去。在一片瓦砾堆之间，钱之风到处寻找，喊着："思成！思成！"片刻，听见不远处传来虚弱的呼救声。

是文英，循声看去，只见文英被压在瓦砾下。钱之风连忙跑过去，扒开瓦砾，将她救出。钱之风继续扒瓦砾，发现了思成那把小手枪，只是烧得有些焦黑。他拼了命地挖，却听见身后传来文英的咳嗽声。回头看，才发现文英在吐血。

钱之风盯着文英："你受伤了？"

文英摇头："我没事，叔叔，你先救思成……"说着又咳出一大口血，钱之风犹豫了一下，将文英抱起："你坚持一下，我送你到医院！"

钱之风起身便跑，与此同时看到韩彩衣一瘸一拐地跑来："之风，儿子呢？我儿子呢？"

钱之风愣了一下，什么也没说，从韩彩衣身前跑过。韩彩衣低头，看到了思成的小手枪。

韩彩衣疯了一般地挖，一边呼喊着。终于，她挖出了儿子的一只小手："妈妈来了，妈妈来救思成了……"

思成用微弱的声音问："妈妈，爸爸呢？"

韩彩衣哭着说："爸爸就来，爸爸就来！钱之风！钱之风？你在哪儿？

在旁边人的帮助下，韩彩衣将孩子刨了出来，可思成头上全是血，已奄奄一息，陷入弥留状态。

韩彩衣大声叫着："你等等爸爸，思成，爸爸就来……"

思成在韩彩衣怀中闭上眼睛，咽下最后一口气，韩彩衣悲恸大哭。钱之

风跌跌撞撞跑回，望着眼前的景象愣住了。韩彩衣呆呆抱着思成的尸体，抬头仇恨地瞪着他。钱之风上前，不知所措。

韩彩衣猛地爆发出来：“钱之风！！你干什么去了？！你还我儿子！！你还我儿子！！！”

钱之风颤抖着伸手去摸思成的脸，却被韩彩衣生硬推开。韩彩衣抱着孩子的尸体，木讷地走远，钱之风腿一软跪在了地上。

保卫处办公室里，李政委来回踱步，徐科长正在报告：“这次空袭，造成房屋倒塌三十余间，军民伤亡五十余人。哦，钱之风和韩彩衣的儿子，也在空袭中死了。”

李政委说道：“早不来晚不来，偏偏这个时候来，应该不是偶然……小鬼子肯定知道，美军观察组按计划今天要到……”

徐科长点头：“是！幸亏美国人临时改变计划，推迟了几天……”

李政委看看徐科长：“战东，小鬼子这次没能得手，恐怕还会有下一次……”

徐科长说道：“首长，我有一点不明白，以前空袭也有得是，咱们都有经验了，小鬼子飞机还没到警报就会响。这次怎么没响呢？”

李政委：“问得好。我让人去查了，城外防空警戒哨专设的电话线路被人切断了。说明我们根据地里还有特务活动！电讯处那边报告，就在昨天夜里，截获了神秘电波，怀疑是特务与敌人联络。”

徐科长思索着说道：“特务还有电台？”

李政委点点头：“战东啊，肃特工作不能懈怠，你要多动脑筋！……哦对了，说到肃特，倒有个好消息。咱们淮北根据地的同志在战斗中救出了一名咱们的同志，你肯定猜不到。”

徐科长摇摇头。

李政委说道：“不出意外，他应该会跟着美军观察组一起回来。唉，一晃四年了……”

徐科长愣住：“你说的是卢焕？”

第二天，在无线电训练班的教室里，韩彩衣正坐在徐科长对面。

徐科长说着：“……当初小鬼子抓了卢焕，本来是想当作人质，交还被咱们捉住的日本俘虏。可后来日本俘虏们经过咱们思想改造，不愿意回去了。卢焕同志就一直被关押在太原日本人的监狱里。前段时间咱们的地下党组织监狱暴动，他越狱成功，这才在地下党的掩护下逃出来……”

韩彩衣扭头：“他怎样我不关心。”

徐科长一声叹息：“唉，思成没了，我也很难过。老钱告诉我，他最后的时刻还拿着我送他的小手枪，我差点眼泪都下来了。咱们根据地那么多孩子，我还就喜欢你们家儿子……他还说，长大了要参加我们保卫处呢……”

韩彩衣说道：“对不起徐科长，我还要备课……”

徐科长：“让我说完。韩彩衣同志，我只想让你知道，组织以及我个人，都跟你一样的难过。可是战争环境，我们难免有牺牲。我们能做的，只是继续努力，想办法为遇难的亲人，牺牲的同志报仇……”

韩彩衣冷冷地说：“你说完了吗？”

徐科长：“说实话，你现在的状况，已经不适合继续上课了。组织上决定，批准你休息一段时间，调整心情。卢焕同志过两天就回来了，这期间可以由他来代课。”

韩彩衣摇摇头：“不用！”说着韩彩衣起身向外走。韩彩衣推开门，意外看见忐忑不安的舒雁正在门前，舒雁见韩彩衣出来，尴尬地笑笑，回身走了。

几个小时之后，李政委和徐科长坐着车来到一个院子，从吉普车上下来，一个穿着美式军装的美国人正举着镜子在院子里刮胡子。

李政委回身对许科长说：“今天刚到的，为了安全，只好先秘密安排在这里。”

美国人看到李政委，忙擦了脸和手，过来握手：“嗨，李政委，我们不是囚犯，你不能把我们关在这里，哪里都不许去，我们是观察组，来观察的……”

李政委说道：“少校很抱歉，这是出于安全的考虑。我已经答应您了，三天之后，会给您和您的同事举办一个欢迎大会，那之后您就可以在我们根据地自由活动。”

美军少校：“好的，说话算数！”

军官走开了，徐科长皱眉：“您说卢焕会和他们一起来的？”

李政委点头：“对，我已经见过他了。后天欢迎大会。算下来我们还有不到三天时间，抓出内奸！”

36 阴谋

当天深夜，保卫处办公室里，徐科长疲倦地趴在桌上睡着了。突然，桌上电话刺耳地响起。徐科长立刻精神起来，拿起电话。听了电话里汇报的情况，徐科长马上冲出门外，很快，传来尖厉的集合哨声。

许多个手电照亮前方的山坡，徐科长率领战士们匆匆赶来。有哨兵在等候，指着河岸大喊："在那边！往那边去了！"

战士们散开搜索，徐科长上前，俯身捡起地上被切断的电话线，只见被切断的电话线断口整齐，显然是被人为割断的。他拔出枪。

这时响起了枪声。

徐科长拔出枪："发现目标了？"

远处一个战士喊着："好像看到个人影。在那边！"

徐科长一马当先，冲向战士指的方向。远处山坡上，有一座坍塌大半的土坯房，众人上来，搜查四周，什么也没发现。

徐科长不甘心的用手电扫过周围的草丛，突然停下，退回去，那边草丛似乎有什么东西。他走过去捡起来看，是一个女人的发卡。

第二天，土场围墙外，显眼的地方贴着张有些奇怪的"失物招领"。有群众在围观，钱之风凑上前。

张大姐正念着："今拾到蓝色束发发卡一只，上缠有黄色丝线，不知是哪位女同志遗失。请失主尽快到保卫处领取，或有知晓失主者，也请与保卫处联系——怪了，捡了个发卡，这么大张旗鼓的？还劳动保卫处？"

张大姐低头想想："我记得有谁戴过这么一个……谁啊？这脑子，想不起来了……"回头正看见路过的钱之风，张大姐一拍脑袋："哦！对了！老钱，你家韩彩衣是不是有个蓝色发卡啊？"

钱之风莫名其妙的上前看布告，之后来到保卫处，想取回韩彩衣的发卡。徐科长又将发卡放回抽屉，急匆匆地走出办公室。

学校里，一群青年围坐着，其中一人举着本刘少奇的《论共产党员的修养》在念：“……我们说，共产党员要在同反革命进行各方面的斗争中来改造自己，这就是说，要在这种斗争中求得自己的进步，提高自己革命的品质和能力。由一个幼稚的革命者，变成一个成熟的、老练的、能够运用自如地掌握革命规律的革命家，要经过一个很长的革命的锻炼和修养的过程，一个长期改造的过程……”

韩彩衣也在青年之中，她面无表情，默默听着。轮到韩彩衣念了，韩彩衣刚一开口，门突然被推开，徐科长带着两名战士进来，所有人都看着进来的人，韩彩衣停下：“徐科长……”

徐科长向身旁战士使个眼色，两战士上前一步，一左一右挡住韩彩衣：“麻烦你，跟我走一趟。”

韩彩衣被押出来，看见站在外面惊诧莫名的钱之风。她却很镇定，似乎早在意料之中。

徐科长问：“怎么，一点都不好奇吗？我们为什么请你来这里？”

韩彩衣面无表情：“我等着你说呢。”

徐科长说道：“咱们根据地，留长头发的女同志不多，戴发卡的更少。你是其中一个。”

韩彩衣看看徐科长：“那又怎样？”

徐科长取出发卡：“这是你的吗？”

韩彩衣接过发卡：“是我的。丢了好几天了，谢谢。”说着把发卡戴上了。

徐科长盯着韩彩衣：“你就不想知道，我们在哪儿找到的吗？”

韩彩衣依旧面无表情：“在哪儿？”

徐科长说道：“就在一条电话线被切断的地方，我不该怀疑你吗？”

此刻钱之风在屋外不安地踱步，不时向屋里张望。一个战士在门口站岗，警惕地盯着他。韩彩衣终于出来了，钱之风大步迎上去：“彩衣！”

韩彩衣没有理钱之风：“我要去上课了，别烦我！”边说边走开了，钱之风回头看看徐科长：“到底怎么回事？”

徐科长面色阴沉。正所谓屋漏偏逢连夜雨。小思成之死造成的悲怆还未平息，韩彩衣又被怀疑为敌特，这让钱之风紧张不已。他当然不相信韩彩衣真是特务，可他也清楚，若细究起个人的历史，韩彩衣肯定会吃亏。现在特务活动频繁，保卫处好不容易查到个可疑分子，当然不会善罢甘休……钱之风回到医院，坐立不安，却还有手术要做。手术结束时天已经黑了，钱之风急忙回家，走到离家不远处，忽然发现有人影从门里面鬼鬼祟祟地溜出来。

那黑影见有人来，立刻闪身躲进旁边的阴影中。待钱之风赶到，阴影中人已踪迹全无。钱之风环顾四周，静悄悄的。这时听见远处有人的脚步声靠近，钱之风立刻也隐藏起来。来人却是韩彩衣，开门时发现了钱之风，吓了一跳：“你想吓死我啊！”

钱之风看着门：“你看！门都没锁！你出去之前锁门了吧？”

韩彩衣说道：“你说有小偷？我刚才出去急，没锁门。”

韩彩衣进屋点上油灯，看看四周：“什么也没丢，大概是你眼花了……”

钱之风进来：“我真看见了！”

韩彩衣：“就算是小偷吧，反正我这儿也没什么好偷的。”

钱之风盯着韩彩衣：“彩衣，我们能聊聊吗？”

韩彩衣说道：“聊？可以。你就说说看，你为什么放着思成不管，去管别人？你就说说，你配不配当思成的爸爸，你是不是嫌弃思成不是你亲生的？除了这几个问题，没什么可聊的。”

钱之风拉住韩彩衣的胳膊：“彩衣，你知道吗？保卫处徐战东在怀疑你！他怀疑你是特务，四年前马家集的事儿跟你有关系……”钱之风说到一半，就被韩彩衣赶出来。他还想说什么，韩彩衣已撞上门。正不知所措，忽然发现远处树影下有个人影，一晃便不见了。

钱之风立刻拔足急追。

钱之风追赶那人影进了一条小巷，进了一条死胡同。那人见无路可逃，只好转过身来。

那人说道：“我叫卢焕。你应该听说过我……四年前，马家集……”

钱之风想了想：“记得！你不是被敌人抓走了吗？怎么回来了？你是特务！”钱之风伸手进口袋，用手比划成枪筒：“别动！”

卢焕笑道：“你误会了，我不是特务！我回来，是跟美军观察组一起回来的，不信你去问首长！”

钱之风一愣：“美军观察组不是推迟了……明天才到吗？”

卢焕说道：“昨天就到了，安全起见，虚晃一枪，说是推迟了……真的，不信你去问首长，估计保卫处徐科长也知道……”

钱之风问：“那你刚才为什么要跑？”

卢焕说道：“废话，因为你追我！我只想知道她是不是内奸，当初是不是她把我送到敌人手里的！你是她什么人？”

钱之风：“她是我老婆！”

卢焕：“你是他的同伙？罢了，算我倒霉，你开枪吧！”

钱之风思索片刻：“刚才在她房间门外的，也是你？”

卢焕摇头：“不是我，我一路跟着她从无线电训练班过来的……”

钱之风无奈地回身离去，经过家门，看见屋里还亮着灯，过去敲门，却怎么也不开，一摸钥匙，没有带。钱之风坐在门口，等了许久，只见韩彩衣在里面熄了灯。钱之风叫韩彩衣，韩彩衣还是不理。

钱之风只好起身回医院，到了办公室，开始给组织写信，为韩彩衣鸣冤，写了许多页，不满意又撕掉，整个夜晚，地上堆满了纸团。

第二天，徐科长带着两名保卫处干事，随舒雁走向一间储藏室。

舒雁掏钥匙开门："……教学用的设备都在里面。平常都会锁起来，上课的时候再取出来……"

徐科长问："钥匙都谁有？"

舒雁看看徐科长："我，还有韩姐……"

徐科长随舒雁进来，看看四周。架子上摆着几部电台。还有更多模型和部件。

徐科长问："这些电台，能用吗？"

舒雁点头："能用。理论上可以发报，但是都没有装天线，所以发不了。是出于安全考虑……前年有个学员自己半夜想回来练习，也没跟人说。结果被电讯处发现，差点当作潜伏敌台……"

徐科长点点头："想起来了，是有此事。"

舒雁接着说："因为这些电台其实是借自电讯处的，所以那次之后，电讯处就定了规矩，所有这几部电台的天线都收上去。上课必须用到的时候派人去拿，上完课再送回去。"

徐科长："所以咱们训练班的电台，不可能为敌人所用喽？"

舒雁："是的，理论上——不可能。"

徐科长回到保卫处，钱之风已等候多时。

徐科长见了钱之风一愣："老钱？"

钱之风走上前来："卢焕回来了，你知道吗？"

徐科长一愣："你应该不认识他呀……"

钱之风瞪眼问徐科长："他不是特务？"

徐科长说道："前一次空袭的时候，他还没到咱们根据地呢……哎，你怎么知道他回来了？"

钱之风也不回答，接着问："还有，昨天夜里，你是不是派人抹黑进了韩彩衣的屋子？昨天夜里，我看见一个人影鬼鬼祟祟从她房间里出来！我觉得是特务。"

徐科长问："特务？特务为什么要进韩彩衣的房间？"

钱之风盯着徐科长："我不知道，我只觉得很可疑，一定要调查清楚！"

徐科长沉吟片刻："你的发现很重要，当然要调查！这样，你受累跑一

趟，把韩彩衣叫来，我有些话要当面问她。”

钱之风：“你还怀疑她？”

徐科长笑笑：“你要不放心，我问话的时候，你也可以在场。”

见钱之风走了，徐科长招来一旁的干事，这名干事正是昨夜潜入韩彩衣房间的人，徐科长低声对他说：“再给你们半个小时的机会，务必发现点有用的！”

钱之风焦急万分的走着，韩彩衣在一旁却态度冷漠。

钱之风急切地说：“彩衣，你到底怎么想的？你能不能跟我说说？是，人正不怕影斜，可你也不能当哑巴呀！你得解释，你得说，光我相信你不行，你得让徐战东相信你，让首长相信你，让组织相信你！”

韩彩衣背诵的语气说道：“另外，还有一些人在党内生活中常常表现不清楚不确定的态度，对于他，可以这样也是，那样也是……他们总是喜欢投机取巧，双方讨好，到处逢迎。看人看势说话，顺风转舵，毫无原则，就是这种人的特点……”

钱之风莫名其妙：“等等，等等，你这说什么呢？”

韩彩衣答道：“刘少奇同志《论共产党员的修养》中，对你这种人的总结。”

钱之风：“我怎么就投机取巧，顺风转舵了？”

韩彩衣站住：“你没有吗？我劝你赶紧跟我划清界限，万一我真是特务，可别连累了你！”

钱之风被噎得说不出来。

来到审讯室，一张桌子，两把椅子。徐科长看看钱之风：“老钱，你的椅子放哪里？”

钱之风从旁边拿起椅子，坐到韩彩衣的旁边。徐科长冷笑一声，跷起二郎腿，拿起一张报纸看。钱之风看看韩彩衣，韩彩衣盯着窗户出神。

不一会儿，干事匆匆进来，在徐科长耳边低语两句，将发现的天线递上。徐科长立刻两眼放光：“老钱，你还坚持她是无辜的？那你认得这是什么吗？电台专用的天线，刚刚从她房间里搜出来的！韩彩衣，可别告诉我你没见过这东西！”

韩彩衣看了一眼：“见过。你说的没错，这是电台专用的天线，在我房间里搜出来的？”

钱之风一旁解释：“韩彩衣在无线电训练班就是教电台使用的，她有这个不奇怪啊？”

徐科长冷笑，对韩彩衣说：“你没告诉过他吗？”

韩彩衣看看钱之风：“训练班使用的电台，其天线是卸下来统一保管的。”

徐科长一拍桌子：“好！你倒也痛快！既然都招认了，还有什么话说？”

韩彩衣瞪着徐科长："我只说我认得这东西，没说就是我的！"

徐科长厉声说道："这是从你房间里搜出来的！老钱你还不知道吧，电讯处那边，偏巧在轰炸前夜，截获了不明电波！咱们这位潜藏极深的特务，一定是有条件使用电台发报的！"

钱之风愤怒地说："老徐！你忘了我刚才告诉你的，昨天我看见个人影从她屋里出来！这是栽赃！"

徐科长："谁栽赃？你说出名字来？你说一个人影，除了你谁看见了？好了，你先出去，你之前的话我只当你感情冲动，一时糊涂……"

钱之风大声地说："我没冲动！更没糊涂！是你糊涂！"

徐科长："钱之风！你一而再再而三地替她辩解，莫非你是她的同伙？"

韩彩衣起身说道："钱之风，你出去，这里没你的事！"

钱之风点头："好，我走，我走！徐战东，我今儿把话放这儿，韩彩衣她是什么人，我比你清楚！我要不了解她，我也不会娶她！以前，她是做过特务，走过弯路，可她现在来到了根据地，已经开始了新的生活！我把话放这儿了，如果她韩彩衣真是特务，真干了你说的那些事，我钱之风愿意和她一同领罪！要杀要剐，悉听尊便！"

说罢钱之风拂袖而去，韩彩衣呆呆望着他的背影。韩彩衣则被押到了城外农场，劳动改造。

布告栏上，一张大大的黄纸上写着"热烈欢迎美军观察组一行到我解放区"的标题，旁边一张白纸，写着"坚持肃特斗争，齐心保卫安全"。

卢焕在看布告的人群中，似乎心不在焉。他回头，看到了远处的钱之风，钱之风盯着卢焕看了片刻，转身离开了。

保卫处召开大会，几十名干部坐在下面。徐科长站在台上说着："同志们，不要以为现在抗战形势逐渐扭转，我们就可以安安稳稳睡大觉了，我们根据地的防特肃特工作，仍然非常艰巨！敌人就在咱们的身边啊，比如韩彩衣，谁能想得到？所以，我们必须警钟长鸣，时刻不能放松警惕！明天要举行的欢迎仪式，绝对不允许出任何差错……"

卢焕和舒雁也在台下干部当中。舒雁看了看卢焕，卢焕正认真记笔记。

会后，钱之风来找徐科长，提出查看舒雁的档案。

徐科长冷笑着："你不会怀疑，特务是舒雁吧？……你这叫病急乱投医！抹黑舒雁，洗白韩彩衣？你觉得你能得逞吗？"

说着，李政委进来了："你们在吵什么？"

徐科长看看李政委："哦，我抓了韩彩衣，钱之风他一直不服气。现在又提出来，要看舒雁的档案。"

李政委想了想："钱之风，你把矛头指向舒雁，归根结底还是不相信韩

彩衣是特务？如果证据确凿呢？”

钱之风：“谁的话我也不信！我只相信我自己的眼睛！”

李政委：“我听说，你愿意拿自己的性命担保韩彩衣？”

钱之风：“对！我钱之风，愿意用我的性命，用我的信仰，用我对党的忠诚，我愿意用我的一切，替韩彩衣担保！”

李政委：“你被感情冲昏了头！”

钱之风：“感情？我是对韩彩衣有感情，很深很深的感情，但我没昏头！我知道自己在说什么在做什么！我了解韩彩衣！”

李政委：“人心叵测……”

钱之风说道：“人心叵测，可还有什么比人心更重要、更宝贵的？咱们共产党发展队伍干革命，难道只听口号不管人心吗?！韩彩衣是有很多问题，大小姐，坏脾气，小资产阶级的调调，可她的心，没有一点脏，甚至比你我还干净！是，她对根据地有看法，甚至对来根据地后悔过，可她从没想过回到过去！她不想回到过去，因为她厌恶了那些肮脏的东西，她想通过自己的努力，赢得属于自己的新的生命，她难道错了吗？”

李政委望着激动的钱之风思索片刻：“好，档案给他看。就在这儿看。你把他刚才愿意担保的话记录下来，签字画押。等水落石出，解决韩彩衣的时候，一并处理。”

李政委出去了，徐科长拿出舒雁的档案，扔给他。徐科长在一旁佯装着看报纸，从报纸上沿窥视着专心研究材料的钱之风。

与此同时，卢焕站正在山坡上俯瞰着下面，下面是一块平坝，有人在那里忙碌。

卢焕皱着眉：“首长，我发句牢骚。您说这美国人，到咱们根据地，也就吃吃喝喝、走走看看，什么都不干，咱们为什么非得当祖宗一样供着？还搞个什么欢迎仪式？就因为他们是美国人？这老天爷，也有点太不公平了……”

李政委笑笑：“人家不信咱们的老天爷，人家信上帝。”

卢焕说道：“那您说我当初要信上帝，是不是就能早两年从日本人大牢里逃出来？”

李政委看看卢焕：“也许早两年你就去见马克思了。”

卢焕苦笑：“唉，是啊。没办法，不信老天爷也不信上帝，还是踏踏实实信马克思他老人家吧……”

李政委暗中观察着卢焕的神色。

就在这天晚上，韩彩衣已经被关押在了农场的劳动改造部门。她在住所听见门外一阵响动，不一会儿，一直紧锁的门开了，她试探着走出来，看见门边站岗的民兵倒在地上，前方一个黑影，像是在等她跟上。

韩彩衣拼命跑，跟着前方的人影。然而没跑多远，前面的人影消失了。她停下脚步左顾右看，忽然身后传来声音："韩姐。"

韩彩衣回头，正是舒雁。她手里拿着枪。

韩彩衣笑了笑："舒雁？果然是你。"

舒雁地方："你早就猜到了？"

韩彩衣点头："能用天线来栽赃我的，除了你还有谁？而且我知道你今天晚上肯定会来。明天，就是美军观察组的欢迎仪式了。用天线栽赃我的时候，你没料到保卫处出于安全考虑更换了欢迎仪式的举行地点。为了完成炸死美国人的任务，你必须临时联络那边，给出他们轰炸的新坐标。你需要使用电台，而你知道无线电波很可能被截获……本来，我韩彩衣是很好的替罪羊，但偏偏被关在这里，再有电波截获，不就反而证明了我的清白吗？我清白了，你就暴露了，所以你没有办法，必须伪造出我潜逃的假象……"

舒雁举着枪："韩姐，你真厉害，我都不忍心杀你了……"

韩彩衣盯着舒雁："你没必要杀我，我愿意替你背特务的黑锅。说实在的，我恨透了这里，早就想离开了。儿子死了，钱之风又让我失望透顶，这里对我来说，彻底没有什么可留恋的了。"

舒雁盯着韩彩衣："你想让我送你出去？"

韩彩衣点头："我想离开这块伤心地。共产党说是来去自由，可我真想走，他们又怎么肯放我？你想办法送我出去，作为交换，我可以替你保密。只要能安全离开，我愿意替你当那么一天两天的特务内奸。"

舒雁问道："我凭什么相信你？"

韩彩衣反问："如果你杀了我，难道不会更引起保卫处的怀疑吗？"

舒雁放下枪。

此刻，钱之风正在办公室整理着思路，突然有人敲门，钱之风忙起身开门。是保卫处的干事："钱大夫，徐科长让我告诉你，韩彩衣逃跑了。你如果看到她回来，立刻通知保卫处！"

干事匆匆走了。钱之风愣了片刻，跟着冲出门外。只见到处是巡逻的战士，气氛紧张。

钱之风往家的方向走，看到有两名战士躲在黑暗中，是在此处埋伏，防备韩彩衣回来。钱之风绕了一圈，悄悄离开，往无线电训练班的所在地走去。

另一面，韩彩衣和舒雁快步在林中穿行。

韩彩衣问："我们去哪儿？"

舒雁回头盯着韩彩衣："你在套我的话。我可以安排你安全离开，去上海、苏州都可以，但你要帮我一个忙。"

韩彩衣说道："帮你背黑锅，我答应了。"

舒雁："还有一个忙，你得帮！"

说着，两人出了树林，眼前的山坡下，正是无线电训练班。

两人进了储藏室，舒雁举着蜡烛，拢住亮光。借着微弱光线，韩彩衣看向左右："你要我用这些零件，拼一部完整的电台出来？"

舒雁看着韩彩衣："我知道，你行。"

韩彩衣面对零件："一部好的都没有吗？"

舒雁点头："明天是美军观察组的欢迎仪式，保卫处如临大敌，所有现成能用的都控制起来了。"

韩彩衣有些犹豫。

舒雁说道："怎么，不想当汉奸了？"

韩彩衣冷笑："哼，知道我当初在苏州是干什么的吗？'汉奸'这个词儿，听着还真有点亲切。"

突然门外一声异响，舒雁立刻闪身躲在柜子后面，用枪示意韩彩衣去查看。韩彩衣从架子上拿起一把剪子。钱之风潜伏在训练班不远处的树丛，见有两个人影进去了，便跟过去，走到门外，不小心踩断了枯枝，忙小心挪步。屋里没了动静，他轻轻推门，探头张望，突然尖锐的剪子顶住了咽喉，拿剪子的人正是韩彩衣。

韩彩衣胁迫钱之风进来，让他站在门口，关了门。韩彩衣瞥了眼躲在一旁书柜后面的舒雁，舒雁轻轻摇头，依旧躲在那儿。

钱之风盯着韩彩衣："彩衣……你……"

韩彩衣问："你来这里干什么？"

钱之风说道："我到处找你，想你可能会在这儿……你为什么要跑？"

韩彩衣冷冷说道："你不该找我！"

钱之风接着说："保卫处下令，现在到处在缉拿你！我担心你！徐战东特意派人通知我，说如果我知道你的下落，要立刻通知他！"

韩彩衣打开门："好，那你现在知道了，去吧。"

舒雁立刻把枪口对准了钱之风的后背，钱之风没动："不，我找你，不是为了告发你。我知道你不是特务，我找你是想告诉你，我知道真正的特务是谁了！"

韩彩衣一惊："你知道了？"

钱之风说道："对，真正的特务，栽赃你的是……"

韩彩衣余光看着书柜后，舒雁的手指已扣紧扳机，立刻恶声打断："住口！！你别胡思乱想了，就是我。就是我！我一直瞒着你，我来这边，根本不是因为你的狗屁感召，而是受了我姐夫的密派……"

钱之风愣愣地说："郑伯鸿？"

韩彩衣点头："对！因为我之前帮你掩盖身份，他差点杀了我。为了活命，我只好答应他将功赎罪。"

钱之风问："四年前马家集，也是你？"

韩彩衣盯着钱之风："是我。我听到你们要来的消息，通过电台通知了那边。我自告奋勇跟着卢焕他们去，就是想看看战果如何……还有，你肯定想不到吧，上周的空袭，也是我安排的。"

钱之风一凛："那次空袭？！思成死了……"

韩彩衣狠狠点头："对！也是我通过电台安排的。截获的所谓神秘电波，就是我发的，用这里的电台，和后来从我房间搜出来的天线。"

钱之风："咱们的儿子没了……"

韩彩衣说道："那是意外。"

听了此话，钱之风突然笑起来。

韩彩衣说道："你觉得我在跟你开玩笑？钱之风你这个白痴！如果是以前的我，你大概猜得没错，可现在不一样了！我们的儿子没了，一切都不一样了。你以为我说恨你，也是跟你开玩笑吗？我失去了儿子，怎么还有心情跟你开玩笑？钱之风，思成不是你的亲生骨血，可他是我的身上掉下来的肉！你能在徐科长他们面前替我维护，我谢谢你，可几句好话，不代表我们还能回到过去！"

钱之风盯着韩彩衣："我明白，我知道回不去。我只希望，在你伤心难过的时候，我还能陪在你身边，你需要依靠的时候，还能第一时间想起我……"

韩彩衣说道："我告诉你了，我是特务，内奸，手上沾满了献血，你也不在乎吗？"

钱之风愣了一下："不在乎。"

韩彩衣突然看向外面："谁！"

钱之风转头看去，韩彩衣探身向前，朝着钱之风颈后猛地打过去，钱之风一下扑倒再地。韩彩衣蹲下，试了试他的鼻息，对舒雁说："晕过去了。"

舒雁从柜子后面出来，枪口对准钱之风："怎么跟他啰唆那么久？"

韩彩衣恳求："求你！别杀他！一日夫妻百日恩，他总算待我不错。"

舒雁指了指电台零件："你老实听话，我就不杀他！快点！"

韩彩衣埋头组装电台，舒雁将钱之风捆了起来。很快，电台组装好了。

韩彩衣抬头说道："好了。你来还是我来？"

舒雁看看钱之风，似乎有些不放心，犹豫片刻："我来。"

舒雁拿出密码本，迅速打开电台发报。韩彩衣慢慢踱步来到钱之风身边，轻轻将剪子一踢，正踢到钱之风的手边。舒雁警惕地回头看看，没有发现。

韩彩衣说道："别忘了，安排我离开的路线。"

片刻后，舒雁发完报，摘了耳机，拿起枪冲韩彩衣笑笑："嗯，我没提你的事。我忽然觉得你留在这里比较好。让你走，我总归还要冒不小的风险。可既然你自己都承认自己是特务了，那我杀了你，不是理所应当吗？你刚才对着钱之风全都承认了，他会是我的证人。"

话音未落，舒雁听见身后传来钱之风不慌不忙的声音："是吗？"

舒雁回头看，只见钱之风抖掉了绳子，正笑盈盈地看着她。

趁舒雁分神，韩彩衣一脚踢飞了她手里的枪。钱之风抢着拿到手里，舒雁见势不妙，夺路而逃。钱之风举枪瞄准了舒雁，韩彩衣伸手，轻轻把钱之风举枪的手按了下去。

钱之风看看韩彩衣："就这么让她跑啦？"

韩彩衣说道："你刚才装晕，又忘了喘气了。"

两人相视而笑。舒雁刚跑出不远，突然前方一排汽车的大灯亮起，亮如白昼。李政委徐科长带着战士们成扇形将她包围。舒雁定了定神，忙指向身后："救命！救命！特务在里面！韩彩衣在里面！"韩彩衣挽着钱之风的胳膊走出来。李政委看也不看舒雁，从她身边经过，径直走向韩彩衣。

韩彩衣说道："首长！电台在里面，密码本在她身上！"

李政委笑道："任务完成得不错！"说罢又看看钱之风："战东跟我打赌，说你钱之风没那么固执，不会为了韩彩衣同志的清白坚持到底！"

徐科长在一旁走过来："我输了，我输了！"又回身对舒雁说："接应你的卢焕也已经被控制了。"

舒雁听了此言，瘫软下去。

37 故地

一九四五年八月初的一天，钱之风刚从手术室出来，李政委就派人来找他，到了李政委的办公室，韩彩衣也在那里等他。

李政委表情严肃地看着两个人："开门见山地说吧，谭从武刚刚从苏州传回情报，以岛田为首的一部分顽固派日本军官正试图利用来自于七三一部队的鼠疫病菌在沪宁一带发动细菌战。传回情报后，谭从武失去了联系，必须立刻派人赶往苏州摸清日本细菌战的具体计划。显然你们两个人，是最合适的人选，当年你们的身份只在苏州站内部暴露了，郑伯鸿认为家丑不可外扬，所以掩盖得很好，并没有外人知道你们的外逃，所以现在你们使用的身份，是在战争中靠倒卖药品发了横财的商人，此次回去算是衣锦还乡。这确实很冒险，但是……希望你们能接受任务。"

钱之风看看韩彩衣，两个人仅仅是目光交流了一下，便转向李政委，坚定地点点头。

钱之风说道："一定完成任务，赴汤蹈火，在所不辞！"

李政委接着说："在苏州会有自己的同志协助你们，这位同志是由延安中社部直接领导的，和老谭他们系统不同，互不交叉。现在你们接受了任务，我能告诉你们他是谁了，他是你们的老熟人，赵元初。"

听到赵元初的名字，钱之风和韩彩衣都瞪大了眼睛，韩彩衣不由得惊叫出来："怎么可能？"

李政委身旁解释道："赵元初有一个双胞胎兄弟，叫赵元启，因为相貌一样，组织上便利用这一点，安排他们长期从事情报工作，用同一个身份——赵元初。而当年在上海叛变的，实际是赵元启。76号的特务安排他去苏州，延安方面认为是个好机会，于是赵元初在半路顶替了他，假赵元初变成了真

赵元初，于是真叛变，变成了假投降。因为他当时还跟军统有瓜葛，所以重庆那边想杀他灭口。就在他从上海去苏州的路上，赵元启受了重伤，后来死在赵元初面前，可所有人都并不知道已经得手。这次秘密潜伏世界上只有几个人知道，现在又多了你们两人。你们的一切用品，以及大笔资金已经准备好，时间紧迫，现在就出发。”

重返苏州，钱之风和韩彩衣都有物是人非之感，二人却来不及感慨，火速去见赵元初。在赵元初这儿，钱之风和韩彩衣听到几个让他们震惊的消息——就在他们到苏州之前，郑伯鸿死于汽车爆炸暗杀。现在赵元初是苏州站的代理站长，而杨人杰在去年因为勾结军统被日本人杀了。

赵元初拿出一份文件，递给钱之风：“上个月，日本宪兵司令部交给站里一个防疫任务，郑伯鸿一直放在办公桌上，从那时起，郑伯鸿每天愁眉不展，直到前天，郑伯鸿去日本宪兵司令部开会，夜里回家的途中，被暗杀。但有一件事很奇怪，现场的尸体虽然面目全非，但秦主任在检验室检查尸体的时候，从尸体的牙齿推断被烧焦的应该不是郑伯鸿，而衣服确实是郑伯鸿的。”

钱之风问：“难道郑伯鸿是装死？”

韩彩衣看看文件：“可能这个防疫任务和你们此次来调查的细菌弹有关。要查清日本人的细菌战计划，郑伯鸿是一个突破口，我先去和我姐姐谈谈。”

赵元初点头：“现在我们应该分头行动，彩衣，你见过韩美珍之后，用之前的交际圈子搜集关于细菌战计划的情报，现在人心惶惶，你们的商人身份是很好的掩护。另外，谭从武失踪后，小常和我接上了头，他今天提供情报说郑伯鸿死后，他跟踪金成山到西郊的一座废弃教堂，这座教堂正有一批人把守，不知是否郑伯鸿就在那儿。我和之风去找小常，他现在在钱之风的老宅，然后我们到那座教堂看看。”

钱之风和赵元初刚一出门，两个日本宪兵队的士兵正好从车上下来，交给赵元初一封信，岛田请赵元初到宪兵队司令部去一趟，钱之风唯有独自一人去找小常。

另一面，韩彩衣到了韩美珍家，佣人出来开门，说韩美珍今天一天都把自己关在楼上，饭也不吃。韩彩衣连忙上楼，敲门没人应，喊姐姐的名字也不回话。韩彩衣觉得事情不妙，撞门进去，一进门，惊呆了，韩美珍已经自缢身亡，吊在房梁上。

原来事出紧急，韩美珍并不知道郑伯鸿诈死，郑伯鸿也有意隐瞒，怕走漏风声，谁承想韩美珍一个没想开，上吊自尽了。

韩彩衣疯了似的冲上前去，抱下韩美珍，痛哭失声。

韩彩衣不知自己哭了多久，门外来了一个人，那人走近了，韩彩衣抬头，来者正是郑伯鸿。

另一边，赵元初来到宪兵司令部，在岛田的办公室外等着，竹下敲门进去："司令，赵元初到了。"

岛田上下打量赵元初："郑站长为了大东亚共荣而捐躯，令人敬佩。他的后事安排了吗？"

赵元初说道："暂时还没顾得上。"

岛田想了想："就明天下午吧，在你苏州站摆设灵堂，开个追悼会。我会亲往吊唁。对了赵副站长，我有个任务想给你，不知道你们苏州站现在有没有余力？"

赵元初立正："报告司令，愿接受任务！"

赵元初接受了岛田指派的任务，来到小常家，小常正在和钱之风说着："……我们了解岛田的宪兵司令部将一批秘密的物资从满洲运过来到了南京，但不知道从南京到苏州是走陆路还是水路。老谭说去码头探探情况……老赵！你回来了？"

赵元初点头："我刚刚去了趟宪兵司令部，见了岛田。他居然主动把之前给郑伯鸿的防疫任务交给了我。七三一部队送来的那批物资，现在还在南京，今天半夜十二点送到码头仓库。由苏州站派人接收和清点，安全保卫也由苏州站负责。"

小常说道："太好了！天赐良机！"

钱之风有一丝迟疑："能确定那批物资就是鼠疫病菌？"

赵元初沉吟片刻："不管是不是，我们都不能放过这个机会！"

小常起身："我这就去通知游击队的同志！"

三人出发，前往码头。夜色中，码头的仓库显得格外安静。门岗的小屋里亮着灯，墙上的时钟刚刚过了十二点。车灯晃眼，赵元初带着伪装成苏州站特务的钱之风小常及游击队员，开着几辆车来到了仓库的门岗前。门岗里走出一个看门人，拦下车队，摇下车窗，赵元初看了一眼迎面而来的那个看门人，出示公函。看门人看过，连忙点头哈腰示意，转身跑过去拉起栏杆放行车辆，赵元初的车队驶进了六号仓库。

来到六号仓库院内，钱之风看看表，手上的腕表指针是十二点零五分。这时远处有车队大灯闪亮。

赵元初对钱之风说："之风，你尽量不要抬头。日本人可能认得你。"

带头的是一辆轿车，四辆卡车紧跟其后，车队整齐地驶入仓库大门。在赵元初等人的面前停下。前面的轿车里走下了两个便衣打扮的日本特务，赵元初看了一眼钱之风，朝这俩人走去。

日本特务用生硬的汉语说："哪位是赵元初站长？"

赵元初走上前："我就是！"

钱之风望着车上的箱子，木箱外面印着“南满洲铁道株式会社”的字样。仓库的大门徐徐打开，偌大的仓库灯火通明。车辆发动，卡车一辆一辆地开进了仓库。不久，最后的一箱货物搬下了车，整齐码放在了仓库里，卡车也都开出了仓库大门。那两个日本特务走了过来，打开了放在前面的几个木箱，露出里面的特制炸弹。赵元初和钱之风不解地对视了一眼，这时，其中的一个特务向赵元初招了招手，示意他过去。赵元初走了过去，特务示意们站在打开木箱前面，两人随即从包里各自掏出一个照相机，极迅速地拍下了几张照片。

小常连忙上前：“干什么？”

特务说道：“货物交到你们手里我们必须要留下证明！”

赵元初按住了小常：“没问题，还有什么手续需要我们交接的？”

特务拿出一张清单递到面前：“这是签收单，请签字。”

赵元初签了字，特务收起单子，转身带着车队离开了仓库。

仓库铁门关上，钱之风立刻冲向了箱子，一边大喊：“都听好了，每个箱子打开检查，看到瓶瓶罐罐千万不要动，箱子打开的时候千万小心，别用蛮力！”

众人分散开，检查箱子，却发现箱子里都是石头。赵元初钱之风面面相觑，看向四周，打开的箱子里面，除了石头根本没有别的东西。

“不好，上当了！”小常匆匆跑向门口，打开仓库大门，忽然发现亮起了一片刺眼的灯光。小常站着，呆呆地望着那片灯光，似乎还没明白怎么回事，枪声响了。

门口架了两挺机枪，还有若干手持步枪的日本宪兵，疯狂地对着仓库里面开火。

岛田站在高处，默默望着眼前的屠杀。竹下走来：“长官，照片都已经拍了。”

六号仓库里面的枪林弹雨中，剩下的游击队员们纷纷找掩护。

一个游击队员指指装着特质炸弹的箱子：“这箱子里不是有炸弹吗？”

钱之风说道：“那是特制的细菌弹，跟一般的炸弹不一样！”

游击队员：“能炸吗？”

钱之风看了看：“应该能。不过是陶瓷的，没有杀伤力……”

话音未落，一发子弹打过来，几个人躲着子弹，把那箱炸弹顶到门口的墙根上。

外面的机枪仍旧疯狂地扫射着，在箱子被推到对面墙根的同时，这几个人陆续牺牲。

赵元初一把抓住钱之风：“钱之风同志，你听好了，我们这里所有的人都可以死，但是你不能！鼠疫细菌什么的，我们不懂，只有你懂，所以你必须活着出去！不管发生什么，你一定要活着出去！”

又是一梭子弹，赵元初中枪受伤，推开钱之风。钱之风刚要上前，就被赵元初阻止：“别过来！小刘，把钱之风拖到那边角落去，快！”小刘拽住钱之风就往炸弹相反的方向跑。

日本宪兵已经干掉了门口的游击队员，冲进来。

赵元初大喊：“都卧倒！”喊完他举起枪，一梭子弹打在木箱门口墙根，但木箱里的炸弹却丝毫没有反应。

门口涌进的日本宪兵越来越多，更多游击队员倒下。赵元初看到墙跟前的那箱炮弹前面躺着的一具游击队员的尸体，腰间挂着一个手雷，他奋不顾身地冲向了这个手雷。两颗子弹打穿了他的胸膛。

赵元初用尽最后一丝力气抓住了手雷，自语着：“之风，拜托你了……”

小刘死死地用身体压在了钱之风的身上。赵元初拉开了手雷的引线，他紧握着手雷，趴在了这箱炮弹的上面，又是一梭子弹打中了他的身体，同时，这箱炮弹被手雷点燃了。

巨大的火球冲天而起，整个仓库被炸得粉碎，岛田不自觉地后退了一步，他示意身边的机枪手停止射击，接连又是两声爆炸声，冲天的火光把此刻的仓库门外照得如白昼一般。火光中，岛田面无表情地看着眼前发生的一切。在冲天的火光照耀下，钱之风从水中游向远处，他不时地回过头去看着身后的火光，眼中涌满了泪水。

钱之风上了岸，到处是搜查的日本宪兵。钱之风小心躲避着，匆匆回到永明巷，到家门口，正要拿钥匙开门，发现门虚掩着。他轻轻摸出枪来。闪身进来，四下一片漆黑。忽然听见身后风声，他急忙转身抬枪，枪口相对，四目相对……黑暗中，钱之风看到了一双明亮的眼睛。

两人紧紧拥抱在一起。钱之风和韩彩衣坐到桌前，彼此握着对方的手。

钱之风说着：“……全都牺牲了……小常也牺牲了……还有游击队的好多同志……”

韩彩衣问道：“岛田的圈套？”

钱之风点点头：“还给老赵拍了照片，证明那些细菌弹是咱们中国人保管下的……”

韩彩衣：“真的是细菌弹？”

钱之风：“只有空炮弹，里面没有装病菌。”

韩彩衣：“真的细菌会在哪儿？”

钱之风摇头：“目前还是一无所知……你怎么会在这儿？”

韩彩衣流着眼泪说道：“我到姐姐家的时候，姐姐已经上吊自尽了……

她以为姐夫死了，夜里郑伯鸿回来了，他果然没有死，躲在西郊教堂，姐姐的死讯……是金成山告知了他。到了这一步，我就把咱们的情况和他说了……我姐夫说你和赵元初大概会去码头的六号仓库，那个码头岛田也曾让他去接货，他就是为了躲避日本人的嫁祸才装死的……凌晨的时候，金成山来报告，说码头发生爆炸，姐夫说你和赵元初应该已经死了。我不信……跑去了码头，远远看见日本人清点尸体，没有你……想你也许会来这里……”

钱之风动情地看着韩彩衣：“彩衣，让你担心了……”

韩彩衣抱住钱之风，号啕大哭，钱之风轻轻搂着韩彩衣，却有些僵硬。

韩彩衣察觉到了，轻轻松开：“之风，你怎么了？”

钱之风站起来：“不，我忽然在想，在码头六号仓库里看到的……那些空的细菌弹，资料上说，七三一部队生产的数量并不多，为什么岛田肯舍得让我们轻易毁掉？”

韩彩衣说道：“也许，他们不用了？”

钱之风思索着，忽然想到什么，立刻把从根据地带来的电台搬出来：“你马上发报，请求组织立刻联络哈尔滨方面。苏军已经占领了七三一部队所在的哈尔滨平房地区，让他们迅速查一下，那种石井式陶瓷细菌弹的生产和使用情况！”

“有结果了！”一阵电台的声音过后，韩彩衣念道：“苏联远东军驻哈尔滨司令部接到咱们的通报后，非常重视，连夜派人前去调查。目前已知截止到七月底，日本人一共生产了那种石井式陶瓷弹一千余枚，大多数已使用或者在苏军占领前已销毁……”

钱之风问：“没有运进关内的？”

韩彩衣说道：“近三个月只有一批。在七月二十四日，他们将一批石井式陶瓷细菌弹运到了南京……”

钱之风点头：“这就对了，应该就是我在码头六号仓库看到的那一批……有多少？”

韩彩衣：“只有六枚。”

钱之风：“六枚？我在码头仓库看到的就有六个！”

韩彩衣想了想：“难道日本人放弃鼠疫计划了？”

钱之风思索着：“不，也许只是放弃了直接使用细菌弹的计划……他们害怕战败后被追究责任……”

韩彩衣说道：“可苏军方面说，日本人在他们到之前已经把所有的生产出来的细菌病毒全部都销毁了，他们仔仔细细搜查了一遍，没有任何发现……哦，还有一个叫高桥正彦的中尉在苏联人面前剖腹自杀。”

钱之风默念着这个名字：“高桥正彦……”

韩彩衣看着钱之风："怎么了？"

钱之风忙翻带来的资料："老谭失踪前的最后一封电报——高桥正彦前日抵达苏州，并与岛田密会……这家伙，是七三一专门研究鼠疫的负责人！老谭失踪前他来了苏州还见过岛田！彩衣，关于这家伙，苏军那边还有什么发现吗？"

韩彩衣摇头："人死了，所有资料都销毁了……"

韩彩衣望着钱之风，钱之风穆然望着窗外："我们先去找郑伯鸿。"

韩彩衣和钱之风来到郑伯鸿家，郑伯鸿还在楼上，守卫的金成山见是韩彩衣，让他们进去了。

屋子里，韩美珍的尸体在床上，郑伯鸿呆呆地坐在她旁边，双手抱头。金成山站在旁边。

郑伯鸿忽然勃然大怒："钱之风！韩彩衣你带他来干什么！滚，给我滚!"

没想到钱之风突然两步上前，揪起郑伯鸿的衣领将他狠狠地拽起来，死死盯着他的双眼："郑伯鸿！你还有什么资格在这里大喊大叫？你老婆为什么死？她是你害死的！你以为你自己很聪明吗？你机关算尽，有没有算到过今天？有没有算到过你现在的下场？说你是懦夫你还不承认，你到底还想害死多少人？"

郑伯鸿一把推开钱之风："放开我！钱之风，我郑伯鸿再怎么样，也轮不到你教训我！"

钱之风冷笑："苏州站，你辛辛苦苦维持了六年的地方，却不敢回去；韩美珍，唯一关心你爱护你的人，因为你而死；而你自己，失去了一切，一无所有，除了仅剩的半条命，你还有什么？……郑伯鸿，你还不觉得自己失败吗？"

郑伯鸿心绪稍定："我承认，你说的我都承认。我很失败，那你说我该怎么办？"说着拿出枪交给钱之风："要不你杀了我？你说的，除了剩下的这半条命，我一无所有了……"

钱之风举起枪，郑伯鸿闭上了眼睛。钱之风叹息一声放下枪。

郑伯鸿苦笑："可怜我？"

钱之风摇头："其实，你还有一点别的。"

郑伯鸿盯着钱之风："什么？"

钱之风盯着郑伯鸿："廉耻。你至少知道，不能顺从日本人的阴谋，实施细菌战。你至少还明白，不能留万世的骂名……你至少对你老婆，还有一份真感情，你为她留的眼泪，至少是真的……"

郑伯鸿良久不语，半晌抬头问韩彩衣："如果昨天夜里，钱之风真的死在码头仓库了，你会怎么样？"

韩彩衣说道："哭，大哭一场。然后想办法，继续完成我们的任务！"

郑伯鸿问："阻止细菌战的任务？"

韩彩衣："比起你这样的苟活，我宁愿轰轰烈烈地死去！"

郑伯鸿点了点头，仿佛下定了最后的决心："好……你们跟我来！"

郑伯鸿带钱之风和韩彩衣进入书房，郑伯鸿打开书柜，从一个档案夹中拿出一张照片，交给钱之风。照片上两个人在说话：一个是岛田，另一个是身着便服的寸头男。照片显然是偷拍的。

郑伯鸿递过照片："跟岛田说话的，叫高桥正彦，从满洲来的。是……"

钱之风打断："七三一部队的？"

韩彩衣忙点头："上个月二十五号，他来过苏州！"

郑伯鸿接着问："那你们知道他来干什么吗？"

郑伯鸿说道："当时岛田刚刚安排了那莫名其妙的防疫任务给我，我立刻觉得其中有诈，于是暗中派金成山去调查。大概没两天，这个日本人就到了苏州，住在和平大饭店。我就让成山借口清查共党可疑分子搜查了他的房间，发现了一个木头小盒子，金成山撬开木头盒子，里面是摆放整整齐齐的小瓶子。钱之风，你把金成山叫上来，当时的情况让他跟你说。"

金成山上来了，钱之风问搜查的事。

金成山比画着："十只，样子嘛，很小，大概这么大，玻璃的，里面有水……哦，中间脖子很细……"

钱之风说道："安瓿瓶！就是注射打针，装药水的瓶子？你再好好想想，还有没有发现别的什么？"

金成山说道："没了！搜了个底儿朝天，除了那几个小瓶子，其他没什么可疑的……后来，那家伙就跟着来的日本人去找岛田了……我就拍了那张照片……"

韩彩衣拿着照片："这是在宪兵司令部？"

郑伯鸿指指照片："再仔细看！"

钱之风仔细看，猛地发现了细节："广济医院？"

盯着照片，想了许久，钱之风慢慢说道："看来只剩最后一条路了，去找岛田。"

38 任命

日本宪兵司令部，岛田的办公室里，钱之风泰然自若坐在岛田面前，岛田正盯着他。钱之风将一个锦盒推到岛田面前："一点心意，请司令笑纳。"

岛田打开看了眼，是一株老山参："听说钱先生发财了？"

钱之风笑笑："算不上。这两年东奔西走，混口饭吃。"

岛田问道："回苏州多久了？"

钱之风："没几天。一直想来拜会司令，就怕您公务繁忙。"

岛田："我记得当初钱先生离开苏州的时候，很多流言蜚语……"

钱之风冷静地说道："哦，一场误会。因我本是共党反正过来的，那边想借刀杀人，就设法污蔑我还没有脱党。在苏州站里，我又受赵元初的排挤，处境十分狼狈。想来想去，不想给大家添麻烦，索性带着夫人一走了之。"

岛田说道："赵元初？他其实也是共党。"

钱之风故作惊讶："真的？怪不得！哎呀，这一说我才明白，难怪当初他怎么跟当时苏州的共党头目谭从武有默契似的，搞得我有口难辩。"

岛田盯着钱之风："昨天夜里十二点，你在哪里？昨夜赵元初纠集共党同伙，烧毁了我一储存防疫物资的仓库。"

钱之风装作义愤填膺："太可恶了！人抓到了吗？"

岛田接着说："赵元初及同党已全部被消灭——除了一人逃脱。据我宪兵队的人说，逃脱之人，与你相貌相似啊？"

钱之风愣了一下："你要不信，可以去和平大饭店查问。昨天夜里我忘了几点，他们的经理还见过我跟我太太！"

岛田笑笑："我会派人问的。钱之风，你特意来找我，不单单只为了送礼吧？"

钱之风："那天在苏州站无意中听到，皇军交给苏州站一个防疫的差使。可不知为什么，站长郑伯鸿却不甚热心。现在郑伯鸿死了，我想这差使不就没人做了嘛。我懂医，知道防疫的事该怎么做。另外替皇军当差，腰杆子硬气！"

岛田笑道："油水也多？"

钱之风与岛田相视而笑，钱之风说道："司令放心，绝对把事情给您办得漂亮！"

岛田接着说："钱先生，你是我同门师兄，于情于理应该照顾。不过此事我已交给了苏州站，不好反复无常……我倒有个建议，不知道你是否愿意？"

钱之风说道："司令请讲？"

岛田顿了一下，说道："郑伯鸿和赵元初都死了，苏州站现在群龙无首。你是苏州站的老人，当过情报科科长，不如就由你来担任苏州站站长，如何？"

钱之风忙起身立正敬礼："多谢司令！"

钱之风出了宪兵司令部大楼，韩彩衣迎上来："怎么样……"

钱之风说道："岛田任命我当苏州站新任站长！"

韩彩衣一愣："站长？他有这个权力吗？不是该南京任命吗？"

钱之风看了看表："他说的话，谁敢不听？我上任的第一件事，就是主持你姐夫的追悼会……"

几个人上车，直奔汪伪苏州站。车停到苏州站门口，竹下给钱之风开门。钱之风下车，看到苏州站仅剩的工作人员列队两旁，欢迎新站长的上任。只是黑纱白幔还在，气氛显得有些诡异。

钱之风客气地向认识的人点头示意。田姐、电讯室丁主任、检验室秦主任等人，大家的恭维和笑容都显得有气无力。钱之风一一握手。面对一声声"站长"，他不免百感交集。

最后是金成山。两人握手，金成山在手上用力。钱之风笑笑，一切尽在不言中。钱之风回头看了看韩彩衣，韩彩衣向他挤出一丝笑容。

钱之风和竹下来到站长办公室，郑伯鸿的东西已收拾干净，房间显得空空荡荡。

竹下说道："钱站长请坐，那把椅子现在是您的了。"

钱之风坐下，感受了一下。

竹下问："感觉如何？"

钱之风拍了一下扶手："如坐针毡！"

竹下笑了，拿出一沓文件："这些是防疫任务的相关文件，请站长签字。"

钱之风拿来看了看，竹下已取出相机准备拍摄。

钱之风一边签字一边说："这也要拍？"

竹下按下了快门。

39 虎穴

郑伯鸿的葬礼开始了。

高悬的是郑伯鸿遗像，嘴角似乎带着一抹笑意，望着下面三鞠躬的人们。钱之风和岛田站在人群最前面。所有人胸前戴着白花。

钱之风说道：“郑伯鸿先生，是我们的楷模，是我们的榜样！他坚定不移、矢志不渝，献身和平事业的伟大理想，需要我们每个人去继承和发扬！郑站长，是我们永远的站长，他的精神，将永世长存！”

台下响起稀稀落落的掌声，钱之风看看站在一旁的岛田：“很荣幸，今天大日本帝国沪宁宪兵司令部的岛田司令也来了，请岛田司令讲两句？”

岛田摆手示意不说什么。门口传来韩彩衣的声音：“我说两句！”

众人闻声看去，韩彩衣大步走上台前。钱之风似乎倍感意外：“彩衣？没你的事！”

韩彩衣态度生硬地从钱之风手里抢过麦克风：“我要说说，我姐夫到底怎么死的！”

全场哗然，所有人都盯着她。钱之风尴尬万分，厉声说道：“韩彩衣！不许胡闹！”

岛田止住钱之风，对韩彩衣说：“韩小姐，你倒说说，郑先生是怎么死的？”

韩彩衣大声说：“他是被人害死的，他是被人蓄意谋杀的！可你们知道是谁干的吗？”

韩彩衣狠狠瞪向钱之风：“这个人你们都认识，平常道貌岸然，斯斯文文，可其实阴险狡诈！他原来是共产党，后来脱党了，却并不是真的向往和平，而是想投机，想升官发财！这个人欺骗性太强，连我都被他骗了！我被他苦苦骗了五年！”

钱之风面红耳赤："韩彩衣！你不要胡说八道！"

韩彩衣对岛田说道："司令，我姐夫就是他钱之风杀的，他瞒着我，秘密回到苏州，在姐夫开完会回家的途中，约我姐夫见面，然后和他的手下用炸弹炸了我姐夫的车！他杀了我姐夫，夺取我姐夫身后的家产，我赶来苏州的时候，他还逼死了我姐！"

钱之风冲上前，劈手打了韩彩衣一记耳光："让你胡说！"

不料韩彩衣突然拔出一把裁纸刀，不偏不倚刺入钱之风胸口戴白花处："姓钱的，我替我姐还有我姐夫报仇！"

钱之风倒在地上。全场大乱，竹下带来的日本宪兵冲上来维持秩序。岛田忙上前查看，吩咐竹下："快！送医院！"

韩彩衣转身要跑，被日本宪兵的枪口逼住。

钱之风被火速带到广济医院，岛田也跟着来到准备室做术前准备，竹下进来了："司令，您要亲自给钱之风做手术吗？"

岛田点头："必须保证他至少活到明天中午，我们把气球放出去！"

竹下说道："明白，他是放气球的人！"

岛田看看竹下："韩彩衣的姐姐，真的死了？"

竹下递上韩美珍的遗书："是，还发现了遗书，内容所讲与韩彩衣说的一致。郑伯鸿确实是钱之风所杀！"

岛田叹了口气："对我们来说，这些已经不重要了。"

苏州站的优待室里，韩彩衣坐立不安，两个日本宪兵在门口看着她。

昨天晚上，在郑伯鸿家，钱之风把她拉到没有人的房间，对她说："金成山说广济医院现在戒备森严，不被怀疑地进广济医院，有一个最简单又快的办法！你还记得当初，我为了救老赵，是怎么让他进医院的？"

韩彩衣一愣："你捅了他一刀？"

钱之风说道："对！我们还可以用这个办法。郑伯鸿的追悼会上，你来捅我一刀！"

韩彩衣犹豫着："不行！我……"

钱之风看着韩彩衣："你姐姐死了，正好给了你杀我的动机，你甚至可以说，郑伯鸿是我杀的，你姐姐是我逼死的！"

韩彩衣摇摇头："可你是医生，你知道往哪儿捅不会出事，我不行！"

钱之风握住韩彩衣的手，在自己胸前比画："就是这里，其实很简单……"说着拿起裁纸刀："就用这把裁纸刀，记住刀锋的角度，你握刀的姿势！"

韩彩衣连连摇头："我不行！我做不到！我下不了手……"

钱之风盯着韩彩衣："追悼会上我会戴一朵小白花，你就冲着小白花的正中！"

韩彩衣："之后呢？"

钱之风："偷梁换柱！"

韩彩衣："你是说……"

钱之风："安瓿瓶！"

韩彩衣想了想："……也分型号的吧？有大有小，不同规格，你怎么知道岛田手里的是哪种？"

钱之风摊开随身带着的公文包，找到一份资料，指给韩彩衣看："看这个……吉村商社采购单！吉村商社是专门替七三一采购物资的日本中间商……你看这里，五毫升安瓿瓶，无色透明，型号K235，数量五百支，采购于昭和二十年七月十四日……"

韩彩衣看着资料："就在那个高桥来苏州前不久？"

钱之风点头："可惜没有照片……如果是我之前用过的一种盘尼西林的安瓿瓶，应该会一模一样。"

韩彩衣正坐在优待室回想昨天晚上的经过，优待室的门突然响了，竹下进来，韩彩衣立刻站起来。

韩彩衣问："他怎么样了？钱之风！"

竹下笑道："韩小姐希望他死？让您失望了……经过我们司令的精心手术，钱之风并无大碍。"

韩彩衣身子一软，坐回椅子上。竹下将她从优待室带出来，二人来到灵堂。韩美珍躺在棺材里，韩彩衣望着两个特务把棺材盖子盖上，和郑伯鸿的棺材并排。

竹下问："郑站长和太太的身后之所，选定了吗？"

韩彩衣点点头："我姐夫生前信耶稣的，曾经说过，希望身后埋在城西救恩堂的墓地。"

竹下对身后两个日本宪兵，说着日语："你们，帮助韩小姐将郑站长及太太的灵柩运去下葬。"

韩彩衣和几个日本宪兵来到废弃教堂后面的破败的墓地里，那里挖出了一个大坑。几个日本宪兵协力将两口棺材放进去。

韩彩衣在旁边看着，无限感伤。她抬头向教堂高处的窗户看去，窗户后面，露出郑伯鸿呆滞的面容。

望着日本宪兵们离开，韩彩衣回到教堂，关上大门。

郑伯鸿正坐在十字架前，韩彩衣走向他，默默坐在他旁边。郑伯鸿从怀里取出一个小盒子，打开，里面是十只装了药水的安瓿瓶。

韩彩衣看着盒子："谢谢姐夫……这是……"

郑伯鸿说道："盘尼西林，消炎的。只要有钱，黑市上什么都买得到……

岛田脸色阴沉：“这不在今天的话题之内！”

记者还在问着：“可是，我还听说……”

一声枪响，那位记者倒在血泊中，岛田不慌不忙收了枪：“登报的内容，请参考各位面前的文稿。谢谢各位。”

夜里，岛田站在日本宪兵司令部的办公室窗前，静静望着外面的夜色。

竹下进来：“司令，全部安排好了，明天上午可以见报。”

岛田叹了口气：“竹下君，从昨天到今天，发生了那么多的事。你还觉得日子过得太快吗？”

竹下点头：“是的，简直没有停下来休息的时间……”

岛田摇摇头：“告诉你……我也累了。不过还没到休息的时候，走吧，我们回广济医院。”

钱之风所在的病房外面，竹下在走廊上匆匆走来，看到病房门口只有一个宪兵，竹下急走两步，到了门前，推开门看，不见钱之风踪影。

竹下骂道：“混蛋！人呢？”

宪兵说道：“去厕所了，荒木跟着他……”

竹下来到厕所，踹开门，扫视四周，里面一个人也没有，一扇窗户开着。竹下身后，两个宪兵面面相觑。竹下从开着的窗户看出去，窗边一条排水管从屋顶延伸到地面。

走廊里，一名身着白大褂、戴着帽子口罩的日本军医走过。军医身后，一扇门开了一道缝，钱之风从门缝里观察片刻，悄悄溜了出来。钱之风迅速跑过走廊，进了一间办公室。片刻，刚才那个日本军医回来，也进了同一间办公室。此时钱之风已经藏在了桌子下面，望着那日本军医。只见他摘了帽子口罩，将一串钥匙和脱下的白大褂挂在墙上，转身出去了。钱之风从桌子底下出来，拿起那一串钥匙，穿起白大褂，戴着帽子口罩，走出了办公室。前面区域有一个宪兵站岗，钱之风大摇大摆走上前。

宪兵用日语问道：“喂，我怎么好像没见过你？”

钱之风用日语回答：“我可见过你。”

钱之风从那宪兵身前经过，向里面走去。那宪兵还在纳闷。尽头的一扇铁门明显与旁边的木门不同，上面还有日语“警告：隔离区”的字样，这是细菌室所在。钱之风走到门前，掏出那串钥匙开门。钱之风进了细菌室，一眼就看到屋子正中摆在玻璃柜里的木头盒子。他从怀里拿出一个小布包，听见身后传来岛田的声音：“钱之风！你在这里做什么？”

钱之风等了一下，慢慢回过身来，用日语说着：“司令，您认错人了。”

岛田走上前，凝视着钱之风：“哦，我是认错了。你是……共党！”

说着，岛田拉下了钱之风的口罩，两个宪兵上前，将钱之风押走。没人发现，钱之风的手中已然是空的了。

钱之风被带到一个空房间，铐在灯下的椅子上。

岛田走进来：“记得当年我曾经说过，现在更加坚信——你这样优秀的外科医生，会是同样优秀的情报工作者。如果你不够出色，现在也不会有机会到这里，坐在我对面……”

钱之风苦笑：“可我还是输了……”

岛田严肃地说：“我们大和民族，一样尊敬失败的英雄。所以，我愿意给你一个机会。回答你提出的问题，以及……选择你的死法。”

钱之风想了想：“你早知道我的目的了？”

岛田将赵元初在仓库的照片推给他：“后面，最边上的这个，是你吧？昨天夜里，唯一逃出去的，就是你。上午，你主动来揽防疫的差事，因为你知道，所谓防疫的工作到底是什么？”

钱之风：“没错。可你还是答应了，还是让我当站长？”

岛田笑笑：“为什么不呢？不管你真正的目的是什么，我反正需要这么一个人……”

钱之风：“当你们的傀儡？替罪羊？”

岛田点点头：“没错。郑伯鸿死了，赵元初看来挺合适，可惜他是共党，不老实……当然，你也不老实……”

钱之风咬着牙：“你觉得有人会相信你们吗？我们中国人自己造成的瘟疫？”

岛田：“当然！没有人相信的真相就是谎言，所有人相信的谎言就是真相。这个世界就是如此。”

钱之风厉声说道：“不，这个世界并非如此……”

岛田打断：“那是你的幻觉，就像你以为你能阻止我？”

钱之风：“岛田，你们日本马上就要战败了，什么武运长久也是你的幻觉！”

岛田：“我当然知道。”

钱之风：“那你为什么不赶紧悬崖勒马？就算你的计划成功了，多杀了成千上万的中国人，能改变你们日本注定要战败的命运吗？到底为什么？”

岛田眼睛放着光：“为什么？因为生命需要进化。这个世界是残酷的。达尔文学说告诉我们，物竞天择，适者生存。要想保证强者生存下去，必须淘汰弱小！很不幸，你们中国人，是弱小的……”

钱之风悲愤至极：“岛田，别忘了你也曾经是一名医生，在佐久间教授的课堂上，我们都背过希波克拉底誓言！我们的使命是拯救生命，而不是残

害生命！”

岛田不为所动：“优胜劣汰是自然界的法则，而战争是净化世界的手段!”

钱之风说道：“你们发动的战争只是满足你们军国主义的贪欲，是非正义的！”

岛田笑了笑：“正义？这世界上就根本没有正义，只有生存和毁灭！”

钱之风盯着岛田，缓缓地说道：“不，你错了！正义也许会姗姗来迟，但绝不会缺席！”

40 终结

岛田在院长办公室里打着电话，站得笔直，用日语说着："……是，一切准备就绪！今夜气球准时放飞……是，请转告将军阁下，明天太阳升起之时，便是审判到来之时！任何胆敢违抗天皇旨意的家伙，必将接受死亡的惩罚！……是！"

放下电话，岛田看向竹下："竹下君，我们创造历史的时刻就要到了。"

钱之风被丢进地下室的牢房。铁门锁上，钱之风看看牢房里，一双双恐惧的眼睛也正在看着他，然后他看见了谭从武，钱之风挪过去："老谭！"

谭从武消瘦了许多，但眼中仍然透着光芒，他盯着钱之风。钱之风还要说话，谭从武突然一把捂住了他的嘴，拉着钱之风坐在角落。

谭从武轻声说："组织上派你回来的？"

钱之风点头："为了细菌弹的事……你一直被关在这儿？"

谭从武说道："我跟踪岛田，结果不小心被发现了。你怎么进来的？也被他抓了？"

钱之风："故意进来的。"

谭从武盯着钱之风："你有办法？"

钱之风点点头，看看其他的狱友，问谭从武："他们都是什么人？"

谭从武："都是岛田各处抓来的老百姓……当气球用。"

钱之风一愣："气球？"

谭从武解释道："是日本人的暗语。注射鼠疫病菌，然后再放出去，就像给气球充气，然后放飞。日本人给好吃好喝的，还给检查身体，说是给大伙治病，可谁都知道鬼子没安好心……"

钱之风伸手摸谭从武的脖颈，又让他撸起袖子看他的胳膊："体温正常，

淋巴结没有肿大，皮下也没有淤斑，目前还没事……”

几个狱友凑过来：“哎，日本人是不是要杀我们了？要是不行，哥儿几个就跟小鬼子拼了！”

谭从武说道：“别急！这是我的同志，他是来救大家的……”

钱之风看看众人，沉默地起身地起身踱步。所有人都望着他。

一名狱友站起来：“我说你到底行不行啊？”

钱之风看看他：“大夏天的，怎么还穿着棉袄啊？”

所有人都莫名其妙地看着钱之风。

这名狱友说道：“这是我唯一值钱的家当，当然得穿在身上了……”

钱之风将众人叫到跟前，说了自己的计划。

不一会儿，走廊里，一个日本看守背着枪沿着走廊来回巡逻，忽然听见牢房里传出争吵声：“干什么！这是老子的！敢他妈跟我抢？”

另一个个人喊着：“揍他！收拾他！”

这个看守忙跑到牢房外，看到里面几个人扭作一团，“乒乒乓乓”打得热闹。看守猛敲铁栅栏喊：“混蛋！住手！”可是没用。

看守一边呼喊人帮忙，一边掏钥匙开门进到了牢房里，上来枪托砸倒一个犯人，没想到剩下的所有人忽然向他扑来。一阵拳打脚踢后，众人跑出牢房外。

谭从武喊道：“从那边楼梯上去！”众人跑向楼梯口。钱之风却闪身进了旁边的杂物间。

地下室楼梯口，众人跑来，却都急忙停下了脚步。只见前方两个宪兵看守，举枪对着他们。竹下不慌不忙从楼梯下来，站在宪兵后面。竹下说道：“这样可不明智。”忽然注意到钱之风不在人群中，皱眉问道：“钱之风呢？”

地下室杂物间里，钱之风迅速搬开杂物，拿起旁边的铁锹铲开墙皮，露出里面的电线。他把电线扯出来，将两股电线分开，拨开外皮，扯开狱友乙的棉袄露出里面的棉花，铺在地上。对着棉袄里的棉花，钱之风将两股电线接上，一阵噼里啪啦的火花闪动。电闸跳起了。

地下室楼梯口，灯灭了，举枪的宪兵一阵迟疑。院长办公室，台灯熄灭，岛田慌忙起身。被关在一间空房间里的韩彩衣不安又兴奋地跑到门前向外张望。整个医院大楼楼瞬间黑了下来。

谭从武大喊一声，所有人冲向前，枪声响起。钱之风拆开墙上的铁丝网，将点燃的棉袄扔进去，又扔了胶鞋等杂物进去。那是整个楼的通风道，黑烟升腾而上。漆黑中，一片混乱，日本人大呼小叫，被烟呛得咳嗽不止。钱之风从他们身边迅速穿过。谭从武带着逃脱的狱友冲向门口，却不得不再次停下。

两挺机枪，架在医院大门两侧，还有成排的日本兵举枪瞄准。岛田背手站在机枪后面，冷冷地望着他们：“想死？我成全你们！”

钱之风趁乱溜进细菌室，早前岛田抓钱之风时，钱之风将装有安瓿瓶的小布包扔进了垃圾桶，他从门口的垃圾桶里翻出扔在里面的小布包。来到摆放鼠疫病菌的桌前，打开玻璃柜里面的木头盒子，将里面的安瓿瓶换成自己小布包里一模一样的盘尼西林安瓿瓶。

换到最后一个，钱之风再伸手进小布包里，却发现最后一个瓶子摔碎了！

九个换出的鼠疫安瓿瓶放进口袋里，钱之风拿着最后剩下的一个，一时不知道该怎么办。就在此时，头顶上的灯重新亮了起来。

门开了，竹下带着两个日本宪兵举枪进来。钱之风叹了口气，将那最后一个放回原处，举手投降。

走廊里，一个中枪狱友的尸体被拖出去。谭从武等人在日本兵的枪口下举手站着。钱之风被押回来，加入了他们。

谭从武轻声问：“怎么样？”

钱之风说道：“中间都很顺利，可到了最后，就差了一点点……我准备了十个一模一样的安瓿瓶，没想到碎了一个！”

谭从武问：“换了九个？那还有一个呢？”

钱之风点头：“如果都拿走，敌人就会发现少了一个，没办法，剩下的在我口袋里。”钱之风见谭从武面色阴沉，接着说：“老谭，对不起，也许我刚才应该……”

谭从武打断他：“不用说了，我们还有机会！”

细菌室里，岛田将木盒子打开，望着里面的十只安瓿瓶，回身问：“死了一个？”

竹下点头：“是不是到外面临时补充一个？”

岛田摇摇头：“不用了。开始吧。”

一个日本军医坐在审讯室一张小桌前，面前摆着注射用具。钱之风、谭从武和狱友们聚在一起，望着日本人的一举一动。

岛田说道：“各位不用害怕，这是防疫针。外面疫病流行，打了这一针，你们就不用害怕得病了。”

一个囚犯说道：“胡说！我们才不信呢！”

岛田笑笑：“你们将获得自由，你们可以回家，可以和亲人团聚，皇军会给你们每个人路费。你们只要记住，皇军是你们永远的朋友，永远记住这一点。谁先来？”

谭从武轻声对钱之风说：“哪个没换？”

钱之风望着军医的动作。军医从木盒中拿出最旁边的一个。钱之风低声

说：“就他手里拿的那个！”

谭从武猛地举手：“我先来！但我有一个要求！我信不过你们的医生，我得让钱之风给我打！”

军医起身，谭从武将钱之风拉过来按在座位上。钱之风望着镇定的谭从武，不免慌乱。谭从武目光示意他镇定：“快点，别磨磨蹭蹭的！岛田，你说话算话，真放了我们？”

岛田看看钱之风：“当然！钱之风，别告诉我，你堂堂外科医生，连打针都不会了？”

钱之风动作缓慢地用砂轮在安瓿瓶瓶颈处磨了磨，轻轻掰开。拿起针管抽取里面的液体。钱之风看向岛田，岛田下意识后退两步，竹下立刻掏出枪来。

谭从武郑重地对钱之风点了点头：“之风，我都不怕，你怕什么？来呀！”

钱之风拿着针筒，迟疑不敢扎入。谭从武猛地握住他的手，扎了进去。谭从武用着力，药水缓缓注射进去，钱之风浑身颤抖。

谭从武突然猛地用力挣扎，针头断了。他抓住钱之风脖领子顶到墙上，贴着他的脸：“他妈的会不会打针？”接着用极小的声音告诉钱之风：“换一套针具！”说罢狠狠将钱之风推开，走到一旁。钱之风瘫软在椅子上。

岛田冷笑，像在看戏一般：“怎么，真的连打针都不会了？”

钱之风勉强克制住情绪：“打针是护士的活儿……针头折了，换一套。”

谭从武独自站在角落，静静望着钱之风机械地给剩下的狱友打针，一个又一个。钱之风忍不住偷偷看向谭从武，他的眼眶湿润了。还剩下最后一个安瓿瓶，钱之风抽取了药水，抬头看向岛田：“最后一个，是我的吗？”

岛田摇头：“不。”

岛田示意，竹下从外面将韩彩衣推了进来。

岛田笑着盯着钱之风：“打完这一针，你们将一起获得自由。你不会抛弃自己的爱人吧？”

钱之风和韩彩衣对望着，针头扎进韩彩衣的手臂。众人被带回牢房，谭从武一个人默默坐在角落里。狱友们不安地望着他。钱之风向上前，被谭从武阻止：“别过来！”

钱之风止住脚步：“老谭！”

谭从武的声音很平静：“你是大夫，知道该怎么做……”

钱之风低头：“隔离，避免接触……可是……”

谭从武看看钱之风：“我还有多少时间？”

钱之风摇头：“说不准。快的话几个小时……”

谭从武接着问：“症状呢？”

钱之风缓缓说着：“会发烧……还有头晕，头疼，脖子肿胀，注射部位关节痛疼……”

谭从武语气坚定：“好。知道了。答应我，不论我出现什么情况，不要靠近我。之风，到了胜利的那一天，别忘了告诉我一声……”

谭从武转身面向墙壁，闭上了眼睛，钱之风泪流满面。

岛田带着竹下等在走廊里，穿着防护服的日本兵押着韩彩衣走来。

岛田端详着韩彩衣，皱起眉头。他慢慢走近，竹下忙拦住：“司令，别靠近！危险！”

岛田推开竹下，站在韩彩衣的面前。摸了摸她的脖子，面露疑惑之色。韩彩衣突然向岛田脸上啐了一口。竹下慌乱地想上前又不敢。岛田掏出手绢擦了擦说道：“送化验室！”

岛田亲自动手，从韩彩衣胳膊上抽了血，到显微镜下看。半晌，岛田大叫一声，将显微镜摔了：“怎么可能？”

竹下等人噤若寒蝉。

岛田大步走到牢房，穿防护服的宪兵看守开门。所有人都站了起来，只有面墙而坐的谭从武一动不动。

岛田看了一圈，最后盯住了钱之风：“是你？是你捣的鬼！”

钱之风笑道：“岛田，我告诉你了，现在悬崖勒马还不算晚！”

谭从武忍不住一阵呕吐，岛田笑了。

岛田对身后的军医指了指谭从武：“抽一管他的血！”

谭从武挣扎着，又被按住了。军医抽了一管血，交给岛田。

韩彩衣被竹下押进来。岛田看看钱之风，冷笑地对着韩彩衣举起了针管。钱之风一动不动，手在口袋里握紧了……

岛田说道：“钱之风，我们的命运早已经注定，不要做无谓地挣扎了……”

就在岛田刺向韩彩衣的瞬间，钱之风猛扑过去！岛田大叫一声，手中的针筒落地。

钱之风手中拿着一个折断的安瓿瓶，细长的瓶颈深深插入了岛田的脖子中……岛田咳嗽着，挣扎着想拔出瓶子。他又掏出枪，颤抖着对准钱之风。就在他开枪的瞬间，谭从武扑上来将他压在身下。夺过枪，连开几枪打死了穿防化服的看守和军医。竹下见状，扭头便跑。

谭从武回头：“之风，带着人快走！”

钱之风点头，和韩彩衣带着人跑到走廊。他回头最后看向谭从武，谭从武望着钱之风带人逃出，露出欣慰的笑容。谭从武的笑容突然僵硬了，他的腹中挨了一刀。岛田推开谭从武的尸体，挣扎着爬起来，一步一步踉踉跄跄向外走。钱之风和狱友们跑向后门，韩彩衣落在后面。到了后门，却发现一道铁门已经上了锁。

走廊另一头，岛田鬼魅一般地出现：“钥匙在我这儿！想要吗？过来拿呀？”

韩彩衣距离岛田最近，她盯着岛田。岛田缓缓将一串钥匙扔在了韩彩衣身前不远的位置：“捡起来，你们就可以出去了……”

钱之风喊道：“不！彩衣，别相信！”

钱之风跑向韩彩衣，却已经来不及了。韩彩衣蹲下去捡，岛田扑上去，将韩彩衣压住，一口咬住她的肩膀。

钱之风抓起岛田扔了出去。伸手要拉韩彩衣起来，韩彩衣却后退着躲闪。韩彩衣撩开衣领，只见一排血红的牙印，还在往外渗血。两人不约而同看向岛田，岛田挣扎着想起来，却再也无力起身。他冷笑地望着钱之风：“我们注定的命运，谁也改变不了……”

这时一个狱友已经砸开了锁：“走啊？快走！”

韩彩衣难过地向钱之风挤出笑容：“你走吧……”

钱之风流着眼泪说道：“一起走……”

韩彩衣却转身跑回走廊，钱之风回头看看众狱友，毅然追去。往前拐过一个弯，却不见了韩彩衣的身影。

广济医院的院子里，竹下和楼里的宪兵们匆匆跑出，惊恐地回头张望。竹下大喊：“封锁！封锁！”

钱之风在走廊不顾一切地寻找着，终于，听到身后传来韩彩衣微弱的喊声：“之风……”

钱之风猛回头，看到韩彩衣站在一扇房间门内，钱之风走上前去。

韩彩衣止住他：“别过来！我被感染了……”

钱之风大喊：“我能救你，我是医生！”

韩彩衣流下眼泪：“你不能，你不能，你不能……对不起，我太笨了……”

钱之风抢步上前，韩彩衣却抢先把门撞上了。钱之风拼命捶门：“开门！开门！彩衣！你相信我！……出来，跟我走，我会有办法的……”

隔着门上的玻璃窗，两人望着彼此，都泪如雨下。

韩彩衣说道：“之风，我们完成了任务，你应该高兴……”

钱之风疯狂地踹门，完全丧失了理智。

韩彩衣看着钱之风：“钱之风！你不要逼我！”说着拔下盘头的发簪，对准自己的胸口。

钱之风见状，木然呆住。

外面天亮了，日本宪兵们仍如临大敌，将整栋楼包围，却没有人敢进去。

一扇紧闭的屋门，分开了钱之风和韩彩衣两人。晨光从窗户照进来，显得静谧而温暖。两人各自背靠着门，轻轻说着话。听得见的话语故作轻松，看不见的面孔却全是悲伤。这是最后的告别……

钱之风问："……你想要个男孩？不，我喜欢女孩……长得像你，漂亮……"

韩彩衣轻声说着："长得像你怎么办？"

钱之风问："名字呢？你说你名字都想好了……"

韩彩衣说道："嗯，想了一个，男孩女孩都可以用……"

钱之风："叫什么？"

韩彩衣："你先说你想的……"

钱之风："肯定姓钱嘛。要是男孩呢，就叫钱库，要是女孩呢，就叫钱庄……"

韩彩衣笑了笑，引起一阵咳嗽："什么破名字？"

钱之风："怎么是破名字，好名字啊……库，四库全书的库，男孩得有学问；庄，端庄的庄，女孩得有教养，对不对？钱库，钱庄……"

韩彩衣声音越来越虚弱："还不如叫银行呢……"

钱之风接着说："小名也想好了，叫串子……"

韩彩衣咳得更厉害："钱串子？"

钱之风听到咳嗽，盯着韩彩衣："彩衣！"

韩彩衣说道："没事，你不许逗我笑了……钱串子是蜈蚣吗……"

钱之风："是吗？蜈蚣？……老听人说，还以为是一串串的钱呢……"

韩彩衣声音渐小："你听我的……"

钱之风说道："你说？"

半晌，没有动静。

钱之风流着眼泪："你说，我听着呢……"

还有没有动静。钱之风站起来，透过玻璃窗向里面看："彩衣？彩衣！"

屋里，韩彩衣靠着门，慢慢歪倒下去。

钱之风大喊："彩衣！你别睡过去！你还没告诉我，咱们的孩子叫什么呢？"

屋里，韩彩衣的双眼就要闭上了，她望着眼前的虚无，最后喃喃道："钱程。我们的孩子，叫钱程，前程似锦、远大前程的程……之风，愿你前、程、似、锦……"

韩彩衣的脸上，浮现出最后的笑容。

广济医院大楼后门，钱之风摇摇晃晃地从里面走来。岛田的尸体靠着墙，钱之风从他身上迈过去。钱之风走出楼门，看到竹下等日本兵一个个正襟危坐，听着不知何处传来的广播。

广播中，是天皇玉音："朕深鉴于世界大势与帝国之现状，欲以非常措

置收拾时局，兹告尔等忠良臣民：朕已饬令帝国政府通告美、英、中、苏四国，接受其联合公告……”

钱之风摇摇晃晃，从他们中间穿过。这些日本人已完全忽略了他的存在。有日本兵含泪正剖腹自裁。

钱之风走出医院大门，望着车水马龙的街道。

他仿佛看见了那些牺牲的同志……

长椅上父子相聚说笑的小常和老常……

坐在黄包车上经过的老谭……

茶楼里喝茶的齐峰……

在车里看报纸的赵元初……

他看到了他们，他们却没看到他。就在他忍不住要大喊之时，忽然听见了身后韩彩衣那熟悉亲切的声音：“之风！”

钱之风猛地回头，恍惚间看见韩彩衣正向自己走来，风摆杨柳，笑容妩媚。

韩彩衣说道：“决定了！我跟你走！”

图书在版编目（CIP）数据

无名者/朱金晨著. —北京：中国广播影视出版社，2016. 1
ISBN 978-7-5043-7566-7

Ⅰ. ①无… Ⅱ. ①朱… Ⅲ. ①长篇小说—中国—当代 Ⅳ. ①I247. 5

中国版本图书馆 CIP 数据核字（2015）第 300156 号

无名者

朱金晨 著

出版人	王卫平
总策划	林　曦
项目统筹	王　萱
责任编辑	刘郝姣
装帧设计	亚里斯
责任校对	张莲芳
出版发行	中国广播影视出版社
电　　话	010-86093580　010-86093583
社　　址	北京市西城区真武庙二条 9 号
邮　　编	100045
网　　址	www. crtp. com. cn
微　　博	http://weibo. com/crtp
电子信箱	crtp8@ sina. com
经　　销	全国各地新华书店
印　　刷	河北鑫宏源印刷包装有限责任公司
开　　本	710 毫米×1000 毫米　1/16
字　　数	342(千)字
印　　张	20. 25
版　　次	2016 年 1 月第 1 版　2016 年 1 月第 1 次印刷
书　　号	ISBN 978-7-5043-7566-7
定　　价	43. 80 元

（版权所有　翻印必究 · 印装有误　负责调换）